Zu diesem Buch

Im zweiten Teil der Trilogie um den Drogenbaron D. dreht sich die Spirale der Gewalt noch einmal schneller. D. kehrt nach zwei Jahren Abschiebeknast aus Jamaika zurück und beginnt gnadenlos die Wiedereroberung seines Crack-Territoriums.

Die Schlüsselszene dieses Ragga-Krimis zeigt den Kontrast zwischen der positiven Energie der anglokaribischen Subkultur, die sich vor allem in Musik ausdrückt, und der brutalen Lebenseinstellung paranoider Crackdealer. Auf einer wilden «Soundclash»-Party, die von D. organisiert wird, kämpfen stellvertretend für die Gangs DJs um die Herrschaft. Wer wird im heißen Tanzfieber der Nacht siegen: «Radical High Power» oder «High Noon»? Die Stimmung ist immer auf des Messers Schneide: wild und zugleich cool, bis jemand erschossen wird.

Auch die Londoner Metropolitan Police rühmt den «hohen Authentizitätswert» dieser «Gangsta-Novels». Doch Victor Headley setzt die Spiritualität der Rastas gegen die Destruktion der Drogenszene: «Die anderen denken, daß wir geborene Kriminelle sind. Das stimmt nicht.»

«Headleys Erstlingsroman ‹YaRDiE› ist eine fesselnde Lektüre und porträtiert präzise die Pathologie eines Jugendlichen aus dem West Kingstoner Ghetto, der fest entschlossen ist, nicht als ‹Sozialhilfeempfänger› zu sterben und vom einfachen ‹Soldaten› zum ‹Großen Boß› eines Drogensyndikats aufzusteigen.» *NOW!ents*

Victor Headley wurde in Jamaika geboren, ist 33 Jahre alt und bezeichnet sich selbst als Rasta. Er schrieb YaRDiE (Nr. 3159) in einer jamaikanischen Gefängniszelle, und unter seinem Kopfkissen lag immer eine 9mm («Für alle Fälle!»). Headley lebt in London und hat nach «EXZE$$» den letzten Teil seiner YaRDiE-Trilogie unter dem Titel «Yush!» veröffentlicht, der ebenfalls in der Reihe rororo thriller erscheinen wird.

Victor Headley

EXZE$$

Deutsch von Jürgen Bürger
Mit einem Nachwort von Robert Brack

rororo

Rowohlt

rororo thriller
Herausgegeben von Bernd Jost

Deutsche Erstausgabe
Veröffentlicht im Rowohlt Taschenbuch Verlag GmbH,
Reinbek bei Hamburg, August 1995

Die Originalausgabe erschien 1993 unter dem Titel «EXCE$$»
bei X Press Limited, London

Umschlagfoto ZEFA-Stockmarket
Umschlagtypographie Peter Wippermann / Susanne Müller
Redaktion Peter M. Hetzel
Satz Aldus (Linotronic 500)
Gesamtherstellung Clausen & Bosse, Leck
Printed in Germany
1290-ISBN 3 499 43172 6

This story ist livicated to the heartical black woman; past, present and future...

VORWORT

Aus irgendeinem Grund gehen die Leute immer davon aus, daß ich irgendwas mit Musik zu tun haben muß.

«Schreiben Sie Songs?»

Ich lachte und antwortete, nein, nicht mehr, jetzt schreibe ich Bücher. Der Beamte musterte mich durchdringend und nickte, bevor er mir den Paß zurückgab. Ich nahm meinen Koffer und machte mich auf den Weg zum Ausgang.

Ich erinnere mich, weniger entspannt gewesen zu sein, als ich vor kaum einem Jahr zum letzten Mal in Jamaika ein Flugzeug verließ. *Yardie* war gerade erschienen, die Presse hatte sich förmlich überschlagen und mich in eine schwierige Situation gebracht, ich hatte die Wahl zwischen Pest und Cholera, wie man so schön sagt. Nur zwei Tage zuvor hatte ich mich beim offiziellen Erscheinungstermin des Buches einem recht großen Publikum gegenüber gesehen; ich spürte immer noch die Nachwirkungen dieser Erfahrung.

Über acht Monate sind vergangen, seit *Yardie* herausgekommen ist. Ich kann nicht sagen, ich sei froh, daß es vorbei ist, denn so ist es nicht. Seit meiner Rückkehr aus Jamaika im vergangenen Jahr habe ich alle Bitten (d. h. Nötigungen ...!) abgelehnt, Interviews zu geben. Die meisten Leute meinen, dies sei ein Fehler, vor allem mein Verleger. Dennoch und trotzdem widerstrebt es mir, zuviel Medienaufmerksamkeit zu erhalten. Was ich aus den Reaktionen ganz normaler Menschen in der *Community* und aus den Fragen des Publikums bei der offiziellen Vorstellung des Buches gelernt habe, ist, daß wir, als Schwarze, mehr miteinander reden müssen, sagen, was wir empfinden, und versuchen müssen, uns auf die Themen zu konzentrieren, die unser Leben bestimmen.

Ich glaube, die meisten Menschen mißverstehen meine Geschichte immer noch. Aufgrund der Fragen, die Freunde mir oft stellen, spüre ich, daß für sie die Substanz der Story – das «Thrillerhafte» – im Mittelpunkt steht. Als ich *Yardie* geschrieben habe, ging es mir ganz einfach um eines: eine Geschichte zu schreiben, die in unserer *Community* angesiedelt ist. Ich habe mir niemals klargemacht, daß sie womöglich veröffentlicht werden könnte. Als es dann soweit war, war ich vielleicht schockierter als die anderen Leser. Ich las mein eigenes Buch noch einmal... Damals begriff ich, wie hart es an unsere Wirklichkeit herankommt; das hat mehr Leute begeistert und manche erschüttert...

Sechs Monate sind vergangen, ich bin viel gereist und dann lange genug zur Ruhe gekommen, um ein weiteres Buch zu schreiben. Nach vielen langen und sich hinziehenden Diskussionen mit *The X Press* war ich schließlich einverstanden, eine Fortsetzung zu *Yardie* zu schreiben. Ich schob andere Projekte auf und fing wieder an zu schreiben. Wieder wurde ich besessen, tauchte völlig in die Geschichte ein. Vier Monate später präsentierte ich meinem Verlag einen riesigen Stapel halb leserlicher Blätter. Das war's...

Bis auf einige kleinere Korrekturen ist dieses zweite Buch das Ergebnis jener Zeit erzwungener Zurückgezogenheit, Meditation, gewaltiger Zweifel und Selbstvertrauen.

Dieses Buch ist sowohl eine Fortsetzung zu *Yardie* als auch ein völlig neuer Roman. Hinter der Handlung, dem Plot, den Bemühungen der Charaktere, ihren Träumen – oder Alpträumen – gerecht zu werden, steckt eine Sache, von der ich weiß, daß sie wahr ist: Das Fehlen von Alternativen bringt in jedem immer nur das Schlechteste zum Vorschein. Diese Wirklichkeit ist die Moral meiner Geschichten. Aufgrund von Entbehrungen, fehlenden Chancen und einer allgemeinen Frustration greift ein großer Teil der schwarzen Jugend zu «allen erforderlichen Mitteln», um zu überleben, um sich jene materiellen Insignien leisten zu können, die sie überall um sich herum sehen. Es spielt im Grunde überhaupt keine Rolle, ob sie nun in Kingston geboren sind oder in Clapton, diese Generation schwarzer Jugendlicher besitzt ein gewaltiges Potential und Reichtümer, die wir nicht vergeuden dürfen – rein gar nichts davon!

Victor Headley
Rosehill, 25. Februar 1993

VORWÄRTS

Der Winterwind lähmte alles und jeden mit seinem Bann in einem zeitweilig ausgesetzten Leben. Der Frühling kam, und mit ihm kamen die Kinder und überhaupt alles in Fahrt. Draußen in der Sonne, während sich eine weitere Jahreszeit entwickelte, ließen sich bewegende Muster ihre Schatten in den Herzen und Köpfen tanzen.

Die Blätter fielen überall, unvorhersehbar, und Menschen kamen und gingen hin und her. Das Schicksal, von manchen «Glück» genannt, zerschlägt die besten Absichten.

Trotzdem, noch haben die Würfel nicht aufgehört, sich zu drehen...

1

STAUB ZU STAUB

Die Sonne hatte den ganzen Morgen Verstecken gespielt. Sie tauchte kurze Zeit hinter einem Wolkenband auf, nur um dann einige Minuten später wieder zu verschwinden. Ein goldener Sonnenstrahl funkelte durch die Windschutzscheibe auf Lornas Gesicht und tauchte gleichzeitig den Wagen in Sonnenschein. Sie schloß ihre müden Augen, bis sie wieder im Schatten waren. Auf beiden Seiten der Allee lagen Grabreihen gekennzeichnet durch grauen Stein und glänzende, marmorne Grabsteine, manche bedeckt mit frischen Kränzen, andere geschmückt mit einfachen Blumensträußen.

Lorna spürte in sich keinen Schmerz, nur eine Art Benommenheit. Sie registrierte es kaum, als sie an dem alten, eisernen Friedhofstor vorbeifuhren, wo sie gerade ihr Herz neben Tyrone begraben hatte. Der Gottesdienst, die langsame Wagenprozession, die Beerdigung... Das alles kam ihr vor wie ein Traum. Wie kann sich eine Frau innerhalb einer Woche damit abfinden, sechzehn Jahre ihres Lebens brutal beraubt worden zu sein? Kaum ein Wort hatte sie von dem mitbekommen, was der methodistische Geistliche sagte. Erst als sie von dem dumpfen Geräusch aus ihrem traumähnlichen Zustand gerissen wurde, als Hände voll Erde das polierte Holz des Sarges trafen, erkannte sie, wo sie war, daß sie inmitten von Dutzenden Leuten stand, alle schwarz gekleidet, alle mit Trauermienen auf das frisch ausgehobene, rechteckige Loch hinabstarrend. In der Holzkiste mit den Messinggriffen lag ihr Erstgeborener, gerade erst der Kindheit entschlüpft. Sie weinte nicht. Auch Harry nicht. Sie hatte vergangene Nacht sein Schluchzen gehört, allein in seinem Zimmer. Seit dem Tod seines Bruders hatte er sich beharrlich ihrer Gegenwart entzogen und war lieber allein geblieben. Während des Trauergottesdienstes hatte er schweigend und bewegungslos dagesessen, während sein junges Gesicht vor Trauer verzerrt und unbeweglich war.

Harrys Gesicht blieb für Lorna an diesem Morgen das dauerhafteste Bild. Er schien viel älter als seine vierzehn Jahre.

Chris, Lornas Bruder, fädelte sich durch den mittäglichen Verkehr, mied die geschäftige Hauptstraße, wo die Menschen mit ihrem Alltag fortfuhren, ohne etwas von der Tragödie in ihren Leben zu wissen. Seit sie den Friedhof verlassen hatten, hatte keiner mehr ein Wort gesagt. Chris' Frau Myrtle saß hinten bei Harry und unterdrückte ihr gedämpftes Schluchzen mit einem Taschentuch. Lorna hatte all ihre Tränen bereits während der Woche seit Tyrones Tod vergossen. Jetzt waren keine Tränen mehr da, nur noch eine klaffende Wunde in ihrem Inneren, die all ihre Gefühle verschluckt hatte. Sie bogen von der Queensbridge Road ab und erreichten bald die Haggerston Siedlung, parkten vor dem alten Backsteinwohnblock, in dem Lorna lebte.

Als sie oben waren, bestand Myrtle darauf, daß Lorna sich schonte, während sie Tee aufsetzte. Harry lehnte das Angebot seiner Mutter ab, bei ihnen zu bleiben, und ging rauf in sein Zimmer.

Das Wohnzimmer der Wohnung im ersten Stock war spärlich möbliert, aber sauber und fröhlich tapeziert. Fotos von Lorna und ihren Söhnen, Szenen aus glücklicheren Tagen, zierten die Wände neben Postern von Bob Marley und afrikanischen Kopfplastiken. Der große Spiegel an der hinteren Wand war zur Wand umgedreht, eine Tradition der Trauer, die Lorna nicht verstand, die sie aber respektierte, weil ihre Mutter darauf bestanden hatte.

Myrtle servierte den Tee. Sie saßen da, die Augen auf den Fernseher gerichtet, den Lorna aus der Macht der Gewohnheit heraus eingeschaltet hatte. Selbst Chris hatte wenig zu sagen. Schweigend trank er seinen Tee und warf von Zeit zu Zeit seiner Schwester einen Blick zu.

«Möchtest du etwas essen?» erkundigte sich Myrtle.

Lorna schüttelte den Kopf. «Danke Myrtle, ich hab alles.»

Die Atmosphäre im Raum wurde bestimmt von unterdrückten Worten und unausgesprochenen Gedanken. Das betretene Schweigen hielt eine Weile an, denn keinem der drei war nach einer Unterhaltung zumute. Und doch wußten sie, daß das Leben weitergehen mußte. Sie mußten stark bleiben, und sie brauchten sich, um die Trauer zu überwinden. Chris sah seine Schwester an; beinahe konnte er das Gewicht der Schmerzen spüren, die sie runterzogen, tiefer und tiefer in sich selbst. Chris war drei Jahre älter als sie. Sie und ihre jüngste Schwester Ivy war sehr kurz hintereinander in East London aufgewachsen.

Als gebildeter, intelligenter und selbstbewußter Mann von Anfang Dreißig war Chris immer da, wenn seine Hilfe gebraucht wurde, selbst wenn es nur zum Reden war und darum ging zu helfen, etwas Sinn in diesem oft verwirrenden Leben zu finden. Heute aber fühlte er sich unbeholfen, war nicht in der Lage, irgend etwas zu finden, das irgendeinen Sinn ergab. Er hatte selbst drei Kinder, keines von Myrtle, und er wußte, er würde ganz sicher durchdrehen, falls er eines unter ähnlichen Umständen verlieren müßte. Was Chris am meisten angst machte, war die allmähliche Veränderung in seiner Schwester. Drei Tage nach Tyrones Tod hatte Lorna plötzlich aufgehört zu weinen. Seitdem war er nicht dahintergekommen, was in ihrem Kopf passierte, aber er wollte, daß sie wußte, er war immer noch für sie da.

«Lorna, komm, wir besuchen Mom heute abend, sie erwartet uns», sagte er leise.

«Ich bleibe lieber allein, Chris. Ich brauche Zeit.»

«Du könntest doch wenigstens eine Weile zu uns kommen», bot Myrtle an.

Lorna gab keine Antwort. Mechanisch rührte sie ihren Tee und lehnte sich im Sessel zurück.

«Wenigstens ist Peter zur Beerdigung seines Sohnes gekommen», sagte sie plötzlich.

Chris ging zu ihr. Er hatte nicht erwartet, daß sie das sagte.

«Ihm tut es auch weh...», setzte Chris an.

Lorna fiel ihm ins Wort, wobei sich ihre Miene von Qualen zu Wut veränderte.

«Ich weiß nicht, warum er sich überhaupt die Mühe gemacht hat. Solange Tyrone gelebt hat, ist er nie dagewesen.»

«Komm schon, Lorna. Das ist im Moment nun wirklich nicht nötig.»

Lorna fuhr fort, ihre Stimme jetzt lauter, als sie aufstand.

«Wenn er seinen Pflichten als Vater nachgekommen wäre, würde Tyrone jetzt vielleicht noch leben...»

Chris hob fragend die Augenbrauen hinter seiner Brille. Er mußte sie jetzt aufhalten, bevor sie noch völlig die Beherrschung verlor.

«Hör auf damit, Mann. Du weißt es besser!»

«Hast du ihn gesehen, wie er geweint hat, als ob er auf einmal Gefühle hätte?!»

«Ich hab gesagt, es reicht jetzt, hörst du?!» sagte Chris entschieden.

Lorna sackte zurück auf ihren Sessel, ließ den Kopf sinken. Dann fing Myrtle an zu weinen.

Chris seufzte. Er wußte, daß er stark sein mußte für Lorna, für ihre Mutter und für Harry, der ihn jetzt noch mehr brauchte. Als Peter Lorna verlassen hatte, waren die beiden Jungs noch Babys gewesen. Chris hatte ihr geholfen, über die Krise wegzukommen, war im Verlauf der Jahre für die Söhne zu einem Vater geworden. Er mochte Peter genausowenig wie Lorna; er fand einfach keine Entschuldigung für einen Mann, der seine Frau und zwei kleine Kinder wegen einer Weißen verlassen hatte. Für ihn war Peter ein «Schwarzer, der wirr im Kopf war», wie so viele andere, die er kannte. Die verstreichenden Jahre jedoch hatten für Lorna den Schmerz nicht gelindert. Sie hatte einen tiefen Haß auf Peter bewahrt. Jede Erwähnung von ihm machte sie wütend.

Ein paar Minuten herrschte Schweigen im Raum.

«Hör zu, Lorna», begann Chris. «Tyrone ist tot, das müssen wir akzeptieren. Es hat keinen Sinn, irgend jemand anderem die Schuld zu geben außer denen, die für seinen Tod verantwortlich sind.» Er unterbrach sich. «Tyrone ist nicht der erste Jugendliche, der durch die Polizei stirbt, und wahrscheinlich ist er auch nicht der letzte. So sieht unser Leben hier aus. Das Leben von Schwarzen ist nicht viel wert.»

«Es war kein Unfall, sie haben ihn ermordet...», sagte Myrtle schluchzend.

«Glaubst du, ich wüßte das nicht? Wir sind uns nur nie wirklich bewußt, daß so etwas andauernd passiert, bis wir persönlich betroffen sind», sagte Chris mit einem trockenen Lächeln. «Und weißt du, was passieren wird?» fuhr er fort. «Die werden eine Untersuchung machen, dann werden sie alle Beteiligten von Schuld freisprechen, und das war's... Mehr haben wir nicht zu erwarten.»

Dieses Gefühl der Machtlosigkeit, das alles nur noch schrecklicher machte. Ein junger Mann starb, aber niemand hatte Schuld. Tyrone war gesund und munter, bis er und sein Freund Martin von der Polizei angehalten wurden, an diesem Sonntagabend auf dem Nachhauseweg vom Kino in Holloway. Als die Polizeibeamten sie beschuldigten, die

Handtaschendiebe zu sein, nach denen sie suchten, hatten die beiden Jungs verständlicherweise heftig protestiert. Tyrone war ein ruhiger, ernster Jugendlicher, aber er kannte seine Rechte, und er war kein Dieb. Warum beschimpften die Polizeibeamten die beiden Jugendlichen? Warum sie sie mit Gewalt in den Gefangenentransporter warfen, war immer noch unklar. Sie wurden ins Polizeirevier Hornsey gebracht und in getrennte Zellen geschlossen. Als er am folgenden Tag im Krankenhaus aufwachte, erzählte Martin, daß sie im Transporter zusammengeschlagen worden seien, und er erinnerte sich, daß sie eingesperrt worden waren, er hatte Schreie und anderen Lärm aus der Nachbarzelle gehört. Tyrone war tot; er war während der Nacht an seinem eigenen Erbrochenen erstickt.

Chris rieb sich mit einer Hand über sein bärtiges Gesicht. Er arbeitete in einem Gemeindezentrum und wußte, mit welchen Dingen die Jugendlichen auf der Straße konfrontiert waren. Viele von ihnen fühlten sich unerwünscht, Fremde in der Stadt, in der sie geboren waren. Was konnte man Heranwachsenden sagen, das ihnen half, einen Sinn in das Durcheinander zu bringen, dem sie gegenüberstanden, wenn sie von der Schule betrogen, von den Eltern mißverstanden und von der Polizei grundlos verfolgt wurden?

«Lorna, du kommst mit zu uns nach Hause. Es ist besser, wenn wir im Moment zusammenhalten.» Chris hatte nicht vor, seine Schwester mit ihren Gedanken allein zu lassen. Mit leeren Augen schaute Lorna zu ihm auf. Sie nickte langsam. Chris ertappte sich bei dem Gedanken, wie sehr sie während der letzten sieben Tage gealtert war. «Pack ein paar Sachen zusammen. Ich gehe und rede mit Harry.»

Chris ging nach oben zu den Schlafzimmern. Mit Lorna fertig zu werden war relativ einfach, Harry war da schon eine ganz andere Sache. Er war erst vierzehn und hatte gerade seinen einzigen Bruder verloren. Trotz all seiner Erfahrung fragte sich Chris, wie er dem Jugendlichen helfen sollte, darin einen Sinn zu finden.

2

DANCING IN THE STREETS

«Schau, Mummy, schau!»

Der kleine Junge zerrte am Rock seiner Mutter, zeigte auf das geschminkte Gesicht und den bunten Kopfschmuck des auf der Bühne gestikulierenden Tänzers. Es war nicht der erste Festwagen, den Marcus gesehen hatte; Dutzende waren bereits vorbeigekommen, seit sie an diesem Montagnachmittag zum Karnevalszug gekommen waren. Der kleine Junge war fasziniert von den kunstvoll geschmückten Fahrzeugen, ihren mit voller Lautstärke spielenden Steelbands und den Scharen ausgelassen feiernder Menschen, die ihnen folgten.

«Ja, das ist noch ein Festwagen, Marcus», sagte Charmaine geduldig. «Komm jetzt.»

Sie nahm seine Hand und machte Jenny ein Zeichen, daß sie jetzt weitergehen konnten. Ihren eigenen Sohn auf den Armen, bahnte sich Jenny einen Weg durch das Gewimmel. Sie gingen weiter und hielten sich rechts zu der vielleicht hundert Meter entfernten Hauptbühne. Der Weg war jedoch zu verstopft, also bogen sie links in eine Seitenstraße ein.

Die strahlende Sonne (ein zunehmend seltenerer Bonus zum Karneval) am Himmel hatte Hunderttausende am Karnevalsmontag nach Notting Hill gelockt. Jenny und Charmaine hatten beschlossen, das Beste aus dem Wetter zu machen, und waren mit ihren Kindern nach West London gefahren. Sie waren ungefähr eine Stunde herumgeschlendert, bevor sie unter der Überführung stehenblieben, um einem Festwagenzug zuzuschauen, der die Ladbroke Grove heruntergefahren kam.

Die Kinder genossen jede einzelne Minute. Marcus mußte von manchen Stellen buchstäblich weggeschleift werden. Soviel geschäftiges Treiben, so viele neue Dinge und farbenprächtig aussehende Menschen begeisterten ihn genau wie jeden anderen Zweijährigen.

Charmaine hatte alle Hände voll zu tun, seine vielen Fragen zu beantworten. Für Jesse war die ganze Sache schlicht verblüffend. Es war nur noch ein Monat bis zu seinem ersten Geburtstag, und der kleine Junge schaute sich fieberhaft um, nahm die unvertraute Kakophonie voller Überraschung auf. Aber Angst hatte er keine; einmal blieben sie stehen, um sich einen Auftritt einer Band anzusehen, und jeder schaute lachend und ermunternd zu, wie Jesse zur Musik rockte, wobei sein kleines Gesicht völlig ernst war, während er vom Beat mitgenommen wurde.

«Da kommen wir nicht durch...», bemerkte Charmaine, als sie das Ende der Straße erreichten. Rechts an der Ecke lief eine ausgelassene Party, Tanzende drängten sich dicht aneinander, sprangen in unbekümmerter Hingabe zu einem frenetischen Hardcore-Rhythmus. Einen Moment blieben sie dort stehen und beobachteten das Gewimmel von Jugendlichen, die zum rasenden Tempo der Nummer auf und ab sprangen und mit den Armen in der Luft ruderten.

Die Musik war ohrenbetäubend, eine Mischung aus schreienden Stimmen, Hupen, Klingeln und Sirenen über einem galoppierenden Baß.

Charmaine sah Jenny stirnrunzelnd an.

«Bleib dicht hinter mir», brüllte Jenny gegen den Lärm an.

Sie nahm den verdutzten Jesse auf den Arm und steuerte auf die andere Straßenseite zu, hielt sich dabei links, fort von der Masse hüpfender, schwitzender Leiber. Am hinteren Rand der Party arbeiteten sie sich durch die Menge.

Während sie ihren Sohn mit dem linken Arm fest an sich drückte, benutzte Jenny die rechte Hand, um sich einen Weg durch die nicht enden wollenden Menschenmassen zu bahnen. Der kleine Junge schaute zu, als seine Mutter sich durchdrängte, sah immer wieder über ihre Schulter zurück, um sich zu vergewissern, daß Charmaine und Marcus immer noch im Schlepptau waren. Auf der anderen Seite war die Straße relativ frei, die zur Hauptbühne führte, bis zu der Kreuzung, wo das Getümmel am schlimmsten war.

«Sehen wir uns das mal an», sagte Charmaine und deutete mit dem Kopf zur Hauptbühne links von ihr.

Als Marcus die appetitlichen Essensauslagen bemerkte, verkündete er, daß er hungrig war. Der stämmige, kleine, dunkelhäutige Junge hatte immer Hunger, was seine Mutter glücklich machte. Es war ein Zeichen von Gesundheit, und sie war zu Recht stolz darauf, daß ihr Sohn schnell wuchs. Sie kaufte ihm gebratene Kochbananen. Jesse hatte nur Durst. Jenny kaufte ihm etwas zu trinken und sich selbst Hühnchen mit Klößen, was Charmaine ebenfalls getan hatte. Dann gingen sie weiter und setzten sich in den kleinen Park hinter der Bühne.

Marcus hatte seine Kochbananen schnell vertilgt und machte sich über einen Kloß seiner Mutter her.

«Der Junge ist mir einer.» Charmaine schüttelte den Kopf.

Jenny lachte und sah ihren eigenen Sohn an, der an seinem Becher nuckelte. Manchmal wünschte sie sich, er hätte den gleichen unstillbaren Appetit wie Marcus, doch er nahm immer nur soviel zu sich, wie er brauchte, niemals mehr.

Unter der Nachmittagssonne kamen und gingen Menschen aller Nationalitäten, schlenderten durch den Park, und ihr Lachen und ihre Rufe vermischten sich mit der irrwitzigen Mischung verschiedener Musikrichtungen. Von oben sah die ganze Gegend wahrscheinlich aus wie ein Ameisenhaufen.

Überall in der Karnevalsgegend, auf jeder Straße und jedem Platz, trieben sich männliche und weibliche Polizeibeamte herum, unterschiedliche Gefühlsregungen auf den Gesichtern. Der Karneval stellte den Höhepunkt der Sommersaison dar und war von daher eine jener Gelegenheiten, an denen sie besonders nervös waren. Die Polizei schien sich nie sonderlich wohl zu fühlen, wenn eine größere Gruppe Schwarzer zusammenkam...

An diesem Nachmittag jedoch schien alles ziemlich ruhig. Wie immer bei solchen Anlässen sah man einige Constables Calypso tanzen oder es doch zumindest versuchen, und es gab gutmütige Wortwechsel mit den Feiernden. Karneval war das einzige Mal, daß ein schwarzer Jugendlicher auf offener Straße einen Spliff rauchen konnte, ohne daß ein Polizist sich anstrengte, ihn einzulochen.

«Laß uns versuchen, auf die andere Seite zu kommen», schlug Charmaine vor, nachdem sie gegessen hatten. Marcus mußte auf Toilette, also kümmerte sie sich zuerst darum. Das Gedrängel an der zum unteren Teil der Portobello Road gelegenen Bühnenseite war jetzt noch größer als zuvor. Charmaine und Jenny fanden heraus, daß sie am besten durch das Gewimmel kamen, wenn sie sich einfach mittreiben ließen und sich dabei langsam und Stück für Stück in die gewünschte Richtung vorschoben.

Sie schafften es zu dem abgezäunten Weg, der nach links zur All Saints Road führte. Dort war es etwas weniger voll. Eine Gruppe Jugendliche, vielleicht dreißig, ging zügig vorbei auf die Absperrungen zu. Die ausrasierten Streifen in ihren Designerfrisuren, ihre Netzhemden über T-Shirts, die ausgebeulten Flickenjeans und wuchtigen Turnschuhe, wie sie von allen jugendlichen Reggae-Fans getragen wurden, verliehen der Gruppe ein uniformes Aussehen.

Jenny, Charmaine und die Kinder gingen weiter. In der All Saints Road rechts bewegte sich nichts mehr. Fünfzig Meter weiter «heizte» die Steelband auf dem Festwagen, der wie ein Piratenschiff aussah, der Gegend ein, machte alles nur noch schlimmer. Jenny deutete die Straße hinauf zu einer Gruppe vor mehreren Reihenhäusern. Eine Sound-Firma hatte auf dem Bürgersteig aufgebaut, ihre schwarzen Boxentürme verbreiteten und pumpten harte Dancehall-Rhythmen. Die beiden Frauen postierten sich neben den Lautsprechern mit den Gesichtern zum Mischpult, Marcus und Jesse standen vor ihnen. Die beiden Jungs blieben eine Weile dort stehen und betrachteten die Menschenmenge um sich herum, aber ein paar Minuten später tanzten sie bereits.

Charmaine erkannte niemanden, Jenny auch nicht. Obwohl sie begeistert den MCs zuhörten, die sich abwechselten, um das Letzte aus den Tanzenden herauszukitzeln, bekamen sie den Namen des Sets nicht mit.

Eine Gruppe Touristen, junge weiße Männer und Frauen in Shorts, blieb stehen, um einige der Tänzer zu fotografieren. Sie schienen ziemlich gut drauf zu sein, glücklich, sich unter die sich ständig bewegende Menge zu mischen, genossen sichtlich die einmalige Gelegenheit, aus erster Hand schwarze Kultur zu erleben.

«Die brauchen noch was Übung», meinte Charmaine lachend, als sie zwei der Frauen bei dem Versuch beobachtete, die wilden Verrenkungen einiger «rude buois» zu imitieren. Ein paar Köpfe drehten sich, um sie zu beobachten, aber ausschließlich gutmütig. Marcus und Jesse, die inzwischen richtig in Fahrt gekommen waren, amüsierten sich prächtig. Zwei Männer schoben sich durch die Menge und blieben stehen.

«Wie gehtsn so, Miss?» meinte einer der beiden lächelnd und sah Charmaine an. Jenny nickte er zu.

Charmaine erinnerte sich, ihn schon einmal bei Charlie getroffen zu haben, aber sein Name fiel ihr nicht mehr ein. Er war klein, hatte ein breites, offenes Gesicht und trug einen schwarz-roten Anzug mit Shorts. Sein dunkelhäutigerer Begleiter hatte sich ein blaues Halstuch um den Kopf gebunden, trug weite Jeans und ein Netzhemd. Beide hielten einen Spliff in der Hand und genossen den Karneval.

«*Roughneck*, gib mian Hit!» Der erste Mann hielt Marcus lachend die Faust hin. Marcus erwiderte das Lachen und unterbrach sein Tanzen gerade lange genug, um die Begrüßung zu erwidern. Jesse beachtete den Mann überhaupt nicht.

«Wo stäcktn Charlie?»

«Keine Ahnung. Aber ich glaube auch nicht, daß er herkommt.»

«Waißtu wann Radical spielt?» erkundigte sich der Mann.

«Nein, das hier ist der erste Reggae-Sound, den wir hören.»

Der Mann erklärte, daß der von ihm gesuchte Sound aus Süd-London kam. Er war nur daran interessiert, Radical Hi-Fi zu finden. Unterdessen hatte sein Freund versucht, Jenny mit seinen Sprüchen eine Reaktion zu entlocken.

«Und... was stehtn an, *Browning*? Was bistn so still, Maan?»

Man konnte ihm nicht verdenken, daß er es versuchte. Mit zurückgebundenen Haaren, den schräggestellten Augen und der glatten Haut sah Jenny ausgesprochen attraktiv aus.

Der kleine Mann drehte sich ihm zu und flüsterte ihm ein paar Worte ins Ohr. Sofort verschwand das breite Lächeln des Mannes. Er sah Jenny an, die keine Miene verzog, und warf dann Jesse einen kurzen Blick zu. Er trat ein Stück zurück.

«Nichts füa ungut, Lady, alls klaa?»

Jenny sagte gar nichts. Der Mann drehte sich zur Menge und steckte seinen Spliff an.

«Also. Wia gehn jätzt waita den Sound suchn, okee? Grüß den Don von mia. Bis späta.»

Die beiden Männer verabschiedeten sich und verschwanden in der Menge. Auf dem Kontrollturm auf der anderen Straßenseite hob der Selector, wie der Mann am Plattenteller genannt wurde, die Nadel. Die Tänzer legten eine Pause ein.

«Besondärea Gruß an alle Crews. Die Nummea jätzt ist brandnoi... genau das richtige füa oich. Sie ist vom Spitzen-Sound. Höat oich das an...»

Der MC, eine kräftiger, dunkelhäutiger Mann mit Sonnenbrille und einem Malcolm-X-T-Shirt mit abgeschnittenen Ärmeln, blickte mit ernster Miene auf die Menge hinab. Die Nadel senkte sich auf das Vinyl; das Trappeln des Schlagzeugs, dann dröhnte der pulsierende Rhythmus eines Computerbasses aus den Boxen. Hinter dem Tisch drehte, schob und zog der Selector an seinen Kontrollinstrumenten wie ein Zauberer. Die Menge, Marcus und Jesse eingeschlossen, war wieder voll in Fahrt.

«Siehst du, wie schnell und leicht du jemanden loswerden kannst?» Charmaine lächelte ihre Freundin an.

«Hast du sein Gesicht gesehen?» sagte Jenny nachdenklich.

«Tja, der muß noch neu sein.» Charmaine schwieg kurz. «Er mußte nur die Augen aufmachen... dann hätte er's sofort gewußt...»

Jenny schwieg eine Weile, wiegte sich gedankenverloren zur Musik. Sie drehte sich zu Charmaine.

«Also, selbst wenn ich interessiert gewesen wäre, würde kein Mann was mit mir zu tun haben wollen... ?»

Es war mehr eine Feststellung als eine Frage. Charmaine hob die Augenbrauen.

«Es sei denn, er ist verrückt oder verdammt mutig...»

Jenny schüttelte den Kopf. Sie sah ihren Sohn an, der ein paar Meter entfernt mit unbekümmerter Selbstvergessenheit herumhüpfte. Charmaine hatte recht; jeder, der seinen Vater kannte, würde die Gesichtszüge sofort wiedererkennen.

In gegenseitigem Einverständnis erwähnten die beiden jungen Frauen D. niemals. Was auch immer Jennys Gefühle sein mochten, Charmaine hatte unmißverständlich klargemacht, daß es keinen Sinn hatte, darüber zu reden. Einmal hatte Jenny sich nach Donna erkundigt. Auch wenn sie ihren Namen nicht kannte, war sie sich der «anderen Frau» doch sehr wohl bewußt.

«Hat keinen Sinn, daß du dir darüber den Kopf zerbrichst», hatte Charmaine gesagt. «Außerdem habe ich sie nur einmal gesehen, ich kann dir also sowieso nichts sagen.»

Ein Dutzend Polizisten kamen im Gänsemarsch vorbei, die Augen auf alles und jeden gerichtet. Einer von ihnen drängte sich durch die lärmende Menge zu dem Selector vor. Der MC beobachtete alles durch seine dunkle Sonnenbrille, sichtlich verärgert über die Störung. Der Selector nahm das Mikro in die Hand.

«Dea Polizist hia sagt, um siebn Uua is Faieaabend?!»

Überall explodierten Pfiffe und Buhrufe. Die Polizisten blieben stehen, und einige traten nervös auf der Stelle, als sie von der Menge ausgebuht wurden.

Im Verlauf der letzten paar Jahre war es der Polizei gelungen, die Größe des Karnevals beträchtlich zu verringern. Die Straßen in der Nähe der Acklam Road, wo die Sound Systems früher ihre Anlagen aufbauten, waren zum Sperrgebiet erklärt worden. Genauso hatten sie die meisten Kneipen zugemacht, wohin die Raver nachts gingen, wenn die Aktivitäten des Tages gelaufen waren. Es gab sogar Gerüchte, den Karneval nicht mehr wie traditionell in Notting Hill stattfinden zu lassen, sondern daraus eine Parkveranstaltung zu machen! Soviel zu einer Feier der Freiheit...

«Opa, runter mit der Nadel!» Der MC donnerte ins Mikro.

«Moment, Maan... Höat ia mich?»

Die Musik hörte auf. Die Pfiffe und Rufe wurden lauter. Das Mikro in der einen, eine Flasche Dragon in der anderen Hand, starrte der MC jetzt den Polizeibeamten direkt an, der es gewagt hatte, den Tanz zu unterbrechen.

«Laß dia von mia mal was sagn, Mr. Polizai...» Die Stimme dröhnte tief, rauh und feindselig aus den Boxen.

«Karneval is füa die schwaazn Mänschn, um das Ände dea Sklaverai zu faiean, veastehstu das?! Deshalb wolln wia hoite hia kaine Polizai, die uns ans Bain pißt.»

Eine lautstarke Antwort seitens der Tanzenden begrüßte die Erklärung des MCs.

«Und wia nehm kain Woat davon zurück!» fügte er mit über der Brust verschränkten Armen hinzu.

Die Stimmung wurde erhitzter, als die aufgeputschte, lärmende Reggae-Meute anfing, ihr Mißfallen herauszubrüllen.

Der Polizei blieb keine andere Wahl, als begleitet von Spott und höhnischem Gelächter einen uneleganten Abgang zu machen.

«Mach waita, Opa, wia habn zu tun!» Der MC hatte wieder alles im Griff.

Die Musik ging weiter, die Tanzenden waren durch die Konfrontation sichtlich neu aufgeladen. Alle fühlten sich gut und gestärkt.

«Diese Leute haben einfach keinen Respekt, weißt du», sagte Charmaine.

«Die sind nur neidisch auf uns», meinte Jenny lachend.

Sie blieben noch eine Weile dort, genossen den Rest der Augustsonne, bewegten sich im Takt mit den Tanzenden zum pulsierenden Baßrhythmus, bis Charmaine vorschlug, zeitig aufzubrechen, um dem großen Gedränge zu entgehen. Jesse kam still mit, aber Marcus hatte keine Lust, mit Tanzen aufzuhören. Charmaine mußte streng werden.

«Wenn du Theater machst, kriegst du vor all den Leuten hier eine Ohrfeige», warnte sie den störrischen kleinen Jungen.

Marcus dachte einen Moment über die Drohung nach und schaute zum Gesicht seiner Mutter auf. Am Ende gelangte er zu dem Schluß, daß es ihr ernst war, und folgte ihr.

In der Nähe des Bahnhofs behielten berittene Polizisten die Gruppen Jugendlicher, Jungs und Mädchen, aufmerksam im Auge, die sich durch die Feiernden schoben. Manche der «rude buois» waren mindestens genauso von der allgemeinen Euphorie berauscht wie von Bier und konnten der Versuchung einfach nicht widerstehen, sie zu verspotten.

«Babylon spielt Cowboy!» rief einer von ihnen, bevor er sich in den menschlichen Strudel stürzte.

In dieser Nacht kam es in der Nähe der U-Bahnstation Ladbroke Grove zu Zusammenstößen zwischen der Polizei und mehreren hundert Jugendlichen. Auf beiden Seiten gab es Verletzte.

3

FRAUENSACHE

Der Besitzer des Marktstandes kritzelte einige Zahlen auf ein Stück Papier und schaute auf.

«Sonst noch was für Sie, meine Liebe?» fragte er die junge Frau.

Sweetie sah den Stapel grüner Bananen nachdenklich an. Sie mochte nur die dünnen, die süß schmeckten und beim Kochen rosa wurden. Die vor ihr waren nicht nach ihrem Geschmack.

«Nain, alls in Oadnung. Wieviel muß ich zahln?»

Der untersetzte Mann mit dem roten Gesicht wischte die Hände an seiner Schürze ab und begann zu addieren, während Sweetie und ihre Freundin Pam die Lebensmittel in ihre Tragetaschen packten.

«Sechs Pfund vierzig, bitte.»

Sweetie nahm das Wechselgeld entgegen, dann machten sich die beiden Frauen auf den Weg zum Ende des Marktes an der High Street. An einem Samstagmorgen und ganz besonders im Sommer war es immer voll auf der Ridley Road. Sweetie und Pam waren früh dort eingetroffen, aber mit ihnen Hunderte anderer Kauflustiger. Einkaufswagen und Buggys ausweichend, bahnten sie sich ihren Weg durch die lärmende Menschenmenge und erreichten schließlich die belebte Hauptstraße.

«Ich will da voane nochn paa Sachn kaufn», sagte Pam mit einem Blick auf den Safeway Supermarkt auf der anderen Straßenseite.

Die Ampel schlug auf Rot um und erlaubte den Käuferscharen, die Straße zu überqueren. Im Inneren des Supermarkts schob Pam ihren Einkaufswagen die Regalreihen entlang und packte unterwegs verschiedene Artikel ein. Das Geschäft war voll, und die Kunden nahmen sich auch die Zeit für ein Schwätzchen mit Freunden, statt einfach nur einzukaufen und wieder zu gehen. Es war angenehm kühl dort, eine willkommene Erleichterung für jene, die sich mit schweren Tüten bepackt über den überfüllten Markt gekämpft hatten.

Nachdem Pam alles hatte, was sie brauchte, stellten sich die beiden Freundinnen an einer Schlange vor einer Kasse an, an deren Ende Frauen mit so vollgepackten Einkaufswagen anstanden, als kauften sie einen Lebensmittelvorrat für einen ganzen Monat.

«Ställ dia voa: ne Menge Fraun kommen jede Woche hea und kaufn imma wieda den glaichn Beag Sachn», sagte Sweetie.

«Stimmt», meinte Pam lachend. «Zu Hause im Yard könntn die damit aine ganze Familie ain Monat lang duachfüttan.»

Die Schlange hinter ihnen wurde länger. Nur noch drei Kunden vor ihnen, und endlich waren sie an der Reihe.

«Ich hab noch nie so lange Schlangn gesehn, bis ich hia hea gekommn bin», bemerkte Pam.

Pam war etwas mehr als ein Jahr in England. Sie war eine gutaussehende, braunhäutige Frau von Anfang Zwanzig. Sie war groß und hatte einen kräftigen Busen, ohne dabei aber eine *mampy* zu sein, und trug bunte, in den USA hergestellte, modische Kleidung, schwere goldene Ohrringe, mehrere Armreifen und Ringe. Pam war ziemlich attraktiv. Sie und Sweetie mit ihren entsprechenden Frisuren fielen unter den Kunden als «Yard-Frauen» auf.

«Kommstu am Dienstag mit mia zum Flughafn?» fragte Sweetie. Am Dienstag würde Lee ankommen. Lee war Sweeties Mann. Sie hatten sich schon seit Jahren gekannt, aber richtig zusammen gegangen waren sie erst, nachdem Sweetie nach England gekommen war und ihn wiedergetroffen hatte. Lee war Schallplattenproduzent und mußte aufgrund seiner Arbeit regelmäßig zwischen Jamaika, New York und London hin und her pendeln. Sweetie verstand das, aber inzwischen hatte sie ihn vier Monate nicht mehr gesehen und wartete daher verständlicherweise ungeduldig auf seine Rückkehr.

«Yeah, Maan, du und ich, wir fahrn zusammen runta!» erwiderte Pam. Sie waren inzwischen die nächsten an der Kasse. Die ältere, weiße Dame vor ihnen verstaute langsam ihre Einkäufe in einer Tüte.

«Vierzehn Pfund und fünfundsechzig Pence, bitte», sagte die junge, schwarze Kassiererin.

Die alte Dame nahm das Portemonnaie aus ihrer Handtasche. Langsam und mit zitternden Händen zog sie einen 20-Pfund-Schein heraus und gab ihn dem Mädchen. Dann versuchte sie, ihre restlichen Einkäufe einzupacken, um so schnell wie möglich den Platz frei zu machen. Sie drehte sich zu Sweetie um.

«Tut mir leid, meine Liebe», sagte sie entschuldigend.

Sweetie lächelte sie an. «Is schon in Oadnung, Lady, lassn Sie sich Zait.»

Die Kassiererin gab der alten Frau das Wechselgeld. Da sie immer noch mit ihrer Einkaufstüte kämpfte, beschloß Sweetie, ihr zu helfen.

«Nehmen Sie Ia Gält, ich ealedige das füa Sie.»

«Danke, vielen Dank», sagte die alte Frau mit einem herzlichen Lächeln.

Dann widmete sich die Kassiererin Pams Einkäufen. Die alte, weiße Dame bedankte sich noch einmal bei Sweetie und schlurfte dann zum Ausgang.

Die Kassiererin addierte, während Sweetie bereits Pams Einkäufe einpackte.

«Neun Pfund und vier Pence, bitte», sagte sie.

«Vadammt, was bildest du dia aigentlich ain?» hörte Sweetie Pam knurren. Schnell schaute sie auf und fragte sich, warum Pam einen Streit mit der Kassiererin angefangen hatte.

Aber es war nicht die Kassiererin, die zur Zielscheibe von Pams Zorn geworden war. Sie redete mit einem Mädchen in der benachbarten Schlange. Sweetie sah das Mädchen an; sie war dunkelhäutig und schlank, hatte sich die Haare zu kleinen Zöpfen frisiert und zu einem Pferdeschwanz zusammengebunden. Sie hatte dick Make-up aufgelegt und trug einen engen Minirock. Sweetie kannte das Mädchen nicht, vermutete aber, daß die ältere Frau neben ihr wahrscheinlich die Mutter war. Ihrem Tonfall nach zu schließen, konnte Pam sie offensichtlich nicht ausstehen.

«Ja, dich main ich! Du klaine, dürre Hündin, du! Waißtu, wea ich bin?!»

Das Mädchen rührte sich nicht. Ihre Mutter sah zuerst sie an, dann die schimpfende, kräftige, braunhäutige Frau. Alle waren wie erstarrt; die Kunden in den Schlangen und die Kassiererinnen schauten verwirrt zu.

«Kuul jäz, Pam! Wasn los?» Sweetie versuchte, ihre Freundin zu beruhigen.

Aber Pam kam immer mehr in Fahrt, wurde noch wütender, weil das Mädchen vergeblich versuchte, die kräftige, brüllende Frau zu ignorieren, die drohend mit dem Finger auf sie zeigte.

«Ich zeaschnaid dias Gesicht, Mädchn, vastehstu das?! Und daim klain Froind kannstu sagen, ihn mach ich auch noch featig, habt ia das gehöat?!» Inzwischen brüllte Pam, deren Stimme ohnehin schon laut war, aus Leibeskräften.

Sie setzte sich zu dem Mädchen in Bewegung, hatte kein Auge für die verdutzte Menge um sie herum. Das Mädchen wurde nervös, schaute überallhin, nur nicht zu Pam. Ihre Mutter sagte etwas, das jedoch in dem Schwall Beschimpfungen unterging, die von der kräftigen Frau ausgestoßen wurden. Schnell folgte Sweetie ihrer Freundin und erwischte sie genau in dem Augenblick, als diese das Mädchen fast erreicht hatte.

«Pam, ganz ruhig jäz! Laßes, das bringt doch nichts. Komm, Maan, komm...» Mit einem Arm um Pams Taille versuchte Sweetie, sie fortzuziehen. In Anbetracht ihrer geringen Größe und Pams recht massiger Figur war das keine leichte Aufgabe.

«Sag was, du dräckige klaine Schlampe», provozierte Pam das verängstigte Mädchen. Sweetie versuchte immer noch, Pam daran zu hindern, zu ihr zu kommen, und zog jetzt an ihrem Arm.

«Sweetie, laß mich endlich los!» Pam begann sich zu wehren, war wild entschlossen, sich auf ihr Opfer zu stürzen.

«Sieh sie dia nua mal an!» Pam warf dem Mädchen einen verächtlichen Blick zu.

«Du sagst daim verschissenen Froind, daß ea Gält füa sain Klain schickn soll, bevoa ea alles füa so ain Stück Müll wie dich ausgibt!»

In diesem Augenblick verstand Sweetie den Grund für Pams Wutausbruch. Sie hatte ein Baby von einem Mann namens Bunny, einem Musiker. Bedauerlicherweise war ihre Beziehung nur von kurzer Dauer gewesen, und jetzt lebte er mit einem Betthäschen zusammen. Pam hatte herausgefunden, wer sie war, und das Schicksal hatte sie an diesem Morgen im Supermarkt einander über den Weg laufen lassen.

Hätte das Mädchen jedenfalls irgend etwas gesagt, was auch immer, dann wäre es bereits zu Gewalttätigkeiten gekommen. Die Menge schaute immer noch wie erstarrt zu. Gerade als Sweetie allmählich die Geduld verließ, und auch die Kraft, ihre Freundin noch länger zurückzuhalten, sagte eine Stimme hinter ihr:

«Heh! Höa jäz auf damit!»

Sweetie drehte sich um, Pam ebenfalls; die Stimme war rauh und gebieterisch.

«Sai nich blöd, Pam. Komm jäz!»

Norris, das war der Name des Mannes, nahm behutsam, aber entschieden Pams Hand und begann, sie von dem Mädchen fortzuziehen.

«Laß mich ia aine rainhaun, Maan!» Pam wollte ihrem Ärger immer noch Luft machen. Aber mit Norris diskutierte man nicht; der große, dunkelhäutige Mann in mehrfarbiger Weste und Designerjeans nahm die Sache in die Hand. Obwohl er eine Sonnenbrille trug, konnte man seinen unnachgiebigen Blick spüren, so ausdruckslos wie sein Gesicht blieb. Er schleifte die widerstrebende Pam aus dem Geschäft, während die Menge aufmerksam weiter zuschaute. Schnell kehrte Sweetie zu ihren Einkaufstüten zurück, bezahlte die verblüffte Kassiererin und ging hinaus.

Draußen hatte Norris eine finster dreinschauende Pam gegen einen Zaun zurückgedrängt und hielt ihr eine Standpauke.

«Sei doch nich so blöd und füah dich hia so auf, Pam, Maan. Wia sind hia in Ängland. So was macht man hia nich in alla Öffentlichkait, veastehstu?!»

Pam war immer noch stinksauer, aber Norris war jemand, auf den sie hören mußte.

«Du waißtoch sälbs, daß Bunny sain ganzes Gält füa diese klaine, dräckige Schlampe ausgibt. Ich zeaschnaid iars Gesicht...» Pam versuchte, ihr Verhalten zu rechtfertigen.

Norris sah sie mit seiner Sonnenbrille an. Er lächelte leicht.

«Dann varat mia mal was. Isses Gält, dassu von ia willst?»

«Nain, aba...», setzte Pam an.

«Dann laßie in Ruhe. Das is aine Sache allain zwischn dia und Bunny, okee?!»

Pam antwortete ihm nicht. Sweetie sah sie an.

«Pam, höa zu: Tu mia so was nie wieda an! Es is mia schaißegal, wea dieses Mädchn is, so was machstu nie wieda!»

Pam sah, daß Sweetie von der ganzen Sache alles andere als begeistert war.

«Schon gut, daßu voabaigekommen bis, Norris. Diese Wahnsinnige hätte das Mädchn da drinnen sonst noch zusammengeschlagn.»

Norris schüttelte den Kopf.

«Ich komm hia so voabai, weißtu, und ich seh, wie dea ganze Supamaakt eastarrt. Als ich dann hinseh, veasucht main Mädchn hia den ganzn Ladn aufzumischn.» Er wendete sich Pam zu.

«Hastu mich veastandn? Geh nach Hause und beruhig dich wieda. So was ist doch nur dumm.»

«Ich bring sie nach Hause, kaine Angst», erwiderte Sweetie.

«Danke, alls klaa?»

«Kuul, Maan. Bis späta!»

Norris ging. Sweetie seufzte und sah Pam an.

«Komm jäz, Miss, füa hoite sind wia fäatig mit Ainkaufn.»

4

LANDLEBEN

«Wilfred, komm hea!»

Der kleine Junge nahm einen Moment seinen Blick von dem Vogel in dem hohen Mangobaum. Die Stimme seiner Mutter hatte seine Konzentration unterbrochen, und er wußte, daß er den Schuß besser nicht versuchen sollte. Sein Freund grinste und machte Anstalten, ihm die Steinschleuder abzunehmen. Wilfred schnalzte mit der Zunge und stieß ihn mit dem Ellbogen zur Seite.

«Verzieh dich, Maan. Das is main Schuß!»

Es war nicht klug, seine Mutter warten zu lassen, das wußte Wilfred nur zu gut. Trotzdem hob er die Schleuder und zielte mit einem zusammengekniffenen Auge. Der kleine Vogel pickte immer noch an der Frucht herum. Wilfred hielt die Luft an und ließ, nach einer kleinen Korrektur, den Stein losflitzen. Er traf den Baumstamm mit einem scharfen Geräusch, trieb den Vogel in überstürzte Flucht. Wilfred fluchte und warf seinem Freund die Schleuder zu, bevor er zur Rückseite des Hauses loslief.

«Wilfred!»

Genau in dem Augenblick, als sie wieder rief, erreichte er seine Mutter im Freien, wo sie das Abendbrot zubereitete.

«Ja, Mum...» Wilfred setzte eine Unschuldsmiene auf.

«Was is denn? Hastu mich nich schon baim eastn Mal rufn gehöat?»

«Doch...»

Die Frau rührte zuerst das Essen in dem großen Kessel mit einem Holzlöffel um, bevor sie sich zur Tür drehte. Sie zog einen verknitterten Geldschein aus der Tasche ihres weiten Baumwollkleids.

«Geh was Butta im Geschäft kaufn.» Sie gab ihrem Sohn das Geld. Wilfred verließ sie und rannte den schmalen Weg hinauf, der quer über den Hof des Nachbarn führte, um zur Straße zu gelangen. Unterdessen nahm Cassie den Topf vom Kohleherd und stellte ihn auf den Holztisch daneben. Das Abendessen war fertig.

Die dicke, orangefarbene Sonne ging langsam hinter dem kuppelförmigen Berg hinter dem Haus unter. Die Hitze des Tages ließ nach, die kühle Brise vom weit entfernten Meer kündigte einen milden Abend an.

«Thomas wiad bald von dea Farm zurückkommen», dachte Cassie, als sie ins Haus ging, um Teller zu holen. Sie war eine recht korpulente, dunkelhäutige Frau von Anfang Dreißig. Sie lebte mit ihrem Mann Thomas und ihren vier Kindern in diesem Haus.

Sie warf einen kurzen Blick ins Schlafzimmer. Vernon lag immer noch der Länge nach ausgestreckt auf dem Bett und schlief. Sie beschloß, ihn jetzt besser zu wecken. Aus der Tür rief sie laut: «Vernon!»

Der Mann rührte sich nicht.

«Vernon!» Sie hob die Stimme noch ein wenig mehr. Dieses Mal bewegte sich der schlafende Mann. Ein drittes Rufen weckte ihn schließlich. Cassie wußte, wie sie ihre Stimme einzusetzen hatte...

«Vernon, Essen is fäatig.»

Der Mann schaute auf und sah Cassie an. Mit einer Hand rieb er sich übers Gesicht, auf dem anderen Arm stützte er sich auf.

«Okee...»

«Wie kommts, daßu immea so müde bis, Maan?!» Cassie lachte.

Er sah sie an, kratzte sich an den kurzen Stoppeln auf seiner Wange.

«Buoi... ich hab hoite moagn mit Thomas drübn auf dea Farm geabeitet.»

Lächelnd schüttelte Cassie den Kopf.

«Thomas is von Kindhait an Farmer, da kannstu nich mithaltn», sagte sie. «Komm, Maan, du muß hungrig sain.»

Sie verließ ihn, um ihn seine Gedanken sammeln zu lassen, und ging in den benachbarten Raum Teller holen. Er stand auf und verließ das Haus zu dem kleinen Duschbereich, der mit drei Zinkblechen abgeteilt war. Er zog sich aus und drehte den Wasserhahn auf. Es gab nichts Herrlicheres als nach der Hitze des Tages das Gefühl von kaltem Wasser am frühen Abend. An diesem Morgen hatte er auf der Farm geschwitzt, in der heißen Sonne Löcher für die Suckers gegraben. Thomas hatte ihm gesagt, daß die Regenzeit in wenigen Tagen beginnen würde, jetzt sei die richtige Zeit fürs Anpflanzen. Sie brauchten den größten Teil des Morgens, um das Stück Land vorzubereiten, auf dem Thomas seine Feldfrüchte anpflanzen wollte. Thomas war ein kräftiger Mann, einsdreiundachtzig groß, hatte breite Schultern und ein bärtiges Gesicht, das Ehrlichkeit und Entschlossenheit ausstrahlte. Sein ganzes Leben hatte er mit der Bestellung des Landes verbracht, wie schon sein Vater vor ihm. Es war eine harte, anstrengende Arbeit, aber etwas anderes kannte er nicht, und mit seiner Plackerei konnte er seine Familie ernähren.

Wie überall auf Jamaika war auch hier der Boden fruchtbar, und ein Mann konnte anpflanzen, was immer er wollte. Es gab mehr als genug Land zu bestellen; sowohl Thomas' Mutter als auch sein Vater kamen aus der gleichen Gegend. Sie hatten ihre neun Kinder von kleinauf so erzogen, daß sie für sich selbst sorgen konnten. Thomas' Geschwister hatten die Gemeinde verlassen und waren nach Kingston gezogen, einige waren sogar nach Amerika ausgewandert. Und doch hatte Thomas sich entschieden, in Harmony Vale zu bleiben, in den Bergen von St. Ann, wo er aufgewachsen war.

D. hatte sich gerade abgetrocknet, als er Cassie hörte, die ihn vom Haus aus rief.

«Vernon, wo steckstn?»

«Thomas ist von der Arbeit zurück!» dachte D. Er hing das Handtuch auf die Wäscheleine und ging ins Haus. Thomas war auf der Veranda vor dem Haus, rief immer noch.

«Vernon, aufwachen, Maan!»

D. seufzte; er war jetzt fast sechs Monate hier und konnte sich immer noch nicht an den Namen gewöhnen. Niemand hatte ihn mehr so genannt, seit er als sechsjähriger Junge Harmony Vale verlassen hatte, um zu seiner Mutter nach Kingston zu gehen. Seine Großmutter mütterlicherseits hatte ihm den Namen ihres Vaters als zweiten Vornamen gegeben, und da sie ihn großgezogen hatte, solange er in Harmony Vale lebte, war der Name haftengeblieben.

D. zog sich an und trat auf die Veranda hinaus. Thomas saß auf einem der schmiedeeisernen Stühle, hatte seine schweren *«mud-up»*-Arbeitsschuhe ausgezogen und war damit beschäftigt, den gelben Sack auszupacken, den er von der Farm mitgebracht hatte.

«Ja, Maan!» begrüßte D. seinen Cousin. Thomas sah ihn kurz an, dann erhellte ein verschmitztes Lächeln sein bärtiges Gesicht.

«Momänt! Die Aabait hat dich featiggemacht, Maan.»

«Nein.» D. setzte sich auf die niedrige Einfassungsmauer der Veranda.

Eine Reihe Paprika, *Skellions*, zwei Kürbisse, mehrere Taros und ein Bund *Callaloo* zierten den Betonboden.

«Essen, mein Junge!» verkündete Thomas stolz. «Der Stoff des Lebens.»

D. nickte. Schließlich zog Thomas einen zusammengefalteten Beutel aus der Seitentasche seiner schweren baumwollenen Arbeitshose. Behutsam faltete er ihn auseinander und nahm ein Bündel Krautstengel heraus. Die Knospen waren so dick wie der Finger eines Mannes, hellgrün in der Farbe mit rotbraunen Flecken. Vorsichtig löste Thomas einen der Stengel aus dem Bündel und reichte ihn D. Die Knospen hatten ein durchdringendes Aroma, das an frische Pfefferminze erinnerte, nur stechender.

«Junges Sensi», sagte D.

Mit dem Nagel seines rechten Daumens pulte Thomas ein paar Samen aus einer der Knospen.

«Aus dem grünen Sinsemilla macht man ain gutn Tee», bemerkte er und rieb das Gras auf seiner Handfläche. «Indica is auch bald sowait, weißtu.»

Indica war ein noch stärkeres Gras als das, was er nach Hause mitgebracht hatte. Außer der riesigen Sammlung Nahrungsmittel baute Thomas auch immer eine Ernte erstklassiges Ganja an, allerdings mehr zum persönlichen Gebrauch als für den Handel. Doch falls nötig konnte er auch einige Ladungen Gras verkaufen und so zusätzliches Geld verdienen, um für die Ausbildung der Kinder oder andere Unkosten aufzukommen. Cassie verkaufte das Gemüse normalerweise auf dem Markt in Claremont. Im großen und ganzen stammte der größte Teil der von der Familie benötigten Lebensmittel aus eigenem Anbau, und durch die Verkäufe konnten Strom und Wasser bezahlt werden. Sie waren nicht reich, aber hungrig waren sie auch nie.

Wilfred tauchte an der Ecke des Hauses auf. Er begrüßte seinen Vater, brachte dann die Lebensmittel in die Küche. Wilfred war fast zwölf Jahre alt, recht groß für sein Alter, besaß die gleichen tiefliegenden Augen wie sein Vater. Seine ältere Schwester Lisa war fünfzehn und wohnte bei Verwandten in der Stadt. Der neunjährige Ricky und der sechsjährige Joseph waren die beiden Jüngsten.

«Ma will wissn, ob ia featig said füas Essn», sagte Wilfred, als er zurückkehrte.

«Wia sind sowait, Maan.»

Thomas und D. gingen zu dem Wasserrohr, um sich die Hände zu waschen. Über die Schlucht legte sich langsam mit der gleichen beeindruckenden Stille die Dämmerung, die immer dem Einbruch der Dunkelheit vorausging. Schon bald würden die Grillen mit ihrer Symphonie beginnen.

«Ich hab dain Mädchn die Straße rauf gesehn...», sagte Thomas, als er D. die Seife reichte.

«Main Mädchn?» fragte D. scheinbar verdutzt.

Thomas sah ihn mit funkelnden Augen an.

«Glaubstu vllaicht, ich hätt nichts mitgekriegt, Maan... ?!»

D. lachte und schüttelte den Kopf.

«Ich waiß wiaklich nich, wovon du redest...»

Thomas trocknete sich die Hände ab.

«Okee. Das knackige braune Mädchn, das da obn bai dea Kiache wohnt, is nich dain Ding, ja?» fragte er mit gehobenen Augenbrauen.

D. drehte das Wasser ab.

«Ach, das Mädchn mainstu...», sagte er und versuchte gleichgültig zu klingen.

«He, du tust doch imma so smart. Nichts blaibt ewig ain Gehaimnis, veagiß das nie!» Thomas genoß diesen Augenblick.

D. kniff die Augen zusammen und sah seinen Cousin an.

«Buoi, sie und ich, wia habn nua mal geredet. Kennstu sie?»

Thomas lachte.

«Sie und Cassie sind Familje, veastehstu?»

D. erinnerte sich, daß das Mädchen soviel erwähnt hatte. Sie kehrten auf die Veranda zurück. Inzwischen war das Licht eingeschaltet worden, und die Dunkelheit hatte begonnen, sich über das ganze Tal zu schleichen. Wilfred und Ricky brachten das Abendessen auf Tabletts; geröstete Brotfrucht, Salzfisch und *Callaloo*, große Weizenmehlklöße und Süßkartoffeln; das Essen duftete und schmeckte köstlich. D. aß mit herzhaftem Appetit. Während der letzten paar Monate hatte er zugenommen, und das war ein gutes Zeichen. Als er in Harmony Vale angekommen war, hatte Cassie ihn nur einmal kurz angesehen und verkündet, daß er «übel abgemagert» sei. Wenn er jetzt daran zurückdachte, erkannte D., daß er ausgesprochen dünn und verhärmt ausgesehen haben mußte. Es hatte einige Zeit und eine Menge Geduld und fürsorgliche Pflege erfordert, um dahin zu kommen, wo er jetzt war; fit, gesund und mit einem guten Gefühl für den eigenen Körper.

«Alls in Oadnung?» Cassie kam aus dem Haus. Thomas nickte heftig kauend.

«Cassie du bis aine verflucht gute Köchin, ächt. Ich muß mia auch aine Frau wie dich suchen», sagte D. und biß in einen seiner Klöße.

«Äh? Ich glaub, das hastu ja wohl schon in Angriff genommen ...» sagte Cassie trocken. D. warf ihr einen kurzen Blick zu. Dann widmete er sich wieder seinem Essen. Die beiden Männer aßen schweigend, genossen unübersehbar ihre Mahlzeit. Aus dem Hausinneren drang Musik aus dem Radio zu ihnen hinaus, der Tag war vorüber, alles war friedlich und still. Außerhalb des beleuchteten Bereichs um die Veranda hatte die Nacht eingesetzt. Wie üblich hatte sich eine Meute magerer Hunde um das Haus versammelt und schaute ihnen beim Essen zu. Sie kamen jeden Abend, wenn das Essen serviert wurde, und ließen sie keine Sekunde aus den Augen, warteten auf die Reste, die mit Sicherheit für sie abfallen würden. Und jeden Abend konnte D. nicht widerstehen, ein kleines Stück von seinen Klößen in ihre Mitte zu werfen, um dabei zuzusehen, wie sie sich darum balgten. Heute abend allerdings war nicht viel übriggeblieben, das ihnen zugeworfen werden konnte, als Thomas und D. ihren Hunger gestillt hatten.

Die Kinder brachten die Teller in die Küche. Thomas stand auf und streckte sich.

«Ja, Vernon; du veastehst jäz, daß das Landleben süß is?»

«Ächt wahr.» D. ging zum Wasserrohr, um sich den Mund auszuspülen. Inzwischen nahm Thomas das Gras, das er vor dem Abendessen gesäubert hatte. Es war Zeit für einen guten Spliff. Er zog ein paar Tabakblätter aus der Brusttasche seines Hemdes.

«Hia, nimm dia ains, Maan», sagte er und bot D. ein Blatt an.

«Nee, Maan! Das ist mia zu heavy», lehnte D. ab und zog ein Blatt Rizla heraus.

Thomas lachte und rollte seinen Spliff. Er schickte Wilfred Streichhölzer holen. Der Junge trieb sich wann immer möglich in der Nähe seines Vaters und dessen Freunde herum. Er brannte darauf zu lernen, wie es war, ein Mann zu sein, und ihnen beim Rauchen und Reden zuzuschauen, während er auf den Moment wartete, wenn er sich wie ein großer Mann benehmen konnte. Der weiße Rauch schraubte sich in die Nachtluft, als Thomas an dem kurzen, fetten Spliff zog. Die Mischung aus frischem, ungetrocknetem Tabak und erstklassigem Sensimilla war stark, zu stark für Nichteingeweihte, aber Thomas hatte seit Jahren nichts anderes geraucht. D. hatte die Mischung einmal probiert, als er gerade angekommen war, aber der erste Zug war durch seinen Hals gekratzt und hatte ihm für mehrere Minuten einen Hustenanfall beschert.

«Du bis ain Stadtmänsch, füa so was bistu noch nich raif», hatte Thomas ihn die folgenden Tage immer wieder aufgezogen. Die beiden Männer rauchten eine Weile schweigend und genossen das Aroma des Grases. Gelegentlich kam jemand am Tor vorbei und rief ihnen eine Begrüßung zu. Thomas antwortete dann immer. Eine Gruppe Jugendlicher schlenderte, sich unterhaltend und lachend, vorbei. Ihre Stimmen verblaßten, als sie weiter den Berg hinunter zum Dorfplatz gingen.

«Gehstu zua Totenwache?» fragte Thomas nach einer Weile.

D. stieß Rauch aus und dachte über seine Antwort nach.

«Is das Bäste, hinzugehen und die läzte Ehre zu eawaisn», bemerkte Thomas.

Miss Winnie, eine der Ältesten der Gemeinde, war vor zwei Nächten gestorben. Wie die meisten in der Gegend lebenden Leute gehörte auch sie zur Verwandtschaft. Sie wurde von allen geliebt und war fast hundert Jahre alt geworden. Manche der älteren Leute bestanden darauf, daß sie genaugenommen einhundertundzwei Jahre alt war! Wie in allen ländlichen Gemeinden war ein Todesfall immer Anlaß zusammenzukommen. Alt und jung versammelten sich um den Garten des Verstorbenen, brachten zu essen und trinken mit und «feierten». Nur selten war es ein trauriges Ereignis, besonders wenn es sich um einen «natürlichen» Todesfall handelte. Sollte aber jemand unter verdächtigen Umständen sterben, dann kamen die alten Leute des Dorfes zusammen und sprachen mit gedämpften Stimmen unter sich von «obeah», jener gefürchteten Hexerei, und diskutierten, welche Maßnahmen ergriffen werden sollten, um der Vergeltung des «Duppy» des Verstorbenen entgegenzuwirken. Solche Dinge gehörten zum Leben wie der Tod, und die Zeit und der Fortschritt hatten keinerlei Einfluß auf die Lebendigkeit dieser afrikanischen Traditionen.

«Ich geh späta runtea», sagte D. schließlich. Er konnte sich an Miss Winnie erinnern, als er ein kleiner Junge war, eine große, schwarze Frau mit einem Lachen in den Augen. «Ich gehe und weade ia die läzte Ehre eawaisn», dachte er bei sich.

Wie alle Jamaikaner, gleichgültig wie sehr sie sich von ihrer bäuerlichen Vergangenheit entfernt hatten, war auch D. abergläubisch. Es gab keinen Grund sich gegenüber der Toten respektlos zu verhalten, auch sich nicht den Zorn ihres Geistes auf sich zu ziehen. Er mochte Beerdigungen nicht, und sein Gesicht verhärtete sich, als er sich an die Beerdigung seiner Mutter vor einigen Jahren erinnerte. Sie hatte sich nie mehr von Jerrys Tod erholt, D.s älterem Bruder. Ganz allmählich wurde sie immer schwächer, klagte über Schmerzen im Bauch, verbrachte ihre Tage im Liegen oder saß auf einem Sessel und starrte blicklos ins Leere. Sie war überzeugte Christin gewesen, hörte aber auf, den Gottesdienst in ihrer Kirche in Greenwich Town zu besuchen. Zwei Jahre nach Jerrys Tod starb auch sie. Wie sie es gewünscht hatte, sorgte die Familie dafür, daß sie neben ihren Eltern und Verwandten in Harmony Vale beigesetzt wurde. Vor seinem jetzigen Besuch war dies das letzte Mal gewesen, daß D. im Dorf gewesen war. Ein eiskaltes Gefühl beschlich ihn. Er steckte seinen Spliff an und inhalierte tief.

Thomas stand auf und gähnte. «Ich geh ein Nickeachn machn», sagte er. D. blieb allein zurück, mit dem Rücken gegen den rauhen Putz der Wand gelehnt, und ließ noch einmal all das Revue passieren, was er seit dem Tod seiner Mutter gemacht hatte. Ein Schwall Bilder spulte in seinem Kopf ab, und jedes einzelne hatte einen eigenen Beigeschmack. Da war er wieder auf den Straßen von Kingston, machte sich einen Namen, arbeitete sich von der Gosse hoch, verdiente sich Respekt. Dann der große Tag auf dem Flughafen, sein Flug, als er Jamaika verließ wie ein Vogel, der der Falle des Vogelfängers entwischte. Dann London, die berühmte Stadt... Von da an besaßen die Bilder eine andere Qualität. Die Farben waren diffuser. Er sah sich in seinem glänzenden Wagen durch die dunklen, kalten Straßen Londons fahren. Er erinnerte sich an die verräucherten Lokale, an die Gesichter von Freunden und Feinden, nebeneinandergestellt wie in der Collage eines Kindes. Der Film in D.s Kopf lief weiter, aber jetzt waren die Bilder schärfer, individueller. Da war Donnas Gesicht, traurig, ängstlich, dann die langen Korridore, die Zellen, das trostlose Leben in der geschlossenen Welt eines fremden Gefängnisses. Fast fünf Monate war er eingesperrt und wartete auf den Beginn seines Prozesses, und während dieser Zeit war er häufig von der Polizei besucht worden, die ihm unzählige Fragen stellten und Deals anbot – und immer vergebens. D. wußte sehr gut, daß ihre einzige Chance, einen Schuldspruch gegen ihn zu erwirken, von einem bestimmten Zeugen abhing, der gegen ihn aussagen mußte. Auch wenn seine Lage prekär war, machte er sich doch keine ernsthaften Sorgen. In einem englischen Knast, wo er allein aufgrund seines Rufes praktisch alles bekommen konnte, was er haben wollte, waren die Monate schnell vergangen. Dann wurde der Prozeßbeginn festgelegt. Obwohl er nicht viele Kontakte zu seinen Leuten draußen hatte, fühlte er sich an jenem Tag recht zuversichtlich und trat locker und entspannt vor die Richterin. Natürlich erschien der Zeuge der Anklage nicht. Die Polizei kochte. D. lächelte sie an. Er war nicht wirklich überrascht, als sein Anwalt ihm mitteilte, daß sie seinen Einwandererstatus überprüften, und schließlich erhielt er seinen Ausweisungsbefehl. Und so kam es, daß D. an einem sonnigen Frühlingsmorgen in Begleitung zweier Detectives in eine Maschine zurück nach Jamaika gesetzt wurde. Unter den gegebenen Umständen war D. nicht sonderlich glücklich, sich wieder zu Hause zu befinden, aber das war alle Male besser, als wegen Mordes eingesperrt zu werden, reflektierte er. Bei seiner Ankunft wurde er von der jamaikanischen Polizei erwartet und wieder eingesperrt. Die Haftbedingungen dort waren total anders: überfüllt, schmutzig und verwahrlost, brutal. Er traf ein paar frühere Freunde, aber ebenfalls eine Menge Feinde. Eine weitere unwillkommene Veränderung war die Drogensituation. Solange D. in einem englischen Gefängnis saß, hatte er weiter Kokain genommen. Für einen Don wie ihn stellte es überhaupt kein Problem dar, den Stoff hineinzubekommen. Wo er sich jetzt befand, herrschte eine gänzlich andere Szene. Nicht lange und er begann die Veränderungen an seinem Körper und Geist zu spüren. Nachts war er in Schweiß gebadet und wachte mit dem Gefühl zu ersticken und unter Schmerzen auf. Meistens befand er sich in düsterer Stimmung, brütete und wurde schnell wütend. Die Bedingungen im Gefängnis und seine unsichere Zukunft machten alles nur noch schlimmer. Das war vermutlich D.s finsterste Stunde.

Die Lösung kam völlig unerwartet eines Nachmittags. D. war auf dem Gefängnishof, schlug die Zeit tot, wartete darauf, daß ein weiterer Tag zu Ende ging, als einer der Wärter ihn hineinrief.

«Du hast Besuch», sagte der Mann ohne die Spur eines Lächelns.

D. runzelte die Stirn. Sein Verstand arbeitete fieberhaft. «Muß wieda die Polizai sain. Noch mea schlächte Nachrichtn», dachte er. Der Wärter führte ihn in einen kleinen Raum und schloß die Tür hinter ihm ab. An dem hölzernen Tisch im Inneren saß ein kräftig gebauter und gut gekleideter Mann. Er war glattrasiert, trug eine dunkle Sonnenbrille, sah D. direkt an, hielt den Kopf leicht nach rechts geneigt.

In diesen wenigen Sekunden des Schweigens gingen D. eine Menge Dinge durch den Kopf. Darunter auch Überraschung.

«Wie gehtsn so, Missa D.?» In Skeets Stimme lag keinerlei Wut, das war nie anders. Für jeden, der die beiden Männer nicht kannte, klang die Begrüßung beinahe herzlich. D. nickte langsam.

«Bästns, weißtu», sagte er wenig überzeugend.

Skeets starrte ihn immer noch an. Er betrachtete D.s unrasiertes, bleiches Gesicht, die zerrissene Weste, die zerknitterte Hose, und schüttelte seufzend den Kopf.

«Früha hastu mal spitze ausgesehn, Maan», sagte er beinahe traurig. «Wasn mit dia passiat?»

Ausnahmsweise fühlte sich D. ausgesprochen unbehaglich, allerdings nicht wegen seinem Erscheinungsbild. Die ganze Zeit schon hatte er gewußt, daß der Tag kommen würde, an dem er Skeets gegenübertreten mußte, und jetzt war es soweit.

«Säz dich, Maan, säz dich...» Skeets deutete auf eine Bank vor der Wand. D. fügte sich und schaute zu Skeets auf, während er sich setzte. Er konnte die Augen des Mannes nicht sehen, aber selbst das wäre keine große Hilfe gewesen zu raten, was in seinem Kopf vorging. Skeets war der unberechenbarste Mann, dem D. je begegnet war. Es war einer der Hauptgründe, warum er so respektiert und gefürchtet war. Irgendwie schaffte er es, seinen Gegnern gedanklich einen Schritt voraus zu sein, sie auszutricksen. Im Augenblick befand sich D. auf der Empfängerseite, und er genoß es überhaupt nicht. Lieber wäre ihm gewesen, wenn Skeets ihn beschimpfte und sagte, was er zu sagen hatte. Doch der Mann hatte es überhaupt nicht eilig. Er stand auf und ging zu dem kleinen Fenster, das einen Blick auf den Gefängnishof bot.

«Ich hatte nich eawaatet, dich sobald wieda hia zu sehn, weißtu. Wie ich gehöat hab, gings dia ja wohl ganz gut... ?» sagte Skeets und schaute hinaus.

«Wieso kann dea Mann aigentlich nie aufhöan, saine Spielchn zu spielen?» fragte sich D. Er wurde zunehmend nervöser.

«Sind gewisse Dinge passiat», meinte er ausweichend.

Skeets wirbelte zu ihm herum, die Hände in den Taschen.

«Gewisse Dinge?!» wiederholte Skeets süffisant und betonte jede Silbe. «Du komms ins Ausland und wirst dumm...» D. bemerkte, daß der Tonfall deutlich kühler geworden war. Skeets kehrte an den Tisch zurück. Er setzte sich wieder. «All die Jahre zaig ich dia, wie man die Sache managt, ich veasuch dia baizubringn, wie man übalebt.» Er unterbrach sich kurz. «Sag mia ains: Hastu schon mal gesehn, daß ich von dea Polizai festgehaltn woadn bin?» Skeets sah mit seiner Sonnenbrille auf D. herab. «Veagewaltigung... Moad... ?! Du bis nichts als ain klainea, gewöhnlichea Kriminellea!»

D. schwieg, er schaute zum Fenster und wartete. Skeets hatte die Sonnenbrille abgenommen und sie auf den Tisch gelegt. Er stand wieder auf und kam zur Bank. Er baute sich vor D. auf.

«Steh auf, Maan!» D. erhob sich. Gegen seinen Willen mußte er Skeets ins Gesicht sehen. Aber diese Augen waren unergründlich.

«Soll ich dia sagn, warum dain Lebn so vapfuscht is?» fragte Skeets leise. «Ich wead dia sagn, warum. Du stehst zu seah auf die Schaiße und versaust dia den Veastand.» Die Stimme war lauter geworden. D. versuchte, die Augen nicht anzusehen, die sich in ihn hineinbohrten. Skeets stand direkt vor ihm, viel zu nah, um sich wohl zu fühlen, ragte über ihm auf. «Und jäz das.»

«Jemand hat vasucht, mich umzubringn», sagte D. und sah den Mann jetzt offen an.

Er sah es nicht kommen. Ohne Vorwarnung schlug Skeets ihm mit dem Handrücken quer übers Gesicht. D. verlor das Gleichgewicht und krachte auf die Bank, schlug dabei mit dem Hinterkopf gegen die harte Ziegelwand. Er schmeckte Blut in seinem Mund. Immer noch benommen durch den Schlag des stämmigen Mannes, spürte D. eine große Hand, die seinen Hals umklammerte, ihn wieder hochzog. Skeets drückte ihn gegen die Wand, hielt ihn dort am Hals fest, schob sein Gesicht nur Millimeter vor D.s. In seiner Stimme lag keinerlei Zorn, als er nun wieder sprach.

«Höa mia zu, und höa mia gottvadammt genau zu. Wenn ich dich tot habn wollte, dann wäast du schon vadammt lange tot. Im Momänt wolln dich aine Mänge von dainen Faindn aus dem Weg roimen, und wail du gerade im Knast bis, ist das kaine große Sache.»

Skeets unterbrach sich wieder und seufzte, nahm für einen kurzen Augenblick den Blick von D., war scheinbar in Gedanken versunken. Seine Hände drückten immer noch auf D.s Hals, hielten ihn aufrecht. Er fuhr fort. «Ich waiß wiaklich nich, wieso du dich mia gegnüba so respäktlos veahälst.» Er hob eine Hand, als D. versuchte zu sprechen. «Ich will, daß du dia was meakst. Kann sain, daß du da draußn aine große Numma bist und viele Loite Angst voa dia habn, aba ich weade stäaka, und wia wissn baide, daßu im Momänt füa mich noch nich gefäalich genug bis.» Skeets' Blick bohrte sich tief in D.s Augen, nachdem er schon eine Weile nichts mehr gesagt hatte. Schließlich ließ er ihn los. D. sackte auf der harten Bank zusammen und hustete, wischte etwas Blut von der Unterlippe, wo sich Skeets' Ring ins Fleisch gegraben hatte. Skeets schaute zu ihm herab und schüttelte den Kopf. Seelenruhig zog er ein Päckchen Zigaretten aus der Tasche, steckte eine an und gab sie D., bevor er sich selbst auch eine ansteckte und wieder an den Tisch setzte. Langsam schob D. die Zigarette in den linken Mundwinkel und inhalierte. Er fühlte sich benommen, der Kopf war leer. Seine derzeitigen Lebensbedingungen, ungenügendes Essen und die Entzugserscheinungen hatten ihn geschwächt. Was er da gerade eben empfunden hatte, war für ihn das höchste der Gefühle in Richtung Angst. Er versuchte wieder ruhiger zu atmen, behielt die Augen gesenkt, um Skeets' starrenden Blick zu meiden. Schweigend saßen die Männer einige Minuten da.

«Aba ich wead dia aine Chance gebn ...», sagte Skeets entschlossen.

«Waißtu warum? Wail daine Mutta aine gute Frau gewesn ist, möge iare Seele in Friedn ruhn.»

D. wollte wirklich nichts über seine Mutter hören. Nervös zog er an der Zigarette.

«Jeda macht mal ain Fehlea, und ich glaube, daß in dia ne Menge steckt.» Seine Stimme wurde geringfügig frostiger, während er sprach. «Aba höa mia jäz ganz genau zu. Sobald ich eafahre, daß du wieda Stoff nimmst, bringe ich dich aignhändig um, hastu das kapiat...?»

D. schaute zu Skeets auf; er glaubte ihm.

«Ja, Sir!» sagte er duckmäuserisch.

«Alls klaa, und jäz höa mia zu. Ich kann dich hia rausholn, aba du kanns nich in dea Stadt blaibn. Nicht mal ich kann dich vor Lancey schützn...»

D. runzelte die Stirn. Den Mann hatte er völlig vergessen... Zum ersten Mal stieß Skeets jetzt ein kurzes, hohles Lachen aus.

«Ja, Maan, Lancey ist jäz Detective Inspector, und dea waiß auch, wo du im Momänt stäcks. Ich staune, daß ea dich noch nich besucht hat.»

D. zog an der Zigarette, war sich plötzlich bewußt, daß er sich in größerer Gefahr befand, als er bislang gedacht hatte. Skeets stand auf und hielt die Brille in der Hand.

«Ich hol dich in ain paa Tagn hia raus, und ich will, daß du dann aufs Land gehst und da blaibs, bis ich füa dich alls gekläat habe, veastandn?»

D. nickte und erhob sich. Er nahm das Päckchen Zigaretten, das Skeets ihm anbot, und versteckte es in seiner Shorts. Skeets ging ein paar Schritte Richtung Tür, dann blieb er stehen und drehte sich noch einmal um.

«Sag mia ains: Du waißt, daß du daine Schuldn bezahln mußt, oder?!»

«Ja, Sir, kain Problem. Ich wead maine Loite im Ausland anrufn.»

«Gut. Wia sehn uns bald wieda. Und jäz kuul blaibn, Maan.»

Skeets setzte die Brille wieder auf und schlug mit der geöffneten Handfläche gegen die Tür.

«Waißtu, Vernon, das Gras kann ain ächt featigmachn», sagte Thomas lachend.

D. hatte nicht bemerkt, daß sein Cousin zurückgekommen war, und seine Stimme riß ihn aus seiner Trance. Er schaute sich um und erkannte, daß er sich immer noch in dem kühlen, sicheren Hafen seines Geburtsortes befand. Er stand auf.

«Nee, Maan, mia sind nua grade ain paa Sachn duach den Kopf gegangn.»

«Was is? Gehn wia jäz runta zua Totenwache odea nich?»

«Alls klaa.»

Sie verließen das Haus und gingen unter einem mondbeschienenen Himmel hinunter ins Zentrum des Dorfes. In der Nähe von Miss Winnies Haus drängten sich zahlreiche Leute. Gruppen von Jugendlichen standen im Halbdunkel am Gartentor und redeten, während sich die eigentlichen Angehörigen, Erwachsene und ältere Leute, auf dem Grundstück um die kleine, strohgedeckte Hütte gesetzt hatten, in der der Sarg aufgebahrt war. Miss Winnies Töchter und Enkelin waren damit beschäftigt, Neuankömmlinge zu begrüßen und Essen und Trinken zu servieren. D. folgte Thomas auf den Hof, um ihr die letzte Ehre zu erweisen. Cassie war bereits dort und half mit dem Essen. Die ganze Sache wirkte eher wie ein glücklicher Anlaß. Alle tranken und unterhielten sich, begrüßten Freunde und Bekannte. Kinder liefen herum – glücklich, daß sie heute so lange aufbleiben durften. Das einzige Weinen kam von einer beleibten, braunhäutigen Frau, die am Fußende des Sarges saß und ein Glas in der Hand hielt, während ihr die Tränen übers Gesicht liefen. Sie trug ein fließendes, weißes Kleid mit einer roten Schärpe um die Taille und ein weißes, gestricktes Kopftuch. Ohne die Aktivitäten auf dem Grundstück wahrzunehmen, zitierte sie immer wieder Passagen aus der Bibel und stand in regelmäßigen Zeitabständen auf, um – mit dem Glas in der Hand – die verstorbene Schwester zu «grüßen». Von Zeit zu Zeit wischte sie mit dem großen, weißen Taschentuch in ihrer Hand die Tränen fort. Alle anderen, Miss Winnies Töchter eingeschlossen, schienen recht gefaßt zu sein. Nachdem die Gäste genug gegessen und getrunken hatten, begannen die Älteren auf dem Hof mit einem Singsang, in den alle einstimmten, die die alten Verse kannten. Die Jüngsten begnügten sich mitzusummen, wiegten sich zu den Rhythmusmustern, die von den warmen Stimmen gewoben wurden. D. hatte höflich das ihm von einer der Frauen angebotene Glas Rum abgelehnt und statt dessen ein Glas heißes Bier genommen. Als das zweite Lied begann, verließ er schlendernd das Grundstück und trat auf die Straße hinaus. Gerade als er ein paar Worte mit einem der ortsansässigen Jugendlichen wechselte, hörte er einen Ruf hinter sich.

«Vernon... ?!» D. blieb stehen, drehte sich um und schaute in Richtung der Stimme, die von einer niedrigen Steinmauer kam, die an Miss Winnies Haus angrenzte. Er ließ den Jugendlichen stehen und ging hinunter, starrte konzentriert in die Dunkelheit.

Maas Zack saß allein dort, die Hände auf den Knien, und betrachtete von seinem Aussichtspunkt den Hof.

«'n Abend, Maas Zack», begrüßte D. den alten Mann.

«Guten Abend, main Sohn», erwiderte der alte Mann lächelnd. D. setzte sich neben ihn.

«Na, wie kommt's, daß du nich da untn bai den andren bist, hmh?» fragte er.

«Da untn isses schon ziemlich voll, Maan. Hier is aine gute Ställe», erwiderte Maas Zack. Er sprach sehr nasal, und man mußte gelegentlich schon sehr genau hinhören, um alles zu verstehen, was er sagte. Die Leute erzählten sich, Maas Zack sei schon über neunzig. Er war im Dorf aufgewachsen und hatte es nur einmal verlassen, um sich in der Welt umzusehen – dreißig Jahre lang! Er war in England gewesen, und in Amerika und auch in Panama und an anderen Orten, die er gelegentlich erwähnte. Manchmal, wenn er in Plauderstimmung war, erinnerte er sich an jene Zeit zurück, die er in Harlem gelebt hatte, damals als der «große schwarze Erlöser» Marcus Garvey sein Volk für «das Gelobte Land» organisierte. Nach allem, was man hörte, hatte Maas Zack ein bewegtes Leben gelebt, und er war einer der respektiertesten alten Leute der Gemeinde. Ein weiterer Grund dafür war seine unheimliche Fähigkeit, die Menschen zu «erreichen» und zu heilen. Dennoch lebte er sehr zurückgezogen und wohnte allein in seinem Haus auf dem Berg am Rande des Dorfes, aber wenn sonst nichts mehr half, konnte jeder mit einem ernsten gesundheitlichen oder «geistigen» Problem zu Maas Zack gehen. Zack war es auch gewesen, der sich auf Thomas' Bitten hin um D. kümmerte, als er ausgemergelt und krank aus der Stadt angekommen war. Der alte Mann hatte sowohl Thomas' als auch D.s Vater sowie deren Großväter gekannt. Drei Wochen lang war D. in Maas Zacks Haus geblieben, ein äußerst seltenes Privileg. Dort hatte ihn der alte Mann mit einer Diät, bestehend aus Obst, Gemüsesuppe und Gesundheitstränken, ernährt und unermüdlich während jener langen, schlaflosen Nächte gepflegt, in denen D. sich schweißgebadet von dem Gift befreit hatte. Er hatte bittere Tränke zu sich nehmen und einmal «in die Hölle und wieder zurück» gehen müssen. Nach drei Wochen begann er sich allmählich wieder stärker zu fühlen. Die ständige Übelkeit verschwand, und langsam legte er auch wieder an Gewicht zu. Er schuldete Maas Zack praktisch sein Leben, und das wußte er auch.

«Und, wie fühlst du dich, Maan?» erkundigte sich der alte Mann nach einer Weile.

«Gut, weißtu, Sir. Ich fühl mich jäz wieda staak.»

«Fain... fain.» Maas Zack lachte. Beide hörten zu, als im Hof ein neues Lied angestimmt wurde. Einige Leute standen da, wiegten sich und ruderten mit den Armen, während andere immer noch saßen und in Reaktion auf manche Strophen des Liedes von Zeit zu Zeit die Gläser hoben.

«Aine nätte Beerdigung ist das hia...», hörte D. Maas Zack murmeln, als führe er Selbstgespräche. Er mußte ihm recht geben, da es auch jedem anderen zu gefallen schien. «Miss Winnie wiad zufriedn sain, jawohl!» fuhr der alte Mann fort. D. war eine Zeitlang still, fühlte sich beinahe gegen seinen Willen hypnotisiert von dem Stimmenchor, der sich in die Nacht erhob. Er spürte Schwingungen durch seinen Körper fließen wie eine sanfte Brise, die seinen Hals und seine Arme streichelte.

Fast ohne es bewußt zu wollen, hörte er sich sagen: «Und was iare Töchtea betrifft, die schainen auch zufriedn zu sain.»

Maas Zack drehte sich zu ihm um. Seine Augen funkelten in der Nacht.

«Die habn auch alln Grund, zufriedn zu sain. Iare Muttea war eine angesehne Frau.» Maas Zack unterbrach sich. D. wartete. «Die Kindea sind dea lebände Bewais... Abea die gutn Tatn, die Eainnearung, dea gute Name, den sie hintealäßt – das ist das Zoignis voa Gott.» Der alte Mann räusperte sich, und plötzlich spürte D. seine Hand leicht, aber entschieden auf dem Arm. «Du mußtas veastehn», sagte Maas

Zack, dessen Augen unbeirrt auf den Sarg gerichtet waren, der ordentlich im Inneren der kleinen Hütte aufgebahrt worden war. «Egal, wea du bis, wenn daine Zait gekommän is und daine Lebänskraft wägfliegt, *dann wiastu auch so aufgeboat…*» Maas Zack zog seine Hand zurück, aber D. spürte es nicht. Seine Augen waren auf den Lichtkreis gerichtet, auf den mit einem Tuch bedeckten Sarg und die singenden Menschen drum herum. Erst als das Echo der letzten Strophe des Liedes verklungen war, konnte er seinen Blick wieder abwenden und schaute nach rechts, doch Maas Zack war nicht mehr da. D. kniff die Augen zusammen und blinzelte; ein kleines Stück entfernt verschmolz die zerbrechliche Silhouette mit der Schwärze der Nacht.

5

ROUGHNECK LOVE

«Soo, und das hia is jäz . . . ain Special . . .»

Ein zögernder Schlagzeugwirbel und zwei Takte Musik füllten das verräucherte Lokal, hörten dann unvermittelt auf.

«Hia ist . . . dea gaile, wilde und gefäaliche Firefly exklusiv auf Radical Hi-Powah. Selector!»

Nachdem Max, der Selector, die Leute noch etwas mehr mit Soundfetzen angeheizt hatte, ließ Radical Hi-Powah das «Special» los, laut und pulsierend dröhnte es aus den Boxen, die den relativ kleinen Club beschallten. Es folgte eine enthusiastische Reaktion, besonders von den aufgedressten hübschen Mädchen im Publikum. Firefly war derzeit der absolute Liebling der Damen. Das Special klang auch frisch. Fireflys durchdringende hohe Stimme legte den Text über die gleitende Baßlinie. Die letzten drei Monate hatte Radical Hi-Powah es jeden Donnerstagabend geschafft, Rocco's bis auf den letzten Platz zu füllen. Gegen drei Uhr morgens war es in dem Laden so heiß, eng und verqualmt, daß Raver nicht selten hinausgetragen werden mußten.

Und doch war das noch gar nichts im Vergleich mit den Menschenmassen, die Samstag abends oder vielmehr am frühen Sonntagmorgen zu Tanzveranstaltungen von Radical kamen. Nur High Noon, das seit langem etablierte herrschende Sound System, konnte von sich behaupten, die gleichen Besucherzahlen wie Radical anzulocken. Und selbst das war noch Gegenstand so mancher hitzig geführter Diskussion. Gewisse Leute würden schwören, daß Radical jetzt die Nummer Eins war. Es war nie klug, ihnen zu widersprechen.

Auch wenn das Rocco's nur ein kleiner, nett eingerichteter Club war, paßten so viele Leute hinein wie in ein großes Haus mit vier oder fünf Zimmern zu einem Bluestanz an einem Sonntagmorgen. In der Folge waren Abende wie dieser nur für die Fittesten der Fitten. Von allen Seiten eingezwängt durch sich bewegende, schwitzende Leiber, konnte Linton nur dank seiner Größe sehen, wohin er ging. Mit seinen über einsfünfundachtzig reckte er den Hals, blinzelte durch den Qualm und ortete den Mann, den er suchte, auf der anderen Seite der Bar. Behutsam schob Linton ein gutgebautes, hübsches Mädchen zur Seite, drängte sich etwas grober an zwei Männern vorbei, schnalzte mehrmals und stieß einige laute Flüche aus, bevor er es endlich geschafft hatte.

«Gib mia zwai haiße Guinness.»

Das Mädchen hinter der Theke sah verschlafen aus. Sie nahm die beiden Flaschen heraus, öffnete sie und nahm Linton das Geld ab. Er hatte sich unterdessen umgedreht und musterte die Menge, versuchte Puggy zu finden. Er konnte ihn nirgendwo entdecken.

Linton steckte sein Wechselgeld ein. Die Flaschen hoch über den Kopf haltend, schob er sich weiter an der Bar vorbei und störte ein Pärchen, das in der Nähe der Betonsäule eng umschlungen abrockte. Aus dem Takt gebracht, schaute der Mann mißmutig auf, entschied dann aber schnell, daß er sich lieber wieder aufs Tanzen konzentrieren sollte. Linton kämpfte sich weiter durch und erreichte seinen Freund in einer dunklen Ecke.

«Hi, Supa!»

Das Mädchen ließ ihren Partner widerstrebend los.

«Ja! Respäkt, main Froind.» Sticks bedankte sich bei Linton und nahm sein Guinness, den linken Arm immer noch um die Schultern des Mädchens gelegt. Sie stand vor ihm, hoffte, daß Lintons Störung nur von kurzer Dauer war.

«Wo is Puggy?» fragte Linton.

Sticks zuckte mit den Achseln. «Ich dachte, dea is bai dia. Is noch gaa nich lange hea, da hat ea sich bai mia die Autoschlüssl ausgeliehn.»

Linton trank einen Schluck von seiner Flasche und schaute sich dabei um. «Ich bin wäg!» verkündete er schließlich.

«Sieh zu, ob du Puggy iagendwo findäst, okee... ?!» setzte Sticks an. «Ich will nich, daß ea schon wieda Äaga macht.»

Linton nickte und ging.

Die Nummern kamen schnell und hart. Max spielte Dance hall-Hits von Capleton, Ninjaman, Zebra... Mixte nonstopp, hob die Nadel immer wieder ab, um die Tanzenden anzuheizen.

«Radical, dea *Roughneck Sound*! Wia sind die Größtn... Jäz aine Numma ganz speziell für die South-London-Truppe. Ab geht's...»

Sticks sah das Mädchen an. Sie war klein, aber, wie er Linton erklärte, «ziemlich fit». Er fühlte sich gut, wie er mit dem Rücken an die Wand gelehnt in dem überfüllten Club sein Guinness trank. Er und seine Truppe kamen normalerweise an den meisten Donnerstagen zu Radical Hi-Powah. Er wischte sich Schweißperlen von der Stirn. Er fühlte sich bis auf die Haut durchnäßt, obwohl er das weiße Seidenhemd schon vor einiger Zeit aufgeknöpft hatte. Das Mädchen war völlig in der Musik versunken, tanzte dicht vor ihm. Sie hatten nicht viel geredet. An diesem Abend war Sticks auch nicht besonders nach Reden. Trotzdem tanzte er und hatte beschlossen, daß er heute mit ihr nach Hause gehen würde. Linton konnte sich um alles kümmern.

Sticks fragte sich, wo Puggy steckte. Er schaute sich suchend in dem überfüllten, dunstigen Raum um, konnte ihn aber nirgends entdekken. Das Mädchen schaute auf, wollte Sticks etwas ins Ohr sagen. Sie reichte ihm nur bis an die Schultern. Er beugte sich herab.

«Wie heißt du?» fragte sie.

«Michael», antwortete Sticks, während er sie von oben bis unten musterte.

Gekleidet wie sie war in einem schwarzen, Pailletten besetzten, ärmellosen Kleid, mit hochhackigen Pumps und Make-up, war es nicht leicht, ihr Alter zu schätzen. Ihre großen Augen jedoch versuchten ganz eindeutig, ein paar Informationen über den Mann herauszubekommen, mit dem sie die letzte Stunde getanzt hatte.

«Warum trägst du eine Sonnenbrille?» fragte sie.

«Was dänn, gefällt dia maine Brille nicht?»

«Versteckst du dich vor irgendwem?»

Sticks ließ sich auf das Spiel ein, ohne zuviel zu verraten, fand alles recht lustig. Früher oder später versuchten die Mädchen immer, etwas über ihn herauszufinden. Normalerweise tischte er ihnen dann irgendeine Story auf, die sie vielleicht glaubten, und alles war bestens. Er fühlte sich an diesem Abend gut, aber auch träge. Zum ersten Mal seit einem Jahr lief das Geschäft reibungslos ohne irgendwelche Schwierigkeiten. Auch wenn er aus reiner Macht der Gewohnheit den Raum immer noch absuchte, war seit dem Vertrag mit Chins Leuten alles ruhig geblieben.

Er nahm einen tiefen Schluck von seinem warmen Bier. Ihm war nicht danach, noch viel länger in dem Club zu bleiben.

«Das Mädchn und ich solltn bässa bald abschwian», dachte er, grub in seiner Hosentasche und zog etwas Geld heraus. Er gab dem Mädchen einen Schein.

«Geh und kauf dia was zu trinkn. Ich bin glaich wieda da.»

Sie sah ihn an, nahm den 10-Pfund-Schein und nickte.

«Sprich mit kaim!» flüsterte er ihr ins Ohr, bevor er in der Menge verschwand. Er steuerte quer durch den überfüllten Raum auf die Treppe zu. Die Leute schoben und drängelten in alle Richtungen; manche versuchten der Hitze zu entfliehen, andere wollten sich ins Getümmel der Tanzenden im hinteren Teil des beengten Raums stürzen. Ein Mann von Sticks' Status konnte sich nicht vorstellen, allein aufgrund seiner Autorität durchgelassen zu werden. Er schob sich vor, drückte, wich aus, zwängte sich an Dutzenden weniger bedeutenden Gästen vorbei. Schließlich erreichte er die Treppe, stieg an der Garderobe vorbei hinauf und hinaus durch den Haupteingang. Nach dem Schwitzbad unten fühlte sich die Nachtluft angenehm frisch an. Für September war ausgesprochen gutes Wetter. Allerdings würde der kalte Wind innerhalb weniger Wochen zurück sein...

Sticks machte zwei Freunde aus, die auf der Kühlerhaube eines Autos saßen. Er ging zu ihnen.

«Ey, Maan, hia draußn alls klaa?»

«Was? Was mainstn, Don?»

«Kuul, ia wißt schon.» Sticks grinste die beiden Männer an. Sie wohnten in West London, aber der Club zog Leute von überallher an. Einer der Männer, Johnson, reichte Sticks eine Visitenkarte.

«Du muß mal bai mia voabaikomm, Supa!»

Sticks musterte die Karte. Sie warb für einen karibischen Imbiß.

«He, bis du das hia?!»

«Ja, *Mon* Wir habn east läzte Woche aufgemacht.»

«*Yeah, Mon!* Ich komm voabai.» Sticks verstaute die Karte in seiner Gesäßtasche. Linton kam hinter der Reihe parkender Autos die Straße herunter, Puggy folgte ihm mit einem Mädchen im Arm. Sticks trank sein Guinness aus und ließ die Flasche fallen.

«Wie gehtsn?!» Linton lachte und drehte sich zu Puggy und dem Mädchen um.

«Ich hab den Jungn mit aim Mädchen im Wagn gefundn! Diräkt am Straßnrand, du waißt schon.»

Linton fand das saukomisch. Johnson und sein Begleiter ebenfalls. Sticks funkelte Puggy und seine große, schlanke Freundin ganz in Lycra nur an. Puggy rückte die rote Kangol-Mütze auf seinem Kopf zurecht.

«Star, was bildest du dia aigentlich ain?» fragte Sticks streng. Das Mädchen schob sich an ihnen vorbei und verschwand schnell im Club.

«Was is los?»

Der kleine, dunkelhäutige Puggy mit seinem liebenswürdigen Lächeln schien nicht zu wissen, was Sticks meinte. Er war erst fünfzehn Jahre alt und vor zwei Wochen mit einem Sound System auf Tournee aus Jamaika in England eingetroffen. Puggy war Sänger. Während der letzten paar Monate hatte er mehrere Platten rausgebracht. Zwei hatten es bis in die Charts geschafft, und in der Folge war er auf eine Promotiontour geschickt worden. Er hatte bereits eine Handvoll Auftritte in London und der näheren Umgebung hinter sich. Außer «Specials» für verschiedene Sound Systems aufzunehmen und neben Auftritten in Clubs wie dem Rocco's verbrachte er die meiste Zeit damit, Schwierigkeiten zu machen...

Bedauerlicherweise für Sticks waren sie verwandt, was bedeutete, er mußte versuchen, dafür zu sorgen, daß dem Jungen bis zu seiner Rückkehr nach Jamaika nichts passierte. Allein in der letzten Woche hatte der Junge eine Schießerei in einem Plattenladen verursacht, weil er sich weigerte, ein paar 45er zu bezahlen, und mußte anschließend vor einem wütenden Ganoven aus der Gegend gerettet werden, dessen Freundin er angebaggert hatte. Sticks schüttelte den Kopf.

«Wia sind hia in Ängland, vastehstu. So kannstu das hia nicht machn.»

«Buoi, die Alte war raif füa mich, Maan...», protestierte Puggy immer noch lächelnd.

«Höa mia jäz genau zu. Mach so Sachn nich mea in maim Wagn, vastandn?!» sagte Sticks ernst.

Alle bis auf Sticks lachten. Es war schwer, Puggy beizukommen. Sticks verabschiedete sich von Johnson und kehrte, gefolgt von Linton und Puggy, wieder in den Club zurück. Auf dem Weg die Treppe hinunter sah er sein Mädchen (er kannte ihren Namen nicht) an der

Bar, wo sie in einen lautstarken Streit mit einem lockenköpfigen, breitschultrigen Mann verwickelt war. Eine kleine Zuschauermenge verfolgte amüsiert, wie das Mädchen versuchte, den brüllenden Mann zu ignorieren.

«He, das is main Mädchn!» brüllte Sticks gegen die Musik an. Puggy neben ihm war plötzlich interessiert.

Das Mädchen drehte sich zur Bardame um und erhielt Wechselgeld zurück. In diesem Augenblick stieß der Mann ihr in den Rücken, war offensichtlich nicht bereit, die Feindseligkeiten zu beenden. Sie drehte sich sofort um und sagte irgendwas, wobei sie ihm direkt in die Augen schaute. Auch wenn er von seinem Standort aus ihre Worte nicht hören konnte, las Sticks von ihrem Gesicht ab, daß sie ziemlich derb sein mußten. Die Musik pulsierte immer noch, aber inzwischen versammelten sich mehr und mehr Leute an der Bar, um den Zusammenstoß zu beobachten. Als das Mädchen sich wieder abwendete, stieß der Mann ihr wieder in den Rücken, fester diesmal, und brüllte irgendwas. Alles passierte so schnell, niemand rechnete damit, am allerwenigsten der wütende Lockenkopf. Im einen Augenblick stand die Flasche Weißwein noch auf der Theke, im nächsten hatte das Mädchen sie schon gepackt, sich umgedreht, sie gehoben und mit aller Kraft auf den Kopf ihres Angreifers krachen lassen.

Sticks sah das alles wie in Zeitlupe. Der Mann war so fassungslos, daß er die Wucht des Schlages wahrscheinlich nicht sofort spürte. Er stand einfach nur ein paar Sekunden da, während die Leute fassungslos zuschauten. Dann schoß Blut aus der klaffenden Wunde über seiner linken Augenbraue, strömte über sein Gesicht und auf sein Hemd. Inzwischen hatte sich das Mädchen an ihm vorbei geschoben, zwängte sich durch die Menge auf die Treppe und den Ausgang zu. Nachdem er erst einmal begriff, was da gerade passiert war, bekam der Mann einen Wutanfall und versuchte, ihr zu folgen. Sein Blut tropfte auf den Boden. Ein paar Frauen schrien auf, als er in ihre Richtung torkelte, andere machten einfach nur Platz. Zwei Männer liefen ihm nach und zogen ihn zurück, als er wütend versuchte, ein paar Meter weiter das Mädchen zu packen. Er versuchte, sie abzuschütteln, aber die beiden Männer hatten ihn fest im Griff. Inzwischen war Sticks gefolgt von Linton und Puggy herübergekommen. Das Mädchen sah ihn und kam zu ihm, versteckte sich hinter ihm, als die Leute um sie herum schnell Platz machten. Die Musik hatte aufgehört.

«Heh, heh, heh! Prügelt oich draußn waita!» befahl Max ins Mikro. «Kommt nicht zu Radical und stört die Vibes.»

Jetzt erforderte es mehrere Männer, um den um sich schlagenden, fluchenden, blutenden Mann festzuhalten. Ein paar Meter entfernt, sicher hinter Sticks' Rücken, grinste das kleine «Glamourgirl» ihn gefühllos an.

«Ich hab ihm gesagt, er soll mich in Ruhe lassen», erklärte sie.

«Ganz kuul, Maan», beruhigte Sticks sie.

Der Mann schimpfte und fluchte immer noch, aber inzwischen hatte er eine Menge Blut verloren und schien schwächer zu werden.

«Laßt mich los! Laßt mich los... Ich bring sie um!» brüllte er.

«Schafft den Keal raus, Maan!» befahl Puggy laut. «Oda wollt ia, daß dea Keal den ganzn Ladn vollblutet?»

«Bringt ihn in ain Kranknhaus. Der hat füa hoite genug gefaiat», witzelte Sticks. Er schien den Zwischenfall zu genießen.

Überall im Club diskutierten die Leute über den Zwischenfall, während der Mann die Treppe hinauf und rausgebracht wurde. Nach der unerwarteten Explosion von Gewalt war die Atmosphäre wieder entspannter geworden. Schlägereien waren keine Seltenheit im Rocco's. Einige Male war sogar im Lokal geschossen worden.

«He, waate! Ich laß dich fünf Minutn allein, und schon hast du Äaga mit aim Mann!» Sticks grinste das Mädchen breit an. Sie sah ihn an, gab ihm aber keine Antwort. In ihren Augen lag weder Angst noch Reue, nur Trotz. «Aba ich liebe ain Mädchn, das sich veataidign kann», sagte Sticks.

Die Menge machte inzwischen mit dem weiter, weswegen sie gekommen waren: zu den Sounds von Radical Hi-Powah zu tanzen. Sticks führte seine kleine Gruppe zur Bar und gab eine Runde.

«Nimm das», sagte er und gab dem Mädchen einen Wein. «Und schlag kain damit, okee?!» fügte er lachend hinzu.

Puggy trank sein Guinness. Linton verschwand mit seiner Flasche zum Tanzen nach hinten.

Zuvor hatte Sticks gefunden, daß das Mädchen zwar nett, aber auch ein bißchen langweilig aussah. Jetzt sah er sie mit anderen Augen; die Art und Weise, wie sie mit dem Aufstand fertig geworden war, steigerte sein Interesse an ihr. Puggy schob eine Hand an ihm vorbei und zeigte auf das Mädchen.

«Wie siehtsn aus? Hastu schon ain Froind?»

Sticks sah ihn an.

«Jäz ganz kuul blaibn, Maan! Bau dia ain Spliff.» Er gab Puggy ein Päckchen Rizla und unterhielt sich weiter mit dem Mädchen.

«Du hast mia noch ga nich dain Namen vearatn ...», flüsterte er ihr ins Ohr.

«Soni», antwortete das Mädchen.

«Noch ma?»

«Soni! Kurzform von Sonia.»

«Oh ... Und? Waa dea Typ, dem du ains übagebratn hast, dain Froind?»

«Ich bin voriges Jahr mit ihm gegangen ...»

Sticks nahm einen Schluck Guinness. Er gab Puggy einen Beutel Gras, widmete sich dann wieder ganz dem Mädchen.

«Hat ea dich deshalb angequatscht?»

Soni zuckte mit den Achseln.

«Der geht mir dauernd auf den Nerv, versucht, mich zurückzukriegen.»

«So wie du ihm ains übagezogn hast, kriegstu garantiat noch Äaga mit ihm ...», warnte Sticks sie. Herausfordernd schnalzte das Mädchen mit der Zunge.

«Soll er doch kommen! Glaubst du vielleicht, ich hab Angst vor dem?!»

Sticks lachte. Sie redeten noch eine Weile weiter.

«Veageßt nich: nächste Woche Donneastag, glaichea Oat, glaiche Zait... Der Sound haißt Radical Hi-Powah, mit dem unglaublichn Firefly und aim Auftritt von Puggy direkt aus JA.» Radical Hi-Powah hatte mit der letzten Stunde der donnerstäglichen Session begonnen, mixte einen Dancehall-Track an den anderen. Auf der Tanzfläche war's jetzt am besten; die Rausschmeißernummern am frühen Morgen, um die Raver noch einmal richtig anzuheizen, bevor sie nach Hause gingen. In Übereinstimmung mit seiner neuen Eroberung fand Sticks, daß es Zeit war aufzubrechen. Er schickte Puggy los, um Linton zu suchen.

«Wo wohnstu noch mal?»

«Holloway.»

Das Mädchen wirkte entspannter und hatte über Sticks' Witze gelacht. Er schlenderte zur Theke, besorgte ihr einen Brandy und Babycham und sich noch ein Guinness.

Sie standen dicht beieinander, tanzten nicht wirklich. Sticks streichelte die nackten Schultern des Mädchens mit den Fingerspitzen, während er ihr Zärtlichkeiten ins Ohr flüsterte. Als Radical die nächste Scheibe aufgelegt hatte, war er sicher, daß sie zusammen nach Hause gehen würden.

Linton und Puggy kamen zurück. Sie warteten, bis die meisten anderen Gäste gegangen waren, bevor sie nach oben zum Ausgang gingen. Draußen brach bereits der neue Tag an. Die Raver kehrten zu ihren Autos zurück, verabschiedeten sich von Freunden und lachten ein letztes Mal zusammen, bevor sie nach Hause fuhren. Vor dem Club versammelten sich immer noch kleine Gruppen, redeten und tranken ihre Drinks aus. Sticks lehnte sich gegen einen Wagen, die Arme um Soni gelegt. Als er an ihr vorbei nach links blickte, bemerkte er jemanden, der sich verstohlen wegzuschleichen versuchte und offensichtlich nicht gesehen werden wollte. Sticks ließ Soni los und drehte sich um. Seine Miene war plötzlich versteinert.

«Linton!» rief er, folgte dem verschwindenden Mann mit einem Blick durch die Sonnenbrille. «Kümmea dich füa mich um den Buoi da!»

Der Mann blieb wie angewurzelt stehen, als ihm klar wurde, daß er keine Chance hatte zu verschwinden.

«Was gibtsn, Supa. Ich wollte hoite bai dia voabaikomm, weißtu...», begann er unsicher.

Sticks warf ihm einen verächtlichen Blick zu und drehte sich ohne ein Wort wieder zu Soni um. Blitzschnell hatte sich Linton auf den Mann gestürzt, drückte ihn am Hemdkragen nach unten, nagelte ihn gegen den Wagen.

«Du siehst aus, als wolltest du dich veastäckn, Maan...»

«Nein, Maan! Wieso sollte ich?!» Der Mann versuchte, Lintons Beschuldigungen mit einem Lachen abzutun.

«Höa mia gut zu. Wenn du daine Schuldn hoite nich bezahlst, hol ich mia dain Kopf, alls klaa? Hastu das veastandn?»

«Yeah, Maan! Hoite? Kain Problem.»

Der Mann hatte eindeutig Angst, auch wenn er versuchte, nach außen locker und cool zu bleiben. Sticks achtete nicht darauf, was auf der anderen Seite des Wagens passierte. Er wußte, Linton würde schon dafür sorgen, daß der Schuldner genau verstand. Eine Handvoll Leute schauten zu. Keiner lachte oder machte irgendeine Bemerkung. Sticks war allgemein als übellauniger Typ bekannt, dem leicht die Sicherung durchbrannte. Nur ein Narr würde riskieren, in etwas hineingezogen zu werden, das ihn nichts anging.

Linton ließ sein Opfer los, das daraufhin hastig verschwand. Sticks beschloß, daß es Zeit war zu gehen. Soni immer noch im Arm, ging er die dunstige Straße hinunter. Linton und Puggy folgten.

«Ist das dein Auto?!» fragte Soni, als sie vor dem glänzenden, schwarzen Saab Kabrio stehenblieben.

«Yeah, Maan. Gefällts dia?» Sticks lächelte. Er war ausgesprochen stolz auf die tolle Karre, die er erst vor drei Wochen gekauft hatte. Linton schob sich auf den Fahrersitz und Puggy neben ihn, während Sticks hinten weiter mit Soni Süßholz raspelte.

Zuerst setzten sie Puggy in Stamford Hill ab, wo er wohnte, und fuhren dann runter nach Leyton, wohin Sticks und Linton gezogen waren, als Hackney durch die Zunahme von Polizeiaktivitäten im Anschluß an D.s Festnahme zu heiß geworden war. Innerhalb weniger Monate hatte die Polizei gegen jeden hart durchgegriffen, Fotos auf der Front Line geschossen, die Autos der Leute gefilmt und es unmöglich gemacht, sicher zu operieren. Alles mußte neu organisiert werden, und die meisten Mitglieder von D.s Gang waren umgezogen. Seit damals leitete Sticks die Operationen, kontrollierte das Geschäft auf der Straße, kümmerte sich um Nachschub, Geldeintreibung und Sicherheitsaspekte. Charlie hielt sich weitgehend zurück und begnügte sich damit, das Geschäft von seiner neuen Basis in Camden Town aus zu «verwalten».

«So geht's aber nicht nach Holloway», bemerkte Soni. Nach der aufregenden Nacht begann sie allmählich zu ernüchtern.

«Wia säzn east noch mainen Bruda ab. Kuul blaibn!» versicherte Sticks ihr.

Eine strahlende Morgensonne war über den Dächern aufgegangen, als sie durch die stille Stadt fuhren. Linton kreuzte durch einige schmale Nebenstraßen, bevor er vor einem zweistöckigen Haus parkte, dessen Weg durch den Garten mit ordentlichen Reihen Blumen und Sträuchern gesäumt war. Sticks stieg aus dem Wagen. Soni folgte ihm.

«Bring mich nach Hause, Michael...», bat sie verschlafen.

«Komm mit rain, und sieh dia maine Bude an.»

«Ich kann nicht. Meine Tochter wird bald wach.»

«Was?! Du hast schon ain Baby?!» rief Sticks verdutzt.

«Yeah, meine Mom paßt auf sie auf.»

«Tja, dann is das ja geregelt. Komm jäz, Maan!» Sticks schob sie sanft, aber entschieden auf die Haustür zu.

«Im Ernst, ich muß nach Hause.» Soni versuchte ihn zu überzeugen, sie nach Hause zu fahren, doch Sticks hatte andere Pläne. Er beschwatzte das Mädchen, zog sie weiter, machte Scherze, neckte sie... Schließlich gelang es ihm, ihren schwachen Widerstand zu überwinden, und bekam sie ins Haus.

«Paß auf. Du blaibst ne Waile, dann faa ich dich nach Hause. Es ist noch ziemlich früh, weißtu», sagte Sticks und schloß hinter sich ab.

Musik kam aus den Boxen im Wohnzimmer. Linton war in der Küche und machte sich ein Frühstück.

«Setz dich doch, Maan. Willstn Drink oda iagendwas?» Sticks versuchte alles, damit Soni sich wohl fühlte. Sie schaute sich in dem nett eingerichteten Zimmer um und setzte sich zaghaft auf das Ledersofa. Sticks verschwand kurz in der Küche und kehrte zurück, schaltete den Fernseher ein. Er bemerkte, daß Soni sich aufsetzte und große Augen bekam.

«Was isn mit dia?» Sticks folgte ihrem Blick. Auf einem Regal zwischen einer Topfpflanze und einem Stapel Kassetten lag eine silberne Automatik.

«Ach... du mainst das Ding da? Das is nichts. Das is nichts...» wiederholte Sticks, setzte sich neben Soni und ließ neckisch einen Finger über ihren Hals und ihr Ohrläppchen wandern. Aber das Mädchen starrte weiter die Waffe an.

«Ist die echt?» fragte sie düster.

«Nee, Maan. Das isn Spielzoig!» Sticks lachte.

Soni kaufte ihm das nicht ab.

«Es ist eine echte Kanone...», sagte sie, als müsse sie sich selbst überzeugen. «Was machstn damit?»

«Das Tail gehöat maim Bruda, Maan. Die hat ea zum Schutz.»

Soni drehte sich zu ihm, als er sich auf dem bequemen Sofa zurücklegte.

«Du hast auch eine, stimmt's?»

Es war eigentlich keine richtige Frage. Zum ersten Mal nahm Sticks nun seine Sonnenbrille ab. Er lächelte das Mädchen an.

«Kuul, Maan. Du bist hia sicha...»

Ganz offensichtlich fühlte Soni sich alles anders als sicher. Linton kam mit heißen Getränken herein, dazu Sandwiches mit gebackenen Kochbananen und Spiegeleiern. Die beiden Männer aßen, während Soni nur etwas Tee trank und eine Weile fernsah. Linton beschloß, daß er eine Mütze Schlaf brauchte. Auf dem Weg hinaus nahm er lässig die Kanone vom Regal.

«Bring mich jetzt nach Hause», verlangte Soni.

«Warum bistu so, Baby? Wir faan ja bald.» Sticks stand auf, ging zur Anlage hinüber und drehte die Cassette um.

«Rauchstu?» fragte er Soni.

«Nein.»

Sticks nahm ein paar Blättchen Rizla heraus und baute sich einen Cocktail-Spliff, während er sich zur Musik bewegte und das Mädchen beobachtete. Er steckte den Spliff an und zog ein paarmal, bevor er sich wieder setzte.

«Höa zu, Maan, ich mag dich wiaklich, weißtu das?» sagte er mit sanfter Stimme zu Soni. «Du und ich, wia baide können uns kabbeln... Aber paß auf: ich bin ain Mann, dea gewisse Geschäfte macht, veastehstu?! Deshalb will ich wissn, ob du füa mich das richtige Mädchn bist. Viele Mädchn veasuchns, aba kaine is die Richtige. Ich hab jäz aba das Gefühl, daß wia baide mitainanda klaa kommen könntn.»

Sticks beobachtete aufmerksam Sonis Reaktion, während er sprach.

«Ich bin übazoigt, daß du alls kriegst, was du habn willst...»

Irgend etwas sagte ihr, zu widerstehen, aufzustehen und zu gehen, und doch blieb sie, hörte zu, wie er ihren Widerstand mit schmeichelhaften Worten und Versprechungen bezwang, während er gleichzeitig ihren Hals und die Schultern massierte. Schon bald hatte er einen Punkt erreicht, an dem sie nicht mehr nein sagen konnte. Noch ein wenig mehr necken, ein bißchen mehr drücken und reiben, und sie vergaß ihre Tochter, auf die ihre Mutter aufgepaßt hatte.

Als der Kuß vorbei war, lag Sonis paillettenbesetztes Kleid auf dem Boden, und das Raunen des Fernsehers vermischte sich mit ihren atemlosen Geräuschen.

6

REBEL SOUL

Ein paar Schüler trieben sich immer noch schwatzend und lachend auf dem Korridor herum. Lorna klopfte leise gegen die Glasscheibe des kleinen Büros links des Eingangs. Dahinter konnte sie zwei sich unterhaltende Frau sehen, von denen eine vor einer Schreibmaschine saß. Offenbar hatte keine sie gehört. Lorna klopfte fester an, und diesmal schauten beide Frauen auf. Eine kam herüber und öffnete das Glasfenster. «Womit kann ich Ihnen helfen?» fragte sie lächelnd.

«Ich habe einen Termin bei Mrs. Nichols.»

«Und Sie heißen bitte... ?»

«Thomas», sagte Lorna.

«Bitte nehmen Sie doch Platz. Ich werde Mrs. Nichols wissen lassen, daß Sie hier sind.» Die Frau schloß das Fenster und nahm das Telefon ab. Lorna ging zu der Reihe Plastikstühle an der gegenüberliegenden Wand und setzte sich. Chris war damit beschäftigt, das Anschlagbrett auf dem Korridor zu studieren. Lorna hatte ihn vor einigen Stunden auf der Arbeit angerufen und ihn gebeten, sie zu Harrys Schule zu begleiten. Am Telefon hatte sie verwirrt und wütend geklungen; er bekam nur soviel aus ihr heraus, daß Harry vom Unterricht ausgeschlossen worden war und die Schulleiterin sie sprechen wollte. Es war nicht das erste Mal, daß es zu einem solchen Problem gekommen war; Lorna rief ihn immer an, wenn sie Hilfe im Zusammenhang mit der Schule brauchte. Chris machte es nichts aus. Lorna war seine jüngere Schwester, und er wußte, daß sie sich allein nicht um alles kümmern konnte. Seit der Vater der Kinder sie verlassen hatte, hatte sie sich immer häufiger darauf verlassen, daß er die Jungs disziplinierte und ihre Schulausbildung überwachte. Von Anfang an war Harry derjenige gewesen, der Probleme verursachte. Irgendwie schaffte er es immer wieder, in Schwierigkeiten zu geraten, ob nun in der Schule oder auf der Straße. Chris hatte sich immer um den Jungen gekümmert, redete mit ihm, half ihm gelegentlich und bestrafte ihn auch, falls dies erforderlich war. Bereits zweimal war Harry während seiner Schulzeit wegen Schlägereien vorübergehend vom Unterricht ausgeschlossen worden, dieses Mal jedoch schien es ernster zu sein. Inzwischen war er auf der Realschule und hätte eigentlich vernünftiger werden sollen. Außerdem befand er sich kaum einen Monat in seinem ersten Halbjahr dort...

Chris setzte sich neben Lorna.

«Vergiß nicht: Hör dir zuerst an, was sie zu sagen haben. Und bleib ganz ruhig, okay?» sagte er. Er kannte seine Schwester nur zu gut; einerseits war sie ein unglaublich netter und umgänglicher Mensch, andererseits aber verlor sie leicht die Beherrschung, wenn ihr zugesetzt wurde. Sie war sich dessen sehr wohl bewußt und bat aus diesem Grund auch immer Chris, sie zu solchen Terminen zu begleiten. Als Harry das erste Mal Schwierigkeiten auf der Schule bekommen hatte, hatte nur Chris' schnelles Eingreifen einen gefühllosen Lehrer vor einer ernsten Tracht Prügel bewahrt.

Die Frau, die mit Lorna gesprochen hatte, kam aus dem Büro.

«Mrs. Nichols erwartet Sie jetzt. Wenn Sie mir bitte folgen würden...»

Sie standen auf und gingen den langen Korridor hinunter zum Büro der Schulleiterin und klopften an. Sie öffnete die Tür und führte Lorna und Chris hinein.

Es war ein relativ kleines Büro mit Bücherregalen, gerahmten, offiziellen Dokumenten und einem Gemälde eines streng dreinschauenden, weißhaarigen Mannes an der Wand. Eine Frau mittleren Alters mit Brille erhob sich hinter ihrem polierten Schreibtisch und stellte sich vor.

«Mr. und Mrs. Thomas? Ich bin die Schulleiterin Mrs. Nichols. Bitte, nehmen Sie Platz.» Sie hatte eine hohe, fast snobistische Stimme. Ganz sicher kam sie nicht aus East London... Sie streckte die Hand aus und gab Chris und Lorna einen schlaffen Händedruck, bevor sie sich wieder setzte. Chris und Lorna setzten sich ebenfalls. Mrs. Nichols zog einige Papiere auf dem Schreibtisch vor sich, räusperte sich und schaute auf.

«Wie ich sehe, ist Ihr Sohn nicht bei Ihnen...», begann sie.

«Nein, er wollte nicht mitkommen», sagte Lorna.

«Ich verstehe... Nun, es tut mir leid, daß wir uns unter diesen Umständen kennenlernen müssen. Wir haben es hier mit einer sehr ernsten Angelegenheit zu tun.»

Lorna gab sich die größte Mühe, die Frau nicht schon aufgrund des ersten Eindrucks abzulehnen, aber ihr affektierter Ton und die sich ständig auf und ab bewegenden Augen machten es ihr nicht leicht.

«Was genau hat Harry denn gemacht?» fragte sie ruhig.

Mrs. Nichols warf einen Blick auf die Unterlagen. Chris beobachtete sie schweigend, die Frau schaute kurz zu ihm auf, sah dann Lorna an.

«Ihr Sohn hat ein Mitglied des Lehrkörpers bedroht, und folglich blieb mir keine andere Wahl, als ihn vom Unterricht auszuschließen.»

«Was meinen Sie mit ‹er hat ein Mitglied des Lehrkörpers bedroht?›» fragte Lorna.

Mrs. Nichols rutschte auf ihrem Platz.

«Nun, er hat sich ziemlich ausfallend gegenüber einem seiner Lehrer verhalten und hat tatsächlich damit gedroht... tätlich gegen ihn zu werden. Ich fürchte, ein solches Verhalten können wir in unserer Anstalt nicht tolerieren.»

Lorna fixierte die Schulleiterin, wodurch diese sich noch unbehaglicher fühlte.

«Hören Sie, ich weiß, daß mein Sohn manchmal über die Stränge schlagen kann, aber wenn er wirklich getan hat, was sie behaupten, dann muß es dafür auch einen Grund geben.»

Mit auf dem Schoß gefalteten Händen hörte Chris zu und gedachte, Lorna die Sache so lange zu überlassen, wie sie ruhig blieb. Mrs. Nichols räusperte sich wieder.

«Mrs. Thomas, ich kann Ihnen versichern...»

«Eigentlich muß es heißen: Miss...», fiel Lorna ihr ins Wort.

«Richtig... Nun, Miss Thomas, ich habe mit dem Lehrer über den Zwischenfall gesprochen, und er ist ziemlich entsetzt über das Verhalten Ihres Sohnes.»

Lorna seufzte laut und blickte kurz zum Fenster, während Chris sie beobachtete und sich fragte, wie lange sie wohl noch den Zorn unterdrücken konnte, der sich für ihn deutlich sichtbar in ihr zusammenbraute. Mrs. Nichols fuhr fort. «Ihr Sohn hat mit... nun, recht kräftigen Worten Einwände gegen gewisse Themen des Lehrplans erhoben. Weiterhin hat er sich eines ziemlich beleidigenden Sprachgebrauchs gegen den Lehrer befleißigt. Ich halte es für dringend angeraten, daß Sie mit ihm reden und ihm verdeutlichen, daß er den Standpunkt anderer Menschen respektieren muß und...»

Lorna ließ sie nicht ausreden. Sie richtete sich auf und sagte: «Lassen Sie sich von mir etwas sagen: Erstens, ich habe nicht den blassesten Schimmer, wovon Sie überhaupt sprechen, also sollten Sie lieber Klartext reden. Zweitens, ich muß meinem Sohn überhaupt nichts verdeutlichen. Er ist fast vierzehn, und er kann sich ein eigenes Bild von den Dingen machen. So, und wenn Sie jetzt noch ein Problem haben...» Lorna sprach nicht weiter, als sie Chris' Hand auf ihrem Arm spürte.

«Ich denke, hier handelt es sich doch wohl um ein Mißverständnis», sagte Chris freundlich und sah Mrs. Nichols an. «Sagen Sie mir doch einfach» – er lächelte die Frau an – «um was es hier eigentlich geht.»

Die Schulleiterin schien erfreut über das rechtzeitige Eingreifen. Sie wagte die vorsichtige Frage:

«Sie sind...?»

«Ich bin Harrys Onkel. Ich vertrete seinen Vater.»

Chris verhielt sich immer noch zuvorkommend, obwohl er das Wort ‹vertrete› überdeutlich betonte. Höflich fügte er hinzu: «Wissen Sie, im Gegensatz zu gewissen Ansichten, daß alle Schwarzen aus unvollständigen Familienverhältnissen kommen...»

Diese Anspielung beunruhigte Mrs. Nichols sichtlich, doch Chris fuhr fort.

«Wie ich gerade sagen wollte, ich habe Harry großgezogen, und ich weiß, daß er manchmal schwierig sein kann. Aber ich bin doch sehr überrascht, daß er vom Unterricht ausgeschlossen werden mußte.»

«Nun, Sir, im Rahmen des neuen Lehrplans bringen wir den Schülern Respekt vor den Kulturen und Lebensstilen anderer Menschen bei.» Mrs. Nichols unterbrach sich kurz. «Der Zwischenfall ereignete sich während einer Diskussion der Klasse über das Thema

Sexualität. Anscheinend hat Ihr, äh... Harry den Unterricht gestört und sich ausfallend dem Lehrer gegenüber geäußert, der zufälligerweise einer Minderheit angehört.» Mrs. Nichols schwieg und wartete auf Chris' Reaktion. Lorna starrte sie konzentriert an, doch die Frau mied bewußt ihren Blick. Chris erinnerte sich an eine Bemerkung von Harry, nicht mehr auf eine ‹Schwuchtelschule› gehen zu wollen. Er wartete ein wenig.

«Wollen Sie damit sagen, daß der bewußte Lehrer ein Homosexueller ist?» fragte er schließlich. Mrs. Nichols nahm die Brille ab.

«Er ist schwul, ja.»

Chris sah die Schulleiterin an; sie schien einen roten Kopf zu bekommen und sich unwohl zu fühlen.

«Ich weiß, daß wir den Lehrplan an Ihrer Schule nicht ändern können», setzte er an. «Außerdem weiß ich alles über die Idee einer multikulturellen Gesellschaft und die «Gleiches Recht für alle»-Grundsätze, von denen Sie hier sprechen, glauben Sie mir. Aber ich möchte, daß Sie eines ganz klar verstehen. Die Mehrheit der schwarzen Eltern will nicht wirklich, daß ihre Kinder von Praktiken erfahren, die sie nicht gutheißen. Wegen dieser... Themen, die Sie hier unterrichten, weigert sich mein Neffe, weiter zur Schule zu gehen. Was zur Folge hat, daß Sie einen weiteren vierzehnjährigen, schwarzen Schüler haben, der höchstwahrscheinlich das Interesse an einer guten Schulausbildung verliert und am Ende auf der Straße landet. Finden Sie das nicht auch beunruhigend?»

Chris sprach nicht weiter, ließ die Frage im Raum stehen. Die Schulleiterin suchte nach einer Antwort. Einen Schwarzen, der sich gut ausdrücken konnte, hatte sie nicht erwartet, einen Schwarzen, der das Problem aus einem Blickwinkel sah, über den nachzudenken sie sich noch nie die Mühe gemacht hatte. Sie suchte nach einer intelligenten Antwort, aber es wollte ihr einfach nichts einfallen.

«Ich denke, wir haben dann wohl alles besprochen», sagte Chris nüchtern. Er machte Lorna ein Zeichen. Sie standen auf und gingen, ließen eine verwirrte Mrs. Nichols zurück, die immer noch hinter ihrem Schreibtisch saß.

Wieder im Auto wechselte Chris die Kassette im Recorder. Durch den Nieselregen fuhren sie nach Hause, sprachen nur gelegentlich ein Wort, hingen ihren eigenen Gedanken nach.

«Ich möchte, daß du mit Harry sprichst», sagte Lorna, als sie die Siedlung erreichten.

«Um ihm was zu sagen?» seufzte Chris.

«Er muß noch zur Schule gehen.»

Chris parkte den Wagen. Sie gingen in die Wohnung hinauf. Von oben drang Musik herunter. Lorna ging in die Küche und machte Tee, während Chris sich nachdenklich vor den Fernseher setzte.

«Harry hat sein Essen stehenlassen...», hörte er seine Schwester sagen. Sie kam ins Wohnzimmer, stellte eine dampfende Tasse vor Chris und setzte sich.

«Er hat in letzter Zeit nie mehr Hunger», sagte Lorna deprimiert.

«Mach dir nicht so viele Gedanken. Er wird schon essen, wenn er Hunger hat.» Chris war nicht entgangen, daß sich Lorna seit Tyrones Tod mehr als gewöhnlich Sorgen um Harry machte. Harry war der jüngste, und sie behandelte ihn immer wie ein Baby.

Doch je mehr sie versucht hatte, ihm Mutter zu sein, eine engere Beziehung zu dem einzigen Kind aufzubauen, das ihr noch geblieben war, desto distanzierter und verschlossener war Harry geworden. An den meisten Abenden kam er spät nach Hause, mied dann die Gesellschaft seiner Mutter und zog es vor, sich mit der Musik in seinem Zimmer einzuschließen. Chris nippte an seinem Tee, während er den täglichen Katalog an Katastrophen, Verbrechen und bedrückenden Ereignissen in den Nachrichten verfolgte.

«Chris, du hörst mir nicht zu...»

Er drehte sich zu seiner Schwester um.

«Was hast du gesagt?»

«Ich mache mir Sorgen um Harry. Er spricht nicht mit mir, er bleibt immer lange weg, ich komme nicht mehr an ihn heran.»

«Du mußt ihm Zeit lassen. Du weißt selbst, wie sehr er Tyrone vermißt. Irgendwie mußt du damit fertig werden.» Chris versuchte, die Ängste seiner Schwester zu zerstreuen. Die Tragödie war ihnen allen an die Nieren gegangen.

«Hörst du das?» Lorna zeigte nach oben. «Was anderes macht er nicht mehr. Den ganzen Tag hört er sich Platten an und spielt den DJ. Was anderes interessiert ihn nicht. Das macht mich noch verrückt.»

Chris zuckte mit den Achseln. «Das ist doch bei allen so, glaube mir. Im Moment nehmen diese Kids die Musik schrecklich ernst.

Manchmal viel zu ernst. Irgendwo muß Harry seine Wut und seine Enttäuschung doch loswerden. Jedenfalls hat er was, wozu er einen Draht hat. Mach dir nicht zuviel Sorgen, okay?»

«Ich dachte, wir würden uns dadurch irgendwie näherkommen, aber Harry weigert sich einfach, darüber zu sprechen...»

«Ich bitte dich, Lorna, er ist gerade mal vierzehn. Jungs verändern sich in diesem Alter. Sie werden zu Männern. Ausgerechnet jetzt den Bruder zu verlieren, ist einfach zuviel für ihn. Aber er wird schon damit klarkommen, er braucht einfach nur Zeit, verstehst du?»

Auch wenn er sich alle Mühe gab, die Dinge nüchtern und sachlich so zu sehen, wie sie waren, erkannte Chris doch, daß er seine Schwester nicht wirklich beruhigen konnte. In diesem Augenblick hörten sie, wie die Tür des Jungen geöffnet wurde und Schritte die Treppe herunterkamen. Harry kam gefolgt von Rodney, seinem besten Freund, herunter. Rodney war ein pummeliger, gutmütiger fünfzehnjähriger Junge, der auch in der Siedlung wohnte. Er und Harry kannten sich seit der Grundschule.

«'n Abend», sagte Rodney lächelnd. Chris und Lorna begrüßten ihn ebenfalls. Harry verschwand in der Küche, während sein Freund zögernd mitten im Zimmer stehenblieb.

«Setz dich doch, Rodney», lud Lorna ihn ein. Der Junge setzte sich neben Chris aufs Sofa. Harry kehrte mit einem Karton Saft und zwei großen Gläsern zurück. Er setzte sich seiner Mutter gegenüber.

«Du hast schon wieder dein Abendbrot stehenlassen», stellte Lorna fest.

«Ich hab keinen Hunger...» Harry füllte die beiden Gläser mit Saft und reichte Rodney eines.

«Du mußt was essen, sieh dich doch nur an. Ich wette, du hast Gewicht verloren...»

Chris sah seine Schwester an.

«So fett wie Rodney kann Harry gar nicht werden», meinte er scherzhaft und versuchte, die Atmosphäre aufzulockern. Harry sagte nichts. «Wir sind in der Schule gewesen», sagte Chris schließlich.

«Ach, ja?» Harry schien nicht besonders interessiert.

«Und was willst du jetzt machen?»

Harry sah seinen Onkel mit unbeweglicher Miene an.

«Ich geh da nicht wieder hin.»

Chris versuchte, nicht zu penetrant zu klingen.

«Du kannst noch nicht mit der Schule aufhören. Wir müssen uns irgendwas einfallen lassen.»

Lornas Hände umklammerten mit beiden Händen die Knie, während sie ihren Sohn beobachtete. Harry war nicht in der Stimmung, über die Schule zu reden, besonders jetzt nicht, aber er mochte und respektierte Chris. Er sah seinen Onkel an.

«Mensch, Chris, ich halte ihre Schulen nicht mehr aus. Außerdem sind die ja sowieso alle gleich. Alles Rassisten.»

«Komm schon, Mann. Ein paar von den Sachen, die sie dir dort beibringen, brauchst du schon noch.» Chris wollte, daß Harry weiterredete, sich ausdrückte. «Was sagst du dazu, Rod?»

Der rundliche Jugendliche grinste; lieber wäre er nicht gefragt worden. Harry war sein Freund, und er konnte sich wirklich nicht gegen ihn aussprechen.

«Tja, manchmal ist es schon ganz schön schwer, weiter hinzugehen», sagte er schnell. «Manches von dem Zeug ist ganz interessant, aber die behandeln uns immer noch wie Kinder.»

Lorna blieb still, wollte die Diskussion nicht unterbrechen.

«Wie meinst du das?» fragte Chris.

Langsam taute Rodney auf.

«Ich meine, wir kennen doch die Straße, stimmt's?! Wir wissen doch, daß die Welt nicht so ist, wie die sie uns beschreiben, aber meistens können wir uns nicht ausdrücken. Sobald wir mal anderer Meinung sind, sagen die gleich, wir wären... wie heißt das noch schnell... Störenfriede. Die respektieren uns nicht.»

Chris sah die beiden Jungs an und mußte gegen seinen Willen nikken. Es fiel ihm schwer, ihnen zu widersprechen. In dem Jugendclub, in dem er arbeitete, hatte er das gleiche Problem. Wie gibt man Jugendlichen, die bereits ungerecht behandelt worden sind, das Vertrauen in das System zurück? Er versuchte, einen Kompromiß zu finden.

«Du hast recht. Ich weiß, daß sie euch nicht die Wirklichkeit beibringen, aber wir Schwarze brauchen eine vernünftige Ausbildung, denn andernfalls werden wir immer unten bleiben.»

Harry sah Chris nachdenklich an, dann sprach er mit ruhiger, aber eindeutig verbitterter Stimme.

«Tyrone ist einer der besten Schüler auf der ganzen Welt gewesen, aber nicht mal das konnte ihm helfen ...»

Einen kurzen Augenblick begegneten sich Lornas und Harrys Blicke. Es war das erste Mal, daß er den Tod seines Bruders seit der Beerdigung erwähnt hatte. Wieder an die Trauer erinnert, spürte sie Tränen in die Augen aufsteigen. Rodney rutschte unbehaglich auf seinem Platz. Chris fiel nichts Vernünftiges ein, das er darauf antworten konnte. Harry stand auf.

«Wir gehen jetzt raus. Bis später.» Er winkte seinem Freund zu.

«Tschüs», sagte Rodney und folgte ihm.

Lorna und Chris hörten, wie die Tür hinter den beiden Jungs zufiel. Schweigend blieben sie dort sitzen, während Harrys Worte im Zimmer nachhallten.

7

DIE RÜCKKEHR EINES DON

Alles sah aus wie immer; die belebten Straßen voller hastender Menschen, und das ungeduldige Dröhnen von Automotoren in der mittäglichen Rush-hour.

Quietschend kam ein Bus zum Stehen, ein Strom von Fahrgästen ergoß sich auf den Bürgersteig, einige wichen mutig dem langsam fließenden Verkehr aus, um die Straße zu überqueren. Einer von Dutzenden Fahrradkurieren schlängelte sich in einem Affentempo zwischen den Autos durch und verfehlte nur um Haaresbreite eine Frau, als sie hinter einem Lieferwagen auftauchte. Sie verfluchte den Radfahrer.

Eine Gruppe Schulkinder in dunkelgrauen Uniformen passierte im Gänsemarsch den Wagen; ein paar aßen Fritten aus fettigen Papiertüten.

Ein paar Meter zurück explodierte plötzlich das Schrillen einer Sirene, zerschnitt all den Straßenlärm. Dem Streifenwagen gelang es, sich durchzuzwängen, das penetrante Geheul trieb Fahrzeuge auf die Busspur. Als die Sirene in der Ferne verklang, steuerte Charlie den Mazda zurück in die sich neu bildende Verkehrsschlange und drehte sich zu seinem Beifahrer.

«... imma viel los», witzelte er.

D. lächelte, sagte aber nichts. Charlie hatte ihn kurz zuvor vom Gatwick Airport abgeholt. An diesem windigen, grauen Septembernachmittag erreichten sie nun die Vororte von London.

Während der Fahrt war D. still geblieben, auch wenn er sich offensichtlich gefreut hatte, Charlie hinter den Absperrungen in der Flughafenlounge warten zu sehen. Charlie vermutete, daß D. vieles durch den Kopf ging.

An einem frühen Morgen vor sechs Monaten hatte Charlie D.s Anruf aus Jamaika erhalten. Es freute ihn zu hören, daß sein Freund wieder aus dem Gefängnis war, und es bereitete ihm keinerlei Problem, D.s Wunsch zu erfüllen, seine «Verpflichtung» zu begleichen. Aber das waren Geschäfte. Sie hatten nicht richtig Zeit zum Reden gehabt. Dann nichts mehr. Erst als D. vor einer Woche anrief, um seine Ankunft anzukündigen und Charlie beauftragte, niemanden davon wissen zu lassen, hatte er wieder aus Jamaika gehört. Und hier war er nun, anscheinend versunken in den Anblick Londons oder den Beat des Ragga aus den Boxen...

Es war eine lange Reise gewesen. Wieder zurück im vertrauten Grau Englands, trieben D.s Gedanken ab, konzentrierten sich auf nichts und alles.

Den ganzen Flug über von Montego Bay war er ähnlich beschäftigt gewesen, hatte in Gedanken träge die letzten paar Monate Revue passieren lassen, die Menschen, Orte und Schritte... und er selbst; lebte immer noch, war immer noch in Freiheit und stand kurz davor, seine zweite Chance zu bekommen...

Bei den spärlichen Gesprächen im Wagen hatte sich D. entspannt. Er hatte sich bei Charlie nur nach Charmaine und Marcus erkundigt, dann größtenteils Fragen seines Partners über Jamaika beantwortet. Charlie sah, daß die Zeit in Jamaika seinem Partner gutgetan hatte; er sah kräftiger und fitter aus in seinem Designerjeansanzug. D. erzählte nur kurz von dem Landleben, das er zu Hause im Yard genossen hatte. Noch kürzer ging er auf Skeets ein.

«Wia sind bald da», sagte Charlie.

D. schaute sich um, erinnerte sich wieder, daß Charlie erwähnt hatte, nach Camden Town umgezogen zu sein.

«Und, wie isses denn so in diesa Gegend?» fragte er.

«Nätt, ziemlich ruhig, waißtu.» Charlie nahm ein paar Sekunden die Augen von der Straße. «Sait läztes Jaa sind aine Mänge Sachn passiat», begann er. «Jedea mußte sich noi oriäntiean.»

«Ach, ja?»

D. hörte zu, hatte den Kopf gegen die Rückenlehne gelegt.

Charlie ließ sich Zeit, all die Veränderungen zu erklären, die sich seit D.s Festnahme im voraufgegangenen Jahr ereignet hatten; der gesteigerte Druck der Polizei auf die Straßenszene, die Razzien, die Gebietsstreitigkeiten mit Chins Leuten, das Auftauchen örtlicher Gangs, die sich gewaltsam ihren Teil des Kuchens sicherten...

D. lächelte dünn.

«Is tatsächlich ne Mänge passiat!» kommentierte er.

«Ja, das Geschäft hat sich vaändeat, Maan.» Charlie unterbrach sich. «Ich hab vasucht, alls noi zu oaganisiean, aber äs is nich mea so laicht wie früha.»

«Dann hastu also Probleme?» fragte D.

Charlie bog rechts ab, bevor er antwortete.

«Seit die Front Line zerschlagen wurde, hat sich alles verlaufen, und jeder dealt überall.»

Einen Moment lang störte nur die Musik im Wagen die Gedanken der Männer.

«Is'n aus Chin gewoadn?»

D.s Stimme war völlig ruhig, als sei dies eine normale Frage.

Charlie stieß ein trockenes Lachen aus.

«Zueast hattn wian paa Probleme mit den'. Was die Polizai nua noch neavösa gemachtat. Im Momänt habn wiane Veaainbarung, so was wie ain Veatrag.»

D. schwieg. Ruhig musterte er seinen Begleiter.

Charlie bremste ab und fuhr an den linken Seitenstreifen, parkte vor einem zweistöckigen Haus kurz vor dem Ende einer Sackgasse. Er schaltete die Zündung aus.

«Höa dia das an», fuhr er fort. «Chin is voan paa Monatn nach New York abgeraist, also veahaltn sich saine Loite ziemlich ruhig, du vastehst, was ich maine?!» Charlies Lippen verzogen sich zu einem angedeuteten Lächeln. Als er D. dann direkt anschaute, verschwand dieses Lächeln.

«Mach dia kaine Soagn wegn Chin, D. Mit dem hab ich alls fäst im Griff, veatrau mia...»

Charlie öffnete seine Tür und stieg aus. D. trat zu ihm auf den Bürgersteig, als er den kleinen Koffer aus dem Kofferraum holte. Charlie hatte erklärt, daß der flotte, kleine, weiße Wagen Charmaine gehörte. Er hatte ihn ihr gekauft, fuhr aber damit, solange sie noch für die Führerscheinprüfung übte. Weniger auffällige Fahrzeuge benutzen gehörte zu den notwendigen Anpassungen an das aktuelle Klima. «Kleine Brötchen backen», hatte Charlie gesagt. Er knallte den Kofferraumdeckel zu.

«Komm, laß uns raingehen.»

D. folgte ihm über den mit Platten ausgelegten Bereich davor ins Haus. Charlie schloß die Tür hinter ihm.

«Gefällt's dia», fragte er, als D. sich drehte, um die vollverspiegelte Wand zu bewundern.

«Ja, Mann. Sieht nätt aus.»

«Charlie?» Charmaines Stimme von oben.

«Yeah! Komm runta, Baby!»

Während er sie rief, winkte Charlie D. in die Küche und gab ihm zu verstehen, sich still zu verhalten. Charmaine kam die Treppe herunter.

«Wo bist du?»

«Hi.»

Charmaine drückte die Küchentür auf, und ihr Blick fiel auf Charlies lächelndes Gesicht. Dann sah sie die Gestalt rechts neben ihm.... Sie brauchte ein paar Sekunden, bis sie ihre Stimme wiedergefunden hatte.

«Was?! D.! Hi, wie geht's dir... ?»

Sie trat schnell zu ihm und nahm ihn in die Arme. Charlie lachte; Charmaine war todsicher überrascht! D. genoß den schockierten Ausdruck auf ihrem Gesicht.

«Warum hast du mir denn nichts gesagt?» schimpfte sie gutmütig mit Charlie.

«Das waan Gehaimnis, Maan!»

Dann begann sie D. mit Fragen zu bombardieren.

«Du siehst kräftiger aus...»

D. lachte.

«Laß den Mann doch east ma veaschnaufn! Ea ist ebn east gelandet!» unterbrach Charlie.

«Wirklich? Setz dich. Bleibst du zum Abendessen?»

«Also, ich sag nich nain. Den Fraß im Fliega konntich nich ässn...»

Charlie führte ihn ins Wohnzimmer. D. setzte sich auf einen der beiden großen Zweisitzer. Durch das Fenster hinter dem Fernseher sah er einen weitläufigen Garten mit Bäumen und einem Teich.

Die Wände des Wohnzimmers waren mit gestreiften Samt-Look-Tapeten verschönert, und Gemälde, darunter eines von einer festlich gekleideten und mit Schmuck behängten afrikanischen Königin, vervollständigten den geschmackvollen Eindruck. In der Mitte des Raumes stand ein Satz schwarz-weißer Tische mit Marmorplatten, über denen zwei goldene Kronleuchter hingen. Mehrere taillenhohe Holzskulpturen verliehen dem Raum einen barocken und dennoch «kultivierten» Touch. Charlie programmierte die Kompaktanlage auf einem hohen Regal über dem aus Ziegeln gemauerten offenen Kamin.

«Hier, D., nimm was Saft.»

Charmaine kam herein und stellte ein Tablett auf den Tisch. Sie lächelte D. wieder an, freute sich ganz offensichtlich, ihn wiederzusehen, ließ die zwei Männer dann wieder allein. D. nahm eines der beiden Gläser und trank es aus. Der Saft war süß und kalt.

«Ich waiß ja nich, wie du die Sache siehst», sagte Charlie und setzte sich, «aba ich dachte, du könntest bei uns blaibn, wenigstens füa aine Waile.»

«Yeah!» erwiderte D. nachdenklich.

Charlie trank einen Schluck. Er schwieg, suchte nach den Worten.

«Ich finde, du solltest dich am Anfang noch zurückhaltn und vasuchn, ain Feeling dafüa zu kriegn, wies jäz loift.»

«Stimmt...» D. stellte sein Glas ab.

«Abgesehn von allem anderen – sait du wäg bist, isses hia ganz schön haat gewesn, aba wia habn immea noch Umsatz gemacht, vastehstu?! Ich hab dain Antail zua Saite gelegt...»

D. wußte die Geste zu schätzen; einem Mann wie Charlie begegnete man nicht alle Tage. Viele hätten die Situation ausgenutzt; denn immerhin konnte er unmöglich wissen, ob D. überhaupt noch mal zurückkommen würde!

«Respäkt, Charlie, Maan. Toll von dia, daß du das füa mich gemacht hast!»

Charlie lächelte.

«Schon okee, Maan. Du würdst doch das glaiche füa mich tun, stimmt's nich?!»

«Charlie, wia baide sind Brüda!»

D.s Blick fiel auf die Uhr an der Wand vor ihm. Er war seit ungefähr drei Stunden wieder in England, und er wußte noch nicht so genau, wie er das finden sollte. Wenigstens stand Charlie zu ihm. Das war gut zu wissen.

«Und wie sieht's mit dem Team aus?» erkundigte sich D. Charlie war aufgestanden, um den Fernseher einzuschalten.

«Wia habn imma noch diesälbn Loite, bis auf Blacka, der is nach Amerika, um da Musik zu produzian, und Slinga . . .»

«Wasn aus dem gewoadn?»

«Dea ist in den Knast gekommen, kuaz nachdem sie dich ausgewiesn habn. Ea is nach ner Schießerai in South London erwischt woadn.»

D. schüttelte den Kopf.

«Hab gehöat, daß es da untn übel gelaufn is . . .»

«Das kannstu wohl sagn. Wia mußten mit Gewalt gegn Chins Loite voagehn, die waan ainfach übeaall.» Charlie seufzte, als er D. von dem «Krieg» im Anschluß an seine Festnahme erzählte. «Ich mußte alls noi oaganisian. Draußn auf dea Straße hat Mickey den maistn Äaga abgekriegt. Er hat saine Sache vadammt gut gemacht.»

«Sticks . . .», dachte D. Er hatte sich oft gefragt, wie sein «Leutnant» nach seinem Abgang klargekommen war.

«Chin war schwea zu findn und ist gut beschützt woadn, wie du dia voastelln kannst», fuhr Charlie fort.

«Was is aus dea Zoigin gewoadn?» fragte D. mit einem plötzlichen Interesse in der Stimme.

«Oh, aus dea is gaa nichts gewoadn», erwiderte Charlie grinsend.

«Wie mainstu das? Sie is nich voa Gericht easchienen . . . ?»

«Nain, sie hats sich andeas übalegt.» Charlie lachte wie bei einem guten Witz. «Chin hatte ainen gutn Plan, aba wia sind ihm draufgekommen. Wia habn dem Mädchn aine klaine Mittailung von wegn iam Sohn geschickt . . .» D. war interessiert; er hatte nie erfahren, wie sie das zustande gebracht hatten.

«Sie hat Angst gekriegt?!» fragte er und grinste ebenfalls.

Charlie nickte.

«Ia is klaa gewoadn, daß Chin sie nich füa imma und ewig beschützn konnte.»

«Varat mia, wea an sie rangekomm is?»

«Sweetie», sagte Charlie.

«Sweetie?!» wiederholte D. anerkennend.

«Jedenfalls, nachdem du fraigesprochn woadn bis und denen klaagewoadn is, daß wia stark genug waan, um ihnen Widastand laistn zu können, habn sie ainen Waffenstillstand ausgerufen.»

«Häh?»

«Du kannses ruhig glaubn, Maan. Mea oda weniga hält dea imma noch», meinte Charlie lachend. «Wia habn Probleme mit ein paa Typn hia aus dea Gegnd...»

«Was füa Typn aus dea Gegnd?» fragte D. neugierig.

«Ich hab dia doch gesagt, daß sich manches geändeat hat. Jugendgangs aus ain paa von den Siedlungn, die wia mal kontrolliat habn, die habn ia aigenes Network aufgebaut.»

D. hörte interessiert zu; das war eine Neuigkeit...

«Die habn jäz iare aignen Quelln und wissn auch, wie man den Stoff verschnaidet. In den läztn paa Monatn hattn wia mehrere Zusammenstöße mit denen.»

«Die weadn mutig!» sagte D.

«Ja, und Kanonen habn die auch...», fügte Charlie hinzu. Er nahm sein Glas und trank einen Schluck. Er seufzte. «Paß auf, D., ich hab kaine Ahnung, was du jäz füa Pläne has. Du bis ne Waile wäggewesn, deshalb hattestu Zait zum Nachdenkn. Aba ich sag dia, die Szene da draußn is häßlich gewoadn.»

Charmaine kam herein, brachte ein Tablett mit zwei Tellern; sie unterbrachen ihre Diskussion, um sich auf das Abendessen zu konzentrieren.

«Ich gehe jetzt Marcus holen», sagte Charmaine.

«Okee. Aba veagiß nich, es is imma noch ain Gehaimnis...», sagte Charlie ihr mit einem Seitenblick auf D. Sie nickte und machte sich auf den Weg zur Kindertagesstätte.

D. langte kräftig zu; die lange Reise hatte ihm Appetit gemacht.

«Charmaine kann kochn, Maan!» sagte er zwischen zwei Bissen zu Charlie.

«Yeah, Maan, sies gut.»

Wo sie gerade bei dem Thema waren, erkundigte sich Charlie nach den Mädchen zu Hause, ob D. gut versorgt gewesen war. D. lachte, erklärte, daß sein Aufenthalt auf Jamaika größtenteils eine «Erholung» gewesen sei.

«Trotzdem hab ich ain Mädchn auf dem Land, die mich die ganze Zait ‹gepudert› hat.»

«Dacht ich mia. Wohin du auch gehst, iagendaine Äkschn gibt's imma.»

Die Männer beendeten ihr Abendbrot, während sie sich Witze und

Anekdoten über Frauen erzählten. Dann brachte Charlie die leeren Teller in die Küche und kehrte mit zwei Flaschen Guinness Stout zurück.

«Willstu rauchn?»

Es war eine beiläufig gestellte Frage, aber Charlie entging die winzige Pause nicht, bevor D. antwortete.

«Buoi, ich veasuch was küaza zu tretn, vastehstu?»

Charlie stand vor der Schrankwand und beobachtete seinen Freund.

«In ächt?» fragte er wenig überzeugt. «Yeah, Maan», bestätigte D. nickend.

Charlie schien überrascht. Ganz sicher hatte er nicht damit gerechnet, daß sich sein Freund so sehr verändert hatte.

«Und wie stehts mitn bißchn Sensi?»

«Sensi? Schiebs rüba, Maan!» D grinste.

«Alls klaa.» Charlie ging hinaus und kam mit einem ansehnlichen Plastikbeutel voll dunkelgrünem Gras zurück.

«Momänt, dealstu jäz mit Ganja?!»

Charlie zuckte mit den Achseln und setzte sich.

«Nee, aigentlich nich, aba ich hab maine Connäkschens», sagte er. «Außadem, du waißtoch, daß ich mit Gras imma mische...»

Jeder baute sich einen Spliff. Das Ganja war erstklassiger Stoff, immer noch frisch und mit sehr wenigen Samen. Charlie beobachtete D., während dieser das Kraut begutachtete.

«Es loift imma noch ganz gut. Die maistn Loite gebn sich nicht mea damit ab. Springt hoitzutage nicht mea genug Gält dabai raus», erklärte er.

D. steckte sich seinen Spliff an und inhalierte tief.

«Stimmt...» Er sah Charlie durch den Rauch an.

«Waißtu was? Ich hab noch nie ealebt, daß du Rock genommen hast...»

Nach all der langen Zeit war D. erst jetzt der Gedanke gekommen, daß Charlie, auch wenn er eine der großen Nummern in der Branche war, überhaupt kein Crack nahm. Charlie stieß ein kurzes Lachen aus. Er nahm sich Zeit zu rauchen, beantwortete D.s Frage nicht sofort.

«Ich bin übarascht, daß dia das noch nich früha aufgefalln ist», sagte er schließlich. «Ich rauch Shit, yeah, aba von Base und Rock lass' ich die Finga, so istas ...» Er sah, daß sein Freund mehr wissen wollte. Charlie trank einen Schluck Stout und zog ein paarmal an dem Spliff.

«Es klingt vllaicht komisch, wail ich main Gält mit dem Zoig mach», sagte er, «aba Crack is die übelste Droge, die dea Mänsch je heageställt hat, glaub mia.» Die Feststellung stand einige Sekunden im Raum. Sein Verstand arbeitete nach dem süßlichen, vollen Gras einen Tick langsamer, und D. wartete darauf, mehr zu hören. Er und Charlie hatten relativ lange mit Crack gedealt, und doch hatten sie nie wirklich darüber diskutiert. Geld schien Grund genug gewesen zu sein, auf theoretische Diskussionen darüber zu verzichten. Charlie sprach weiter.

«Ich bin in New York aufgewachsn, D. In diesa Stadt habn Drogn von Anfang zum Alltag gehöat. Ich hab Typn gesehn, die auf alle mögliche Schaiße abgefahn sind. Acid, Speed, Heroin, Koks, PCP, sogar auf Opium ... Aba als Ände dea siebziga Crack in dea Szene aufgetaucht ist, hat sich alls zum Schlächtean veaändat.»

«Was ist mit Kokain? Das Zoig ist doch auch haimtückisch!»

Charlie schob D. das Feuerzeug über den Tisch zu.

«Yeah, Kokain ist haimtückisch, da hastu rächt. Aba ich känn Loite, die nehmen schon jahrelang Koks, ziehns sich duach die Nase, aba die sind imma noch da. Was ainen ächt featigmacht, das ist Freebase, das is übel, Maan, du brauchs schon ain Haufn Schotta, um dia das laistn zu können. Soga aine Nase oder ain Cocktail können dich kaputtmachn, wänn dus zu oft machst.»

Charlie unterbrach sich, trank wieder einen Schluck Stout und fuhr fort. «Und jäz Crack. Crack ist peafekt ... Sieh dia das an: Crack ist stäaka, raina als Koks, es ist laichta zu handhabn, wails fäst ist und billig. An dem Tag, als das auf den Maakt kam, hats ainfach nua noch *Booom* gemacht!» Charlie gestikulierte mit den Händen, machte eine Explosion nach. D. sah ihn nachdenklich an. Er hatte sich nie die Mühe gemacht, näher darüber nachzudenken.

«Und warum hastus dann früha auch genommen?» fragte er.

Charlie stieß ein kurzes, hohles Lachen aus. Einen Moment trat ein harter Ausdruck in seine Augen, als hätten schlechte Erinnerungen seine Gedanken vertrieben.

«Laß dia von mia ains sagn, D.: Was ich üba Drogn waiß, hab ich nicht studiat. Ich bin auf dea Straße großgewoadn, und wie jedea andere auch hab ich main Leargeält bezahlen müssn. Du waißt, was ich maine?»

D. nickte, er wußte es. Es entstand ein kurzes Schweigen.

«Ich war mal veahairatet, waißtu.»

Die Feststellung überraschte D. zunächst. Er fragte sich, warum Charlie das Thema gewechselt hatte. Fasziniert hörte er zu.

«Du siehst übarascht aus. Yeah, mit achtzehn hab ich gehairatet.»

D. sah die Verbitterung und den Zynismus im Gesicht seines Freundes. Normalerweise sprach Charlie nicht über seine Vergangenheit. Zum ersten Mal hatte er jetzt auch nur seine Ehe erwähnt.

«Weißtu, damals hatte ich alls, was ich wollte. Stell dia voa – mit achtzehn... ich hatte ain großn Wagn, Klamottn, Schmuck, Gält – was du willst. Ich bin ainea dea erfolgraichstn Dealer in maim Viatl gewesn. Aba ich hab ain Mädchn gehairatet, Maan, du hättest dieses Mädchn sehn solln... Jedea Mann in dea Stadt wollte dies Mädchn, ich lüge nicht...» Charlie unterbrach sich wieder; ein schmerzerfülltes Lächeln lag auf seinen Lippen, als er sich an seine Frau erinnerte.

«Ich maine, Typen doppält so alt wie ich habn damals füa mich geabaitet. Mit aim mainea Kumpl hab ich soga ain Restaurant aufgemacht... Jedenfalls, Gina, maine Frau, hat mit mia Stoff genommen. Normaleawaise habn wia Koks genommen, um auf Zack zu blaibn. Ich mußte imma huneat Pro da sain, du waißt sälbs, wies is. Aines Tages sind dann ain paa von mainen Loitn mit diesa noien Sache angekommen, ‹Rock› habn sies genannt. Sie hattn das Zoig von iagendwelchn Latino-Gangstean, die wia kanntn. Das ‹noie Produkt› nannten dies. Zueast bin ich ja noch ain bißchn mißtrauisch gewesn, aba die habn dann gesagt, sie hättns ausprobiat, und es wäa die rainste ‹Magie›.»

Die Flamme des Feuerzeugs flackerte, als Charlie seinen Spliff wieder ansteckte und aufstand, um eine neue Kassette einzulegen. Er drehte sich zu D. um.

«Alleadings wars Magie... Während dea nächstn paa Monate hat diese Schaiße den Maakt übanommen. Übeaall gabs nua noch Rock, Rock und noch mal Rock. Lag auf dea Hand, daß ich es probian mußte, bevoa ich mich drauf ainließ, es zu veatickn.» Charlie sah D. an, als er sich wieder setzte. «Du kännst Crack so gut wie ich...» Er lächelte.

«Aigentlich waaschainlich soga noch bessa, dänn dich hat dea Stoff ja bainah völlig featiggemacht...»

Es war eine simple Tatsachenfeststellung. D. wußte, daß es die Wahrheit war. Er sagte nichts. Charlie fuhr fort, mindestens genausoviel für sich wie für D.

«Du brauchst nua ainmal dran zu läckn, und dea Hit in daim Kopf ist wie nichts, das du schon mal ealebt hast. Es hält nicht lange an, und genau das ist am Anfang die Falle. Du brauchst mea und mea, um den glaichn Effäkt zu kriegn, um auf demsälbn Level zu blaibn. Ich maine, diese Schaiße verpfuscht dainen Köapa und dain Gehian schnella als alles andre auf dea Wält. Aba das schlimmste ist, wases aus den Loitn macht, die dia was bedoitn.»

«Und was ist mit dainea Frau?» unterbrach D. Er wollte den Rest der Geschichte hören.

«Yeah, dazu komm ich noch. Wie ich schon sagte, wänn du von Crack high bist, dann kannstu ainfach alls, so fühlstu dich wenigstens... Also hat auch Gina angefangn, das Zoig zu nehmen. Sie wurde abgedröhnter, ‹digitaler›, veastehstu?! Nach ain paa Wochn merkte ich, daß sie sich etwas veaändeat hatte, aber veagiß nicht, ich hab mich auch drauf aingeklinkt. Ich bin damals imma losgezogn und hab Geschäfte gemacht und hab sie mit mainen Vorrätn alaingelassn. Ställ dia so was voa! Sie ist zu Hause gebliebn und hat sich mit ian Froindn weggedröhnt, aba ich hatte soviel zu tun und war so wahnsinnig in das Mädchn veaknallt, ich habs ainfach laufnlassn.»

Charlie trank einen Schluck. Er schien die Geschichte weitererzählen zu müssen, um sich den Schmerz von der Seele zu reden.

«Aines Tages hab ich sie allein gelassn, um mit ain paar Loitn die Stadt zu vealassn. Sie und iare Froinde habn sich deamaßn zugeknallt, sie sind in ain Wagn gestiegn und schnuastracks in einen Club gefaan, dea von ainea puertorikanischen Gang geleitet wurde, um sich jemandn voazunehmen. Sowait ich späta eafahn hab, hat sich ains dea Mädchn aus dea Gang ia gegnüba ‹respektlos› veahaltn. Also habn sie sich zu fünft aufgemacht und sind hingefahn. Stell dia voa: Fünf gegn ainen ganzn Ladn von denen! Es kam zu ainea Schießerai, bai dea ainea von ihnen auf dea Stelle gestoabn ist. Dann habn sie veasucht zu fliehn, aba inzwischn warn die Bulln auf dea Bildfläche aufgekroizt. Die habn sie dann mehrere Mailen quer duach die Stadt veafolgt. Gina saß hinteam Stoia. Schließlich sind sie in die Änge getriebn woadn, aba statt sich zu eagebn, hat Gina ainen dea Bulln easchossn. Die Polizai hat die via auf offenea Straße massakrieat. Gina war east siebzehn...»

D. wußte nicht, was er sagen sollte. Er beobachtete Charlie, der mit halb geschlossenen Augen in seinem Sessel hing.

«Ich hab mia imma die Schuld an iam Tod gegebn, waißtu, D.», hörte er Charlie leise sagen.

Das Geräusch des Schlüssels in der Tür zerbrach die Stimmung.

«Daddy! Daddy!» Getrampel im Flur kündigte Marcus an. Er sprang auf den Schoß seines Vaters und warf seine kleinen Arme um seinen Hals.

«Sieh nur, was ich gemacht hab...» Stolz überreichte Marcus Charlie ein zusammengerolltes Stück Pappe.

Dann erstarrte er plötzlich, als er D. bemerkte.

«Marcus, komm hea, *rude boy*!»

Marcus sah zuerst seinen Vater und dann wieder D. an, war ganz offensichtlich überrascht, ihn nach so langer Zeit wiederzusehen.

«Komm schon, Maan... Wie gehtsn so? Sind wia wieda Froinde?!»

Marcus verließ seinen Vater, hatte seine Zeichnung völlig vergessen und trat vor D., wobei sein kleines Gesicht starr vor Konzentration war, während er sich an seinen alten Freund erinnerte.

D. packte das Kind und hob den Jungen in die Luft.

«Du wiast ganz schön groß, Maan, stimmt's?»

Marcus war schnell erwachsen geworden; mit kurz geschnittenen Haaren und in seinem netten «Raggamuffin-Cordanzug» sah er nicht mehr aus wie ein Baby. D. knuffte ihn in den Bauch, kitzelte und schüttelte ihn, bis der kleine Junge zu kichern begann und sich wehrte. Aus der Tür schaute Charmaine lächelnd zu.

«Warte nur, bis du deine siehst...»

D. warf ihr nur einen kurzen Blick zu; er hatte die ganze Zeit gewußt, daß sie darauf brannte, das Thema anzuschneiden. Charmaine sah Charlie an. Der lächelte nur und schüttelte den Kopf. Denn immerhin, das hier ging ihn nichts an.

«Ich weade schon noch runteafahn, aber füas easte möchte ich, daß dus füa dich behälst, bis ich sowait bin, okee?!»

«Ich werde kein Sterbenswörtchen sagen, versprochen», sagte

Charmaine und hob dabei die rechte Hand in einem gespielten Schwur. «Komm jetzt, Marcus, das Essen ist fertig.»

Marcus hörte auf, mit D. zu spielen, und folgte seiner Mutter in die Küche.

«Jenny ist oft hia, waißtu», sagte Charlie. «Dain Junge sieht haagenau aus wie du ...»

D. antwortete nicht, aber Charlie meinte, ein flüchtiges, stolzes Lächeln über sein Gesicht huschen zu sehen.

Zwei weitere Stouts und ein paar Spliffs später fühlten sich die zwei Männer ausgesprochen gut, als sie sich ein paar Musikvideos anschauten. Draußen hatte sich eine windige Nacht über *old London town* gelegt.

Marcus war aufgeblieben, solange er durfte, und war dann ins Bett geschickt worden. Das Telefon klingelte.

«Yeah ... ? Ja, mein Junge ... hmmm ... Wea? Okee, kümma dich drum ... Okee ... Morgen.» Charlie legte den Hörer auf und sah D. an.

«Mickey ... Am bästen sagn wia ihm noch nichts, falls du dich eastmal wieda ainlebn willst.»

D. nickte. Er würde ein paar Tage benötigen, um zu relaxen und sich seine nächsten Schritte zu überlegen.

«Und, hastu Lust auf ain Ausflug?» fragte Charlie.

«Yeah, Maan.»

Charlie ging nach oben zu Charmaine, dann verließen sie das Haus.

«Schon wieda ganz schön kalt!» erinnerte sich D., als ihm draußen der Wind ins Gesicht fegte.

Charlie lachte.

«Du bist doch gerade east angekommen, Maan. Du wiastes noch viel deutlicha spüan ...»

Sie stiegen in den Wagen und fuhren los, kurvten durch die verlassenen, menschenleeren Straßen in der Gegend. Sie kamen durch sein altes Revier. D. saß da und beobachtete durch die Autoscheibe die wenigen Männer und Frauen vor den Pubs, Cafés und Clubs von Clapton und Stoke Newington. Einige Gesichter erkannte er wieder, aber niemand bemerkte ihn. Charlie fuhr Richtung Shoreditch und hörte zu, wie D. ein paar Geschichten über seinen Aufenthalt auf Jamaika erzählte. Inzwischen war er wieder ein bißchen warm geworden, wurde langsam wieder zu dem alten D., den Charlie von früher kannte. Charlie bog rechts ab, umrundete dann eine kleine Gruppe neu gebauter Häuser auf der Rückseite eines Hochhausblocks.

«Du willst vllaicht ein paa Loite besuchn, die hia wohnen ...», sagte er geheimnisvoll, als er vor einem schwarzen, schmiedeeisernen Tor hielt. D. sah ihn mit fragend gehobenen Augenbrauen an. Charlie ließ ihn noch eine Weile in der Luft hängen und genoß den verdutzten Ausdruck auf D.s Gesicht.

«Donna ist umgezogn, waißtu.»

D. runzelte die Stirn, sah Charlie an und schaute dann zum Tor hinüber. War er dafür schon bereit? Er war unentschlossen.

«Du mußt ja nich, Supa», sagte Charlie.

«Früha odea späta ist's ja sowieso sowait», seufzte D. «Komm.»

Sie stiegen aus dem Wagen und überquerten den Hof. Charlie klingelte. Hinter einer Scheibe ging Licht an. Die Tür wurde geöffnet, und Cindys Puppengesicht tauchte dahinter auf. Als sie aufschaute, bekam sie große Augen und den Mund nicht mehr zu.

«Mummy! Mummy!» brüllte sie.

D. sah Charlie an und trat ein. Cindy sprang begeistert hoch und umklammerte seinen Hals.

«Maine Güte!»

D. hörte den Freudenschrei, noch bevor er Donna sehen konnte, die sich über das Geländer weiter oben beugte.

8

RESPÄKTLOSIGKAITN

«Skipper, red jäz mit mia!»

Leroy unterbrach sich mitten im Satz und sah den Mann an, der ihm vom anderen Ende der Theke zurief.

«Ich komm glaich wieda», sagte er zu Lee, bevor er von seinem Hocker rutschte und hinunterging. Er wußte ganz genau, was der Squeeze sagen würde. Ein großer Stoß Platten, fast ausschließlich LPs, war vor ihm aufgestapelt.

«Chäf, paß auf, ich komm am Montag wegn dem hia voabai...» Squeezy lächelte gewinnend. Leroy erwiderte das Lächeln nicht. Squeezy, einer der Jungs von Radical Hi-Powah, machte immer wieder das gleiche; er nahm ein paar Dutzend Schallplatten von Leroy mit und bat um Kredit bis zur nächsten Woche. Leroy mußte zugeben, daß er meistens Wort hielt und bezahlte. Nichtsdestoweniger waren die Zeiten für alle hart, und jeder brauchte dringend Cash.

«Schaiße, Squeeze, Maan. Laß jäz schon mal ain paa Schaine sehn!» Leroy versuchte dem Sound Man wenigstens für einen Teil der Platten Geld abzuluchsen.

«Buoi, du waißtoch genau, daß wia am Samstag aine große Tanzveaanstaltung habn. Ich komm dräkt Montag moagn als bai dia rain. Ächt.» Squeeze lächelte und wollte Leroy weichkochen.

«Das Geschäft loift schlächt, Supa, das waißtu. Daueand wollt ia Sound Man Kredit. Ich kann kaine Platten ainkaufn, wenn ia mia kain Gält gebt. Kapiat?!»

«Waiß ich doch, Skipper. Aba, heh! Ich zahl doch imma rächtzaitig, stimmt's nicht?»

Leroy stimmte kopfschüttelnd zu.

«Höa zu, Maan, dea Junge an dea Kasse soll das anschraibn. Aba soag dafüa, daß du dräkt Montag moagn voabaikommst und bezahlst. Hastu das veastandn?!»

«Montag moagn. Vadammt, ja. Respäkt, Chäf!» Squeeze grinste breit.

Auf dem Rückweg zu Lee flüsterte Leroy ein paar Worte in Garys Ohr. Der Jugendliche nickte, legte eine neue Platte auf und ging Squeeze bedienen. Gary war Leroys Neffe, der erst kürzlich aus Kanada eingetroffen war, wo seine Mutter lebte. Er war ein ruhiger, schlanker Sechzehnjähriger, der nichts lieber tat, als für seinen Onkel den Laden zu schmeißen. Garys größter Wunsch war es, eines Tages ein eigenes Sound System zu haben, bis dahin jedoch war er zufrieden, sich Geld zu verdienen, indem er Leroy half. Außerdem wußte er alles über Reggae, und das war ein großer Pluspunkt. Leroy vertraute ihm und hatte nun endlich Zeit für seine anderen geschäftlichen Interessen.

«Diese Sound Men, veastehstu...», sagte Leroy, als er zu seinem Freund zurückkehrte und die Unterhaltung fortsetzte.

«Dann laufen die Geschäfte also, Papa!» Lee lächelte. Lee war vor ein paar Wochen aus New York herübergekommen. Er und Leroy kannten sich schon eine Ewigkeit, und wann immer er in London war, verbrachte Lee eine Menge Zeit in dem Plattenladen. Er hatte eine Reihe Künstler für sein eigenes Label in New York City verpflichtet und im Verlauf der letzten paar Monate mehrere Hits produziert. Leroy hatte Interesse gezeigt, selbst in die Musikproduktion einzusteigen, und durchblicken lassen, ob Lee nicht vielleicht an einem gemeinsamen Unternehmen interessiert sei.

«Skipper, ich muß jäz wieda los. Sieh zu, daß du am Samstag zua Veaanstaltung kommst!» brüllte Squeeze gegen die Musik an.

«Alls klaa. Wia sehn uns», antwortete Leroy aus seiner Ecke.

Gary fuhr fort, eine Scheibe nach der anderen aufzulegen, eine schnelle Auswahl von Hits und «*dancehall killers*».

An diesem kalten Mittwochnachmittag befanden sich weniger als ein Dutzend Kunden in Leroys Plattenladen; ein paar Musikfreaks kauften Platten für ihre Privatsammlungen, zwei Sound Men und drei Mädchen, Stammkunden, die nichts lieber taten, als herumzuhängen und sich schon mal auf die Session des kommenden Samstags einzustimmen. Viel los war im Laden von Donnerstag bis Samstag, wenn sich die absoluten Fans in dem kleinen Geschäft trafen, redeten und tanzten, während sie Mädchen anmachten und die neusten Pressungen kauften. Nicht weit von der Stelle, wo Leroy saß, gab ein junger Mann mit einem ernsten Gesicht unter der schwarzen Lederbaseballkappe Gary nach fast jeder Platte ein Zeichen mit einem Aufblitzen der Goldringe, die jeden Finger seiner rechten Hand zierten. Entgegenkommend legte Gary ein Exemplar der Nummer, die er gerade gespielt hatte, auf den ohnehin hohen Stapel vor dem Mann. Der Mann nahm dann jede Platte in die Hand, zog sie aus der Hülle und warf einen kurzen Blick auf beide Seiten des Vinyls. Zufrieden steckte er die Platte dann wieder in die Hülle und legte sie zurück auf den Stapel. Leroy hatte ihn schon mehrere Male im Laden gesehen, kannte aber nicht seinen Namen.

«Hastu von Baby Wayne gehöat?!» sagte Lee.

Leroy schüttelte mißbilligend den Kopf.

«Ausgesprochen dumm, Maan. Dea Junge macht ne gute Platte.»

Lee erklärte, daß «Moma», die erste Single des Burschen, zwar in die Charts gekommen war, allerdings nicht die Billigung einiger «bad buois» in Jamaika bekommen hat, die der Meinung waren, sie würden dadurch beleidigt.

«Dea Junge sagt die Wahrhait, Maan», sagte Leroy. «Viele Typn sind schnäll damit bai dea Hand, jemanden umzulegn, aba wenn sie dann veauatailt wärdn, wiad ihnen langsam klaa, daß es das nicht weat waa.»

Lee nickte und fügte hinzu: «Kain Mänsch mag das Gefängnis.»

«Aba so ist das hoitzutage mit dem Reggae, waißtu. Die Loite wolln ainfach kaine intelligentn Täxte», beklagte Lee.

«Stimmt. Ich sag dia, im Momänt veakauf ich schlaffe Musik am bästn», kommentierte Leroy.

«Tja, viele Loite stehen auf Duarchhängn, und ich kämpf nich diräkt dagegn an. Als Produzänt waiß ich, daß jedea Künstlea auch ässn muß, wenn sie also Schlaffimusik habn wolln, dann kriegn sie die auch!»

«Okee, Opa, ich bin jäz sowait», rief der Mann mit der schwarzen Kappe Gary zu. Er zählte schnell die Platten auf der Theke und wartete darauf, daß Gary seine Rechnung fertig machte.

«87,75 Pfund», sagte Gary.

Langsam schälte der Mann mehrere 20-Pfund-Noten von dem fetten Geldbündel, das er aus der Tasche gezogen hatte. Gary konnte nicht anders, als das Geld aus den Augenwinkeln heraus zu bemerken, es sah wie eine Menge Cash aus.

«Supa, sieht nich so aus, als hätte dich die Rezession schon erwischt!» witzelte Leroy und lächelte den Jugendlichen an.

Der Jugendliche schaute unter dem Schirm seiner Kappe zu Leroy auf, während er Gary die Tüten mit Schallplatten abnahm. Mit einem Aufblitzen eines Goldzahns lächelte er leicht.

«Rezession?» meinte er kichernd. «In mainea Branche gibts kaine Rezession, veastehstu...» Der Mann warf Lee einen kurzen Blick zu, sah dann wieder Leroy an. «Bis dann...»

«Ja, Maan. *Respäkt.*»

Lee steckte sich eine Zigarette an und hörte der Platte zu, die Gary gerade aufgelegt hatte. Es war eine Version des «Bam Bam»-Rhythmus, klang aber irgendwie anders. Das Tempo war langsamer, die hohe, nasale Stimme des MC, die sich in den Beat hinein- und hinausschlängelte, verlieh dem Stück einen unheimlichen Touch.

«Was füane Numma istn das?» erkundigte sich Lee fasziniert.

«Ain England-Mix, Maan. Gefällts dia?» Leroy signalisierte Gary, die Platte noch mal von vorne zu spielen. Eines der Mädchen, durch den plötzlichen *rewind* im Abrocken unterbrochen, schaute zur Theke. Gary setzte die Nadel wieder auf, drehte den Baß erst nach mehreren Takten der Nummer voll auf.

«Klingt andeas, stimmts?» sagte Leroy.

Lee nickte. Es war eine eigentümliche Variante des populären Rhythmus, aber nach einer Weile ging es einem unter die Haut. Er konnte nicht genau den Finger drauf legen, was es war. Ob es der an ein Nebelhorn erinnernde Sound war, der irgendwo in der Baß- und Schlagzeugspur steckte, oder die schrille Stimme des MC oder vielleicht die unorthodoxe Abmischung des Stücks...

«Wea ist das?» fragte Lee.

«Ain Typ hia aus dea Gegnd. Ea haißt Firefly. Einea von den Radical Sound Man hat die Numma produziat. Veakauft sich gut!»

Lee war beeindruckt.

«Ich suche noie Künstlea.»

«Ach, ja? Aba du hast doch schon mea als genug Spitzen-MCs.»

«Stimmt. Aba ain paa vealiea ich trotzdem imma. Manche von denen machn sich ainfach kaputt.»

Das Produzieren von Musik wurde schwieriger, erzählte Lee Leroy. Es lag nicht nur an der Konkurrenz; auf Jamaika gab es eine Fülle von Künstlern, die nur einen guten Produzenten brauchten, um sich in der Szene durchzusetzen. Wie Lee nur leider auf seine Kosten hatte feststellen müssen, kam es häufig vor, daß ein Produzent einen Jungen aus Jamaika herausbrachte, ihn einführte, ihn managte und Geld in ihn investierte, nur um dann mit ansehen zu müssen, wie er im Dschungel von New York «durchknallte».

«Voa ungefäa sächs Monatn hol ich ain Jugendlichen aus dem Yard rüba, veastehstu?! Ich kümmea mich gut um ihn, Maan. Steäck haufenwaise Dollars in ihn. Dea Typ macht eine Platte füa mich. Die Numma wiad ain Hit... Und jäz paß auf: Als nächstes höa ich, daß dea Keal loszieht und saine nächste Numma bai ainem anderen Producer machn will! Ich bin natüalich stinksaua und zaig ihm, daß es so nicht geht. Jedenfalls, ich schraib ainen Text, besoag ihm aine noie Band. Und rat mal, was dann passiat! Jäz klinkt sich dea Buoi ins Drogen-Busineß ain! Bevoa ich ihn dazu kriege, die Numma zu singen, easchießt ea ainen anderen Typen in ainem Club. Im Momänt sitzt ea auf Rikers Island.»

Leroy hörte sich die Geschichte des Jammers seines Freundes an und schüttelte den Kopf; die Musikbranche war auch nicht mehr so einfach, wie sie mal war.

«Shabba soll läztn Monat Japan im Stuam genommen habn.»

«Shabba ist groß, Maan», stimmte Lee zu. «Dea Junge veakeaht mit den größtn Filmstars von Amerika, waißtu.»

«Reggaemusik ist jäz die große Sache.» Leroy stand auf, um einen Anruf entgegenzunehmen. Etwa zur gleichen Zeit schob sich eines der Mädchen, die Lee schon eine ganze Weile nicht aus den Augen gelassen hatten, geschickt die Theke herunter.

«Entschuldigen Sie.» Sie strahlte ihn mit viel Zahn an. «Meine Freundin sagt, Sie sind Produzent?»

Lee musterte das Mädchen von oben bis unten; ein kleines Mäuschen mit unauffälligem Gesicht und großen Ohrringen. Er seufzte.

«Manchmal... Im Momänt mach ich aba was ganz anderes, veastehstu.» Sorgsam darauf bedacht, das Mädchen nicht zu ermutigen, weiter nachzuhaken, setzte er eine ernste Miene auf und berührte die Stirn, als konzentriere er sich auf die Musik.

«Ich kann singen. Ich brauche jemanden, der mich managt.» Keineswegs entmutigt stellte das Mädchen noch einige weitere Fragen, die Lee auf *seine* Weise beantwortete. Es war nicht interessiert, aber es hatte keinen Sinn, unfreundlich zu sein. Die letzten drei Wochen seit seiner Ankunft aus New York waren ruhig gewesen. Er hatte sich ein strenges Programm bestehend aus Sport, gutem Essen und Schonung auferlegt. Das brauchte er nach dem hektischen Tempo des Lebens im Big Apple. Es war ihm gelungen, innerhalb von drei Monaten drei seiner Platten in die Top Ten zu bringen, was ihn zu einem der derzeit heißesten Produzenten machte. Außerdem bedeutete es, daß massenweise MCs und Sänger nur darauf brannten, mit ihm zu arbeiten, was wiederum bedeutete, daß er normalerweise rund um die Uhr arbeitete. Im Augenblick wollte er nichts anderes als sich entspannen. Sweetie sorgte dafür, daß er anständig versorgt wurde.

Geistesabwesend wehrte Lee die hartnäckigen Fragen des Mädchens ab. Er hatte plötzlich bemerkt, daß er von jemandem beobachtet wurde. Ein paar Meter entfernt, auf der anderen Seite des Raumes, ging ein großer Mann langsam, eine nach der anderen, die LPs in einer großen Kiste vor der Wand durch. Seine Augen jedoch waren direkt auf Lee gerichtet. Er hatte ein längliches Gesicht mit vorspringendem Unterkiefer, und seine Augen waren hinter einer kleinen, runden Sonnenbrille verborgen. Irgendwie wirkte er, als müsse er eigentlich kräftiger, schwerer sein für seine Größe, doch die Lederjacke, die er trug, unterstrich nur noch seinen knochigen Körperbau. Lee sah das Mädchen neben sich kurz an, dann stahlen sich seine Blicke wieder zu dem Mann vor den Plattenregalen. Die Sonnenbrille war immer noch auf ihn gerichtet. Automatisch ging sein Gehirn zahllose Gesichter durch, suchte nach einem Namen zu diesem Mann, der ihn offensichtlich kannte. Es war die Stimme, die schließlich beides zusammenbrachte.

«Lee, große Mann! Wie geht's?» In der Begrüßung lag keinerlei Herzlichkeit und auf dem schmalen, ausgemergelten Gesicht kein Lächeln.

«Wie steht's, Killer?» Lee war nicht direkt erfreut, den Mann zu treffen, der letztes Jahr unter unerfreulichen Bedingungen eine Nummer für ihn aufgenommen hatte, was weitgehend darauf zurückzuführen war, daß Killer sich hartnäckig weigerte, sich in seine Arbeit hineinreden zu lassen. Lee hatte zu erklären versucht, daß sein Job in der

Produktion bestand, was bedeutete, das Beste aus einem Künstler herauszuholen, aber Killer meinte alles besser zu wissen als er...

«Genau dich such ich, weißtu. Wie ich höa, veakauft sich maine Numma blendend», sagte Killer trocken.

Lee runzelte die Stirn.

«Wovon readest du übahaupt?»

«Yeah, maine Brüda obn in New York sagen mia, daß die Numma da viel im Radio gespielt wiad!» Die Worte waren deutlich gegen die Musik zu verstehen. Killer hatte sich keinen Millimeter bewegt. Das Mädchen neben Lee war etwas zurückgetreten, beobachtete und wartete.

«Killer, höa zu. Ich bin gerade east aus New York rübagekommen, waißtu? Und hia höa ich niagendwo diese Numma vom läztn Jahr. Außadem hat sie sich sowieso nicht besondeas gut veakauft», sagte Lee geduldig. Er spürte deutlich, daß Killers Ausstrahlung alles andere als freundlich war, beschloß aber, es ganz locker anzugehen. Killer jedoch dachte gar nicht daran, lockerer zu werden.

«Yeah, genau davon red ich. Ich waiß, daß sich die Numma gut veakauft, Maan.»

Lee richtete sich auf seinem Hocker leicht auf.

«Momänt, vearat mia mal was: Hastu vllaicht die Plattenläden gecheckt?» Er schwieg kurz. «Ich sag dia, die Numma war kain Hit, veastehstu?! Hat sich ain paa hundeat Mal veakauft. So, und falls du jäz mainst, ich wüade lügn, klappeast du bessa mal die Plattnlädn ab? Veastandn?»

Locker zu sein war eine Sache, ein Lügner genannt zu werden eine ganz andere.

«Nein, Lee, Maan. Ich will den Räst von mainem Gält.» Killer schnalzte mit der Zunge.

Lee hatte keine Lust, sich noch länger von dem arroganten Mann auf die Nerven gehen zu lassen. Er mußte verrückt sein, wenn er ihn so anmachte, und noch dazu in aller Öffentlichkeit.

«He, Star, ich will, daß du mia jäz zuhöast, und zwar veadammt gut: Daine Numma hat sich nie gut veakauft, und füa die Stückzahln, die davon veakauft woadn sind, hastu dainen Antail längst gekriegt. Das waißtu, also höa auf damit, okee?!»

Inzwischen waren zwölf Augenpaare auf die beiden Männer gerichtet. Die Musik hatte nicht aufgehört, aber niemand tanzte mehr. Leroy hatte sich wieder dichter zu Lee geschoben.

«Du hast mich schon bezahlt?» explodierte Killer. «Ich sag dia: Rück main Gält raus, Maan. Glaubstu vllaicht, ich laß mich von aim Producer beschaißn?»

Lee rutschte von seinem Hocker. Der Kerl mußte verrückt sein. In New York hätten seine Leute ihn nicht mal soviel sagen lassen. Killer war nicht mal ein anerkannter MC.

«Boß, ich finde, du solltäst jäz bässa gehn, oda... ?» Lees Stimme war gedämpft und drohend. Langsam trat er einen Schritt vor, wobei er Killers rechte Hand beobachtete, die immer noch in seiner Jackentasche steckte. «Glaubstu vllaicht, ich hätte Angst voa dia?»

«Arschlöcha wia dich knalln wia ab! Jedea Buoi, dea Killer veaarschn will, ist tot...»

Trotz all seiner Drohungen und seines Gebrülls hatte Killer sich nicht gerührt. Die Platte hörte abrupt auf. Gary ließ sie nicht noch mal laufen.

«Momänt! Ich will hia in mainem Ladn kain Äaga, veastandn!» zerschnitt Leroys Stimme die angespannte Atmosphäre.

Killer sah zuerst Leroy und dann Lee an, der jetzt bereit war, sich auf seinen Gegner zu stürzen.

«Lee, kuul blaibn, Maan... Laß ihn gehn!» rief Leroy.

«He, Buoi, du bist ealedigt, Maan!» Lee richtete drohend einen Finger auf Killer.

«Oooh, paß du bässa auf! Dich knall ich ab!»

«Machs sofoat, na los!» Lee trat herausfordernd vor.

«Veaschwinde von hia, Maan!» brüllte Leroy.

Lee stand jetzt mit ausgebreiteten Armen etwa drei Meter von Killer entfernt vor den fassungslosen anderen Kunden. Er provozierte den großen und abgerissen wirkenden Killer.

«Du bist ain übla Buoi?! Dann easchieß mich doch!»

Angespannt und wie in Trance schaute Killer sich um. Sein Blick blieb einen Sekundenbruchteil auf Leroy ruhen, dann sah er wieder Lee an, der immer noch dort stand. Plötzlich drehte er sich um und lief hinaus, die rechte Hand immer noch in der Tasche.

Ein paar Sekunden lang war das Rauschen der Lautsprecherboxen das einzige Geräusch im Raum, dann drehte sich Leroy zu Gary um;

der Jugendliche legte eine LP auf den Plattenteller und ließ die Normalität wieder einkehren. Während die Zuschauer im Flüsterton über den Zwischenfall diskutierten, kehrte Lee zum Stimmengewirr der anderen Leute im Geschäft an seinen Platz zurück.

«Dea Buoi muß vearückt sain, Maan, ächt», meinte Lee kopfschüttelnd. Lee äußerte sich nicht sofort. Er war offensichtlich ziemlich erschüttert.

«Die beschissene Numma hat sich nicht veakauft, ächt nicht», brummte Lee wenig später. «Ich waiß das, Maan... Sälbst wänn er recht gehabt hätte... so kann man sich doch von kainem Buoi anquatschen lassn!» Lee schnalzte verächtlich mit der Zunge. Ungefähr eine halbe Stunde später verließ er den Laden; er war nicht mehr in der Stimmung, noch vernünftig mit Leroy zu reden. Er sagte, er würde später anrufen.

Draußen war der Abend Anfang Oktober nicht so kalt, wie er hätte sein können. Lee stieg in den Wagen und fuhr quer durch Newington Green über Seitenstraßen zu Sweeties Haus. Je öfter er die Begegnung noch einmal vor seinem geistigen Auge abspulen ließ, desto mehr verbitterte ihn eine Tatsache: Auf gar keinen Fall hätte Killer den Laden lebend verlassen, wenn Lee mit seinen Partnern zusammengewesen wäre. Angeblich war er doch auf Urlaub, und jetzt hatte ihn dieser Idiot auf hundertachtzig gebracht.

Als er seinen Schlüssel in die Wohnungstür steckte, hatte ihn eine eiskalte Wut von der Sorte überkommen, bei der das Gehirn leer und die Augen starr sind. Lee ging durch die Diele ins Wohnzimmer, wo Sweetie mit der Nachbarin plauderte, einem fetten Mädchen mit Babygesicht, das in einem Schuhgeschäft arbeitete. Sie und Sweetie hatten verschiedene Geschäfte laufen, daher hing sie gelegentlich ein paar Stunden in der Wohnung herum. Lee hatte mehrere Male mit ihr geredet, doch heute abend wagte das arme Mädchen nicht mal ein Hallo, als sie sah, wie er hereinmarschiert kam und sich ohne auch nur einen flüchtigen Seitenblick in einen der dicken Sessel fallen ließ. Sweetie erfaßte die Situation und gab dem Mädchen dezent zu verstehen, den Raum zu verlassen. Sie schloß hinter ihr die Wohnungstür und setzte sich dann neben Lee. Sie wartete mindestens eine Minute und beobachtete ihn, der starr auf den Bildschirm des Fernsehers starrte.

«Willstu Abendessen?»

Lee warf ihr einen eiskalten Blick zu. Sie kannte ihn als normalerweise ausgeglichenen Mann, der nur schwer wütend zu machen war, aber Sweetie spürte die brodelnde Wut in ihm.

«Bessea, wenn du east mal was ißt, bevoa du mia alles eazählst», sagte Sweetie mit normalem Tonfall. Lee wußte genau, daß Sweetie sich trotz seiner Wut nicht durch Schweigen abhalten lassen würde. Es war sehr schwer, sie zu ignorieren. Früher oder später würde er es ihr so oder so sagen müssen, also erzählte er ihr sofort von dem Zwischenfall im Laden, wobei ihn der neuerliche Gedanke daran nur noch wütender machte.

«Und was passiat jäz?» fragte sie.

Lee sah sie an, als sei er verdutzt von der Bedeutung der Frage.

«Wie mainstu das?»

Sweetie hob die Augenbrauen. Sie war ernst.

«Ich will wissn, was du jäz unteanehmen willst...»

«Momänt, du hastoch gehöat, daß sich dea Buoi in allea Öffentlichkait respektlos mia gegnüba veahaltn hat. Was ist los mit dia?»

Sweetie ließ nicht locker. Sie blieb ruhig.

«Zieh daine Jacke aus, Maan», sagte sie.

Widerstandslos stand Lee auf und ließ sich von Sweetie die Jacke ausziehen. Er setzte sich wieder. Sie ging die Jacke aufhängen und kehrte zurück, um sich auf die Armlehne des Sessels zu setzen.

«Okee, Lee, dea Buoi hat sich dia gegnüba respäktlos veahaltn, und du waißt, daß du ihn nicht beschissn hast, richtig?!» argumentierte Sweetie. «Von Rechts wegen ist ea tot. Aba du bist ain wichtiga Mann, der noch aine Mänge zu ealedign hat, und außadem brauchn dich viele Loite.»

Lee war immer noch angespannt, seine Kinnladen fest zusammengebissen, dennoch hörte er zu.

«Veagiß es ainfach. Iagendwea kümmeat sich schon um ihn.»

«Sweetie, so was kann ich mia von kainem Buoi bietn lassn. Ich muß iagendwas untanehmen.» Sweeties Hand lag auf seinem Nakken. Sie wußte, daß es eine Weile dauern würde, ihren Mann von seinem Ärger zu befreien. Sie allein konnte ihn wieder beruhigen.

«Ruhig jäz, ganz ruhig. Höa zu, Lee: Man muß nicht jedn Hund treten, dea bällt, waißtu.»

Lee sah sie an und lächelte.

«Veastehstu jäz, warum ich maine Kanone imma dabaihabn muß?» sagte er vorwurfsvoll. Sweetie hatte darauf bestanden, daß London nicht New York war und daß er deshalb keine Waffe bei sich tragen sollte. Sie sah ihn an.

«Dann vearat mia mal was, Lee. Wenn du aine Kanone gehabt hättest, dann hättestu den Buoi da untn easchoßn, stimmt's?»

Lee gab ihr keine Antwort, sondern widmete sich wieder dem Fernseher. Sweetie ließ die Frage im Raum stehen. Mit ein bißchen gutem Zureden brachte sie ihn dazu, etwas zu essen, und baute ihm einen Spliff. Dann schauten sie sich gemeinsam ein Video an, und später, als er wieder etwas lockerer geworden war, redeten und scherzten sie, wie sie es normalerweise machten. Noch etwas später, als sie gar nicht damit rechnete, unterbrach sich Lee und lächelte sie an.

«Waißtu aigentlich, daß du andeas bist?!» sagte er.

«Das fällt dia east jäz auf?» meinte sie lachend.

«Nain, im Eanst. Waißtu was? Ich hab noch nie ealebt, wie du saua gewoadn bist. Ich maine, richtig saua.»

Sweetie betrachtete ihn ernst.

«Wenn man saua wiad, macht man die größtn Fehla», sagte sie einfach. Mit einem angedeuteten Lächeln zeigte sie auf ihn. «Und ich will dich wegn so Sachn nicht vealian, höastu?»

Verschmitzt schlug Lee nach ihrem Finger.

«Benimm dich!» sagte er lachend.

9

SCHWÄRMEREI

Weil er die Stereoanlage im Schlafzimmer voll aufgedreht hatte und sich voll auf den Spiegel konzentrierte, in dem er gerade letzte Hand an sein Äußeres legte, hörte Harry das Klingeln nicht sofort. Dann war das Stück zu Ende, und das penetrante Klingeln hallte durch die ansonsten stille Wohnung. Er stürmte die Treppe hinunter, machte die Tür auf und sah Rodneys finsteres Gesicht vor sich.

«Wasn los, Maan, bistu taub?»

Harry ließ ihn herein und schloß die Tür.

«Ich hab mich gerade featig gemacht.»

«Ich hab die Musik schon untn auf dea Straße gehöat», sagte Rodney, als sie zusammen zu Harrys Zimmer hinaufgingen. «Ist daine Mutta aus?»

«Yeah, hoite ist Bingoabend!» Harry lachte.

Nie hätte er so laut Musik hören können, wenn Lorna zu Hause gewesen wäre. Jeden Freitagabend ging sie brav mit Freundinnen zum Bingo.

Die Musik setzte wieder ein. Harry stellte sie nur eine Spur leiser.

«Aha, dann willstu hoite abend also den Dressman spieln!» Rodney grinste bewundernd über den brandneuen schwarz-roten Anzug seines Freundes.

Er selbst sah auch nicht schlecht aus in seiner geflickten und kunstvoll zerschnittenen aufgekrempelten Jeans und dem karierten Hemd. Harry war damit beschäftigt, sich eine aus dem halben Dutzend Baseballkappen auf seinem Kleiderschrank herauszusuchen. Schließlich entschied er sich für eine schwarze mit einem großen, weißen X über dem Schirm. Sorgfältig setzte er die Mütze auf, den Schirm dreißig Grad nach links gedreht. Er warf einen letzten, kritischen Blick in den hohen Spiegel, der an der Wand lehnte. Zufrieden drehte er sich zu Rodney um.

«Yeah, Marcia soll hoite abend runteakommen.»

Rodney hob die Augenbrauen.

«Marcia? Die geht doch nie aus, Maan.»

«Sie hat veasprochn, hoite abend zu kommen», versteifte sich Harry und schlüpfte in hohe, schwarze Nike-Turnschuhe.

Jeden zweiten Freitagabend war Disco in dem nahegelegenen Jugendclub, und normalerweise gingen die beiden Jungs immer hin. An diesem Abend war Harry besonders scharf drauf, denn Marcia hatte ihm versichert, daß sie ihre Mutter überreden würde, sie auch gehen zu lassen. Marcia war ein vierzehnjähriges, hübsches Mädchen aus der Gegend, das Harry bereits die letzten sechs Monate versuchte zu «erobern». Sie war die jüngste von fünf Geschwistern, und ihre Mutter, eine regelmäßige Kirchgängerin, war sehr streng. Grundsätzlich durfte sie nie nach Einbruch der Dunkelheit raus, und Harry hatte sie hauptsächlich in der Schule bearbeitet. Da er seit dem Streit mit dem Lehrer vor sechs Wochen nicht mehr da gewesen war, war es gar nicht so einfach gewesen, sie zu treffen. Es war allgemein bekannt, daß sie ziemlich gefragt war, jeden Jungen aber «auf Abstand» hielt. Nach den paar Gesprächen mit ihr war Harry ziemlich sicher, daß sie ihn mochte. Er hoffte, daß diese Überzeugung bestätigt wurde, und heute abend könnte es soweit sein...

«Ich bin featig, auf gehts!» verkündete Harry schließlich. Er schaltete Anlage und Licht aus. Die beiden Jungs gingen die Treppe hinunter und verließen die Wohnung. Als sie die Ecke des Blocks umrundeten, bemerkten sie jemanden in der Dunkelheit des Schuppens stehen, in dem sich die hohen Mülltonnen befanden. Es war das rote Glühen einer Zigarette, das sie aufmerksam machte. Die Gestalt trat vor.

«Harry, wie gehtsn so?»

Sie blieben stehen und warteten, bis Bob bei ihnen war. Er trat die Zigarette aus und schlurfte zu ihnen. Bob war ein weißer Jugendlicher, der auch in der Siedlung wohnte. Sie waren zusammen aufgewachsen, und wie viele andere weiße Kids dieser innerstädtischen Viertel redete, ging und kleidete er sich wie die meisten schwarzen Teenager.

«Bob, was machstu?» fragte Harry.

«Ich hab auf dich gewartet. Wollt ihr in die Disco?»

«Yeah, Maan, komm mit.»

Zu dritt nahmen sie dann die Abkürzung über die dunkle Rasenfläche zwischen den Wohnblocks zu dem Durchgang, der auf die High Street führte.

«Besorgen wir uns was zu trinken», schlug Bob vor, als sie an einer Reihe Geschäfte vorbeikamen.

Bob, der jetzt sechzehn war, hatte die Schule verlassen und half seinem älteren Bruder, dem eine Autowerkstatt in der Nähe von Bethnal Green gehörte. Er machte eine Kraftfahrzeugmechanikerlehre, womit man, wie er fand, «gutes Geld» machen konnte und was mit Sicherheit besser war, als gelangweilt und pleite in der Schule rumzuhängen. Seitdem schien Bob immer Geld zu haben, was für Harry und Rodney schon okay war, da er sie regelmäßig einlud. Bob ging in das Spirituosengeschäft und kam kurz darauf mit drei Flaschen Dragon Stout wieder raus. Obwohl noch minderjährig, hatte er nie größere Schwierigkeiten, die asiatischen Ladenbesitzer zu bequatschen, ihm Alkohol zu verkaufen. Die drei Jungs gingen weiter, tranken aus ihren Flaschen und redeten.

Freitagabends war immer viel los, für alle. Genaugenommen war es die beste Zeit der Woche, wenn nach fünf Tagen Schule oder Arbeit jeder nur noch «abschalten» und sich amüsieren wollte. Auf der stark befahrenen Hauptstraße flitzten Autos vorbei. Die Leute in den Imbißbuden und überfüllten Pubs ließen es sich an diesem Abend Anfang November gutgehen. Es war kalt, aber für die Jahreszeit doch noch recht angenehm, und außerdem ließ sich sowieso kein Mensch vom Wetter davon abhalten auszugehen. Sie kamen an einem offensichtlich betrunkenen Mann mittleren Alters vorbei, der sich mit einer Hand an einem Geländer festhielt, während er mit der anderen eine Dose Bier umklammerte. Er versuchte, sich aufzurichten und weiterzugehen, mußte sich aber nach zwei Schritten schnell wieder zur Sicherheit des Geländers zurückziehen, wobei er sich die größte Mühe gab, nicht betrunken zu wirken. Die drei blieben stehen und beobachteten ihn eine Weile, wobei sie sich kringelig lachten über seine Bemühungen, eine aufrechte Haltung beizubehalten.

«Oi, Kumpel, spendier uns einen Drink!» foppte Bob ihn und äffte das Torkeln des Mannes nach. Der Mann schien ihn nicht mal zu bemerken.

«Komm schon, Maan, laß ihn in Ruhe», sagte Harry.

Sie ließen ihn stehen und bogen links in eine dunkle, schmale Straße ein, die auf einer Seite von hohen Zinkblechen begrenzt wurde. Schließlich kamen sie auf der beleuchteten Fläche vor der ehemaligen Kirche heraus, die heute als Jugendclub genutzt wurde. Vielleicht ein Dutzend Jugendliche beiderlei Geschlechts standen in kleinen Gruppen in der Nähe des Eingangs zusammen und unterhielten sich in der kalten Nachtluft. Einige begrüßten Harry, als er vorbeikam. Bei den Jugendlichen der Gegend war er so was wie eine Berühmtheit, bekannt als harter, aber fairer *ragga*, besonders nach seinem letztjährigen Debüt in der Musikarena. Erst kürzlich hatte er die jüngsten Deejay-Wettbewerbe gewonnen, die an Discoabenden regelmäßig abgehalten wurden, und das hatte seinen Status nur noch erhöht.

«Hi, Harry...», rief ein großes Mädchen mit einem Lockenkopf. Harry sah sie an, als sie ihn einladend anlächelte. Ihre beiden Freundinnen kicherten und warfen ihm schräge Blicke zu. Er schenkte ihnen ein wissendes Lächeln.

«Althea, wie gehtsn so?» Harry wußte genau, daß Althea ihn mochte. Sie wohnte in Stoke Newington, besuchte aber regelmäßig ihre beste Freundin Trisha, die auf der anderen Straßenseite von ihm wohnte. Außerdem kam sie normalerweise immer in den Jugendclub. Während der letzten paar Wochen war Harry aufgefallen, wie sie ihn mehrere Male herzlich angelächelt hatte. Trisha hatte ihn sogar wegen ihr angesprochen. Oder genauer gesagt, sie hatte einige nur schwach verhüllte Andeutungen fallenlassen... Jedenfalls wußte Harry es, machte aber bislang einen auf total cool. Althea war attraktiv und wurde von einer Menge Jungs «angebaggert», die unmißverständlich klargemacht hatten, daß sie die große «Browning» liebten, doch das Mädchen hielt alle auf Distanz, das heißt alle bis auf Harry. Es war ja nicht so, daß Harry Althea nicht mochte, ganz im Gegenteil. Sie hatten schon einige Male miteinander geredet und sogar zusammen getanzt, trotzdem empfand Harry mehr für Marcia.

Er verließ die drei grinsenden Mädchen und ging in den Club. Der Eintritt für die Disco war symbolische drei Pfund, aber das war kein Problem. Als er in seinen Taschen wühlte, hörte Harry Ians Stimme.

«Mit den Flaschen kannst du nicht rein, Harry, das weißt du doch.»

Ian war ein weißer Sozialarbeiter, der zu dem Team gehörte, das den Club leitete. Harry blieb stehen und sah den Mann an, der hinter dem Tisch saß. Er kannte die Regeln, aber irgendwie ärgerte er sich über die Bemerkung. Denn immerhin war er eine «Berühmtheit» und fand, daß er über solchen Kleinlichkeiten stand.

«Ist doch schon fast leea, Ian, kuul blaibn, Maan.»

Aber Ian meinte es ernst, was die Getränke betraf. Rodney und Bob sahen ihn an.

«Komm schon, Mann...», versuchte es Bob.

Ein paar andere Jugendliche sahen ihn an. Sie wußten, daß Harry sich von keinem «bequatschen» lassen würde.

«Hört zu, ihr kennt die Regeln, stimmt's?! Kein Alkohol in der Disco, und das gilt ohne Ausnahme für jeden.»

Harry sah Ian mit unbeweglicher Miene an.

«Ich hab dia doch grade gesagt, daß ich austrinke. Geh mia nich auf die Aia, okee?!»

Der weiße Sozialarbeiter blieb hinter dem Tisch sitzen und wollte Harry nicht gegen sich aufbringen, mit dem er normalerweise gut zurechtkam, aber trotzdem mußte er auf die Einhaltung der Regeln bestehen. Hinter Rodney und Bob hatte sich inzwischen eine Schlange gebildet.

«Harry, geh raus und trink aus, dann kannst du wieder reinkommen.»

Harry schnalzte verächtlich mit der Zunge.

«Willst du mich veaschaißean, Maan?!» zischte er stur.

Ian sagte nichts. Hinter ihnen beobachteten alle die Konfrontation. Harry blickte herausfordernd zu dem Mann hinab.

«Scheiße, du bist ein Idiot...»

Langsam hob er die Flasche an den Mund und trank aus. Mit der gleichen Bewegung ließ er die Flasche auf den Tisch krachen, warf drei Ein-Pfund-Münzen vor Ian hin und ging ohne einen weiteren Blick hinein. Rodney und Bob tranken ebenfalls aus, bezahlten den Eintritt und folgten ihm. Spöttische Bemerkungen und höhnisches Gelächter erhob sich von den Wartenden in der Schlange. Mit Harry war nicht gut Kirschen essen, das lag auf der Hand.

In dem großen, halb gefüllten Saal war es dunkel, und die Stimmung war noch nicht in Fahrt gekommen. Harry ging schnurstracks nach rechts, wo eine kleine Anlage aufgebaut worden war. Er nickte dem Selector und dem Rest der Crew zu und blieb neben der winzigen Bühne stehen, linste um die Ecke zu den Tänzern hinüber. Gerade lief irgendein Hip-Hop-Acid-Track, eine harte Mischung aus Baß, Schlagzeug und Samples von Schreien, zu dem wenigstens dreißig Jugendliche mitten im Saal ausgelassen herumzappelten. Rodney und Bob standen am Rand und schauten zu. Einer der Typen des Sound System kam zu Harry. Sie mußten sich ins Ohr brüllen, um gegen den Lärm der Musik anzukommen. Unterdessen suchte Harry vergebens den Raum ab; kein Zeichen von Marcia.

Nach einer Weile beschloß er, wieder nach draußen zu gehen; die Musik war eigentlich nicht sein Ding. Rodney folgte ihm. Auf dem Weg zur Tür bog er nach rechts ins Foyer ab, wo tagsüber Kurse und Workshops stattfanden. Heute abend jedoch war der Bereich nur schwach von einer Neonröhre beleuchtet. Ganz bewußt, wie es schien, denn mehrere «rude boys» und ihre Freundinnen hingen dort herum, quatschten und flirteten. Marcia war auch nicht im Foyer. Wahrscheinlich würde sie nicht kommen, überlegte Harry; er konnte es genausogut gleich vergessen. Er und Rodney gingen an Ian vorbei nach draußen und schoben sich durch eine größere Gruppe Jugendlicher, die darauf warteten hineinzukommen.

«Laß uns mal da drübn voabaischaun!» sagte Harry und hielt auf den Parkplatz links von der Kirche zu. Das war normalerweise die Stelle, wo die Ragga-Typen rumhingen, wenn das System allzu lange Soul-Strecken spielte. Es war dunkler dort, außerhalb der Reichweite der Lampen, die die Vorderseite der Kirche erhellten. Nur Schatten, Stimmen und glühende, rote Zigarettenspitzen.

«*Yaow,* main Junge! Komm rüba, *rude buoi*!» rief jemand von rechts. Harry ging auf die Stimme zu.

«Ja . . . !» begrüßte er den stämmigen Jugendlichen, der ihn gerufen hatte. Rodney brummte eine Begrüßung.

«Was stehtn an, Buster?»

Buster war einer von Harrys Freunden, der in Tottenham wohnte, außerhalb von ihrem Viertel. Außerdem war er noch ein ziemlich guter Deejay. Bei einem Wettbewerb waren sie eines Abends im Club ins Gespräch gekommen, und seitdem tauschten sie öfters Texte und andere Neuigkeiten, die mit ihrem beiderseitigen Interessengebiet zu tun hatten.

«Alls kuul. Waast du schon drin?»

«Ja, im Momänt noch nichts los da ...», antwortete Harry.

Neben Buster stand sein Cousin Raymond, der ebenfalls kräftig gebaut war und sich eine Wollmütze tief in die Stirn gezogen hatte. Die beiden waren etwa gleichaltrig, um die fünfzehn, und sahen sich in vielerlei Hinsicht ähnlich. Raymond war in North London geboren und aufgewachsen, während Buster erst vor ungefähr fünf Jahren aus seiner Heimat Jamaika rübergekommen war.

«Ich hab gehöat, du hast den Laden läzte Woche aufgemischt ... ?» bemerkte Buster.

«Ächt, Maan. Ein paa ziemlich gaile Täxte!» Raymond nickte und zog an dem Spliff, den er in der Hand hielt.

Harry lachte bescheiden.

«Du hättest dabai sain solln, Maan.»

«Hatte zu tun. Wichtige Sachn», erklärte Buster.

«Willste mal ziehn?» Raymond reichte Harry den Spliff.

«Was hastn da?» fragte Harry.

«Nur Shit, Maan, hia gibts kain gutes Gras», sagte Raymond.

Er wußte, daß Harry Kraut bevorzugte. Harry nahm den Spliff und inhalierte. Ein durchdringender, aromatischer Geruch stieg auf, als die Spitze in der Dunkelheit rot aufglühte.

«Du findäst mich drinnen», sagte Rodney zu Harry und kehrte zur Kirche zurück. Er rauchte nicht und hielt sich außerdem meistens lieber von manchen von Harrys Freunden fern.

«Und was ist mit den noien Täxtn, die du aufnehmen solltäst?» wollte Harry von Buster wissen.

«Nächste Woche geh ich ins Studio ...»

Sie quatschten eine Weile über «Geschäfte», ließen den Spliff kreisen und schlurften in der frischen Winterbrise auf der Stelle. Um sie herum erklangen gedämpfte Stimmen in der Nacht von kleinen Gruppen anderer Jugendlicher, die ähnlich beschäftigt waren.

«Daine Numma loift gut!» meinte Buster zu Harry, womit er Harrys kürzlich erschienene Debütaufnahme meinte.

Für jeden aufstrebenden jungen und ehrgeizigen MC war es ungeheuer wichtig, die erste Chance zu bekommen, jemanden, der an ihn glaubte und ihn in ein Studio holte. Es gab so viele Talente, so viele «Homeboys», deren einziger Traum darin bestand, eine Platte zu pressen und in die Charts zu kommen, daß die Produzenten mehr als genug Auswahl hatten. Buster hatte schon ziemlich früh zu Hause als Deejay angefangen, und seit er rübergekommen war, trieb er sich nonstop in der Nähe von Sound Systems herum und übte sein Handwerk. In seiner Gegend hatte er sich bereits einen Namen gemacht. Er mochte Harry, der – wie er behauptete – die natürliche Begabung besaß, die Rhythmen zu «reiten». Sie redeten, bis das Echo der Musik, das durch die Dunkelheit zu ihnen herüberwehte, sich kaum merklich änderte und der synkopierte Beat einer Raggamuffin-Platte zu ihnen durchkam.

«Ja», meinte Buster lächelnd, «jäz gehts langsam los!»

Die drei Jugendlichen gingen wie alle anderen auf dem Parkplatz zur Kirche hinüber. Sie drängten sich hinein, wobei Buster und Raymond es schafften, sich unbemerkt an dem belagerten Ian vorbeizumogeln. Im Saal hatte sich die Atmosphäre gewandelt. Das Haus war voll. Vor dem System, in der Mitte und an allen Wänden klinkten sich Dutzende ähnlich gekleideter Jugendlicher auf den harten «bogle»-Rhythmus ein. Harry, Buster und Raymond bauten sich ein paar Meter vor dem Mischpult auf und machten mit. Abgesehen davon, daß er ein überdurchschnittlich guter Deejay war, oder vielleicht gerade deshalb, konnte Harry wirklich gut tanzen. Der «bogle dance», die neue heiße Masche in der ganzen Londoner Szene, war genau das richtige für ihn. Der Rhythmus bot jede Menge Raum zum Improvisieren, je nach Thema des Stücks, der Stimmung des Tanzenden und dem Grad, bis zu dem er bereit war, sich vor den anderen zu produzieren, tausend und eine Möglichkeit, seinen eigenen, unverwechselbaren Stil zu «designen». Die Arme in die Luft, die Beine gerade so weit gebeugt, um sich vor und zurück zu wiegen, den Kopf in einem angemessenen Winkel gehoben, «boglete» Harry selbstbewußt ab.

Rodney tauchte rechts neben ihm auf und machte mit. In der Mitte der Tanzfläche befanden sich eine Menge Mädchen, von denen die meisten Jeans und Cord trugen wie die Jungs. Einige wenige jedoch legten Wert auf ein stilvolles Auftreten und opferten sich in Lycrakleider trotz der kalten winterlichen Witterung. Jeder Jugendliche improvisierte seine eigenen Tanzmuster zur Musik, konkurrierte mit den anderen um die Beachtung des Kreises von Bewunderern um sie herum. Vor den letzten Takten der Scheibe schaltete der Selector um und mixte einen fließenden Übergang zur nächsten Aufnahme. Die Tänzer stellten sich darauf ein, ohne auch nur einen Schritt zu verpatzen. Harry amüsierte sich blendend, war völlig entspannt und bewegte sich perfekt synchron zu den Baß- und Schlagzeugrhythmen.

Althea bemerkte er erst, als sie direkt vor ihm stand. Das braunhäutige Mädchen hatte sich, immer noch flankiert von ihren beiden Freundinnen, durch die Masse tanzender Leiber vorgekämpft, bis sie schließlich Harry gegenüberstand. Er erwiderte ihr Lächeln. Ganz natürlich fanden sie einen Gleichklang. Sie: der Oberkörper zurückgebeugt, die Füße weit genug auseinander für ihren niedrigeren Tanzstil, dabei den Zeigefinger jeder Hand elegant nach oben gerichtet; er: mehr aufgerichtet, eine Schulter leicht nach vorn gedreht, den Kopf nach rechts gelegt wie ein echter *rude boy*... Harry und Althea glitten aus der einen Nummer fließend in die nächste über. Unterdessen schob sich Rodney dichter an Nadine heran, eine von Altheas Freundinnen. Er mochte sie, aber weil er nicht so dreist war wie Harry, hatte er sich bis dahin zurückgehalten. Er bewunderte es, wie sein Freund einfach zu einem Mädchen, irgendeinem Mädchen gehen und ein Gespräch anfangen konnte. Seit Harry letztes Jahr aus Jamaika zurückgekommen war, schien er sogar noch direkter geworden zu sein; mehr noch als die Fähigkeit, ein guter Deejay zu werden, war dies die eine Sache, die Rodney unbedingt noch lernen wollte! Er war jetzt ziemlich nah bei Nadine, und sie, auch wenn sie so tat, als hätte sie ihn nicht bemerkt, hatte sofort verstanden, was er wollte. Als sich ihre Blicke begegneten, schenkte sie ihm ein kleines, keckes Lächeln, aber nicht mehr. Althea andererseits hatte sich noch dichter an Harry vorgearbeitet; sie tanzten, stimmten Bewegung auf Bewegung, Schritt auf Schritt miteinander ab, während um sie herum die Menge wie eins zu den Baßlinien abrockte, die die alten Ziegelwände bombardierten. Harry schaute sich immer wieder beiläufig um, suchte nach bekannten Gesichtern, wenn er sich gerade mal nicht auf seinen Tanzstil konzentrierte. Links von ihm, hinter zwei gutgebauten, identisch gekleideten Mädchen, sah er Bob, der seine Version des *bogle* auf die Tanzfläche legte. Ein Stück dahinter bemerkte er Buster und ein Mädchen bei der gleichen Beschäftigung. Althea sah ihm direkt in die Augen, immer noch im Takt des Beat, folgte ihm dicht. Es war die vierte oder vielleicht auch fünfte Platte, die sie tanzten, und mit jedem neuen Stück schien alles nur noch besser zu werden. Der Deejay reduzierte sein Gerede ins Mikro auf ein Minimum und genoß lieber wie alle anderen die pulsierende Musik. Als Harry sich nach links beugte, zu einem Bewegungsablauf überging, den er für ganz besonders geil hielt, sah er, fünf Meter entfernt, ihren Kopf, der nur so gerade eben hinter einer Gruppe auf und ab hüpfender Jugendlicher zu sehen war. Marcias Blick war unverwandt auf Harry gerichtet. Trotz des Schocks gelang es Harry, nicht einen Schritt zu verpatzen, und er lächelte, war sich sehr wohl der prekären Situation bewußt, in der er sich nun befand. Er seufzte leise und versuchte mehr Abstand zwischen sich und Althea zu bringen, allerdings ohne großen Erfolg. Die Nummer hörte auf, und, zum Glück für Harry, der Deejay wechselte den Stil, spielte jetzt einen erheblich schnelleren, eindringlicheren Ragga-Funk. Harry löste sich geschickt und behutsam aus Altheas Beinahe-Umarmung und drehte sich zu Rodney um.

«Wieso hastu mia nicht gesagt, daß Marcia hia ist, Maan?» brüllte er ihm ins Ohr. Rodney zuckte mit den Achseln.

«Hab sie nicht gesehn!»

Harry schaute sich um. Marcia war verschwunden. Er schob sich durch die Masse der Leiber Richtung Tür. Bevor er hinausging, schaute er nur für alle Fälle noch kurz ins Foyer. Im Halbdunkel des Korridors sah er sie, an eine Wand gelehnt und in ein Gespräch mit einer Freundin vertieft. Harry sammelte sich und ging hinüber. Marcia hatte ihm den Rücken zugekehrt. Sie drehte sich nicht um trotz Vorwarnung, nicht mehr als ein verstohlener Blick, den ihre Freundin über ihre Schulter warf. Sie wartete, bis er sich vor sie stellte. Selbst hier draußen war die Musik noch viel zu laut, um vernünftig miteinander zu reden. Harry ignorierte das wissende Lächeln der Freundin. Er beugte sich vor.

«Ich hab dich gesucht.»

Ihre zusammengekniffenen Augen verrieten ihm, daß sie das bezweifelte. Marcia sah ihre Freundin an, die dümmlich hinter Harrys Rücken kicherte. Er beschloß, daß sie irgendwo reden mußten, wo er sich ihr verständlich machen konnte, ohne gegen die Musik anbrüllen zu müssen, und ohne die Freundin.

«Komm. Laß uns von hier verschwinden», sagte Harry ihr ins Ohr und zog sie gleichzeitig mit. Marcia schüttelte seine Hand ab, folgte ihm aber, allerdings nicht ohne ihrer Freundin einen letzten, verschwörerischen Blick zugeworfen zu haben. Harry ging zum Parkplatz voraus.

«Wo willst du hin?» fragte das Mädchen hinter ihm.

Er drehte sich um.

«Komm weiter. Nur da drüben hin!»

Widerstrebend ging sie weiter, zog den Kragen ihrer Jacke um den Hals zusammen.

Harry blieb neben einem Transporter stehen, von dem aus er den Eingang der Kirche sehen konnte, ohne aber selbst gesehen zu werden. Marcia trat zu ihm ins Halbdunkel, blieb aber auf Armeslänge entfernt.

«Bistu grade east gekommen?» fragte er.

Mit in den Taschen vergrabenen Händen sah Marcia ihn einfach nur an.

«Ich bin schon eine ganze Weile hier», antwortete sie mit leicht kühlem Tonfall.

«Ich hab mich umgeschaut, konnte dich aba niagendwo findn...»

«Ach, ja?!»

Harry spürte ihr betonte Kühle. Es hing wahrscheinlich mit dem Mädchen zusammen, mit dem sie ihn tanzen gesehen hatte. Er versuchte, sie aufzutauen.

«Komm rüba.»

Sie schüttelte den Kopf.

«Komm schon, was hastu denn?»

«Nichts...» Sie schwieg. «Wer ist deine Freundin?»

Da war's. Marcia war eifersüchtig, versuchte es sich aber nicht anmerken zu lassen. Ein gutes Zeichen...

«Froindin? Nee, Maan. Mit dea hab ich nua getanzt, das ist alls.»

Harry erklärte, daß er nichts weiter mit dem Mädchen zu tun hatte.

«Marcia, ich hab auf dich gewartet, ächt...»

Harry sah das Mädchen an; wie sie dort mit dem Rücken an den Transporter gelehnt stand und Schatten über ihr Profil spielten, konnte er nur so gerade eben ihre Gesichtszüge ausmachen. Irgendwie fühlte er sich sehr zu Marcia hingezogen, es war eine Anziehungskraft der Sorte, bei der man auf kurze Distanz ein Zwicken in der Brust spürte.

«Komm hea...», sagte er ruhig.

«Nein.»

Harry lachte. Scheinbar desinteressiert, schaute sie fort von ihm. Dezent im Takt der Musik wippend, die vom Club zu ihnen herüberwehte, schob Harry sich langsam an sie heran. Sie rührte sich nicht, noch drehte sie den Kopf in seine Richtung. Nur Millimeter von ihr entfernt blieb Harry gerade aufgerichtet und die Hände hinter dem Rücken stehen. Er schob sein Gesicht noch etwas näher, berührte fast ihr Ohr.

«Höa zu, Marcia. Ich hab veadammt lange gewartet, nua um mit dia redn zu können...»

Marcia stand reglos da, lehnte den Hinterkopf gegen den Transporter. Er fuhr fort, sprach leise, so nah, daß er einen Hauch von ihrem Parfum wahrnahm.

«Du waißt, daß ich dich gesucht hab... Aber du mußt mich schon wissn lassn, ob...»

Sie schwieg weiter, also beschloß Harry, etwas deutlicher zu werden.

«Ich waiß, daß ne Menge Typn veasuchn, dich anzumachn, vllaicht ist das ja dea Grund, warum du mich in dea Luft hängn läßt.»

Tatsächlich, es funktionierte.

Marcia drehte den Kopf ein Stück zu ihm.

«Ich weiß überhaupt nicht, was du da redest. Und ich lass' dich auch nicht in der Luft hängen!» sagte sie und betonte jedes einzelne Wort.

«Okay», dachte Harry, «jetzt redet sie mit mir.» Er seufzte.

«Vllaicht nicht, aba du waißt sälbst, daß ich dich nicht so besondeas oft sehen kann. Ich wollte schon die ganze Woche üba mit dia redn.» Harry hatte einen völlig klaren Kopf, konzentrierte sich ausschließlich auf Marcia und die Gefühle, die sie in ihm erregte. Es war nicht nötig, sich irgendwelche «Sprüche» einfallen zu lassen, wie es bei jedem anderen Mädchen nötig gewesen wäre. In diesem einen Augenblick war Marcia das einzige, was zählte. Sie antwortete nicht, sondern schaute wieder fort. Harry legte einen Arm um ihre Schultern und berührte leicht ihr Haar, als er ihr Gesicht zu sich zog. Marcia wehrte sich nicht. Beinahe berührte sie ihn. Sein Blick wanderte, bewunderte ihre feinen, dunklen Gesichtszüge, und dann sah er ihr direkt in die Augen.

«Ich muß ainfach wissn, ob wia baide auf ainea Wällnlänge liegen», sagte Harry beinahe flüsternd. Marcias Hände steckten immer noch in ihren Jackentaschen. Sie sah ihn an, jetzt wenigstens ein angedeutetes Lächeln auf den Lippen.

«In Ordnung...», sagte sie. «Aber, Harry, du bist ein Musiker, und das bedeutet, daß eine Menge Mädchen hinter dir her sind...»

Harry streichelte mit der rechten Hand ihr Gesicht, ganz langsam. Sein Zeigefinger glitt über ihre Schläfe, spürte ihr weiches Haar. Er schob sein Gesicht noch näher zu ihr.

«Kann schon sain... aber die sind auch nicht annäheand so hübsch wie du.» Ein paar Sekunden bewegten sich Marcias Augen nicht, fixierten ihn, suchten nach einer Antwort auf die Frage, ob er es wirklich ernst meinte. Sie bewegte sich nicht, als seine Lippen ganz leicht ihren Mund berührten, mehr ein Streicheln als ein Kuß. Marcias Hände legten sich auf Harrys Taille. Dort blieben sie scheinbar eine kleine Ewigkeit. Sie flüsterten in der Nacht, und die Tiefe ihrer Gefühle betonte die frische Winternacht. Verloren und zufrieden hatte Harry alles andere vergessen – den Club, die Musik, seine Freunde... Sie redeten, tauschten Worte, Lachen und Gedanken aus, die sie schon seit einiger Zeit austauschen wollten. Ein paar andere frischverliebte Pärchen schlenderten vorbei, suchten ebenfalls die dunkle, private Welt des Parkplatzes. Nicht mal das bezwingende Pulsieren des Reggae, das vom Club herüberwehte, konnte Harry von der herrlichen Umarmung ablenken. Die wie im Fluge verstreichende Zeit jedoch übte einen größeren Zwang aus.

«Ich muß bald wieder gehen», flüsterte Marcia mit geschlossenen Augen in Harrys Ohr.

«Wiaklich?»

«Meine Schwester kommt mich abholen. Wie spät ist es?»

Widerwillig ließ Harry sie los, um einen Blick auf seine Uhr zu werfen. Es war viel zu dunkel, also grub er in der Hosentasche nach seinem Feuerzeug. Die Flamme tauchte ihre Gesichter kurz in Licht.

«Fünf nach zwölf», sagte er.

«He, du rauchst jetzt?» fragte Marcia.

«Nee, Maan...» Er ging nicht weiter darauf ein. «Wann kommt sie dänn?»

«Sie hat gesagt, um zwölf. Ohne sie hätte meine Mutter mich nie gehen lassen.»

Dankbar dachte Harry kurz an die Schwester, dann nahm er Marcia wieder in den Arm.

«Wann kommst du wieder in die Schule?» fragte sie und schnitt damit ein haariges Thema an.

Harry seufzte.

«Bald, maine Mutta sucht grade ne noie Schule», murmelte er und versuchte, dem Thema auszuweichen.

«Sehen wir uns nächste Woche nach der Schule?» fragte Marcia.

«Ja, kannst dich drauf vealassn, daß ich komme», antwortete er, zog langsam den Reißverschluß ihrer Jacke herunter und legte eine Hand um ihre Taille.

«An welchem Tag?» fragte sie, zog seine Hand zurück und den Reißverschluß der Jacke wieder hoch.

«Wann du willst, okee?» sagte Harry und küßte sie flüchtig.

«Dann komm am Dienstag.» Marcia zog den Schirm seiner Baseballkappe gerade.

«Ich werde da sein.» Harry schob die Mütze wieder schräg. Marcia lachte.

«Wieso trägst du sie so schief?»

«Ich bin ain *roughneck*, veastehstu?!» sagte er mit starkem Akzent.

Marcia hob die Augenbrauen, packte mit beiden Händen seinen Kragen und zog ihn sanft zu sich herunter. Sie küßte ihn.

«Bei mir aber nicht!»

Harry lachte.

«Komm, laß uns wieder reingehen, bis meine Schwester hier aufkreuzt», sagte Marcia.

Langsam kehrten sie zur Kirche zurück, fühlten sich beschwingt, schlenderten an kleinen Gruppen Jugendlicher vorbei, die in der Nähe des Eingangs und auf dem Korridor herumhingen. Das Sound System spielte gerade einen heavy Techno-Funk-Groove, der nur etwas für absolute Fans dieser Art Musik war. Sie kehrten ins Foyer zurück, schmiegten sich so dicht wie möglich aneinander, hielten sich von den überfüllten Stellen fern. Lange jedoch konnten sie sich nicht verstekken...

Mit einem Mädchen im Schlepptau ging Buster vorbei.

«He, Maan, alle suchn dich! Machstu hoite abend kaine Musik?» fragte er.

«Nee, Maan. Ich hab zu tun...»

Buster warf Marcia einen Blick zu, lächelte Harry wissend an und ging weiter.

Bevor sie sich setzen konnten, kam Marcias Freundin angestürmt.

«Marcia, deine Schwester wartet draußen auf dich!»

Harry sah sie an; sie zuckte mit den Achseln und nahm seine Hand. Er folgte ihr nach draußen. Chris redete gerade vor dem Eingang mit ein paar Jungs. Freitags schaute er normalerweise immer kurz im Club vorbei, um sich zu vergewissern, daß alles in Ordnung war. Es hatte einige Schlägereien gegeben, allerdings nichts Ernstes, aber es war eine gute Vorsichtsmaßnahme, falls zufälligerweise eine Polizeistreife vorbeikam.

«Harry, ich will mit dia redn...!» rief Chris. Marcia war zu ihrer Schwester hinausgegangen, die ihren Wagen ein Stück die Straße hinunter geparkt hatte.

«Ich komme glaich», sagte Harry und ging weiter. Marcia drehte sich zu ihm um und lächelte.

«Ich sehe dich am Dienstag, okay?»

«Ja, paß auf dich auf», erwiderte Harry mit einem Nicken.

Marcias Schwester warf ihm einen kurzen Blick zu, sagte dann etwas zu Marcia und lächelte. Harry schaute zu, wie sie in den Wagen stiegen, bevor er zurückkehrte. Chris wartete auf ihn.

«Was gibt's?»

«Nichts», erwiderte Harry achselzuckend.

«Was hab ich da über dich und Ian gehört?»

Harry seufzte. Er hatte so das Gefühl, daß Chris genau darüber mit ihm reden wollte.

«Komm schon, wo liegt dein Problem?» hakte Chris nach.

«Ich hab kain Problem. Der Typ ist mia auf den Sendea gegangn, das ist alls.»

Chris schüttelte den Kopf.

«Er ist dir auf den Sender gegangen? So hat er das aber nicht geschildert.»

«Intressiat mich nicht, was dea sagt.» Harry runzelte die Stirn. Er wünschte, Chris würde es dabei bewenden lassen; die Sache war gegessen, und ihn beschäftigten im Moment andere Dinge. Aber Chris war offenbar wild entschlossen, mehr darüber herauszufinden.

«He, Maan, ich bins, mit dem du hier redest!»

«Okee, okee. Ich hatte aine Flasche dabai, und ea wollte nicht, daß ich damit raingehe, das ist alls.»

«Hatte er recht?» fragte Chris.

Harry warf ihm einen schrägen Blick zu, scharrte auf der Stelle. Jetzt spürte er die Kälte. Chris wiederholte seine Frage.

«Hatte ea rächt?»

«Yeah, yeah, ea hatte rächt...»

Chris seufzte.

«Hör zu, Maan. Du müßtest es doch eigentlich besser wissen, oder? Ich will so was nicht noch mal hören.» Dann wechselte er das Thema. «Du weißt, daß du dir mit deiner Mutter am Montag eine Schule ansehen mußt?»

«Ja, waiß ich», antwortete Harry.

Chris sah schon, daß er nicht sonderlich darauf erpicht war.

«Ich weiß ja, daß du glaubst, nicht mehr in die Schule gehen zu müssen, aber damit liegst du ziemlich daneben. Übrigens, wieso kommst du eigentlich nicht mehr in den Kurs über schwarze Geschichte?»

Chris organisierte Kurse für die Jugendlichen des Viertels, und schwarze Geschichte war einer der erfolgreichsten. Anfangs war Harry auch hingegangen, hatte aber während der letzten paar Wochen auffallend oft gefehlt.

«Ich hatte zu tun...», nuschelte er und zitterte in der kalten Nachtluft.

«Okay, ich weiß, daß du noch andere Interessen hast.» Chris wurde ein wenig lockerer. «Trotzdem. Musik ist nicht alles, weißt du. Klar, du kannst damit Geld verdienen, aber Geld hilft dir auch nicht viel, wenn du dich nicht selbst kennst. Also, denk noch mal drüber nach. Wir sehen uns später.»

Chris ließ Harry stehen und ging hinein. Der Club machte bald zu, und die ersten Besucher gingen bereits. Harry kehrte in den Saal zurück, weil er Rodney suchen wollte. Er war schlecht gelaunt. Chris hatte es geschafft, ihn von dem Hoch runterzuziehen, das er mit Marcia erklommen hatte. Er fand Rodney beim Gespräch mit einigen Freunden.

«Bistu sowait?» fragte er.

«Yeah, okee.» Sie verließen die Kirche und gingen nach Hause, wobei sie den ganzen Weg kaum ein Wort wechselten.

«Chris hat dich gesucht», sagte Rodney. Harry *schnalzte* angewidert *mit der Zunge*.

«Yeah, waiß ich.» In der Siedlung war alles ruhig. Nur noch hinter wenigen Fenstern brannte Licht. Lautlos betrat Harry die Wohnung. Als er wenig später ins Bett schlüpfte, war es ihm gelungen, *ausschließlich* an Marcia zu denken; das Echo ihrer Stimme und das Bild ihres Lächelns wiegten ihn behutsam in den Schlaf.

10

NACHTSCHICHT

Ungefähr eine Minute, nicht länger, bewegte sich das kleine Mädchen nicht, dann begann es sich langsam nach vorne über die Sofakante zu schieben, beugte sich langsam vor, um das Spielzeug zu sehen, das sie gerade eben runtergeworfen hatte. Ständig wiederholte sie einen Laut, der, da sie noch zu klein war, um bereits sprechen zu können, als Ausdruck des Wunsches verstanden werden konnte, ihr Spielzeug zurückzubekommen. Die Hand des rechts neben ihr sitzenden Mannes zog sie behutsam zurück, erneut, dann widmete sich der Mann wieder seinem Damespiel, in das er vertieft war. Das Kind setzte sich auf und sah den Mann an, dann fiel sein Blick auf den Tisch, wo es die reizvoll kontrastierenden schwarzen und weißen Formen erspähte. Der andere Mann auf der anderen Seite des Tisches schien nicht weniger in das Spiel vertieft zu sein wie der Mann neben ihr. Sie saß einfach da, starrte eine Weile, als wolle sie die Lage analysieren, bevor sie den Arm des Mannes neben ihr packte. Energisch zog sie sich hoch und stand aufrecht da, hielt sich an der Schulter des Mannes fest. Das kleine Mädchen lächelte breit, als er sich vom Spiel abwendete und es ansah.

«Ach, du schon wieda!» meinte er lachend. Das kleine Mädchen stieß einen Laut aus; wieder meinte sie etwas ganz Bestimmtes.

«Also gut, dann mach!» Behutsam hob D. das kleine Kind hoch und setzte es auf den Boden, wo sie an ihr Spielzeug herankam. Dann widmete er sich wieder dem noch nicht entschiedenen Spiel, das er mit Leroy spielte. D. hatte bereits zwei Spiele verloren. Merkwürdigerweise hatte er das erste gewonnen, doch seitdem war er von Leroy mit beunruhigender Leichtigkeit geschlagen worden. Auf gar keinen Fall würde er ihn diesmal wieder gewinnen lassen! D. schaute aufmerksam zu, als sich Leroys Hand auf das Spielbrett senkte. Sein Gesicht war vollkommen ausdruckslos, seine Augen unbeweglich, er wägte das Spiel sorgfältig ab, bevor er seinen Zug machte. Seine Hand schwebte über einem Spielstein, bedeckte ihn, ohne ihn allerdings zu berühren. D. wußte, daß er erledigt war, wenn es Leroy gelang, diesen einen Zug durchzubekommen. Er hatte sich immer als gerissenen Damespieler gesehen; als Jugendlicher hatte er in den Hinterhöfen seines alten Viertels genug Stunden damit verbracht, um wirklich gut zu sein... Aber bis er gegen Leroy spielte, hatte er nie wirklich erfahren, was es bedeutete, bei einem Spiel zu zweifeln. Leroy hatte eine Technik des Angriffs, eine durchdachte Strategie, die D. völlig verblüffte, sich aber dennoch jedesmal auszahlte. D. beobachtete, wie Leroys große Hand langsam, fast behutsam einen schwarzen Stein vorwärts schob, allerdings nicht den, den sie vorher verdeckt hatte. Dann setzte er sich mit einem tiefen Seufzer (aus Erleichterung, Resignation oder Befriedigung) in seinem Sessel zurück und lächelte. D. warf ihm einen kurzen Blick zu, bevor er sich wieder auf das Brett konzentrierte. Dieses Lächeln gefiel ihm nicht; es war irgendwie belustigt, wissend.

D. überprüfte im Geiste jede einzelne Möglichkeit, die sich aus Leroys Spielzug ergab. Dann spürte er ein energisches Ziehen am linken Hosenbein. Er versuchte, es nicht weiter zu beachten, zu Anfang noch ganz entschieden, seinen Verstand auf die sich vor ihm entwickelnde Partie gerichtet zu halten, aber das Zerren und Ziehen wurde energischer, und das schrille Kreischen des Babys machte es unmöglich, sich auf das Spiel zu konzentrieren. Leroy lachte, als D. sich vorbeugte und das kleine Mädchen hochnahm.

«Was ist jäz wieda?» fragte er und sah ihr in die Augen.

Sie antwortete irgend etwas, ein paar Silben, und zeigte mit den Fingern auf ihn. D. mußte beim Anblick des hübschen kleinen Gesichts lächeln.

«Wänn du so waita machst, vealiar ich noch das Spiel, waißtu!» sagte er und knuffte sie liebevoll in den Bauch. Das kleine Mädchen lachte vergnügt und versuchte von dem anklagenden Finger ihres Vaters fortzukommen. Sie fuhr unbeirrt fort, bis sie schließlich kichernd auf die Couch zurückfiel.

«He, jäz veasuch nicht, ia die Schuld zu gebn, Boß. Du bist so gut wie zeaschmetteat!» sagte Leroy zu D.

«Zeaschmetteat? Sowait ist es noch nicht! Ich bin jäz dran, richtig?» Doch das Kind ließ ihm keine Ruhe. Er nahm sie auf die Arme und erklärte ihr geduldig, als ob sie das interessierte, daß er drauf und dran war, das Spiel zu verlieren.

«Okee», sagte D. und hielt das Kind hoch. «Dann nimm du sie jäz mal, damit ich veanünftig spieln kann.»

Leroy streckte die Arme aus und nahm sie ihm ab, hielt sie dicht vor sein Gesicht.

«Avril, komm hea!» Er drückte seine Nase gegen sie, blies ihr ins Gesicht, alberte mit ihr. Sie zog an seinem Bart und packte mit ihren winzigen Händen sein Kinn. Leroy lachte; er war sehr stolz auf seine kleine Nichte, und seit ihrer Geburt kam er regelmäßig vorbei und verbrachte, wann immer es ihm möglich war, einige Zeit mit ihr. Unterdessen hatte D. das Spiel durchschaut, oder dachte es wenigstens, und war drauf und dran, einen seiner wenigen noch verbliebenen Spielsteine vorwärts zu schieben. Nach einer letzten Überprüfung machte er einen Zug. Während Avril auf seinem Schoß saß, betrachtete Leroy das Spielbrett; er wußte, daß er auf dem besten Wege war, auch diese Partie zu gewinnen.

«So, ich bin jäz also dran, ja?» sagte er nachdenklich. Er schob einen Stein vor. D. runzelte die Stirn und fragte sich, wo hier wohl der Haken lag. Trotzdem blieb ihm nichts anderes übrig, als das zu tun, wozu Leroy ihn «programmiert» hatte, also schlug er den angebotenen Stein. Und indem er das tat, erkannte er plötzlich, was passieren würde, doch nun war es bereits zu spät. Leroy verlagerte Avril von der rechten Hand zur linken, dann übersprang er gelassen drei von D.s Steinen. Ein paar Sekunden lang sagte keiner von ihnen auch nur ein Wort. D. schaute auf und begegnete Leroys entnervendem Lächeln; er wußte, das war das Ende. Er wandelte den Stein in eine Dame um. Danach war es sehr schnell vorbei.

«Noch ain Spiel?» fragte Leroy. D. schnalzte mit der Zunge und schüttelte niedergeschlagen den Kopf.

«Nee, Maan. Es raicht...»

Leroy setzte Avril auf den Boden, stellte sie angelehnt an den niedrigen Couchtisch, so daß sie mit dem Brett und den Steinen spielen konnte, wie sie es bereits früher hatte tun wollen. D. verschwand in die Küche und kehrte mit Fruchtsaft zurück. Er hatte den ganzen Morgen auf das Baby aufgepaßt, während Donna aus dem Haus war, um Cindy in die Schule zu bringen, einkaufen zu gehen und verschiedene andere Dinge zu erledigen. Inzwischen brannte er darauf, selbst die Wohnung verlassen zu können. Ganz besonders nach der frustrierenden Erfahrung, die er Leroy zu verdanken hatte.

D. war seit etwa sechs Wochen zurück. Den größten Teil dieser Zeit hatte er entweder bei Donna oder aber in Sticks' Wohnung verbracht. Im wesentlichen hatte er sich entspannt, war nur auf zwei, drei Tanzveranstaltungen gegangen und ansonsten zufrieden, Sticks weiterhin die Führung der Geschäfte zu überlassen, wie er es auch zuvor getan hatte. Donna war natürlich überglücklich, ihn wiederzuhaben. Was Cindy betraf – sie verbrachte jeden Augenblick zu Hause in seiner Nähe. Das kleine Mädchen mochte D. sehr, eine Gefühlsregung, von der nicht einmal ihr natürlicher Vater behaupten konnte, sie zu genießen. Donna hatte D. erzählt, daß der Vater ihrer Tochter einmal vorbeigekommen wäre, vor mehreren Monaten, als er aus dem Gefängnis entlassen worden war, und doch hatte Cindy nur wenig Interesse an ihm gezeigt. Seit diesem Tag war er nicht mehr wiedergekommen. Was D. betraf, so war er glücklich gewesen, seine fünf Monate alte Tochter zu sehen. Sie war so klein und hübsch, hatte aber gleichzeitig eine so starke Persönlichkeit und war sehr ruhelos. An diesem Morgen hatte Donna sie bei ihm im Bett gelassen, und natürlich hatte sie ihm nicht einen Augenblick Ruhe gegönnt. Aber das machte ihm nichts aus, denn er fühlte sich überraschend gut dabei, sich um sie zu kümmern. Er war jetzt buchstäblich ein Familienvater geworden, und Donna tat alles in ihrer Macht Stehende, um dieses Gefühl bei ihm zu bestärken. Sie selbst war angenehm überrascht von D.s neuer Einstellung und auch davon, daß er den größten Teil seiner Zeit zu Hause verbrachte. Trotzdem, auch wenn ihm dieser Teil Spaß machte, empfand er recht häufig das Verlangen, mehr aus seiner Zeit zu machen. Bislang war er cool geblieben, hatte über das nachgedacht, was Charlie darüber gesagt hatte, ein «anständiges Leben» zu führen. Er verstand das schon. D. wußte inzwischen, daß das Leben auf der Straße, das Dealen und Führen eines Geschäftes der Art, wie sie es betrieben, nicht für immer und ewig dauern konnte. «In dieser Branche gibt es nur drei Arten auszusteigen», hatte Charlie gesagt. «Tot, eingesperrt oder mit Crack zugeballert.» Er hatte versucht, die Sache anders zu sehen, aber für gewöhnlich hatte sein Partner recht. Charlie selbst hatte bereits angefangen, sich anderweitig zu engagieren. Er war in die Musikbranche eingestiegen; er veranstaltete Auftritte und Discoabende, managte außerdem einige Künstler und vertrieb Musikvideos, die er über einige seiner Kontaktleute in Amerika geschickt bekam. D. hatte es nicht eilig, irgend etwas auf die Beine zu stellen. Zumindest nicht aus finanziellen Gründen. Zu seinem Wort stehend, hatte Charlie ihm seinen Anteil des Geschäfts gegeben, mehr als genug, um sich eine ganze Weile zurückzuhalten, bis er sich entschied, was er als nächstes unternehmen wollte. Andererseits waren Sticks und die anderen Soldaten mehr als glücklich über D.s Rückkehr gewesen. Wenn er auf sie gehört hätte, dann wäre er sofort wieder auf die Straße zurückgekehrt und hätte die ganze Stadt übernommen. Aber, wie D. ihnen sagte, er mußte vorsichtig sein. Denn immerhin mußte er sich zum Beispiel vor der Polizei verborgen halten...

Avril schaute zu, während D. zwei Gläser Saft einschenkte. Sobald er einen Schluck trank, ließ sie natürlich den Tisch los und plumpste auf den Boden, wo sie dann schnell in seine Richtung loskrabbelte. Er ließ sie einen Schluck trinken. Draußen war es früher Nachmittag an einem kalten Tag mit einem trüben, grauen Himmel. Leroy war vor einiger Zeit vorbeigekommen, wie er es manchmal auf dem Weg zum Plattenladen machte, um D. einige neue Sessionmitschnitte vorbeizubringen. Er freute sich, D. wieder in England zu sehen. Obwohl er nur sehr wenige Fragen nach den Ereignissen des vergangenen Jahres stellte, hatte D. ihm etwas über seinen Aufenthalt auf Jamaika erzählt. Leroy erklärte, daß er beabsichtige, schon sehr bald zu Hause irgendein Geschäft aufzubauen; er empfand das Leben in England als kalt und langweilig und wollte nach Jamaika zurückkehren, um dort bei seiner Familie zu leben. «Wänn du nichts unteanimmst, sobald du ain bestimmtes Altea earaicht hast», sagte er zu D., «machstus nie mea.»

Leroy war erst Mitte dreißig, sehnte sich aber nach dem Ort zurück, an dem er aufgewachsen war.

«Und, wie laufn die Geschäfte?» erkundigte sich D.

«Buoi, nicht so besondeas, waißtu. Ich komm so grade ebn zurächt.»

«Ach, ja?»

«Wia habn aine Rezession, haißt es wenigstens...», bemerkte Leroy. «Im Momänt veasuch ich grade, in aine andre Saite dea Branche ainzustaign.»

«Und das wäre?» fragte D. interessiert.

«Ich wills mal mit Produktion veasuchn. Ich habe ainen Bruda, dea ain paa Sachn füa mich ainfädln will... Du kännstoch Lee, odea?»

«Yeah, Maan, Lee ist aine große Numma in dea Branche!» D. schwieg einen Augenblick. «Ich übealege sälbst, ob ich mich nicht anderwaitig engagieren soll.»

«Was dänn, auch in der Musikbranche?» fragte Leroy.

«Vllaicht, du waißt schon... Ich dänk noch drüba nach.»

Leroy nickte; er hieß D.s Absichten eindeutig gut.

«Ja, Maan. Das Zoig füa so was hastu ja, iagendwas wiad schon dabai rauskommen.»

Sie durchdachten die verschiedenen Möglichkeiten noch eine ganze Weile, wobei sich D. Leroys Ideen aufmerksam anhörte. Er vertraute seinem Urteil und hatte schon immer bewundert, wie er nach seinen früheren Tagen als rauhbeiniger Bursche ruhiger geworden war und heute auf ehrliche Weise seinen Lebensunterhalt bestritt. Nachdem Avril D.s Saft getrunken hatte, nahm sie nun Leroys Glas ins Visier.

Während die beiden Männer sich unterhielten, wurde die Wohnungstür geöffnet und zugeschlagen. Donna tauchte im Zimmer auf. Sofort vergaß Avril alles andere und kroch eilig auf ihre Mutter zu, die sie mit einer Abfolge schriller Rufe begrüßte.

«Komm hea, main Baby.» Donna hob sie hoch und küßte das kleine Mädchen. «Und, hat sich Daddy gut um dich gekümmeat?»

«Ia gehts bländend, Maan», versicherte D.

«Aba du hast ia nicht die Windeln gewächselt!» Donna sah ihn anklagend an.

D. runzelte die Stirn. Er wußte, daß er etwas vergessen hatte. Leroy lachte.

«Ja, Daddy!» hänselte Leroy, als er aufstand und sich mit einem Blick auf die Armbanduhr reckte. «Ich muß jäz los ins Geschäft.»

«Willstu nichts zu ässn?» fragte Donna.

«Nee, Maan, ich brauch nichts», lehnte Leroy das Angebot seiner Schwester ab.

«Wie stehts? Sehn wia uns späta noch, D.?»

Leroy verabschiedete sich.

«Ja, Maan, Respäkt. Ich komm demnächst bai dia voabai.»

«Okee. Revanche kannst du jedeazait kriegn...» Leroy konnte sich eine letzte Anspielung auf ihr Damespiel nicht verkneifen.

«Bahh! Sieh zu, daß du veaschwindest!» D. lachte.

Leroy ging. D. stand auf und schob eine der neuen Kassetten in die Stereoanlage.

«Hastu Hungea?» Donna kehrte zurück, nachdem sie Avril die Windel gewechselt hatte.

«Nee, aigentlich nicht. Ich mach mia späta was.»

Donna machte sich selbst und ihrer stets hungrigen Tochter etwas zu essen. Sie saßen vor dem Fernseher, entspannten sich und sahen sich eine Weile einen Spielfilm an. Es dauerte nicht lange, und Avril schlief ein, also brachte Donna sie ins Bett. Sie kam zurück und gab D. eine Plastikeinkaufstüte.

«Ich hab was füa dich.»

D. nahm die Tüte und beäugte Donna mißtrauisch.

«Isn da drin?»

«Sieh schon rain!»

Er öffnete die Tüte und nahm das Hemd heraus, das sie ihm gekauft hatte. Es war ein nettes schwarzgoldenes Seidenhemd, das ziemlich teuer aussah.

«Gefällts dia?» fragte Donna erwartungsvoll.

Sie wußte, daß D. sich immer anstellte, sobald es um Kleidung ging, aber er schien angenehm überrascht.

«Yeah, Maan. Das ist hübsch.»

Donna lächelte. D. faltete das Hemd sorgfältig wieder zusammen und legte es auf einen der Sessel.

«Aba ich hab doch noch gar nicht Gebuatstag», scherzte er mit seiner Frau.

«Das waiß ich auch. Aba wieso kann ich dia nicht auch sonst Geschänke kaufn?»

«Wie mainstu das?!» D. legte einen Arm um ihre Schultern. Donna sah ihn kurz an und sagte nichts.

«Es gefällt mia, wie du dich um mich kümmeast», sagte er ihr.

«Das liegt daran, wail du jäz gut bist...», sagte sie.

«Momänt, soll das vllaicht haißn, daß ich voahea nicht gut gewesn bin?»

«Yeah, Maan, aber jäz bistu noch bässea», konstatierte Donna einfach.

D. beschloß, nicht weiter nachzufragen. Er konnte sich ungefähr vorstellen, was sie meinte, und wieso für Unruhe sorgen, wenn doch alles bestens war? Solange sie glücklich war, war das cool für ihn. Donna und er kannten sich schon ziemlich lange; sie war eine reizende Frau und ihm gegenüber sehr loyal, andererseits wußte er aber auch, daß sie schwierig sein konnte, wenn sie wollte. Sie sahen zusammen fern, redeten und lachten, genossen die Gesellschaft des anderen. Dann klingelte das Telefon. D. ließ Donna rangehen; es war für ihn.

«Ja? Was gibtsn, main Bruda?»

Es war Charlie. Sie redeten kurz. Als D. den Hörer wieder auflegte, bemerkte er, daß Donna ihm einen schrägen, fragenden Blick zuwarf. Er blickte einfach stur auf den Bildschirm und sagte nichts.

«Gehstu aus?» fragte sie nach einer Weile.

D. lachte.

«Was denn? Willstu nicht, daß ich iagendwo hingehe?»

«Ich kann dich nicht daran hindean.»

«Stimmt. Trotzdem, es höat sich an, als wolltestu mich ganz füa dich allain habn!»

D. reckte sich. Charlie hatte gesagt, er würde sich in einer Stunde bei Sticks mit ihm treffen. Ansonsten hatte er am Telefon nicht viel gesagt. Sticks würde ihn bald abholen kommen. Bislang hatte D. es nicht für nötig befunden, sich einen Wagen zu kaufen. Er wurde überall hingebracht, wohin er mußte, und Charlie hatte, vorsichtig wie immer, darauf bestanden, daß immer jemand bei ihm sein sollte. Für den Augenblick war das schon cool. D. verließ Donna und ging, um sich fertig zu machen.

«Kommstu zum Abendessn?» fragte Donna, als er später ins Wohnzimmer zurückkehrte.

«Hmmh, bin bald wieda da...» Es klingelte. D. ging die Tür aufmachen.

«Ja, Don!» wurde er von Sticks begrüßt. Er folgte D. in die Wohnung und wartete, während er seine Schlüssel holte und eine Jacke überzog.

«Hi, Schwästa», sagte Sticks und lächelte Donna an.

«Schon okay», antwortete sie wenig begeistert. Irgendwie hatte Donna Sticks nie besonders sympathisch gefunden. Nicht, daß sie behaupten konnte, er hätte irgendeinen schlechten Einfluß auf D., sie mißtraute dem großen, selbstsicheren Jungen einfach, der ihrem Mann so ergeben war. Sticks bemerkte ihre Zurückhaltung nicht; er war guter Laune und nickte anerkennend zu dem Sound der Yard-Kassette aus den Lautsprechern. D. war soweit.

«Bin bald zurück, okee?» sagte er zu Donna, als er hinausging. D. stieg in Sticks' glänzenden Saab und sperrte das winterliche Wetter mit dem Zuschlagen der Tür aus. Sticks wendete, und dann fuhren sie durch die schmalen Seitenstraßen, bis sie auf der Kingsland Road herauskamen. Letzten Abend waren sie zu einer Radical-Hi-Powah-Session gefahren. D. gefiel der Sound; er fand High Noon immer noch besser, fand aber, daß der neue Sound etwas hatte, ein authentisches Yard-Feeling vermittelte. Er hatte den Besitzer des Sounds kennengelernt und sogar darüber gesprochen, demnächst mal eine Tanzveranstaltung mit ihnen zu machen ... Die Musik im Auto pulsierte laut und hart, so wie Sticks es mochte. Während sie durch Clapton Richtung Leyton brausten, erklang ein Piepen, das gegen den pochenden Beat der Autostereoanlage kaum zu hören war. Sticks stellte die Lautstärke leiser und nahm das Funktelefon aus der Innentasche seiner Jacke.

«Ja ... Wär? Momänt, wie gehts, Baby?» Er raspelte einige Minuten Süßholz mit dem Mädchen am anderen Ende der Leitung. Er versicherte ihr, später bei ihr vorbeizukommen, dann schaltete er aus. Grinsend sah er D. an.

«Ich waiß nicht mal mea, wie das Mädchn aussieht, veastehstu.»

D. lachte. Sticks' Handy war ausschließlich für den privaten Gebrauch. Jeder wußte, daß sie inzwischen leicht abzuhören und nicht mehr für geschäftliche Gespräche zu gebrauchen waren. Sie erreichten die Straße, in der Sticks wohnte. Er stellte seinen Wagen hinter Charlies Mazda ab, und sie gingen zum Haus. Drinnen hatte Charlie es sich auf einem Sessel bequem gemacht und gab Daten in seinen Personal Organiser ein, während Linton, der allem Anschein nach gerade erst aufgewacht war, einen Spliff baute. Sie begrüßten D. herzlich. In einer Ecke, neben dem Fernseher, war Puggy in ein längeres und offenbar erfreuliches Telefongespräch vertieft. Er hob die Faust zum Gruß.

«Warum bistu so? Du waißt doch, daß ich dich liebe. Vierundzwanzig Stunden, sieben Tage», hörte D. ihn zu wen auch immer er in der Leitung hatte sagen. Er setzte sich gegenüber Charlie und wartete, daß er mit dem fertig wurde, was er tat. Sticks kam mit einigen Flaschen Stout und Bier aus der Küche zurück.

«He, Lovabuoi, höa jäz auf zu telfonian, okee?!» rief er Puggy zu. Der Jugendliche machte ein Zeichen, daß er fast fertig war.

«Telefonliebe...», meinte Linton lachend und steckte sich seinen Joint an.

«Ja, D., alls kuul?» erkundigte sich Charlie.

«Yeah, Maan, astrain!» Die Getränke kreisten.

«Wie gehts, Linton?» fragte D. den großen, stämmigen Mann. «Wieso siehstn so featig aus, Maan?»

Der Mann kratzte sich am Kopf; er erholte sich gerade von der letzten Nacht. Er und Sticks hatten D. abgesetzt und waren dann mit den beiden Mädchen nach Hause gefahren, mit denen sie den Tanz verlassen hatten. Es lag auf der Hand, daß Linton nicht direkt ins Bett gegangen war...

«Das hättstu sehn müssn. Dieses Mädchn hat mia kaine ruhige Minute gegönnt, Don!»

D. lachte. «Hab ichs dia nicht gesagt, daß sie füa dich viel zu wild ist?!» Er hatte Linton vor der Frau gewarnt, die sie bei der Tanzveranstaltung getroffen hatten. D. kannte sie noch von früher; sie war eine dieser extremen Raver und starken Trinkerinnen mit dem Ruf, einen übermäßig ausgeprägten Sexualtrieb zu haben. Überdies hatten sie und ihre Freundin genug Stoff geraucht, um einen Elefanten stoned zu machen, als sie den Tanz verließen.

«Ungelogn, ich muß nua ain duachziehn, waißtu!» Alle lachten.

Puggy hatte inzwischen mit Telefonieren aufgehört. Offiziell hätte er das Land letzte Woche verlassen müssen, seine Tournee war vorbei. Aber wie er es sah, hatte er lange Zeit reisen wollen, und das Leben mit seinem Cousin Sticks und dem Team war viel zu aufregend, um jetzt schon wieder abzureisen. Außerdem mußte er sich im Moment um viel zu viele Mädchen kümmern, um einfach so wieder gehen zu können. Also hatte er beschlossen, seinen Aufenthalt auf unbestimmte Zeit zu verlängern. Mit Plattenaufnahmen und Auftritten konnte er sich sein Geld verdienen, und außerdem hatte er Sticks überzeugt, ihn mitmachen und ein paar Geschäfte führen zu lassen.

«Ich hab Noiigkaitn füa dich», sagte Charlie und sah D. an.

«Was füa Noiigkaitn?»

«Tja... Unsea Froind Chin ist in New York veahaftet woadn...»

D. nahm die Information auf und wartete auf eine Erklärung von Charlie. Die anderen hörten ebenfalls zu. Charlie schien mit der Wirkung zufrieden, die er bekam. Er schwieg kurz und grinste breit, bevor er fortfuhr.

«Yeah, ea ist in aim Hotel gewesn und hat mit ain paar Typn ainen Deal ausgehandelt, als uaplötzlich dea ganze Ladn von Cops wimmelte. Anschainend ist ea raingelegt woadn. Die Typn, mit denen ea Geschäfte machn wollte, waren Undercoveragenten der Drug Enforcement Agency. Kannst du dia so was voastelln?»

Irgend etwas in Charlies sarkastischem Tonfall ließ D. ihn mit fragend gehobenen Augenbrauen ansehen.

«Und, was ist aus ihm gewoadn?»

Charlie trank einen Schluck Bier und schüttelte in gespieltem Bedauern den Kopf.

«Maan, die habn ihn mit zwei Koffean Shit, ainea ‹haißn› Schrotflinte in sainem Wagn plus ein paar ‹Einwanderungsproblemen› eawischt», meinte Charlie lachend. «Ich schätze, es war wohl ainfach nua Päch.» D. nickte nachdenklich.

«Yeah, Päch...»

«Wie lange kriegt ea denn?» wollte Sticks wissen.

«Tja, schwea zu sagn im Momänt. Aba da es untea die Zuständigkait dea DEA fällt... und die Schrotflinte zu wenigstens zwai Moadfälln zurückveafolgt weadn konnte, wiads schon ziemlich heavy ausfalln.» Charlie unterbrach sich kurz, um die Wirkung seiner Worte zu steigern.

«Kaution hat ea nicht geställt...», fügte er schließlich mit einem süffisanten Grinsen hinzu.

D. lehnte sich in den Sessel zurück und verdaute die Neuigkeiten. Lieber wäre es ihm gewesen, sich persönlich um Chin zu kümmern; er war immer noch verbittert darüber, wie der Mann versucht hatte, ihn hereinzulegen. Trotzdem war er jetzt aus dem Weg, wenigstens eine Zeitlang, und das war schon kuul.

Sticks in seiner Ecke hatte ebenfalls über die Neuigkeit nachgedacht.

«Jäz sind sie ealedigt!» sagte er kalt.

«Chin ist ealedigt, voaloifig, aba ainen Krieg wiads trotzdem nicht gebn», unterstrich Charlie mit Nachdruck.

Sticks verstand die Feinheiten der Lage nicht.

«Wie mainstn das? Wia bringn die restlichen Typn ainfach um und färtig!» versteifte er sich und sah D., nach Zustimmung suchend, an, aber D. war in seine eigenen Gedanken vertieft.

«So abaitn wia nicht. Diese Sache mit Chin ist was Peasönliches, aba wia habn mit sainen Loitn imma noch aine geschäftliche Absprache.»

Sticks reagierte empört.

«Was? Das seh ich nicht so. Wia traibn die aus dea Stadt und übanehm alls, Maan!»

Charlie seufzte.

«Sag mia, willstu vllaicht gegn die ganze Posse antreten?» fragte er.

«Dann hastu vllaicht veagessn, daß die uns auch featigmachn wolltn?!» Sticks sah Linton an. «He, Linton, eazähl ihm, was in Stonebridge passiat ist!»

Sechs Monate zuvor, auf dem Höhepunkt des Krieges, kam es zwischen Sticks, Linton und zwei weiteren Soldaten zu einem zufälligen Zusammenstoß mit ihren Gegnern auf einem Tanz in der Stonebridge Estate. Im Verlauf der nachfolgenden Schießerei hatte Linton eine Kugel in die Schulter bekommen, und nur eine würdelose Flucht hatte sie alle vor dem sicheren Tod bewahrt. Sticks litt immer noch darunter. Linton zog an seinem Spliff und sagte nichts.

«Ich waiß, was passiat ist, Mickey. Und genau deshalb habn wia ja auch ainen Waffenstillstand gebraucht.»

Sticks konnte das nicht nachvollziehen.

«Yeah, das war damals, aber jäz ist Chin wäg, also rottn wia sie aus!»

D. hatte den Wortwechsel schweigend verfolgt. Er verstand Sticks' Standpunkt, und wahrscheinlich hätte er früher das gleiche gesagt, doch jetzt gab es wichtigere Überlegungen. Er spürte, daß Charlie ihn ansah, darauf wartete, daß er sich einschaltete. Er nahm die Flasche Stout und trank einen Schluck.

«Okee, höat zu... Die wolltn mich aus dem Weg habn, und zwar aus zwai Gründn. Eastens, wail ich ihnen was wäggenommen habe, und zwaitns, wail sie alls kontrollian wolltn, richtig?» D. unterbrach sich. «Die easte Sache wuade gekläat, als ich zum Yard zurück bin, und das war noch voa Chin. Die andere Sache ist, daß Chin mich raingelegt hat, weil ich ihm im Weg gewesn bin. Alls, was danach passiat ist, ist auf ihn zurückzufüahn.» Alle hörten aufmerksam zu, weil sie wußten, daß letztendlich D.s Entscheidung gelten würde. Er schaute sich um und fuhr fort.

«Charlie hat das richtige gemacht, als ea ainen Waffenstillstand ausgerufn hat, denn wia können kain Gält machn, solange Krieg heascht. So, wies jäz loift, kommen wia gut zurächt, stimmts nicht?» D. sah Sticks an.

«Stimmt», erwiderte der Soldat ernst.

«Und genau das wolln wia doch alle. Sobald wia wieda ainen Krieg anfangn, vealian wia Gält. Und außadem höat diese Sache nicht hia auf, wißt ia; wänn die Loite nicht operian können, habn sie gar kaine andere Wahl, als uns anzugraifn. Es ist genug füa alle da.»

Charlie nickte zufrieden über D.s weiser Entscheidung. Er war beeindruckt von der Tatsache, daß sein Partner so überlegt und ausgeglichen war. Viel mehr als früher. Sticks dachte über D.s Worte nach, versuchte dann Einspruch zu erheben.

«Ich respäktiere, was du da sagst, Don. Aba ein paar von Chins Loitn veahaltn sich da draußn respäktlos uns gegnüba. Ich finde, daß wia aba bessa wengstens saine Leibwächter ausschalten.»

D. sah seinen Leutnant nicht ohne Verständnis an.

«Ich waiß, was du mainst, Sticks, Maan. Aba ich sag dia was: Es ist das bäste, wänn wia uns voaloifig zurückhaltn. Dea richtige Augenblick kommt schon noch.»

Widerwillig akzeptierte Sticks die Logik der Argumentation. Er fand immer noch, daß man ihm hätte erlauben sollen, die Rechnung mit seinen Feinden zu begleichen. Aber D. hatte das letzte Wort. Wie er schon sagte, der richtige Augenblick würde noch kommen...

Linton stand auf und legte eine Kassette ein. Das Radio war auf einen Reggae-Sender eingestellt, aber der Deejay hatte die Stimmung versaut, indem er die ganze Zeit unentwegt quatschte, während die Nummern liefen. Live-Aufnahmen von einer Session-Kassette hoben die Stimmung.

«Ich hab aine Idee...», verkündete Charlie. Als er sah, daß er die Aufmerksamkeit aller hatte, wurde er deutlicher.

«Wie wia uns geeinigt habn, halten wia uns an die Abmachung mit den Spicers... Das schließt aba Chins eigene Geschäfte nicht ein.»

D. hörte zu. Selbst Sticks schien fasziniert. Charlie lächelte verschmitzt und sah D. an.

«Chin ist kain Dummkopf, waißtu, D.? Er waiß, daß man nicht allain mit Drogn dealen kann. Nachdem du wäg warst, hat ea angefangn, einige legale oder halblegale Geschäfte überall in dea Stadt aufzuziehen. An manche kommen wia nicht ran, wail sie nicht ausschließlich ihm gehöan... Aba ich kenne ains, das wia aigentlich übanehmen können müßtn.»

«Was mainstu?» fragte D.

«Mickey, du kännst doch die Spielhölle auf der Rücksaite von Finsbury Park, in der Nähe, wo Sweeties Freund wohnt?»

«Yeah, die känn ich», antwortete Sticks interessiert.

«Dea Ladn liegt im Kella. Da drin habn sie aine Bar und einen klainen Lebensmittelladn», erklärte Charlie für D. Und dann fuhr er fort.

«Nun, ich hab herausgefundn, daß Chin den altn Knabn ausgezahlt hat, dem das frühea gehöate, und dann hat ea übanommen. Die machn gutes Gält da. Ich dänke, wia sollten den Schuppn jäz übanehmen, gratis...»

Es folgte eine kurze Stille, bis alle die Idee begriffen. Dann stieß Sticks ein kurzes Lachen aus, während D. lächelte und Charlie ansah.

«Es ist sauba, Chins aigenea, klainea Laden. Kain Mänsch kann dagegen was habn», fügte der braunhäutige Mann hinzu.

«Charlie, du bistn Genie», sagte D. Selbst Linton genoß die Ironie dieses Schachzugs.

«Am bästn kümmean wia uns mal um Chins Kapitalanlage», sagte er ernst. Alle lachten über den Witz. D. schien die Idee auch gut zu gefallen. So, dachte er, würde er anfangen, sein eigenes Ding zu leiten, und falls es nicht vollkommen legal war, dann war es wenigstens sicher und profitabel. Es war ganz bestimmt eine brillante Idee.

Sticks ging neue Getränke holen. Rizla-Papierchen wurden ausgepackt und Spliffs gebaut. Charlie gab D. einen kleinen Beutel mit intensiv duftendem Ganja. Sticks hatte auch schon bemerkt, daß D. kein Koks mehr anpackte. Er hatte mitbekommen, wie D. mal vage erwähnt hatte, er wolle vorübergehend die Finger von dem Zeug lassen. Er selbst hatte fast immer was dabei, nahm ganz besonders Crack häufiger und mehr. Wie er D. schon gesagt hatte, als er ihn über alles informiert hatte, was seit seinem Weggehen passiert war, «du mußt da draußn immea voll auf Zack sain».

Puggy, der Jugendliche mit der goldenen Stimme, hatte den verschiedenen Argumenten aufmerksam zugehört. Das alles war neu für ihn, aber er war erpicht darauf, seinem älteren Cousin nachzueifern, der heute zu den großen Nummern in England gehörte. Außerdem war er über Sticks mit Charlie verwandt, wenn auch von einem anderen Zweig ihrer ausgedehnten Familie. Puggys Ziele waren klar: Er wollte als Sänger an der Spitze bleiben, die meisten Mädchen bekommen und, last but not least, wie Sticks sein – respektiert, gutaussehend und nie knapp bei Kasse. Soweit es Drogen betraf, rauchte er Gras und zog gelegentlich an einem Cocktail-Spliff, hatte bislang aber die Finger von Crack gelassen. Nachdem die geschäftlichen Dinge nun geklärt waren, waren alle locker und entspannt. Die Musik pulsierte durch das Wohnzimmer, die Diskussion hatte sich angenehmeren Themen zugewendet.

«He, Puggy!» rief D. dem Jugendlichen zu. «Wie kommts, daß du so auf fätte Mädchn stehst?» D. spielte auf die «mampy» an, mit der er den ehrgeizigen jungen Mann den größten Teil der gestrigen Tanzveranstaltung gesehen hatte. Alle lachten.

«Wail ich aine Berühmthait bin, Don. Alle möglichn Mädchen sind hinta mia hea, waißtu?»

«Die Mutta hätte dich aba fast umgebracht, Maan. Du konntest ja nicht mal mea anständig singen, nachdem die dich gegn die Wand gepreßt hat», zog Sticks ihn auf. Großkotzig war Puggy da aber ganz anderer Meinung.

«Wie kommstn da drauf?! Ich komm mit allem klaa.»

Jeder mochte den jungen Sänger, liebte seinen Elan und seine natürliche, furchtlose Art. Auf der anderen Seite machten seine neuen Freunde und der «Prestige-Lifestyle», den er mit ihnen genoß, Puggy nur noch ausgelassener. Daß er ungeheuer talentiert war, konnte niemand leugnen. Mit kaum sechzehn Jahren war Puggy als ausgezeichneter Künstler der neue Stern am Himmel der jamaikanischen Reggae-Szene. Nachdem er seit dem siebten Lebensjahr den größten Teil seiner Zeit damit verbracht hatte, davon zu träumen, Sänger zu werden, unermüdlich alles gehört und imitiert hatte, was er im Radio oder bei heimischen Sound Systems hören konnte, besaß er ein natürliches Talent, sich auf jede Art Rhythmus einzuklinken, und obendrein die dazu passende Stimme. Sein Ruhm hatte sich bereits bis nach Amerika und Kanada herumgesprochen. England war die letzte Station seiner ersten Auslandstournee gewesen, und dort hatte er auch sowohl mit seinen optischen Mätzchen auf der Bühne wie durch seinen Gesang Tanzveranstaltungen zum Überkochen gebracht. Bei zwei ortsansässigen Produzenten hatte er bereits ein paar Demos eingespielt und plante jetzt, als Jugendlicher voller Ehrgeiz, die nächsten Schritte seiner weiteren Karriere. Wie ihm ein anderer Sänger geraten hatte, den er unterwegs kennengelernt hatte, brauchte er als erstes einen guten Manager, und was das betraf, da hatte Puggy bereits eine Idee.

«Seht euch die Alte an!» rief Sticks aus der Ecke und kommentierte zwei Mädchen auf dem Fernsehschirm, die sich zum Rhythmus der Musik weit nach unten bewegten. Eine der beiden Live-Dancehall-Video-Kassetten, die Charlie kürzlich erhalten hatte, lief gerade. Alle Augenpaare im Raum drehten sich zum Fernseher und bewunderten die beiden durchtrainierten Mädchen, jedes gekleidet in winzige Bodys und Leggings. Mit Eifer demonstrierten sie populäre Dancehall-Stile. Puggy machte ein paar anzügliche Bemerkungen, die angesichts der allgemeinen Macho-Stimmung gut ankamen. D. auf seinem Sessel hatte die zweite Flasche Guinness halb geleert und lachte über einen der Witze. Er sah Charlie an, der ebenfalls die Action auf dem Bildschirm verfolgte. Etwas, das er hatte fragen wollen, kam ihm in den Sinn. Er beugte sich über den Tisch zu seinem Partner.

«Vearat mia mal was. Wie konnte ain altea Hase wie Chin so ainen Schnitzea machn, Maan?»

Charlie las die eigentliche Frage in D.s zusammengekniffenen Augen und setzte eine unaufrichtig gekünstelte Miene auf.

«Ea muß wohl unvoasichtig gewoadn sain...»

D. ließ nicht locker, blinzelte immer noch.

«Odea ist ea vllaicht... raingelegt woadn?»

«Durchaus möglich... so was passiat.» Charlie zuckte mit den

Achseln. D. schaute fort und dachte nach. Er hörte Charlie trocken sagen: «Ains mag ich an den Staatn – du kannst ainfach alls kaufn ... und jedn.» Die Blicke der beiden Männer begegneten sich kurz, dann lehnte D. sich wieder zurück.

«Saubre Arbait», sagte er nur. Sonst fiel dazu kein Wort, doch D. wußte nun Bescheid. Es paßte perfekt zu Charlies Stil, einen solchen Plan ausgeheckt zu haben. Er hatte nie verziehen, wie D. hereingelegt worden war, und hatte natürlich auf seine ruhige und effiziente Art dafür gesorgt, daß dem Verantwortlichen mit gleicher Münze heimgezahlt wurde. Offensichtlich besaß er immer noch einige gute Freunde drüben in Amerika...

Durch das Fenster war zu erkennen, daß sich inzwischen die Nacht über die Straße gelegt hatte. Puggy ging durch den Raum zu Charlie hinüber.

«Supa, ich möchte mit dia übean paar geschäftliche Sachn reden.» Er stand da und wartete, ob Charlie ein offenes Ohr für die Diskussion hatte, die er mit ihm führen wollte.

«Yeah? Was füa Geschäfte?» fragte Charlie mit milder Neugier. Der Jugendliche hockte sich neben ihn und verriet ihm ohne Umschweife seine Idee.

«Paß auf, ich brauch ain Manager, veastehstu?! Ich hab so das Gefühl, daß du genau dea richtige füa mich wärst.»

«Ich soll dich managen?» fragte Charlie.

«Yeah, Maan. Ich hab Potential, waißtu, aber ich möchte, daß sich jemand füa mich um die geschäftliche Saite kümmeat, jemand, dem ich veatraun kann.»

Charlie hörte aufmerksam zu, während Puggy erklärte, wie er plante, aus seinem aktuellen Erfolg Kapital zu schlagen, um seine weitere Karriere auf eine solide Grundlage zu stellen. Er hatte keine Lust, so zu enden, wie so viele andere talentierte Sänger vor ihm, ausgebrannt nach ein paar Jahren, unfähig, sich gegen die ständig größer werdende Konkurrenz zu behaupten, weil sie viel zu früh die Spitze erreichten. Es war eine allgemein bekannte Tatsache in der Musikbranche, daß ein junger Künstler, unvorbereitet auf die Versuchung des «Glamourlebens», normalerweise nur eine, sozusagen, kurze Lagerfähigkeit hatte. Puggy fand zu Recht, daß etwas Dauerhafteres aus ihm werden sollte, daß er auch in noch vor ihm liegenden Jahren auf seinem Gebiet der Erste sein sollte. Er sagte Charlie, der bereits für mehrere Künstler als eine Art Agent fungierte, daß er es ernst meinte. Ernst genug sah er ja aus.

«Ich waiß nicht, Puggy, Maan. Vielleicht könnte es klappn. Wia redn späta noch mal drübea, okee? Im Momänt will ich nua noch nach Hause.» Charlie ließ alle Möglichkeiten offen. «Vllaicht hastu recht. Komm in ain paar Tagn bai mia voabai.»

«Alls klaa, es ist mia eanst.» Puggy streckte seine Faust aus, die Charlie zum Gruß berühren sollte. Charlie stand zum Gehen auf, sagte, daß er noch bei ein paar Leuten vorbei müsse.

«Wann willstu die Aktion gegen den Spielsalon duachziehn?» fragte er D.

«Hoite abend noch, Maan!»

«Hoite abend?» wiederholte Charlie überrascht.

D. war zuversichtlich.

«Yeah, Maan. Waißtu aigentlich, wie lange ich darauf schon warte?!»

Charlie überlegte, daß heute abend Donnerstag war; in dem Laden würde viel los sein und eine Menge Geld eingenommen werden... Nachdem Charlie fort war, begann D. Sticks nach dem Club auszufragen, wo er lag, wer ihn normalerweise managte und so weiter... Er wollte eine Vorstellung von dem bekommen, was ihn erwartete, aber Sticks, zuversichtlich wie immer, versicherte ihm, daß alles kinderleicht laufen würde. D. wußte, daß Sticks noch mehr darauf brannte, den Zug zu machen, denn er hegte einen persönlichen Groll gegen Chins obersten Leutnant. Unterdessen war Puggy in der Küche verschwunden, um zu kochen. Eines seiner anderen Talente war das Kochen. Jeder, des es mal probiert hatte, stimmte zu, daß Puggy ein irrer Koch war. Der Jugendliche selbst verwies dann immer auf seine Großmutter, die ihm schon als kleines Kind auf dem Land in Jamaika das Kochen beigebracht hatte. Sticks befahl Linton, Pablo anzurufen, er war überzeugt, daß sie zu viert klarkommen würden. Nachdem sie gegessen hatten, war es immer noch zu früh, um irgendwo hinzugehen; die frühen Morgenstunden waren am besten. Eine Partie Ludo begann; laut und ausgelassen tranken die vier Freunde mehr Bier und Stout und dazu reichlich Spliffs. Seiner Gewohnheit treu bleibend, machte sich Sticks genau wie Linton zu allem anderen noch eine

Pfeife. Später, als alle mal Spiele gewonnen und verloren hatten, reckte sich Puggy.

«Und, wann legn wia los?»

Sticks drehte sich ihm zu, eine Zigarette im Mundwinkel. «Wia?! Du kommst nicht mit!»

«Wie mainstu das, ich muß mit...», protestierte Puggy beleidigt. D. schaute zu und war belustigt darüber, daß der Jugendliche so hartnäckig darauf bestand mitzumischen. Puggy besaß die gleiche furchtlose Art und unverfrorene Aggressivität, die er in seinem Alter auch gehabt hatte; so was verstand er.

«Diesmal kannstu nicht mitkommen, Star», sagte D. ihm verständnisvoll, nachdem der Streit noch eine Weile weitergegangen war. «Du hast Talent, das waißtu. Daran mußtu arbaitn. Konzentriar dich ainfach auf die Musik, Maan.»

Puggy fand sich damit ab.

«Dann sätzt ia mich wenigstens in Stamford Hill ab», verlangte er mit einem Blick auf die Uhr.

Sticks lachte; er wußte, wohin sein Cousin wollte.

«Okee», sagte er. «Buoi, sieht ganz so aus, als wüadest du da drübn wohnen.»

Kurz darauf tauchte Pablo auf und erklärte, daß er gerade von einer Party in South London kam, wo es zu einer großen Schlägerei gekommen war. Anscheinend, so erklärte er D. und den anderen, hatte der Mann, der die Party gab, unwissentlich die beiden Mütter seiner Babys eingeladen. Zänkereien waren sehr schnell zu Handgreiflichkeiten mit Unterstützern auf beiden Seiten ausgeartet. Als Pablo gegen zwei Uhr ging, hatte sich der Familienstreit auf die Straße verlagert, und die Polizei war ebenfalls bereits aufgekreuzt. Sie lachten über seine plastischen Schilderungen der Raufereien.

«Waißtu, wohin wia gehn?» fragte D. ihn wenig später. Pablo zuckte mit den Achseln.

«Aigentlich nicht, nain.»

D. erklärte ihm kurz die geplante Operation. Pablo nickte einfach nur.

«Ja, Don. Ist schon lange übeafällig, daß wia endlich das Rudea übanehmen!»

«Okee, ich will, daß diese Sache saubea duachgezogn wiad, klar?»

betonte D. mindestens so sehr für Sticks wie für die beiden anderen. «Wia gehen rain und übanehm den Laden, ohne zuviel Schaden anzurichtn. Schließlich wolln wia ihn weiteafüahn.»

Alle verstanden. Sie machten sich fertig. D. beobachtete, wie Sticks sich sorgfältig eine Kanone unter seinen Gürtel unter dem Pullover schob.

«Du hast aine ganz schön große Kanone, Junge, darf ich mal sehn?» Er nahm Sticks die Kanone ab, eine große, gebläute Automatik.

«Fünfundvierziger. Die Dinger sind groß, Maan», sagte er anerkennend, als er sich die fetten Kugeln in dem Magazin ansah, das er herauszog.

«Ich hab auch was füa dich, kaine Angst.»

Sticks schickte Linton etwas holen. Er kam zurück und gab D. eine Plastiktüte. D. nahm die hübsch aussehende Waffe heraus, ein grauer Stahlrahmen mit blau poliertem Schlitten.

«Ain Managerding, Don», sagte Sticks. «Ain Geschänk füa dich.» Er erklärte, daß er die Waffe von einem seiner Kunden hatte, als Bonus für die Lieferung von erstklassigem Stoff.

«Zua Veataidigung, .40er Smith and Wesson Munition. Große Löcher!»

Die Kanone sah für D. gut und durchschlagend aus. Das war eine nette Überraschung. Sie riefen Puggy, der im Schlafzimmer verschwunden war, und brachen auf.

Eine windige, beißendkalte Nacht erwartete sie. Der englische Winter in Hochform. Sie waren übereingekommen, Pablos großen Ford Granada zu benutzen, da Sticks' Wagen zu bekannt war. Wie besprochen setzten sie Puggy ab und fuhren weiter durch die ruhige Nacht, bis Pablo den Wagen schließlich in eine dunkle, schmale Seitenstraße lenkte. Mit ausgeschalteten Scheinwerfern beobachteten sie zunächst eine Weile die Gasse zwischen zwei Häusern, die zu der Spielhölle in einem Keller führte. Eine halbe Stunde verstrich. Ein Mann in Begleitung von zwei Mädchen ging hinein, ein anderer kam heraus. Ein Auto fuhr vor und blieb ein paar Minuten stehen. Jemand lief hinein und kam wieder heraus... Es war tatsächlich etwas los dort. D. blieb still, saß im Fond neben Sticks, musterte die Umgebung. Die Kassette in der Stereoanlage spielte leise, regelmäßig pochte der Baß aus den Lautsprechern. Linton und Pablo auf den Vordersitzen unterhielten sich und beobachteten, warteten darauf, daß D. das Zeichen gab. Automatisch folgten D.s Augen der länglichen Silhouette eines Mannes in einem Schaffellmantel, der gerade aus der Gasse gekommen war. Stirnrunzelnd versuchte er das Gefühl abzuschütteln, daß ihm Aussehen und Gang irgendwie vertraut vorkamen. Vergebens, er mußte der Sache nachgehen.

Der Mann passierte den Wagen auf dem gegenüberliegenden Bürgersteig.

«Ich will mit dem Mann da redn.» D. tippte Linton auf die Schulter.

Ohne den Befehl in Frage zu stellen, öffnete Linton die Tür und stieg aus dem Wagen. Er rief dem Mann zu, während er noch die Straße überquerte. Der große Mann war mißtrauisch. D. bemerkte sein Zögern, als Linton auf den Wagen zeigte. Aber er hatte keine andere Wahl, als dem Soldaten zu folgen. D. entriegelte seine Tür und stieß sie auf, rutschte dann ein Stück zurück, um dem Mann Platz zu machen. Linton schlug die Tür hinter ihm zu. Der Mann schaute sich bedächtig im Wageninneren um, und schließlich kam sein Blick auf D.s Gesicht zur Ruhe. Er war Ende Dreißig, trug eine flache Ledermütze, hatte eine dunkle Hautfarbe, starrende Augen, eingefallene Wangen und Bartstoppeln. Zunächst sagte D. nichts, beobachtete einfach, wie sich der Ausdruck in den Augen des Mannes änderte, während er langsam versuchte herauszufinden, ob er ihn kannte.

«Was gibtsn, Boß?» fragte er mit besorgter Stimme.

D. ließ sich noch etwas mehr Zeit, dann sagte er: «Was mainstn, Pips?»

Diesmal öffneten sich die Augen des Mannes weit; sein Gehirn legte Überstunden ein. D. kannte ihn offensichtlich, aber der Mann konnte ihn einfach nicht einordnen. Es dauerte eine weitere Minute, bevor er ausrief:

«D.? Bist dus in ächt, Maan?»

D. lächelte.

«Jah Pips, wie gehts dia denn so, Maan?»

Der große Mann konnte es einfach nicht fassen.

«Wie? Main Gott, Maan, wie gehts dia?»

Pips oder Jah Pips, unter welchem Namen D. ihn damals kannte, war einer von Jerrys Rasta-Brüdern. Tatsächlich war er ein wenig älter als er und war einer jener Männer gewesen, die maßgeblich dafür verantwortlich gewesen waren, Jerry die Rasta-Philosophie nahezubringen. Zum damaligen Zeitpunkt wohnte Jah Pips im wahrsten Sinne des Wortes die Straße runter von D.s Haus in Denham Town. Er und Jerry hatten früher stundenlang diskutiert und Pläne geschmiedet; in Pips' Haus kühlten sie sich ab und aßen und versammelten sich mit den anderen ortsansässigen Dreads zu langen Sessions des Ganjarauchens und Meditierens. Aber Pips hatte sich sehr verändert. Es war nur sein eigentümlicher, leicht humpelnder Gang, der D. überzeugt hatte, daß er es war. Sein dichter Lockenkopf war verschwunden, und er schien auch dünner und älter geworden zu sein...

«Was traibt dich denn hia hea, Maan?»

D. erklärte vage, daß er sich um Geschäfte zu kümmern hätte.

«Sag mal, wie siehts da drin aus?» fragte D. den Mann.

Indem er ihn geschickt bedrängte, das Lokal zu beschreiben, erfuhr D., was er wissen wollte. Hinter der Tür standen zwei Burschen, dann kam eine Treppe nach unten, wo es zwei Räume gab; einen zum Tanzen, der andere mit Spieltischen und einer Bar. Nach weiteren Fragen erzählte Pips D., daß es hinter der Bar noch eine weitere Tür gab, die ins «Büro» führte, von wo aus die Verantwortlichen arbeiteten.

Wie es schien, war Pips Stammgast des Clubs.

«Und? Was ist aus dia gewoadn, Jah Pips, Maan?» fragte D.

«Ich bin jäz hia, Maan, bin voa ungefäa zwai Jahrn rübagekommen.»

Pips sagte, er habe für einige Leute ein Geschäft erledigt, um etwas Geld zusammenzubekommen. D. sah deutlich, daß er weit entfernt war von dem stolzen, ruhigen und selbstsicheren Rastaman, der er einmal gewesen war. Pips sah nicht einfach nur älter aus, irgend etwas in dem Mann war verschwunden.

«Und was ist aus Selassie I und so waita gewoadn...?» wollte D. von ihm wissen.

Der Mann blinzelte kurz, als überrasche ihn die Frage.

«Das mach ich nicht mea, Maan. Hoite gehts mia ums Gält...»

D. nickte. «Veastehe...!»

Er ließ Pips mit der Bemerkung gehen, noch etwas zu erledigen zu haben, und sagte ihm noch, er solle auf sich aufpassen. Sie warteten zehn weitere Minuten, dann machten sie sich auf den Weg.

Als sie hintereinander die Gasse hinuntergingen, ermahnte D. Sticks: «Veagiß nicht: Kaine Schießearai da drinnen!»

Sticks versicherte, er habe schon verstanden. Sie gingen die paar Betonstufen hinab, die zu einer schweren Holztür führten. Sie hatten sich darauf geeinigt, daß Pablo, der bereits mehrere Male in dem Club gewesen war, den Lockvogel spielte für den Fall, daß die Rausschmeißer die beiden anderen erkannten. Er klopfte an die kleine, rechteckige Glasscheibe. Ein Teil wurde zurückgeschoben, zwei Augen tauchten kurz dahinter auf, einen Sekundenbruchteil zu spät, um Pablos breites Grinsen zu sehen. D. und seine beiden Soldaten waren außer Sicht und drückten sich flach gegen die Ziegelwand auf der linken Seite. Das Geräusch schwerer Schlösser, dann öffnete sich die Tür, und ein Lichtstrahl beleuchtete Pablos Silhouette.

«Aus der Kälte!» hörte D. Pablo gutgelaunt sagen, als er hineinging. Sticks befand sich vor ihm und wartete. Als die Tür wieder zuschwang, stürmten sie vor. Der kräftige Mann hinter der Tür bekam ihr volles Gewicht zu spüren, als er davon zurück und gegen die Betonwand hinter seinem Rücken gestoßen wurde. Unterdessen hatte Pablo sich um den anderen gekümmert, der nun mit großen Augen in die Mündung einer Kanone starrte. Sorgfältig schloß Linton die Tür hinter ihnen ab.

«Said still. Vllaicht gebn wia oich aine Chance...», sagte Sticks zu dem stämmigen Rausschmeißer mit der Brille, als er ihn durchsuchte. Es war eindeutig eine Überraschung gewesen; keiner der beiden Männer hatte Zeit, etwas zu unternehmen. Pablo nahm dem kleinen Mann, den er filzte, eine Kanone ab. Seiner Kleidung nach und wie er selbst unter Druck völlig cool blieb zu schließen war er ein Yard Man. Der stämmige Bursche reagierte erheblich ernster, hielt die Hände in der Luft und schwankte unsicher auf den Beinen.

«Easchießt mich nicht, Maan, nehmt, was ia haben wollt», bettelte er und schluckte nervös.

Sticks nutzte die Angst des Mannes aus.

«Wo ist dain Boß?»

Die Hände in den Taschen, schaute D. zu. Er warf einen Blick die Treppe hinunter. Er sah, wie sich eine weitere Tür öffnete, hinter der Musik zu ihnen heraufgeweht kam.

«Im Büro», sagte der kräftige Mann.

Der kleine Mann sah D. mit unbeweglicher Miene an, während der Lauf von Pablos Kanone sich an seinen Hals drückte.

«Kännstu mich?» fragte D. ruhig.

Der Mann nickte. D. sah den Lederbeutel an, den Pablo von der Taille des Mannes abgenommen hatte.

«Wea ist da untn?» fragte er und sah dabei dem Mann direkt in die Augen.

«Ongo Judge und Willie, ein Jugendlicher.»

«Veawahrstu das Cash füa sie?» hakte D. nach.

Der Druck von Pablos Kanone gegen seinen Hals schloß jedes Zögern von vornherein aus.

«Ich bring jede Stunde das Gält runtea...»

D. wendete sich Pablo zu.

«Du und Linton kontrolliat den Aingang. Filzt jedn, aba die zwai solln die Loite rainlassn.»

«Nimm dia Hände runtea», knurrte Linton den stämmigen, sitzenden Rausschmeißer an.

Sticks ging die Treppe hinunter, die rechte Hand in der Jackentasche. Bevor er ihm folgte, fragte D. den kleinen Mann:

«Wie haißtu, Star?»

«Costa...», erwiderte er einfach.

D. nickte und sah ihn noch einmal scharf an, bevor er nach unten ging.

«Kuul blaibn, dann hastu moagn vllaicht imma noch ain Job.»

D. trat zu Sticks in die Dunkelheit und verqualmte Luft am unteren Ende der Treppe. Der Raum war zur Hälfte gefüllt mit Tanzenden, die sich zum pulsierenden Beat bewegten. Sticks voran marschierten sie schnurstracks durch, langsam und um sich schauend, bis sie den hinteren Raum erreichten. Dort befanden sich Gruppen von Männern, die zockten, fluchten und brüllten, tranken und die Glücksgöttin anflehten... Dieser zweite Raum war hell erleuchtet, aber niemand achtete weiter auf D. und Sticks, als sie zu der kleinen Bar am hinteren Ende des Raumes gingen. Zwei Mädchen mit Drinks in der Hand kamen an ihnen vorbei und warfen ihnen auffordernde Blicke zu. Sticks lächelte die eine an, attraktiv, mittelgroß, mit kurzem Rock und durchsichtiger Bluse. Hinter der Bar kümmerten sich ein hellhäutiger Jugendlicher mit einer Baseballkappe auf dem Kopf und eine fette, lächelnde Frau um die Gäste. D. erspähte die Tür zum Büro, die rechts hinter der Theke lag.

«Zwa Guinness», bestellte Sticks, als die fette Frau zu ihm kam.

Der Mischlingsjunge baggerte gerade ein Mädchen am anderen Ende der Theke an.

«Drei Pfund», sagte die Frau.

Lächelnd zog Sticks die Hand aus der Tasche und legte den Knauf der Kanone auf die Theke.

«Weitea lächeln», befahl er der verdutzten fetten Frau.

Völlig ruhig nahm D. die Drinks und ging zur Ecke der Bar, hob das Durchgangsbrett der Theke hoch und trat dahinter, achtete dabei auf jede abrupte Bewegung seitens der Spieler. Sticks folgte ihm, tauchte hinter dem Jugendlichen mit der Baseballkappe auf und zog ihn von seiner Freundin fort.

«Wia habn da drin was Peasönliches zu beredn», raunte er ihm warnend ins Ohr, wobei er dem Jungen die Kanone tief unten in die Seite drückte. «Mach waita, was du grade machst. Hat kain Sinn, daß dia was passiat.»

Die beiden Barkeeper schauten zu, wie D. an die Tür klopfte, während Sticks ihm immer noch lächelnd Deckung gab.

«Wea ist da?!» rief eine Stimme aus dem Büro.

«Costa», antwortete D. und warf einen kurzen Blick hinter sich. Sticks war bereit. Ein Schlüssel wurde im Schloß gedreht, das Gesicht eines Mannes tauchte kurz auf, wich dann beim Anblick von D.s Automatik sofort wieder zurück. Sticks folgte schnell, schloß die Tür und hielt den Mann in Schach, den D. zuerst gesehen hatte. Inzwischen war D. direkt zum Schreibtisch gegangen, an dem ein untersetzter Mann mit dunkler Brille und schmalem Schnurrbart saß. Seine rechte Hand verschwand für eine Sekunde unter dem Schreibtisch, kam dann wieder hoch und leistete der bereits in der Luft befindlichen linken Hand Gesellschaft, als ihm klar wurde, daß er nie schnell genug sein würde. D. auf der anderen Seite des Schreibtischs schüttelte den Kopf, während er seine Kanone niedrig hielt, waagerecht, beinahe beiläufig. Eine schlanke, dunkelhäutige Frau mit dick aufgetragenem Make-up in schwarzen Leggings und grünem Pullover saß rechts von dem Mann in einem Sessel. Sie erstarrte und musterte völlig verblüfft die vor ihr stehende Gestalt. Sticks durch suchte den Soldaten und ließ ihn sich mit dem Gesicht vor die Wand stellen, wie es von der amerikanischen Polizei immer gemacht wird.

«D., hab schon gehöat, daß du wieda in dea Stadt bist», sagte der Mann beiläufig. Es war derselbe Mann, der D. «eingeladen» hatte, am Abend der Reggae-Awards-Show zu Chin zu kommen.

«Steh auf, Maan», befahl D. Der Mann fügte sich und gehorchte D.s Anweisung, sich vor die Wand zu stellen. Die Frau hatte sich immer noch nicht gerührt. Sticks schob den Soldaten, den er bewachte, grob vor, bis die beiden Männer nebeneinander standen. D. trat hinter den Schreibtisch, öffnete die oberste Schublade und nahm eine bösartig aussehende, schwarze Handfeuerwaffe heraus. Er steckte sich die Waffe unter den Hosenbund. Sticks filzte den Besitzer, nur für alle Fälle.

«Judge, füa dich ist dea Tag des Jüngstn Gerichts gekommen!» Er grinste herablassend und sah den Mann mit einem boshaften Lächeln an.

«Bring ihn hea», befahl D.

Sticks stieß Judge mit dem Lauf seiner Kanone und drängte ihn so weit vor, bis er vor D. strammstand. Sticks wäre es eindeutig lieber gewesen, seiner tiefen Abneigung gegen Judge deutlich Ausdruck zu verleihen; er hatte schon eine ganze Weile darauf gewartet, sich den Mann vorzunehmen...

«Jäz höa mia gut zu», sagte D. ohne jede Feindseligkeit.

«Ich übanehm den Ladn hia. Ich hab wiaklich nichts gegn dich, also blaibstu am Lebn, veastehstu das?!»

Der Mann rührte sich nicht und beobachtete D. durch seine dunkle Brille. Er wußte, es war nicht der rechte Augenblick für Verhandlungen. «Wia habn aine Abmachung, Maan», sagte er dennoch.

D. lachte.

«Yeah, Maan, die gilt auch imma noch, denn andeanfalls wärst du schon längst tot.»

«Du bistn richtigea Glückspilz. Wenns nach mia ging, wüad ich dich auf dea Stelle umlegn», kommentierte Sticks und warf Judge einen verächtlichen Blick zu. D. ließ den Mann stehen und nahm die Aktentasche hoch, die am Schreibtisch lehnte. Er öffnete sie. Mehrere Geldbündel und einige Plastikbeutel, die kleinere Beutel mit weißen *Rocks* enthielten, fielen heraus.

«Das hia muß ich konfiszian», meinte D. leise lachend.

«Wia sind so was wie dea Mann vom Finanzamt», fügte Sticks hinzu. Beide lachten. Ein kaltes, freudloses Lachen.

«Das hia auch. Ist ebnfalls konfisziat.» Sticks tippte mit der Mündung seiner Kanone auf Judges dicke Goldkette mit Medaillon und gab ihm zu verstehen, sie abzunehmen. Da ihm keine große Wahl blieb, gehorchte er. Sticks betrachtete das schwere Schmuckstück, dann sah er den Mann an.

«Hoite ist wiaklich dain Glückstag. Main Boß steht nicht auf zu viele Tote», informierte er ihn eiskalt. Dann drehte er sich der versteinerten Frau zu, die ihre Hände auf dem Schoß gefaltet hatte und alles ängstlich verfolgte. Sticks ging zu ihr hinüber, hockte sich neben den Sessel und schob das Gesicht dicht vor ihres.

«An dich eainnea ich mich auch, waißtu. Du bistoch die mit dem häßlichen Buoi auf dea Show läztes Jahr.» Er hatte recht. Sie erinnerte sich auch an ihn, bestätigte seine Vermutung aber nicht.

«He, Judge!» rief Sticks. «Sieht aus, als hättstu daim Boß die Alte ausgespannt!»

D. lachte. Der andere Soldat stand immer noch vor der Wand, wo Sticks ihn verlassen hatte, wollte nur am Leben bleiben.

«Okee, also paß auf. Ich laite jäz den Ladn hia. Das Business blaibt dasselbe, nua mit noier Geschäftslaitung», unterrichtete D. Judge. «Bis dain Boß zurückkommt», schob er nach einem Moment nach.

Die Uhr an der ansonsten kahlen Wand sagte halb fünf. Auf Nachfrage sagte der Soldat, sie schlössen normalerweise um fünf Uhr morgens.

«Na los, geh nach Hause», sagte D. zu Judge. Der Mann nahm seine Jacke und setzte sich, gefolgt von seinem Soldaten, zur Tür in Bewegung. Das Mädchen machte Anstalten aufzustehen. Sticks befahl ihr mit einer Handbewegung, in dem Sessel sitzen zu bleiben.

«Du nicht, Lady. Du bist main Bonus.» Er lächelte. Judge warf Sticks einen kurzen Blick zu, sah dann das Mädchen an.

«Du kannst dain Pärsonal unbesoagt hia lassn. Die sind sicha», sagte D. noch, als Judge den Raum verließ. D. gab Sticks ein Zeichen, ihm nach oben zu folgen. Das Mädchen starrte ihn mit einer Mischung aus Angst und Erwartung an. Sie war nicht wirklich hübsch, schien jedoch wohlproportioniert, war groß und gut gebaut.

D. persönlich mochte keine Frauen mit Make-up; Sticks konnte sie haben...

Nachdem Judge fort war, blieben sie im Büro. Bis der Club zumachte, unterhielten sie sich mit dem Mädchen. Sie sagte, ihr Name sei Mona. Anscheinend hatte Judge sie von Chin übernommen, als er in die Staaten abreiste. D. sagte sie, daß sie ihn sowieso nie gemocht habe.

Die ersten Gäste brachen auf. Unter Sticks' Aufsicht machte das Personal den Laden dicht. Er klärte sie über die neue Geschäftsleitung auf und bot an, ihre Jobs behalten zu können, falls sie wollten. Alle mit Ausnahme der fetten Bardame entschieden sich fürs Bleiben. Sie sagte ihm, sie sei mit Judge verwandt. Man ließ sie in Frieden gehen. Dann brachen auch D. und seine Crew mit Mona im Schlepptau auf. Alles in allem war es eine problemlose Übernahme gewesen, überlegte D. auf dem Heimweg. Die Aktentasche war zwischen ihn und Mona geklemmt. Schließlich wurde alles doch noch etwas interessanter. Pablo setzte ihn in der Nähe von Donnas Haus ab.

11

FEUER UND EIS

«Hia ist schon okee, laß mich raus.» D. öffnete die Tür und stieg aus dem Wagen.

«Moagn, klaa? Machs gut!» sagte er zu Charlie. Der Mazda fuhr los, ließ ihn auf dem Bürgersteig zurück, während er den Mantel zuknöpfte. Ein kalter Nieselregen hatte nachmittags eingesetzt, ein öder, anhaltender leichter Regen, der die Straßen in glänzende Spiegel verwandelte. Mit dem nahenden Einbruch der Dunkelheit wurde es zunehmend frischer. Es sah ganz danach aus, als könnte es dieses Jahr sogar noch vor Weihnachten schneien. D. wollte sich eine Tageszeitung besorgen, weswegen er sich von Charlie vor den Geschäften hatte absetzen lassen. Danach mußte er nur noch quer durch die Siedlung, um zu Donnas Wohnung zu gelangen. Er betrat das Zeitungsgeschäft, kaufte eine Tageszeitung und zusätzlich eine Schachtel Pralinen. D. war danach, Cindy irgend etwas mitzubringen, und er wußte, wie sehr sie Pralinen mochte. Gestern hatte sie ihm die ausgezeichnete Note gezeigt, die sie in der Mathearbeit auf der Schule bekommen hatte. D. gratulierte ihr und sah das kleine Mädchen vor Stolz erstrahlen. Cindy war intelligent und sehr lernbegierig. D. erinnerte sich, wie Donna erwähnt hatte, daß der Lehrer ihr gesagt habe, das Kind sei «ausgesprochen weit für sein Alter». Donna war sehr zufrieden mit ihrer Tochter. Avril zeigte die ersten Anzeichen, daß sie auf ähnliche Weise frühreif sein könnte. Auf sie war D. ebenfalls stolz, und vielleicht, dachte er, probierte sie auch eine Praline.

Den größten Teil des Tages hatte er bei Charlie verbracht, über Geschäfte und über die Fortschritte ihrer verschiedenen Operationen geredet. Seit zwei Wochen leitete oder besser gesagt überwachte er den Spielclub in Finsbury Park, nachdem er Sticks und Linton die volle Verantwortung für den Laden übertragen hatte. Spät abends fuhr er immer noch einmal dort vorbei, um sich zu vergewissern, daß alles in Ordnung war. Bislang lief alles wie geschmiert. Die meisten Stammgäste hatten den subtilen Wechsel bemerkt, der im Management stattgefunden hatte. Die meisten kannten auch die Geschichte dahinter. Es ging niemanden außer den beiden direkt beteiligten Männern etwas an; es mußte eben alles weiterlaufen...! Außerdem schien D. bei jedem gut angeschrieben. Seit seiner Rückkehr hatte er sich in verschiedenen Lokalen überall in der Stadt sehen lassen. Wie es schien, war er überall willkommen. Tatsächlich hatte sich sein Status verbessert. Je mehr er sich zurückhielt wie jetzt, desto mehr schätzte er seine seltenen Auftritte in der Öffentlichkeit bei einer Tanzveranstaltung oder Show. Heute war er bei der Vorstellung seiner eigenen Tanzveranstaltung gewesen, die im nächsten Monat stattfinden sollte. D. war der Ansicht, daß es der richtige Zeitpunkt sei, Tanzveranstaltungen und Bühnenshows auf die Beine zu bringen. Er hatte Charlie von seiner Absicht erzählt, ins Promotionbusiness einzusteigen, wobei er hoffte, nach einer Anlaufphase in großem Maßstab mitzumischen. Musik, meinte er, war etwas, in das er sich einklinken mußte. Charlie selbst war inzwischen sehr damit beschäftigt, die paar Künstler zu produzieren und zu managen, die er unter Vertrag hatte, und das war eine gute Connection. Also war D. für den Anfang sowohl zu den Besitzern von High Noon als auch Radical Hi-Powah gegangen und hatte ihnen erzählt, daß er vorhabe, an den kommenden Weihnachtstagen einen großen Sound Clash mit ihnen auf die Beine zu stellen. Beide Besitzer, einer nach dem anderen, machten respektvoll darauf aufmerksam, daß sie bereits ausgebucht seien, die ganze Feiertagszeit, Termine, die bereits seit langem mit verschiedenen Leuten fest ausgemacht worden waren. Doch so was interessierte D. nicht; wie er den beiden Sound-Besitzern sagte, sei er gerade erst zurückgekommen und wolle aus Anlaß seiner Rückkehr einen großen Tanz veranstalten. Die Tatsache, daß die Feiertage in diese Zeit fielen, machte es nur noch besser! Also würde der Tanz, wie er ihnen sagte, am 19. Dezember in der Woche vor Weihnachten stattfinden. Da sich Charlie später an diesem Tag wegen dem Veranstaltungsort mit einem Mann treffen sollte, würde er sie das sobald wie möglich wissen lassen. Und so lief es dann. Jedenfalls, alles mußte bestens laufen. D. verspürte ein gewaltiges Bedürfnis, etwas zu tun, sich in verschiedenen Branchen zu engagieren... Es war, als beginne die erzwungene Ruhepause auf Jamaika und seit seiner Rückkehr allmählich Wirkung bei ihm zu zeigen. Nach der «Eroberung» des Clubs war er jeden Abend unterwegs gewesen, und genau so gefiel es ihm. Auch wenn er mit seiner neuen kleinen Tochter glücklich war und sich auch in Donnas Gesellschaft wohl fühlte, war zuviel von irgendwas nie gut. So war D. nun mal. Er mußte etwas zu tun haben!

Er kam aus dem Laden und ging im Nieselregen zur Siedlung hinüber, um nach vorne zu kommen, wo Donna wohnte. Er sah auf seine Uhr; nach fünf. Er hatte bei Charlie einen Happen gegessen. Vielleicht ruhte er sich eine Weile aus, bis Sticks ihn später abholte. D. dachte daran, sich selbst einen Wagen zu kaufen, war aber noch nicht ganz sicher, was für einen. Es wäre klüger, aus Sicherheitsgründen die Fabrikate zu meiden, die ihm wirklich gefielen, BMW oder Mercedes. Er dachte immer noch darüber nach, als er seinen Schlüssel ins Schloß steckte. Je dunkler der Tag wurde, desto stärker schien auch der Regen zu werden. Er schüttelte sich und hing seinen Mantel an die Garderobe. Als er die Treppe hinaufgehen wollte, hörte er Avrils hohe Stimme aus dem Schlafzimmer. Er konnte einen flüchtigen Blick auf zwei Füße und Hosenbeine im Wohnzimmer werfen... Jemand saß auf dem Sofa und schaute fern. Stirnrunzelnd ließ D. die Zeitung und die Pralinen auf der Treppe liegen, ging ins Wohnzimmer und blieb stehen. Ein Mann hatte es sich bequem gemacht, die Augen auf den Fernseher gerichtet, ein Glas in der rechten Hand. Er sah älter aus als D., war unrasiert und hatte eine altmodische Afro-Look-Frisur. Er bemerkte D. nicht sofort. Als er es tat, kam D. bereits auf ihn zu, die rechte Hand in der Hosentasche und mit einem ziemlich unfreundlichen Gesichtsausdruck. Der Mann schaute überrascht auf. D. blieb kurz vor ihm stehen.

«Wea bistu?» fragte er feindselig. Der Mann bekam D.s negative *vibrations* mit. Instinktiv richtete er sich auf.

«Ich bin Cindys Vater...» Die Stimme war tief und belegt. Regungslos stand D. eine Weile da, starrte zornig den erschreckten Mann an. Dann drehte er sich um und ging nach oben, wo Donna gerade Avrils Windeln wechselte.

«Wie gehts, D.?» begrüßte sie ihn.

D. schlenderte ans Schlafzimmerfenster und warf einen Blick hinaus, dann drehte er sich wieder zu Donna um.

«Wies mia geht?! Genau das wollte ich dich fragn...»

Donna hob Avril vom Bett. Das kleine Mädchen lächelte seinen Vater an, doch er bekam es kaum mit. Donna erkannte an seinem Gesichtsausdruck, daß irgend etwas nicht stimmte; sie konnte erraten, was es war.

«Wäswegn bistu so sauea?»

«Wea ist dea häßliche Buoi da untn?» fragte er trocken.

Donna sah ihn mit Unschuldsmiene an.

«Cindys Vata, ea waatet auf sie...»

«Schön, jäz paß mal auf. Ich känn den Buoi nicht, und es ist mia auch egal, wea ea ist.» Er unterbrach sich. «Wänn ea saine Tochtea sehn will, dann soll ea sie mitnehmen. Ich will ihn hia nicht sehn», sagte D.

Donna verstand nicht, warum er so aufgebracht war.

«Warum reagiast du so?»

D. schaute fort zum Fenster, sah dann wieder Donna an. Ruhig, viel zu ruhig, fragte er: «Hastu mich nicht veastandn... ?!»

Donna ließ ihn dort stehen und ging ins Bad, ohne ihm zu antworten. Sie kannte D. schon lange genug, um zu wissen, daß er leicht aufbrauste und es gar nicht mochte, wenn ihm widersprochen wurde. Trotzdem verstand sie nicht, was da so schlimm sein sollte. Sie kam aus dem Bad; D. hatte sich nicht von der Stelle gerührt.

«Höa zu, D., mach kain Äaga. Dea Mann ist nua hia, wail er sain Kind sehn wollte.»

D. nickte langsam. Dann zeigte er auf Avril in Donnas Armen und fragte: «Und von wem ist das Kind da?»

Stirnrunzelnd schüttelte Donna den Kopf und seufzte. Es gefiel ihr nicht, wie sich der Streit entwickelte.

«Was füa aine Frage soll das wieda sain, Maan?»

D. warf ihr einen kalten Blick zu, ging dann an ihr vorbei und schnalzte mit der Zunge.

«Ich veaschwinde von hia, veastehstu?»

D. sprang die Treppe hinunter, schnappte sich auf dem Weg aus dem Haus seinen Mantel und stand wieder in der regnerischen Nacht. Er umrundete die Ecke und marschierte durch die Siedlung. Der Zwischenfall hatte ihm die Laune total verdorben. Er bedauerte, nicht schon längst ein Auto gekauft zu haben. Er fluchte, zog den Kragen um den Hals zusammen und hielt auf die Telefonzelle in der Nähe der Geschäfte zu. Dort nahm er den Hörer ab, wählte dann jedoch nicht. Ihm war absolut nicht danach, Sticks anzurufen, und mit Charlie hatte er den ganzen Tag verbracht. Etwas kam ihm in den Kopf, und allmählich verschwanden die Falten auf seiner Stirn. Durch die Glasscheibe der Telefonzelle schaute er zum dunklen Himmel auf, zu dem Wolkenbruch und den wenigen Menschen, die zur Wärme ihrer Wohnungen vorbeihasteten. Er hängte den Hörer wieder ein und trat hinaus, ging die Straße hoch, bis er die Ampel erreichte. Nachdem er die Straße überquert hatte, hielt er auf die Neonreklame über einer hüttenartigen Geschäftsfassade zu und ging hinein.

«Boß, ich brauche eine Fahrt», sagte er der verschlafen wirkenden weißen Frau mittleren Alters hinter der Theke.

«Wo soll's denn hingehen?»

Er sagte es ihr, und sie brüllte eine Nummer. Kurz darauf tauchte ein junger Schwarzer aus dem rechts gelegenen Nebenraum auf. Er trug eine karierte Jacke und eine Baseballkappe. Auf der Nase in seinem lächelnden afrikanischen Gesicht hockte eine Hornbrille. Er begrüßte D., und sie gingen hinaus und durch den Regen zu einem blauen Datsun. D. setzte sich neben den Fahrer, nannte ihm die Adresse, und los ging's. Der junge Taxifahrer schaltete die Anlage ein; D. war überrascht, den Reggae-Beat der allerneuesten Ragga-Musik zu hören. Er drehte sich dem Fahrer zu.

«Dann stehstu also auf Reggae, ja?»

Der afrikanische Jugendliche lächelte breit.

«O ja, das ist super.»

D. lächelte. Langsam begann er sich zu entspannen, als er mit dem Fahrer ins Gespräch kam.

«Sag mal, veastehstu die Texte?»

«Das meiste, ja», meinte der Jugendliche achselzuckend und lachte. «Englisch ists ja irgendwie immer noch.»

Mit seinem singenden Akzent erklärte er, daß auch die Afrikaner eine Art Pidgin-Englisch sprachen, das einige Ähnlichkeiten mit dem jamaikanischen Patois besaß. D. nickte. Der Jugendliche wirkte offen und freundlich, manövrierte den Wagen geschickt durch den dichten Rush-hour-Verkehr.

«Von wo kommstu?» wollte D. wissen. «Aus wälchm Land?»

«Nigeria», antwortete der Jugendliche. D. hatte es sich schon gedacht; die meisten Afrikaner, die er in London kennengelernt hatte, schienen von dort zu kommen.

«Willstu wieda zurück?» fragte D.

«O ja, ich studiere hier nur. Taxi fahre ich, um mir Geld zu verdienen, wissen Sie. Wenn ich fertig bin, gehe ich sofort wieder nach Hause», sagte der Fahrer lachend. Er sagte D., England sei viel zu kalt und naß. Sein Land fehle ihm, doch er wisse ja, daß er nur für eine begrenzte Zeit hier sei. Sie unterhielten sich weiter, und D. erzählte dem Mann, er würde das eine oder andere Geschäft machen. Auch er sei erst kürzlich hier angekommen.

«Rauchstu?» fragte D. nach einer Weile.

Der Jugendliche sah ihn an, nahm kurz die Augen von der Straße.

«Ja, ich rauche.»

Wie er bereits vermutet hatte, erfuhr D., daß der Student-Taxifahrer nichts gegen einen guten Spliff hatte. Der Jugendliche erzählte ihm, daß er letzten Monat echt «heavy» Ganja von zu Hause bekommen habe. Leider sei das Gras bereits weg. Sie redeten weiter, bis D. schließlich die Straße sah, die er suchte. Der Fahrer hielt am Bordstein. D. bezahlte, dann zog er den zusammengerollten Plastikbeutel heraus, den er in der Hemdtasche bei sich trug.

«Bau dian Spliff, Maan, das ist gutes jamaikanisches Kraut», sagte er zu dem Taxifahrer.

Der Jugendliche freute sich über das Geschenk. Er riß ein Stück Zeitungspapier ab und wickelte das Gras ein, das D. ihm gab. Bevor er ausstieg, schrieb D. Donnas Telefonnummer auf und gab sie dem Fahrer.

«Falls du an gutes Kraut kommst, ruf mich an. Aber nur erstklassigen Stoff, alls klaa?!» sagte er dem Fahrer.

Der Fahrer versicherte ihm, er würde sofort anrufen, sobald sich was ergab. Er bedankte sich nochmals bei D., winkte und fuhr los.

D. beeilte sich aus dem Regen zu kommen und betrat das Foyer des niedrigen Wohnhauses. Im Geist stellte er sich schon die Überraschung vor, die er heute abend wahrscheinlich bereiten würde. Er stieg die beiden Treppenabsätze hoch und blieb vor der braun lackierten Tür einer der Wohnungen stehen.

D. drückte einmal auf die Klingel. Er wartete eine ganze Minute;

nichts. Ein weiterer scharfer Stoß mit dem Finger auf den Klingelknopf, und diesmal meinte er ein Schlurfen näher kommen zu hören. Vermutlich schaute jetzt jemand von innen durch den Spion, da er sich aber zur Seite zurückgezogen hatte, konnte man ihn nicht sehen. Schließlich wurde die Tür aufgeschlossen und geöffnet. D. trat langsam voll ins Blickfeld. Unsicher über die Art des Willkommens, das ihn hier erwartete, setzte er ein vorsichtiges Lächeln auf.

«Ehrengast...», sagte er einfach.

Die Tür halb aufhaltend, stand Jenny da, lächelte nicht und sah den Mann nur an. So blieben sie, wie es D. vorkam, eine kleine Ewigkeit stehen, jeder auf seiner Seite der Tür, er mit seinem vorsichtigen angedeuteten Lächeln, sie ihn anstarrend mit diesem undefinierbaren Ausdruck. D. hielt es für besser, auf eine Reaktion zu warten. Gerade als er das Warten schon aufgeben wollte, trat Jenny zurück und öffnete die Tür weiter.

«Komm rein», sagte sie mit ruhiger Stimme. Immer noch unsicher, was ihr durch den Kopf ging, betrat D. die Wohnung. Er wartete, bis sie hinter sich die Tür wieder abgeschlossen hatte, dann folgte er ihr ins Wohnzimmer. Die Wohnung sah anders aus; die Einrichtung hatte sich geändert, und auch die Gardinen. Nur der kleine Couchtisch und die lange Schrankwand waren geblieben, obwohl beides umgestellt worden war. D. setzte sich auf einen der wuchtigen Leinensessel. Jenny ging in die Küche, kehrte zurück und setzte sich ihm gegenüber, zwischen ihnen nur ein kunstvoll geschnitzter Holztisch mit Ornamenten. Der Fernseher rechts lief, wirkte klein neben einer riesigen, üppigen Pflanze, die eine ganze Ecke des Raumes beanspruchte.

«Hübsch siehts hia aus, Maan», bemerkte D. bewundernd.

Jenny saß mit untergeschlagenen Beinen vor ihm und starrte ihn weiterhin mit demselben Gesichtsausdruck an, wobei sich D. nicht sonderlich wohl fühlte. Er war nicht so sicher, was er sagen oder womit er überhaupt anfangen sollte. Lieber wäre es ihm gewesen, wenn sie wütender reagierte, doch sie schaute ihn einfach nur mit diesen schrägstehenden, unergründlichen Augen an. Die Tatsache, daß er mal in dieser Wohnung gelebt hatte, machte alles nur noch unheimlicher.

«Möchtest du was trinken?» fragte Jenny.

Die Frage überraschte D. Das war einfach zu nett.

«Nain, ich bin zufriedn», antwortete er. Da sie immer noch cool blieb, fragte er dann: «Und, wie gehtsn so?»

Jenny wartete ein paar Sekunden und ließ die Frage im Raum stehen.

«Ich weiß nicht, D., sag du's mir.»

Sie klang immer noch nicht verärgert. Was sie ihm im Augenblick vermittelte, war viel zu verunsichernd für D. Draußen auf den Straßen war es das gleiche; von Natur aus mochte er keine mehrdeutigen Situationen. Stets zog er aktives Handeln einer Pattsituation vor, wie er sich ihr jetzt gegenübersah. Er zuckte mit den Achseln.

«Buoi, es ist unhaimlich viel passiat, Jenny, weaißtu!»

Jenny stand auf und kam um den Tisch zu ihm.

«Gib mir deinen Mantel», sagte sie.

D. stand auf, zog seinen Mantel aus und gab ihn ihr. Sie ging, um ihn in der Diele aufzuhängen, und kehrte dann an ihren Platz zurück. «Was ist hia los?» fragte D. sich. Er konnte nicht erkennen, ob sie irgend etwas damit meinte, oder vielleicht machte sie sich auch nur Sorgen über das nasse Kleidungsstück, das ihren Sessel ruinierte... D. beschloß, den Dialog zu beginnen.

«Ich bin voa kuazem zurückgekommen...», sagte er und suchte nach einer Reaktion bei ihr.

«Ja, ich weiß.» Mit so etwas wie einem Lächeln fügte sie dann hinzu: «Keine Angst, ich weiß es nicht von Charmaine.»

Sie hatte angenommen, daß ihre beste Freundin Charmaine gebeten worden war, nichts zu sagen. Was sie aber überhaupt nicht guthieß.

«Wea hats dia gesagt?» fragte D. neugierig.

«Du bist da draußen ein bekannter Mann, D. So etwas bleibt nicht lange geheim», sagte sie. D. wußte, daß sie recht hatte. Er fuhr fort, wechselte die Taktik.

«Willstu wissn, warum ich nicht schon früha bai dia voabaigekommen bin?»

«Willst du's mir sagen?» fragte sie.

In Wahrheit war sich D. nicht sehr sicher, warum.

«Um dia die Wahrhait zu sagn, ich hatte kaine Ahnung, wie du reagiean wüadest.»

Jenny warf ihm einen schrägen Blick zu.

«Wieso, hast du Angst vor mir?»

D. lachte, antwortete ihr aber nicht sofort. Jenny fuhr fort:

«Tja... ich freue mich, daß du die Adresse noch nicht vergessen hast.» Da er nicht wußte, wie er die Bemerkung zu verstehen hatte, reagierte D. ausweichend.

«Dann gehstu also imma noch aabaitn?» erkundigte er sich.

«Ja, vor ein paar Monaten habe ich wieder angefangen.»

So wie Jenny antwortete, erkannte D., daß sie sich dem Knackpunkt näherten. Sie war klug, daran hatte er nie gezweifelt. Er fragte sich, ob sie nur spielte oder ob sie sich so verändert hatte, daß sie jetzt so ruhig, so völlig leidenschaftslos war.

«Sieht aus, als gings dia ganz gut...», sagte er anerkennend. Dieses Mal lächelte Jenny, senkte den Blick und sah ihn dann wieder an.

«Hast du gedacht, ich breche zusammen?» fragte sie.

«Nee, Maan, ich waiß ja, daß du haat bist.»

Was D. als Kompliment meinte. Davon abgesehen meinte er es wirklich so, und tatsächlich fand er es schwer, ihr nicht noch mehr Komplimente zu machen. Jenny sah heute sogar noch besser aus, weiblicher vielleicht; ihre braune, schimmernde Haut und die dunklen Augen, das üppige, schwarze Haar, aus dem Gesicht zurückgekämmt, und ihre vollen, schön geformten Lippen.

«Dann hast du deine Probleme jetzt geklärt?» Unmöglich zu wissen, was genau sie damit meinte. D. verstand es so, daß seine geschäftlichen Probleme gemeint waren.

«Es loift jäz bessa, ächt», sagte er, hatte aber keine Lust, jetzt darüber zu diskutieren. Eine ganze Weile herrschte dann Schweigen, während sie sich ansahen und zum ersten Mal seit D.s Ankunft dem Blick des anderen standhielten. Überrascht stellte D. fest, daß er in diesem kurzen Blickwechsel mehr lesen konnte als in ihrer oberflächlichen Unterhaltung. Er erinnerte sich, und vielleicht war es bei ihr nicht anders, daß sie diese merkwürdige Fähigkeit besessen hatten, wortlos miteinander zu kommunizieren, damals, als zwischen ihnen alles noch locker und ungezwungen gewesen war. Er brach das Schweigen.

«Höa zu, Jenny. Ich waiß, daß du nicht veastehst, wie sich läztes Jahr alles entwickelt hat. Um dia die Wahrhait zu sagn, ich selbst aigentlich auch nicht.» Er schwieg einen Moment, sie unterbrach ihn nicht. Jenny sah D. einfach weiter an, während er versuchte zu erklären.

«Du mußt damals bestimmte Sachn gehöat habn. Ungefähr zua glaichn Zait, als es zwischn uns baidn angespanntea wuade... Tja, was gewesn ist, ist gewesn, und ich bin nicht gekommen, um mich zu entschuldign, aba so loifts ebn manchmal im Lebn.» Er sprach nicht weiter, war sich bewußt, daß es keine besonders umwerfende Erklärung war, aber wenigstens wußte sie, daß er sich der Lage durchaus bewußt war.

«Ist schon komisch, D., weißt du», sagte sie, «aber ich hasse dich nicht. Ich glaube, du wußtest selbst nicht, was damals eigentlich los war.»

D. überlegte, daß sie vermutlich recht hatte. Aber warum nahm sie es heute so cool?

«Aber wieso straitest du dich jäz nicht mit mia?» fragte er.

Jenny seufzte und schüttelte den Kopf.

«Das alles hat mich verändert, D., du hast mich verändert...» Sie sprach nicht weiter. D. war klug genug, nichts zu sagen; sie war noch nicht fertig. «Weißt du, ich habe letztes Jahr in diesem Krankenhaus gesessen, deinen Sohn gehalten, und ich war so unglaublich wütend...» Sie lachte, ein merkwürdig klingendes Lachen. «So sauer, weil all die anderen Frauen Blumen bekamen und Geschenke und Karten. Das eine oder andere hab ich auch gekriegt, von meiner Familie und meinen Freunden, alle sind gekommen und waren so glücklich.» Wieder unterbrach sich Jenny mit einem nach innen gewendeten Blick, während sie in Gedanken durch die Zeit zurückwanderte.

«Aber das alles war mir eigentlich nicht besonders wichtig. Ich wollte, daß du vorbeikommst und das Baby siehst, das ich dir gerade geboren hatte, deinen Sohn. Die ganzen fünf Tage, die ich im Krankenhaus war, hatte ich gehofft, daß du aufkreuzt, ich weiß auch nicht, warum. Selbst noch als ich wieder nach Hause kam, oder doch wenigstens die ersten paar Monate, habe ich immer noch gehofft, du würdest reinkommen... Aber hast du nicht...» Jenny sprach nicht weiter. Sie klang nicht traurig, D. hörte keinerlei Schmerz, während sie über diesen Abschnitt ihres Lebens sprach. Trotz all seiner Härte, all der Gefühlskälte, die er vor langer Zeit gelernt hatte aufzubauen, in diesem Augenblick jetzt fühlte D. sich ausgesprochen unwohl. Wie er jetzt der Frau zuhörte, die von ihrer Erfahrung mit ihm berichtete, dem Vater ihres Sohnes, wußte er nicht so recht, was er sagen sollte, falls überhaupt. Er wartete. Sie sah ihn an.

«Deshalb bin ich nicht wütend auf dich, nicht mehr; du hast mich etwas gelehrt, du hast mich hart gemacht.»

D. rutschte auf seinem Platz.

«Und wo ist dea Klaine jäz?» fragte er.

«Carol holt ihn für mich bei der Tagesmutter ab.» Sie schaute auf die Uhr. «Sie müßten eigentlich bald hier sein.»

Nachdem er so lange gewartet hatte, sich mal wieder blicken zu lassen, brannte D. jetzt darauf, seinen Sohn zu sehen. Seit seiner Rückkehr nach England hatte er diesen Augenblick so lange wie möglich hinausgezögert. Jetzt wußte er auch, warum. Er war sich nicht sicher gewesen, wie er Jenny gegenübertreten sollte. Als er jetzt in der Wohnung saß, die einmal sein Zuhause gewesen war, fühlte er sich, als wäre er nie gegangen. Aber er war, und so vieles war in einem kurzen Jahr passiert.

«Und wie gehts dainea Mutta?» erkundigte sich D. Er war Jennys Mutter nur einmal begegnet, als sie eines Abends unerwartet gekommen war. D. konnte sich nicht mehr genau erinnern, was er damals gesagt hatte, aber sie schien ihm gegenüber sehr skeptisch gewesen zu sein, soweit er sich erinnerte, wenn auch nicht direkt feindselig.

«Ihr geht's gut», sagte Jenny und fügte hinzu: «Du kannst dir die Kommentare sicher vorstellen, die ich mir anhören mußte, als Jesse geboren wurde. Von wegen alleinerziehender Mutter und all das.»

«Wie hastu den Jungen genannt?» griff D. auf, was sie gerade gesagt hatte.

«Ich habe ihn Jesse genannt. Gefällt's dir?»

D. dachte einen Moment darüber nach, dann lächelte er.

«Yeah, Maan. Klingt okee. Immerhin ein Name aus der Bibel.»

Sie unterhielten sich noch eine Weile, die Atmosphäre zwischen ihnen war durchaus freundlich, während sie sich wie Katz und Maus beobachteten. Dann klingelte es. Jenny stand auf, um die Tür zu öffnen. D. hörte gedämpfte Stimmen aus der Diele hereinwehen, dann kam ein kleiner Junge in Jeans und einem dicken Anorak hereinmarschiert. Er blieb stehen, als er den Mann in dem Sessel bemerkte. D. und der Sohn, den er noch nie gesehen hatte, starrten sich an, der eine so überrascht wie der andere. Sogar das Kind erkannte, wie ähnlich sie sich sahen. Da stand er, ohne ein Lächeln, die Augen auf das Gesicht seines Vaters geheftet und die Arme bewegungslos an den Seiten. D. war genauso schockiert wie das Kind; es war sein Gesicht, genau seine Züge, eine kleinere Ausgabe seiner selbst. Der einzige Unterschied bestand in Jesses kupferfarbenem Hautton, den er von seiner Mutter hatte. Jenny kam gefolgt von Carol herein, als sich die beiden immer noch anstarrten. D. konnte nichts gegen das Grinsen auf seinem Gesicht machen, ein breites, stolzes Grinsen, das die ganze Bandbreite seiner Gefühle ausdrückte.

«Guten Abend, Sir», sagte Carol höflich voller Spott. Sie und D. hatten von Anfang an eine merkwürdige Beziehung gehabt. Während die meisten Leute und ganz besonders Frauen sehr darauf achteten, was sie D. sagten, war Carol ihm gegenüber immer offen und geradeheraus gewesen. Sie war nie unhöflich oder so, aber sie sagte, was sie dachte, und das auf eine Art, für die D. sie respektierte. Sie hatte keinen Hehl aus ihrer Meinung über Drogen gemacht, ohne allerdings zu persönlich zu werden, und damals hatte D. ihre Bemerkungen einfach ignoriert. Sie kannte D. als «schlechten Menschen» und fand wahrscheinlich, daß er nicht der richtige für ihre jüngere Schwester war, doch sie achtete darauf, sich aus allem herauszuhalten, während sich die Geschichte entwickelte. D. erinnerte sich an das letzte Mal, als Carol ihn gesehen hatte, an diesem Tag, als er grob mit Jenny werden mußte... Er schaute zu ihr auf.

«Hi, Sis, wie gehts?»

«Okay. Dann bist du also endlich mal vorbeigekommen?!» Sie sah Jenny kurz an und lächelte.

«Yeah, Maan, hia bin ich!»

Carol schien angenehm überrascht, D. bei guter Laune anzutreffen. Soweit sie sich erinnerte, konnte man normalerweise kaum mit ihm reden. Im Augenblick war er damit beschäftigt, seinen Sohn kennenzulernen. Der kleine Junge starrte ihn mit großen Augen an, als seine Mutter ihm die Jacke auszog.

«Siehst du, das ist dein Daddy.» Jenny lachte über den erstaunten Ausdruck ihres Sohnes.

Carol nahm Platz. Jeden Tag holte sie Jesse bei der Tagesmutter ab, da es nicht weit von ihrer Arbeitsstelle war. Sie war Sozialarbeiterin, eine gebildete, intelligente Frau von Anfang Dreißig, die selbst zwei Kinder hatte. Ihr Sohn Damien war zwölf, seine Schwester Venetta fast zehn. Carol lebte seit mehreren Jahren getrennt von dem Vater der Kinder, hatte es aber dennoch geschafft, sie auf ehrliche Weise großzuziehen; sie mußte hart arbeiten für ihre Schulausbildung und Erziehung, blieb so nahe wie möglich bei ihnen, um den beiden Jugendlichen die Kraft und Stärke zu geben, von der sie wußte, daß sie sie brauchen würden. Auch wenn Carol und Jenny sich durchaus ähnlich sahen, war Carol etwas größer und auch eine Idee kräftiger gebaut. Jenny hatte D. früher immer Witze aus ihrer Schulzeit erzählt, als Carol dafür bekannt war, Jungs ihres Alters und auch größere zu verprügeln. Diese furchtlose Art hatte sie behalten, war heute allerdings beherrschter.

«Und, wie sieht's bei dir so aus, D.?» fragte Carol neugierig wie eh und je.

«Buoi, die Zaitn sind haat, aba ich geb nicht auf», antwortete D. Carol lachte.

«Das weiß ich.» Dann hakte sie weiter nach, wie D. es von ihr auch erwartet hatte. «Und, wo bist du gewesen?»

«Ich bin geraist, waißtu. Zum Yard und wiedea zurück», sagte D. Er wußte, daß Carol wußte, was alle wußten!

«Und wie sieht's auf Jamaika aus?» fragte sie.

«Nätt, aber das Gält ist knapp, waißtu.»

Auch das wußte Carol. Sie war selbst mehrere Male drüben gewesen, um die Familie ihrer Mutter zu besuchen, und hatte es total genossen. Tatsächlich beabsichtigte sie, in den Ferien mit ihren Kindern rüberzufliegen, sobald sie es sich leisten konnte, erzählte sie D.

«Oh, die weadn begaisteat sain, Maan», meinte er. «Auf dem Yard ist es bässa als hia, wänn man Kinda großziehn will.» In gewisser Hinsicht hatte er recht. Als Sozialarbeiterin war sich Carol der Probleme nur zu bewußt, mit denen schwarze Jugendliche konfrontiert waren, die in England aufwuchsen. Vieles davon hatte mit dem fehlenden Familiengefüge zu tun, das auf Jamaika immer noch existierte. Bei ihrem Aufenthalt dort war ihr aufgefallen, wie wohlerzogen die Kinder waren, wie höflich und gut sich die Jugendlichen benahmen.

Genau so hatte sie es geschafft, ihre eigenen zwei großzuziehen, fest entschlossen, daß sie nie so werden sollten wie die zahlreichen frechen und ungehobelten Typen, die sie viel zu oft auf den Straßen Londons sah.

«Wann fährst du mit deinem Sohn dorthin?» fragte Carol, wobei sie sich der hinterhältigen Natur dieser Frage bewußt war.

D. lächelte sie kurz an und sah kurz Jenny an, die mit Jesse auf dem Schoß ihm gegenüber saß.

«Vllaicht schon bald, waißtu», sagte er ausweichend.

Carol lachte. Unterdessen sah Jesse immer noch D. an.

«Geh und sag deinem Daddy hallo», drängte Jenny ihn. Aber das Kind war noch nicht soweit. Er war damit zufrieden, einfach zu starren. Ganz offensichtlich faszinierte ihn diese größere Ausgabe seiner selbst.

«Das kommt schon noch, laß ihm nur etwas Zeit», sagte Carol.

Sie stand auf, um zu gehen. Ihre Kinder machten sich das Abendessen selbst, was auch immer das nun sein mochte. Sie lachten, als Carol von einigen der «Menüs» erzählte, die sie erfunden hatten. Sie gab Jesse einen Abschiedskuß.

«War nett, dich zu sehen, D. Ich hoffe, es war nicht das letzte Mal», sagte Carol mit einem verschmitzten Lächeln in die Richtung ihrer Schwester.

«Yeah, Maan, wia sehn uns noch», sagte D.

Nachdem sie ihre Schwester zur Tür begleitet hatte, fragte Jenny, ob Jesse hungrig sei. Er nickte, also ging sie in die Küche, um ihm das Abendbrot zu machen. Sie fragte D., ob er irgendwas haben wolle, doch er lehnte dankend ab.

Während seine Mutter fort war, ging Jesse von selbst zum Tisch hinüber, blieb dort stehen und sah seinen Vater an. D. lächelte ihn an und rief ihn zu sich. Jesse erwiderte das Lächeln, rührte sich aber nicht. Also beschloß D., psychologisch vorzugehen.

«Ey, Maan, daine Schuhe sehn nätt aus! Wea hat sie dia gekauft?» sagte er und zeigte auf die neuen Stiefel des Kindes.

Jesse sah zuerst seine Schuhe und dann wieder D. an.

«Zaigstu sie mia mal?» fragte D. und winkte das Kind zu sich herüber. «Zaig mia mal daine Schuhe, Maan.»

Das Kind kam vorsichtig herangehüpft und blieb vor seinem Vater stehen. D. streckte eine Hand aus und berührte den knöchelhohen Stiefel.

«Maan, die sind aba gail!»

Jesse strahlte. Er ließ sich von D. berühren und näher ziehen. Für seine vierzehn Monate war er schon recht groß, zwar schlank, aber auch stark. D. betrachtete seinen Sohn, als er ihn zum ersten Mal hielt. Er war stolz auf ihn, ganz besonders auch wegen der unheimlichen Ähnlichkeit. Er begann, ihm etwas zu erzählen, Jesse mit Worten weiter zu sich zu locken. Das Kind war immer noch zurückhaltend, aber sie kamen gut miteinander aus. Als Jenny ihren Sohn aus der Küche zum Abendessen rief, hielt D. ihn zurück. Er lächelte den kleinen Jungen an und gab ihm mit einem Zeichen zu verstehen, still zu bleiben. Schließlich kam Jenny herein, um Jesse bequem auf dem Schoß seines Vaters sitzen zu sehen. Er wirkte ziemlich zufrieden. D. sah den Ausdruck in ihren Augen; er wußte, daß sie glücklich war, die beiden endlich zusammen zu sehen.

«Ach, du kennst deinen Dad jetzt? Er hat dich ja lange genug warten lassen», stichelte sie und hob Jesse hoch.

D. sagte nichts. Er fühlte sich gut. Alles hatte sich besser entwikkelt, als er erwartet hatte. Er entspannte sich, verfolgte die Nachrichten im Fernsehen. Manchmal, in Augenblicken wie diesem, hatte er das Gefühl, ein ruhiges Leben hätte ihm auch gefallen können; Zeit mit seinen Kindern zu verbringen, zu lernen, ein «normaleres» Leben zu führen. Aber er wußte nur zu gut, daß dieses Gefühl nicht sehr lange anhalten würde. Irgendwo hinten in seinem Kopf lauerte allgegenwärtig der Ruf der Straße, des Rampenlichts und des Status, den er dort draußen genoß. Es gab Geld zu verdienen, und genau darum ging es doch bei allem. In seinem neuen Zustand der Klarheit, nach seiner vorübergehenden Rückkehr an seinen Geburtsort, wußte D. mehr über sich selbst. Er hatte Zeit gehabt, noch einmal seinen Weg zurückzugehen, den er gegangen war, zurück bis an den Ursprung. Tief in seinem Inneren glaubte er an so etwas wie ein Schicksal, in Gestalt eines mehr oder weniger vorgezeichneten Weges vielleicht, dem er bis heute gefolgt war. Und die ganze Strecke war es Geld gewesen, oder vielmehr der Mangel an Geld, das Bedürfnis, nie ohne dazustehen, das alles geformt hatte. Seine Gedanken trieben ab, und die Erinnerung entfaltete sich langsam, während draußen der Regen seinen winterlichen Tanz auf der Fensterscheibe steppte. Dann kam Jesse mit seinem ansteckenden Lächeln, dem Lächeln seines Vaters, wieder hereingestürmt. Er war nicht mehr schüchtern und spielte lange mit seinem Vater. Sie balgten sich voll spielerisch, und er war voller jugendlicher Energie, lachte und kicherte albern. Aus ihrer Ecke beobachtete Jenny die zwei, lächelte leise in sich hinein, hielt ihre Gedanken aber verborgen. Sie hatte lange auf diesen Tag gewartet. Als sie jetzt sah, wie glücklich ihr Sohn war, wie leicht er den Vater sympathisch fand, den er noch nie zuvor gesehen hatte, fand sie, daß es das wert gewesen war. Sie legte eine Reggae-CD auf. Jesse führte sein Geschick beim Tanzen vor. D. lachte herzlich, während er dem winzigen Jungen zuschaute, der die Bewegungen imitierte, die er hier und da aufgeschnappt hatte. Jenny erklärte, daß seine Cousins, Carols Kinder, ihm schon eine Menge beigebracht hätten. Das Tanzen lag ihm eindeutig im Blut.

Jesse wurde einige Zeit später müde und zog sich in den Arm seiner Mutter zurück, wo er bald tief und fest einschlief. D. sah auf die Uhr; bald neun Uhr. Es gab nichts Dringendes, um das er sich kümmern mußte. Sticks würde ihn wahrscheinlich später, so gegen zwei, abholen kommen. Da Freitagabend war, würde im Club sicher eine Menge los sein. D. hatte es überhaupt nicht eilig, in Donnas Wohnung zurückzukehren...

Jenny stand auf, um ihr schlafendes Kind ins Bett zu bringen.

«Dann ravest du also nicht mäa?» fragte D. bei ihrer Rückkehr.

«Nein, eigentlich nicht. Ich gehe manchmal noch auf Partys, wenn meine Mum oder Carol babysittet.» Dann fragte sie: «Wo willst du heute abend hin?»

«Ich hab da ain klainen Club, waißtu. Wahrschainlich geh ich da späta noch voabai.»

Jenny sah ihn an.

«Du hast einen Club?»

«Es ist nua aine Spielhölle», sagte D. «Aine Spelunke.»

«Tja, du verlierst keine Zeit», bemerkte Jenny. D. zuckte bescheiden mit den Achseln.

«Ich hab ihn east noilich übanommen...»

Eine Weile sahen sie dann fern, und Jenny stellte nur die Fragen, von denen sie wußte, auch eine Antwort darauf zu erhalten. Er erzählte ihr von seinem Aufenthalt in den Bergen auf Jamaika, ein wenig von den Menschen dort. Jenny erkannte, daß sie eigentlich nicht viel über ihn gewußt hatte. Nachdem sie sich kennengelernt hatten und zusammenlebten, hatte sie schnell gelernt, nicht zu viele Fragen zu stellen, besonders nicht über D.s Vergangenheit. Heute abend wirkte er zum ersten Mal entspannt und locker, schien mehr erzählen zu wollen. Offensichtlich hatte auch er sich verändert.

«Wann gehst du zurück?» fragte sie.

«Ich bin noch nicht sowait», sagte D. «Voahea müssn ain paar Dinge stimmen. Gält muß rainkommen.» Dann fügte er noch hinzu: «Waißtu, daß es nicht maine fraie Entschaidung gewesen ist, als ich gezwungn war, das Land zu vealassn . . . ?»

Jenny lächelte und bestätigte so, daß sie es wußte.

«Hast du da drüben keinen mehr. Familie oder so?»

Zuerst dachte D., sie meine Frauen, etwas in der Richtung. Dann verstand er, was Jenny wirklich sagte; so hatte er noch nie darüber nachgedacht. Sicher, sie hat schon recht, reflektierte er, er besaß keine nahen Verwandten mehr auf Jamaika. Natürlich, er hatte drei Kinder dort zurückgelassen, zwei, von denen er kaum etwas wußte. Ihre Mutter hatte er kennengelernt, als er selbst noch ziemlich jung gewesen war, und auch wenn er ihr zwei Jungs machte, hatte er sich nicht die Zeit genommen, mit ihnen zu leben. Als er in St. Ann gewesen war, hatte er nicht mal einen Gedanken daran verschwendet, ins nahegelegene Clarendon rüberzufahren und sie zu besuchen. Sein anderes Kind, ein Mädchen, wohnte in Town, und nach seiner Freilassung war er dort vorbeigegangen. Sie war eine hübsche, lebhafte Vierjährige. Sie erinnerte sich an ihn, aber er war nach allem nicht in der Lage gewesen, dorthin zurückzukehren.

«Nein, eigentlich nicht», antwortete er Jenny ruhig. Sie sah, daß ihre Frage irgend etwas in ihm angerührt hatte. Sie wechselte das Thema.

«Du weißt ja, daß Charlie mir nach Jesses Geburt geholfen hat. Ich meine, er hat mir über Charmaine ein paarmal Geld geschickt.»

Das wußte D. nicht.

«Ach, ja?»

«Ich wollte es nicht annehmen. Ich war nicht wirklich verzweifelt, aber manchmal hilft es. Hat er dir das nicht gesagt?» fragte Jenny.

«Nein, Maan, ich hatte kaine Ahnung.»

Jenny lächelte. D. dachte an seinen Partner. Männer wie Charlie waren schwer zu finden.

«Ich und Charlie stehn uns sea nah», sagte er einfach.

«Du willst bestimmt nichts trinken?» fragte Jenny.

Wo er jetzt darüber nachdachte, D. hätte nichts gegen ein Stout. Immerhin, es war Freitagabend, und noch dazu ein ganz besonderer Freitagabend. Seinen Sohn gesehen zu haben hatte ihn in gute Laune versetzt.

«Okee. Ich hol dia ain Drink. Was kriegstu?» fragte er. Aber Jenny hatte eine bessere Idee.

«Nein, ich hol's dir, und du bleibst schön hier sitzen.»

Er konnte nicht nein sagen. Er nahm 20-Pfund-Schein aus seiner Tasche, aber auch das lehnte Jenny ab.

«Ist schon in Ordnung, ich hab Geld, es dauert nicht lange.»

Sie ließ ihn dort mit der Frage sitzen, warum er sie überhaupt verlassen hatte. Aber andererseits, es waren unruhige Zeiten gewesen.

Er nahm die Fernbedienung und zappte durch die Kanäle, bis er etwas Interessantes fand. Dann stand er auf und legte eine andere CD von dem Stapel neben der Stereoanlage auf. Damit er sich richtig wohl fühlen konnte, baute sich D. dann einen schönen, großen Spliff. Heutzutage mußte man schon verdammt gute Verbindungen haben, um in London an gutes Kraut ranzukommen, doch bislang war Charlie dies immer irgendwie gelungen. Die anderen der Crew hatten es merkwürdig gefunden, daß D. keinen harten Stoff mehr nahm, und um ehrlich zu sein, D. mußte zugeben, daß er mehr als einmal versucht war, nur «ein ganz kleines bißchen» zu nehmen. Er erinnerte sich nur zu gut an den Auftrieb, den Koks gab, an die zusätzliche Energie und das Gefühl der Unbesiegbarkeit. Doch bislang hatte er es erfolgreich ohne geschafft. Er steckte den Spliff an, zog tief und inhalierte das erstklassige Sensi, lehnte sich dann auf seinem Sessel zurück und wartete darauf, daß Jenny zurückkam. Sie behandelte ihn ausgesprochen nett, erheblich netter, als er erwartet hatte. Eingelullt von dem starken, süßlichen Ganja und der hypnotischen Musik, erinnerte D. sich an die Nettigkeiten, die sie während ihrer ersten Zeit zusammen gehabt hatten.

Bald kehrte Jenny zurück. Sie gab ihm sein Guinness, stellte ihren eigenen Drink auf den Tisch und warf einen schrägen Blick auf den Spliff im Aschenbecher. D. sah die Frage in ihren Augen.

«Ganja, Maan. Willstu auch mal?» Früher hatte Jenny gelegentlich auch mal einen Zug genommen.

«Nein, danke. Ich hab das Rauchen aufgehört, weißt du.»

«Ach, ja?»

Jenny erklärte, daß sie aufgehört hatte zu rauchen, sobald sie herausfand, daß sie schwanger war. Einfach so. D. war tief beeindruckt. Sie saßen zusammen, redeten und tranken, während die Zeit verstrich. Gegen Mitternacht, als sie gerade ein Video schauten, entschied D. zu telefonieren, bevor seine Soldaten anfingen, nach ihm zu suchen. Er benutzte das Telefon und setzte sich mit Charlie in Verbindung, als Sticks im Club nicht zu erreichen war. Er erklärte die Situation. D. bat seinen Freund, in den Club zu fahren und Sticks zu sagen, er solle sich für die Nacht ums Geschäft kümmern, da er anderweitig zu tun habe. Charlie lachte, versicherte ihm, sich keine Sorgen machen zu müssen.

Er verstand. D. legte den Hörer auf und sah Jenny an. Er wußte, daß sie aufmerksam zugehört hatte.

«Die komm auch ohne mich klaa», sagte er.

Jenny stellte das Getränk ab, an dem sie gerade genippt hatte.

«Bist du sicher?» fragte sie verschmitzt. Dann wechselte sie wieder das Thema, wie es typisch für sie war. «Wo wohnst du jetzt?»

D. sah sie scharf an; er wußte, daß sie früher oder später danach fragen würde.

«Ich wohne bei meinem Soldaten, unten in Leyton», log er. Jennys Gesichtsausdruck konnte er nicht entnehmen, ob sie ihm glaubte oder nicht.

Er sagte: «Ich fahr nicht mea, waißtu.»

«Nein?» Jenny riß in gespieltem Erstaunen weit die Augen auf.

«Das bedoitet, ich muß die ganze Nacht bis moagn früh hia blaibn...», fügte D. hinzu.

Sie sagte nichts. Sie blieben gemütlich nebeneinander sitzen. D. war schon früh klargeworden, daß er nicht beabsichtigte zu gehen, und Jenny schien glücklich zu sein, ihn bei sich zu haben. Wenig später stand Jenny auf, um das Video zu wechseln, dann kam sie zurück und setzte sich. D. spürte, wie sie sich dichter an ihn schmiegte, wie eine Katze, die sich auf der Suche nach Wärme zusammenrollte. Er legte einen Arm um ihre Schultern. Das Licht war aus, und beide fühlten sich in der relativen Stille des Raumes wohl. Lange Zeit sagte keiner von ihnen besonders viel, bis die Show schließlich vorbei war und sie schließlich den Weg ins Schlafzimmer fanden.

Viel später, als sich die Intensität ihrer Umarmung verzehrt hatte, nachdem sie sich gegenseitig die bleibende Erinnerung an ihre Berührungen bewiesen hatten, flüsterte Jenny: «Ich hab immer gewußt, daß du zurückkommst.»

D. seufzte. Seine Finger streichelten leicht über ihr Haar.

«Dann hastu auf mich gewaatet?»

«Mir blieb nichts anderes übrig», sagte Jenny.

«Wie mainstu das?»

«Jeder weiß doch, daß ich deine Frau bin. Selbst wenn ich wollte, könnte ich wahrscheinlich keinen anderen kriegen.»

D. dachte einen Moment darüber nach und lachte.

«Ach, so ist das? Und ich dachte nicht, daß du wiaklich auf mich stehst.»

Jenny kniff ihn neckisch in die Seite.

«Höa auf damit, du waißt es doch bessa.»

«Deinen Sohn habe ich schon», hörte er sie leise sagen. «Wenn du hier bist, habe ich alles, was ich will.»

D. hörte Jesses gleichmäßiges Atmen im benachbarten Schlafzimmer. Er drückte Jenny eng an sich, bis schließlich beide im nahenden Morgengrauen einschliefen.

12

WIRKLICHES LEBEN

Sobald er durch die schmale Tür ging und auf die dunkle Gasse hinaustrat, wußte Kevin, daß er einen Fehler gemacht hatte. Er hätte es besser wissen müssen, als diesem Typen Philip zu glauben. Er blieb stehen, während Philip weiter auf das Ende der Gasse zuging; in dieser Richtung gab es keinen Ausgang. Kevin warf einen Blick über die Schulter zu den Straßenlaternen ungefähr fünfzig Meter hinter ihm und bemerkte, daß gerade drei Silhouetten aus dem Lagerhaus aufgetaucht waren und jetzt zwischen ihm und dem Ausgang standen.

Es war dumm gewesen; als könnte man dem Typen trauen, mit dem er bereits vor ein paar Wochen aneinandergeraten war! «Will nur mit dir reden», hatte Philip gesagt. Statt Hopper zu alarmieren, der gerade tanzte, war Kevin total naiv Philip aus dem Club gefolgt.

Unter dem dicken Army-Parka überkam Kevin ein starkes Frösteln. Er holte tief Luft und folgte Philip, wobei er beide Hände in den Taschen vergrub und die seitlich stehenden Männer im Auge behielt.

«Über was willst du mit mir reden, Maan?» fragte er.

«Du weißt genau, über was ich reden will!»

In der Stimme lag unverhohlene Feindseligkeit. Kevin bemerkte, daß Philips Hand locker und halb verborgen an seiner Seite hing. Er wartete.

«Ich hab's dir schon mal gesagt: Finger weg von meiner Schwester!»

«Und ich hab dir gesagt, das geht dich überhaupt nichts an, stimmt's?»

Kevin konnte das Gesicht seines Gegners nur so gerade eben erkennen.

«Ach, ja?» hörte er die haßerfüllte Stimme. «Du hast es nicht anders gewollt, du schwarzer Bastard!»

Auch wenn er mit einem Angriff rechnete, war Kevin doch von der plötzlichen Bewegung überrascht. Noch während er die Beleidigung ausspuckte, machte Philip einen Satz nach vorn. Seine rechte Hand wurde hoch über den Kopf gerissen und krachte dann herunter. Die lange Klinge zerfetzte die Luft genau an der Stelle, wo ihr beabsichtigtes Ziel noch einen Sekundenbruchteil zuvor gestanden hatte; nur Kevins verzweifelter Sprung nach hinten bewahrte ihn davor, übel verletzt zu werden. Den stechenden Schmerz registrierte er kaum, als das Metall durch seinen linken Ärmel schlitzte und seine Haut streifte. Gleichzeitig tauchte seine eigene rechte Hand auf, die in weiser Voraussicht ein Messer hielt. Er stieß nach vorn zu, als Philip auf ihn zukam. Die Spitze der Klinge traf irgendwas, aber nicht sehr tief. Unterdessen kamen Philips drei Komplizen angestürmt. Alles passierte so schnell, daß gar keine Zeit blieb, Angst zu haben. Kevin war schon in mehrere Schlägereien verwickelt gewesen, aber heute abend schien es sich um eine wirklich verzweifelte Situation zu handeln. Er wich rückwärts gegen die Ziegelwand des Gebäudes rechts von ihm zurück. «Irgendwen nehme ich mit», ertappte er sich zu denken, während er schnell und tief atmete. Im Zurückgehen stieß er mit dem Stiefel gegen irgend etwas. Es machte ein scharfes Geräusch. Blitzschnell bückte sich Kevin und hob die Flasche auf. Mit ihr in der linken und dem Messer in der rechten Hand machte er sich für den bevorstehenden Kampf bereit. Links von ihm wurde er aufmerksam von den drei Typen beobachtet, die nur auf die Chance warteten, sich auf ihn zu stürzen. Im trüben Licht aus dem Eingang des Lagerhauses hinter sich sah Kevin wenigstens zwei schimmernde Klingen. Von rechts näherte sich Philip, der laut fluchte, mindestens so sehr, um seinem Gegner angst zu machen wie sich selbst Mut.

«Ich schlitz dich auf, Nigger!»

Kevin überraschte sich damit, als er ein sarkastisches Lachen ausstieß.

«Dann komm doch. Aber einer von euch wird's nicht überleben.»

Der kräftigste der Männer links von ihm kam näher. Die breite Klinge in seiner Hand zielte auf die Brust des schwarzen Jugendlichen. Kevin fälschte den Schlag mit einer mächtigen Abwärtsbewegung der Flasche ab. Er hörte den Burschen fluchen und stöhnen, als das Glas auf seiner Hand zerschmetterte. Das Messer fiel zwischen ihnen zu Boden. Bevor Kevin versuchen konnte, an das Messer heranzukommen, griff Philip an und schlug nach seinem Kopf. Kevin trat wild aus und erwischte seinen Angreifer im Bauch. Atemlos wich Philip zurück. Aber Kevin wußte, daß er sie nicht ewig fernhalten konnte. Bei vier zu eins verstrichen die Sekunden zu ihren Gunsten... Am Ende der Gasse sah er die Straßenlaternen, freies Gelände, seinen Fluchtweg. Er war immer noch nicht sicher, was seine Chancen betraf, an das große Messer heranzukommen, das verführerisch dort vor ihm auf dem Boden lag, als unerwartet Hilfe auftauchte.

«Was zum Henker ist hier los?»

Hoppers Stimme! Er hörte sie, bevor sein Freund aus dem Club auf die Gasse gerannt kam. Hopper verschwendete keine Zeit; er überblickte die Situation und reagierte sofort, ohne lange herumzualbern. Kevin sah, wie der kleine, drahtige Jugendliche einen großen, metallenen Mülleimer packte, der neben dem Eingang zum Lagerhaus stand. Hopper hob ihn hoch über den Kopf und schleuderte ihn in die Gruppe der Männer, die seinen Freund bedrohten. Sie waren durch sein plötzliches Auftauchen immer noch zu überrascht, um dem Wurfgeschoß rechtzeitig auszuweichen. Einer der Typen bekam das Ding mit voller Wucht gegen den Kopf. Er stolperte zurück, Müll wurde überallhin verstreut. Die beiden anderen zögerten einige Sekunden. Zu lange... Hopper stürzte sich auf sie, wobei seine Arme und Beine droschen wie eine Windmühle. Er hob das Messer vom Boden auf und stellte sich den Männern, als sie versuchten, sich gegen ihn zu stellen. Jetzt hatte Kevin auch seine große Chance bei Philip. Der weiße Typ schien weniger mutig, war unsicher geworden, nachdem er sich mit einem Mal in einer Mann-gegen-Mann-Situation wiederfand.

«Was hast du gesagt? Du willst mich aufschlitzen? Dann komm doch!» Kevin grinste ihn süffisant an. Er umkreiste seinen Gegner, das Messer horizontal und bereit, die freie Hand zum besseren Gleichgewicht nach vorn ausgestreckt, und die Füße leicht auf dem Boden tanzend. Philip fluchte und holte aus; er verfehlte sein Ziel. Kevin stieß seine Klinge blitzschnell nach vorn und erwischte Philips linken Arm, stach durch den Bizeps. Fluchend trat und schlug Philip vor lauter Verzweiflung wild um sich. Jetzt hatte Kevin ihn gegen die Wand zurückgedrängt und setzte ihm hart zu.

«Nur du und ich, komm schon, mein Junge.»

Philips verzerrtes Gesicht war eine Maske des Hasses und der Angst.

«Ich bring dich um, du Arsch!» Er stieß nach Kevins Gesicht, rechnete damit, daß dieser zurückwich, aber der schwarze Jugendliche stand seinen Mann und schaffte es, Philips Handgelenk zu packen, bevor er es zurückziehen konnte. Er stach seinen Gegner schnell, versenkte die Klinge tief in Philips linker Seite. Der weiße Jugendliche schrie vor Angst laut auf, als er den kalten Stahl in sein Fleisch eindringen spürte. Kevin stand da und schaute zu, wie Philip schwächer wurde und vor der Wand hinter sich zusammensackte.

«Du Pisser! Nimm das!» Rasch zog er das Messer übers Gesicht, zerschnitt ihm die linke Wange. Dann drehte er sich um und schaute nach seinem Freund. Hopper hatte inzwischen einen der anderen Typen geschlitzt, der nun auf dem Boden kniete und sich das Gesicht hielt. Der andere Bursche war weggelaufen. Als er zu Hopper hinüberging, sah Kevin eine Gruppe brüllender Männer näher kommen. Sie waren nur noch wenige Meter entfernt. Das Messer immer noch in der Hand, setzte er sich in Bewegung. Hopper hatte sie auch gesehen.

«Komm, Kev! Laß uns verschwinden!» rief er.

Kevin rannte weiter, Hopper ein Stück vor ihm. Ihre Verfolger hinter ihnen liefen inzwischen ebenfalls und holten auf. Hopper erreichte die Straße. Kevin sah ihn stehenbleiben, auf ihn warten.

«Komm schon, Maan, komm schon!» brüllte Hopper. Kevin lief so schnell er konnte, atmete schwer, war immer noch erschöpft nach dem Kampf. Er warf einen kurzen Blick hinter sich; zwei kräftige, weiße Typen holten schnell zu ihm auf.

«Ich muß es bis zur Ampel schaffen!» dachte er. Am Ende der Gasse hatte Hopper ein paar Steine aufgehoben, die er jetzt auf Kevins Verfolger warf. Ein Schmerzensschrei, als ein Geschoß sein Ziel traf. Wieder warf Kevin einen Blick über die Schulter, hinter ihm jetzt nur noch ein Mann in einigem Abstand zum Rest der Band. Er kam immer näher. Kevin lief langsamer und drehte sich um, überraschte so den Mann, der damit nicht gerechnet hatte. Er war groß, größer als Kevin, und hatte ein rötliches, verquollenes Gesicht. Kevin hielt das Messer niedrig, bis der große Bursche fast über ihm war und nicht mehr anhalten konnte. Er griff nach Kevins Jacke, war bereit, auf ihn einzuschlagen. Und genau in diesem Augenblick spürte er die Messerklinge durch seinen Brustkorb gleiten; ein scharfer, schneller Stich nach oben, der mühelos durch seinen Pullover und in seinen Magen schnitt. Er verharrte und schaute nach unten auf das Blut, das jetzt durch seine Kleidung sickerte, und brüllte wie am Spieß. Der ganze Zwischenfall dauerte nur ein paar Sekunden. Dann drehte Kevin sich um und rannte. Der Mob weiter hinten holte schnell auf, ihre Rufe wurden lauter, als sie den großen Mann zu Boden gehen und seinen Bauch umklammern sahen. Am Ende der Gasse wartete Hopper, bis Kevin in Sicherheit war, bevor er mit großen Schritten nach rechts die Straße hinunterlief. Kevin konnte es nicht riskieren, in dieselbe Richtung zu laufen. Er war völlig außer Atem, hastete aber weiter die menschenleere Straße hinunter, hinter sich immer noch die lautstarke Meute. Kevin bog links in eine kleine Straße ein, atmete schwer, die Lunge schmerzte, und Blut raste pochend durch seinen Kopf. Dann rechts in einen kleinen Durchgang, der in einen Garten hinter einem Haus führte. Er kletterte über einen Zaun in einen weiteren Garten. Das Messer immer noch in der Hand, lief er weiter. Ein kleiner Parkplatz bot die Chance, einen fahrbaren Untersatz zu finden, aber er hatte nicht die Zeit, einen der Wagen zu knacken, geschweige denn kurzzuschließen. Kevin stürmte den Zaun an der Grundstücksgrenze zu einem großen Supermarkt entlang. Er blieb stehen; hinter sich konnte er nichts mehr hören, aber er würde auf gar keinen Fall irgendwelche Risiken eingehen. Außerdem war er hier in East Ham, absolut der falsche Ort, um mit weißen Typen in Schwierigkeiten zu geraten. Falls sie ihn einholten, dann war er tot. Schnell kletterte er über den Zaun und schlüpfte auf den Hof, hielt auf drei riesige Metallmüllcontainer an den Ladeplätzen zu. Mit letzter Kraft kletterte er hinauf und ließ sich in einen der Container fallen. Zum Glück lagen nur einige plattgedrückte Kartons darin. Nicht, daß er sehr pingelig war. Kevin setzte sich in dem Container auf, lauschte und versuchte lautlos wieder zu Atem zu kommen. Sein Körper war schweißgebadet, sein Herz klopfte so laut, daß er schon befürchtete, das Geräusch würde über den leeren Hof hallen.

Er blieb dort sehr lange hocken, die Ohren auf das kleinste Geräusch geschärft, mit trockener Kehle, das Messer immer noch kampfbereit in der Hand. Er zog sich die Kapuze über den Kopf, spürte die Kälte hereinschleichen. Er konnte nur warten und die jüngsten Ereignisse noch einmal Revue passieren lassen. Er war sauer wegen der ganzen Geschichte, um so mehr, weil er überhaupt nicht dorthin gehen wollte. Aber Hopper hatte darauf bestanden, daß es ein cooler *rave* sei, und immerhin, es war Freitagabend, und zusammen hatten sie ein bißchen Geld. Kevin war einverstanden gewesen, und hier war er jetzt, an einem frühen Morgen, durchgefroren, hungrig und auf der Flucht vor einem Mob weißer Typen, die nur sein Blut wollten! Er war total verärgert. Er fragte sich, wie Hopper zurechtgekommen war. Sein Freund hatte ihm vorhin praktisch das Leben gerettet, aber Kevin machte sich um ihn keine großen Sorgen. Hopper überlebte immer. Sie hatten schon so manche heiße Situationen hinter sich gebracht, wobei sie sich immer gegenseitig den Rücken freihielten und auf ihr Glück vertrauten. Doch der Kampf heute abend war dumm und ausgesprochen unnötig. Jetzt mußte er zusehen, wie er heil wieder nach Hause kam. Er stand auf und linste vorsichtig über den Rand. Er sah kein Lebenszeichen. Auch kein Laut war zu hören. Er holte tief Luft und wuchtete sich hoch, ließ sich lautlos auf den Boden fallen, suchte die den Hof umgebende Dunkelheit ab und schlich auf Zehenspitzen zum Tor, lauschte, behielt jeden einzelnen Muskel angespannt. Das Geräusch eines Motors dröhnte zu ihm herüber. Kevin wartete, kauerte sich hin, beobachtete. Der Wagen donnerte vorbei. Kevin warf einen letzten Blick hinter einer Palette hervor und lief quer über den Hof zum Tor, kletterte noch einmal über den Zaun und fand sich auf der Straße wieder. Er konnte nicht das Risiko eingehen, auf der Hauptstraße zu bleiben, er würde sich ausschließlich an die Seitenstraßen halten müssen.

Er lief eine dunkle Gasse hinunter, die auf der einen Seite von Gartenzäunen begrenzt wurde und auf der anderen lag hinter dichtem Gebüsch der Bahndamm. Am anderen Ende der Gasse bog Kevin in eine menschenleere Straße ein, wo er sich dennoch vom Bordstein fernhielt. Schließlich gelang es ihm, per Anhalter wegzukommen, und er fand sich auf der Katherine Road wieder; wenigstens wußte er jetzt, wo er war. Halb ging er, halb joggte er weiter. Er lief über die Romford Road und verschwand schnell wieder außer Sicht in einer anderen Seitenstraße. Es hatte keinen Sinn zu versuchen, ein Taxi zu bekommen; viel zu riskant. Kevin kannte die Weißen in dieser Gegend viel zu gut, um zu wissen, daß sie überall nach ihm suchten. So oder so würde er es zurück nach Hackney schaffen.

Indem er über die Seitenstraßen lief, erreichte Kevin schließlich Stratford, von wo aus er sich das lange Straßenstück vorarbeitete, von dem er wußte, daß es zum Eastway zurückführte. Zwei Stunden lang wich er immer wieder kurz aus und lief weiter, bis er es um fünf Uhr morgens sicher nach Hause in Homerton schaffte. Kevin fühlte sich erschöpft und schmutzig. Er sehnte sich nach einem Bad und einem Bett. Bis zu seinem Bett waren es nur noch weitere fünfhundert Meter, aber nach Hause konnte er nicht gehen! Das war ihm auf den letzten Meilen seines langen Marsches zu Bewußtsein gekommen. Das war der erste Ort, an dem die Polizei und Philips Freunde nach ihm suchen würden. Immerhin hatte er zwei von ihnen niedergestochen, und das würden sie nicht einfach so hinnehmen. Kevin wußte, daß Philips Schwester Tracey ihnen die Adresse geben würde. Er verfluchte den Tag, an dem er auf die dumme Idee gekommen war, sich mit ihr einzulassen. Das schlimmste daran war aber noch, erinnerte er sich verbittert, daß er das Mädchen nicht mal haben wollte. Normalerweise ging er nie mit weißen Mädchen. Er war mit ihnen befreundet, ja, um mit ihnen zu quatschen, aber nie mehr. Aber er war schwach genug gewesen, um es anzunehmen, als es ihm angeboten wurde; die Versuchung... Und jetzt war alles sauer geworden. Er hatte erst letzte Woche derselben Tracey zu erklären versucht, daß es besser sei, wenn sie Schluß machten und so weiter. Er hatte ein kleines Problem mit ihrem Bruder gehabt, der ihn in der Woche davor auf der Straße angepöbelt hatte. Er kannte den Burschen nicht mal, aber ihre Begegnung endete mit Drohungen und Beschimpfungen. Da erkannte Kevin, daß er einen Fehler begangen hatte. Es war's nicht wert.

Der neue Tag brach an. Kevin nahm einen tiefen Schluck kalte Luft, als er an dem Wohnblock vorbeikam, in dem er lebte, und zum Victoria Park weiterging. Dort ging er an dem Pub um die Ecke vorbei, wo er so oft auf Sophia gewartet und sich in dem eingezäunten Fußweg verborgen gehalten hatte. Sophias Haus war das fünfte. Er bezweifelte, daß so früh an einem Samstagmorgen schon jemand wach war. Was schon in Ordnung war; Sophias Mutter hatte nichts gegen Kevin, aber ihr Vater, tja, das war eine ganz andere Geschichte. Es wäre einfach keine besonders gute Idee, ihn aufzuwecken.

So leise er konnte, entriegelte Kevin das Gartentörchen und schlüpfte hinein. Glücklicherweise lag Sophias Fenster oberhalb der Terrasse; das hatte ihm schon immer gefallen. Er nahm einen kleinen Kiesel aus dem Blumenbeet und warf ihn vorsichtig gegen das Fenster. Der zweite Stein traf und traf mit einem scharfen *Pinggg* die Scheibe, bevor er zu Boden fiel. Sophia schaute mit verschlafenen Augen durch die Gardinen herunter. Wenige Minuten später war sie heruntergekommen und öffnete die Verandatür, gab ihm zu verstehen, still zu sein. Erschöpft ließ sich Kevin kurzerhand in einen der Plastikgartenstühle fallen.

«Was ist denn mit dir los? Wo kommst du her?» fragte sie. Er sah fix und fertig aus.

«Ich hatte ein paar Probleme. Ich mußte den ganzen Rückweg von East London zu Fuß gehen», antwortete er trocken. Sophia setzte sich neben ihn. Sie war eine eher kleine Sechzehnjährige mit freundlichem, offenem Gesicht. Obwohl sie die Haare unter einem Kopftuch trug, besaß sie immer noch dieses Babygesicht, das Kevin so attraktiv gefunden hatte. Sie hatten sich vor ungefähr achtzehn Monaten auf einer Schlittschuhbahn in East London kennengelernt und sich seitdem getroffen. Manchmal verstrichen mehrere Wochen, ohne daß Kevin sie sah. Aber im großen und ganzen war sie für ihn so was wie seine feste Freundin. Mit siebzehn war ihm noch nicht danach, sich mit einem einzigen Mädchen zu begnügen. Aber er vertraute Sophia. Sie war immer gut und loyal ihm gegenüber gewesen.

«Was ist passiert?» fragte sie besorgt.

Kevin schnalzte mit der Zunge, zog die Kapuze vom Kopf und rieb müde sein Gesicht.

«Ich hatte eine Schlägerei mit ein paar Weißen.»

«Was?! Warum?»

Kevin schüttelte den Kopf, wich Sophias fragendem Blick aus.

«Das ist eine lange Geschichte. Die haben mich angegriffen.»

Das Mädchen war von den Neuigkeiten offenbar erschüttert. Noch bekümmerter wurde sie, als Kevin erklärte, daß er sie niedergestochen hatte und die Polizei ihn inzwischen wahrscheinlich suchte. Sauber umschiffte er jede Erwähnung des eigentlichen Anlasses zu der Schlägerei.

«Bei der ganzen Sache habe ich sogar Hopper verloren, Maan.»

Sophia wußte nicht, was sie sagen sollte. Sie wußte, daß Kevin kein wirklich übler Junge war, auch wenn ihr Vater das anders sah, aber irgendwie landete er ständig in Schwierigkeiten.

Kevin hätte sich am liebsten auf die Bodenfliesen der Terrasse gelegt und einen Tag und eine Nacht durchgeschlafen, die Ereignisse der vergangenen Nacht vergessen. Er spürte, wie er sich langsam entspannte, spürte die schmerzenden Muskeln und die müden Beine. Das scharfe Brennen an seinem linken Arm erinnerte ihn jetzt zum ersten Mal wieder daran, daß auch er verletzt war. Aber er konnte nicht aufhören, nicht jetzt.

«Und was willst du jetzt machen, Kevin?»

Sophias besorgter Tonfall holte ihn in die traurige Wirklichkeit zurück.

«Keine Ahnung.»

Hatte er wirklich nicht. Indem er seinen Verstand dazu zwang, erkundete er die ihm offenstehenden Möglichkeiten; viele waren es nicht. Vielleicht eine...

«Darf ich mal telefonieren?» fragte er.

«Bist du verrückt? Mein Dad würde dich hören. Der bringt mich um.»

Sophia blieb hart. Kevin seufzte, stand auf und reckte sich, unterdrückte die aufkeimende Verzweiflung. Es mußte einen Ausweg geben.

«Hör zu, ich muß jetzt wieder los, okay? Ich ruf dich an.»

«Wohin willst du denn jetzt?» Sophia hätte alles getan, um Kevin zu helfen, aber was konnte sie tun?

«Ich versuch mir erst mal über alles klar zu werden, Sophia, Maan. Mach dir nicht zu viele Sorgen.»

«Was soll das heißen, ich soll mir keine Sorgen machen? Die Sache ist verdammt ernst, verstehst du nicht?»

Kevin lächelte seine Freundin an, die so hübsch und so besorgt war. Er beugte sich vor und drückte ihr einen Kuß auf die Lippen.

«Ich ruf dich an, geh wieder ins Bett», sagte er.

Sie schloß die Verandatür auf und schaute zu, wie Kevin wieder durch den Garten verschwand. Dann war er, wieder einmal, fort und zurück auf der kalten, feindlichen Straße. Sie betete aus tiefstem Herzen darum, daß er bald und in Sicherheit zurückkommen würde. Sophia kehrte nach oben zu ihrem Bett zurück, konnte aber nicht mehr einschlafen...

Als erstes, überlegte Kevin, als er die High Street hinunterhastete, mußte er einen Unterschlupf finden, bis sich alles wieder einigermaßen beruhigt hatte. Er beschloß, verschiedene Anrufe zu machen, aber vorher mußte er nach Hopper sehen. Als er das untere Ende der Straße erreichte, fiel er in einen Trott, hatte die Kapuze tief in die Stirn gezogen. Er lief, bog links in die Kingsmead ein, dann nach rechts dorthin, wo Hopper mit seiner Mutter wohnte. Kevin verringerte sein Tempo, durchquerte die Eingangshalle des Hauses und stieg die Treppe in den zweiten Stock hoch. Gerade hatte er die Ecke hinaus auf den offenen Treppenabsatz umrundet, als er aus den Augenwinkeln einen dunkelblauen Cavalier auf dem Anwohnerparkplatz unten bemerkte. Sein Verstand arbeitete fieberhaft. Er bemerkte die noch neue Zulassung, die beiden Antennen. Er wich zurück, lief so schnell wie möglich wieder nach unten. Draußen lief er auf die andere Seite des Platzes und postierte sich hinter dem alten Ford-Lieferwagen, der hier immer parkte. Auf der Hut vor allem wartete er. Er konnte sich irren, aber er hatte so ein Gefühl. Es dauerte keine zehn Minuten, und das Gefühl wurde bestätigt. Zwei Weiße, beide in Lederjacken, tauchten auf dem Etagenabsatz auf. Zwischen ihnen die kleine Gestalt von Hopper. Kevin schaute von seinem Aussichtspunkt zu; er hatte die ganze Zeit recht gehabt. «Die Schlampe hat uns verpfiffen», dachte er wütend. Für Hopper konnte er nichts tun. Als nächstes mußte er untertauchen. Der Vauxhall mit den beiden Polizisten und seinem Freund fuhr schnell an seinem Versteck vorbei. Dann machte Kevin sich in die entgegengesetzte Richtung auf den Weg.

Er ging schnurstracks auf die Rückseite des Wohnblocks, wo sich eine Telefonzelle befand, wie er wußte. Zum Glück funktionierte sie noch. Er drückte eine 20-Pence-Münze in den Schlitz und wählte aus dem Gedächtnis eine Nummer. Das Telefon klingelte. Schließlich überlegte Kevin, daß Simon unterwegs war. Das war eine Enttäuschung; er war sicher, falls ihm überhaupt jemand helfen konnte, dann Simon. Er hob den Finger von der Taste zur Wahlwiederholung und wählte erneut aus dem Gedächtnis. Diesmal mußte er nur viermal Klingeln warten, bevor sich eine schläfrige Frauenstimme meldete.

«Hallo?»

Kevin räusperte sich.

«Entschuldigen Sie, wenn ich störe, aber könnte ich bitte mit Chris sprechen?»

«Also, der schläft noch», antwortete die Frau ausweichend.

«Es ist sehr wichtig», unterbrach Kevin, so höflich er konnte. «Ich muß ihn dringend sprechen.»

Durch den Tonfall des Jungen überzeugt, sagte Myrtle, er solle dran bleiben.

«Wer spricht da?»

«Chris, ich bin's, Kevin... Ja, Kevin. Hör zu, Mann. Ich stecke in Schwierigkeiten... Ich muß dich unbedingt sprechen... Okay, ich werde da sein.»

Nachdem ihm klargeworden war, daß es wirklich ernst sein mußte, war Chris einverstanden, sich mit Kevin zu treffen. Trotz der frühen Stunde an diesem kalten Samstag im Winter und nachdem es gestern abend spät geworden war, konnte man sich wie immer auf Chris verlassen. Er war es gewohnt, sich Zeit nehmen zu müssen, außer den Stunden im Jugendclub, für die er nicht mal anständig bezahlt wurde, um sich um die verschiedenen Schwierigkeiten zu kümmern, in die Jugendliche wie Kevin immer wieder hineingerieten. Genaugenommen war es auch nicht das erste Mal, daß er angerufen wurde, um Kevin zu retten. Letztes Jahr war er beim Fahren eines unversicherten Wagens ohne Führerschein erwischt worden und allem Anschein nach noch dazu unter Alkoholeinfluß. Zwei weitere betrunkene Jugendliche waren in dem Auto gewesen. Chris hatte einige Probleme, sie alle wieder freizubekommen, begleitete sie dann bei ihrer Gerichtsverhandlung und versuchte, ihnen Jobs zu besorgen. Aber all seine Bemühungen waren vergebens. Kevin war ein typischer Fall, wie Chris herausgefunden hatte. Es war gar keine Frage, daß er intelligent war und gut auf dem College, auf dem er sich eigentlich auf ein Examen vorbereiten sollte. Doch die andere Seite der Münze war seine Ruhelosigkeit. Er verabscheute Autorität und dachte sich die verrücktesten Pläne aus, einfach nur so zum Spaß. Wie so viele Jugendliche, die Chris in den Siedlungen hatte aufwachsen sehen, besaß Kevin nur sehr wenig Vertrauen in das System, in das er geboren worden war. Nach seinem Kurs, falls er ihn überhaupt bis zum Ende durchzog, würde er nach ungefähr einem Jahr der Ablehnungen wahrscheinlich die Suche nach einem Job aufgeben. Manche kamen nicht mal soweit...

Heranwachsende werden immer ein bißchen Gas geben. So wie Chris das sah, kam es vor allem darauf an, ihnen eine Chance zu geben, diesen ersten Fehler zu überwinden. Vor einigen Monaten mußte sogar Harry schon eines Abends vom Polizeirevier Stoke Newington befreit werden. Ihm zufolge, und Chris hatte sich entschieden, es zu glauben, wußte er nicht, daß der Wagen, in dem er fuhr, gestohlen war...

Chris zog sich an, nahm seine Schlüssel, sagte einer schlafenden Myrtle, er würde bald zurück sein, und verließ die Wohnung. Der Datsun brauchte ein wenig Überredung, bis er endlich ansprang, aber am Ende schaffte Chris es. Er zog sich die Wollmütze über die Ohren, drückte eine neue Kassette in den Player und wartete ein paar Minuten, bis der Motor warm gelaufen war.

Auf der Straße herrschte kaum Verkehr, aber sechs Tage vor Weihnachten würden die Menschen schon in wenigen Stunden wieder unterwegs sein und Geld ausgeben, als gebe es kein Morgen mehr. Chris fuhr die New North Road hinunter, bog dann rechts ab und weiter geradeaus, bis er London Fields erreichte. Nach einem kurzen Blick in den Rückspiegel, nur für alle Fälle, erreichte er das Collegetor und bremste ab. Von der Ecke des Sozialbaus nebenan überquerte eine Gestalt mit tief in die Stirn gezogener Kapuze die Straße, öffnete die Beifahrertür des Datsun und stieg ein.

«Danke, Maan», sagte Kevin.

«Schon in Ordnung. Und jetzt erzähl mal, was los ist!»

Kevin erklärte alles, während sie Richtung Bethnal Green und weiter fuhren. Chris hörte ernst zu.

«Hopper haben sie geschnappt. Ich hab gesehen, wie sie ihn mitgenommen haben», kam Kevin zum Schluß.

Chris seufzte und versuchte den Ernst der Situation abzuwägen. Es sah ziemlich übel aus.

«Ich habe gehört, du bist ziemlich viel mit Simon und seinen

Freunden zusammen...», sagte er und drehte sich zu Kevin. «Gibt's irgendwas, das du mir sagen willst?»

«Nein, wir sind befreundet, das ist alles.» Kevin verstand genau, was Chris fragte.

«Befreundet?» wiederholte Chris, schwieg dann. «Nimmst du irgendwelchen Stoff, Kevin?» fragte er ruhig.

«Nein, Chris, Maan. Du solltest mich besser kennen», protestierte Kevin.

«Yeah, ich kenne dich... Außerdem weiß ich, wozu Freundschaft führen kann. Diese Typen hängen im Drogengeschäft, ganz dick. Du solltest dir bessere Freunde suchen, Kevin», sagte Chris.

Kevin wußte, was er meinte. Es machte ihm nichts aus, daß Chris so mit ihm redete, auch wenn er sich wie jeder Jugendliche seines Alters nichts von Erwachsenen sagen lassen würde, nur weil sie Erwachsene waren. Er respektierte Chris. Er wußte, daß der Mann, den er wieder mal in der Stunde der Not angerufen hatte, genauso war wie er selbst. Chris kam selbst aus dem Ghetto, war in derselben Gegend aufgewachsen und hatte die gleiche Erfahrung von Entfremdung gemacht, so als wollte man manchmal vor sich selbst fliehen. Chris trat immer für die Jugendlichen ein, sogar gegenüber der Polizei, das wußte jeder.

«Vielleicht hast du recht, aber ich nehm jedenfalls nichts», sagte Kevin und versuchte dabei so aufrichtig wie möglich zu klingen.

«Wie kommt's eigentlich, daß du ewig in diesen abgefuckten Situationen landest, Maan?»

Kevin schüttelte den Kopf und seufzte.

«Hab keinen Schimmer. Vielleicht hab ich einfach kein Glück.»

«Glück hat nichts damit zu tun, Kevin, Maan. Du bist deines eigenen Glückes Schmied. Glücklich mußt du sein, solange du lebst, falls du daran glaubst», sagte Chris. Er wollte den Jugendlichen aus seiner fatalistischen Lebenseinstellung holen, ihn wachrütteln, ließ dann aber ein wenig nach und lächelte leicht.

«Hör zu, ich weiß, daß Menschen manchmal Dinge tun, die im ersten Moment absolut okay aussehen, und dann gerät alles außer Kontrolle. Aber du mußt anfangen, positiv zu denken.» Chris sah, daß Kevin aufmerksam zuhörte, versuchte, über sein aktuelles Problem hinauszusehen.

«Wenn du so weitermachst, wirst du eines Tages noch jemanden töten, und dann hast du wirklich kein Glück mehr.» Er ließ einige Sekunden verstreichen, bevor er fragte: «Und, was hast du jetzt vor?»

«Ich weiß es wirklich noch nicht.» Kevin sah ihn ausdruckslos an.

Chris dachte einen Moment nach; viele Optionen gab es nicht.

«Du hast zwei Möglichkeiten, falls man das so nennen kann. Du kannst jetzt zur Polizei gehen und die Suppe auslöffeln... Moment, laß mich ausreden», sagte er, als Kevin protestieren wollte.

«...oder du kannst weglaufen und dich verstecken, wenigstens für eine Weile, allerdings weißt du auch, daß es nicht für immer sein kann. Früher oder später werden sie dich erwischen.»

Chris wartete. Fast konnte er die Rädchen in Kevins Kopf arbeiten hören, beinahe konnte er die Anspannung in dem Jugendlichen spüren.

«Ich stelle mich nicht, Maan, keine Chance», sagte Kevin nach einer Weile.

«Du hast diesen Burschen doch nicht umgebracht, oder?» fragte Chris.

«Nee, Maan», sagte Kevin und versuchte überzeugt zu klingen.

«Also geh einfach hin. Ich begleite dich. Erklär denen, was passiert ist. Es ist besser, der Sache jetzt ins Gesicht zu sehen.»

Damit konnte Kevin sich nicht abfinden.

«Sag mir eins, Chris. Ich hab zwei weiße Typen angestochen, okay? Dazu kommt noch, daß die ganze Sache wegen einem weißen Mädchen passiert ist. Was glaubst du, wem wird die Polizei da wohl zuhören? Glaubst du vielleicht, es wird irgendwas ändern, nur weil die damit angefangen haben? Nein, ich werde nicht zur Polizei gehen!»

Chris konnte seine Argumentation nicht wirklich widerlegen. Kevin war kein Narr. So wie es aussah, würde er vor einem Richter keine großen Chancen haben, gleichgültig, wie milde er auch sein mochte.

«Ich weiß ja, daß du recht hast, Kevin, aber früher oder später wirst du dich damit beschäftigen müssen.»

Kevin dachte weiter nach.

«Maan, du weißt doch, daß dieses Polizeirevier einen miesen Ruf hat», sagte er. «Ein Haufen Schwarze sind da schon gestorben. Ich geh da nicht hin.»

Chris nickte.

«Was hast du also vor?»

«Zuerst muß ich aus der Stadt verschwinden. Ich hab einen Cousin auf dem Land, ich glaub, ich geh zu ihm und laß da erst mal was Gras über die Sache wachsen.»

Es klang nicht gerade wie ein toller Plan, das wußte Kevin selbst. Aber Chris verstand, wie er sich fühlte; sein primäres Anliegen war, außer Reichweite der Polizei zu gelangen, sich alles beruhigen lassen und Zeit zum Nachdenken zu finden.

«Bist du sicher?»

«Yeah, genau das werde ich machen.»

Kevin hatte sich entschieden. Er war müde, hungrig und verängstigt. Es hatte keinen Sinn, ihm zu sagen, daß man vor seiner Verantwortung nicht weglaufen kann. Es war nicht der richtige Augenblick, darüber zu sprechen.

Chris fuhr Kevin zum Bahnhof. Er gab ihm alles Geld, das er bei sich hatte, ungefähr zwanzig Pfund, und bestand darauf, daß Kevin ihn alle paar Tage anrief.

«Ich bin dir für alles unheimlich dankbar, Chris. Wir sehn uns, okay?»

Chris schüttelte den Kopf und sah ihm in die Augen.

«Paß auf dich auf, Kev», sagte er und schaute ihm nach, als der Jugendliche in den Bahnhof lief und verschwand.

Er fuhr zur Hauptstraße zurück und dann weiter Richtung Hackney. Kevins Geschichte ließ ihm keine Ruhe. Es war schwer nachzuvollziehen, wie der Junge irgendwas falsch gemacht haben konnte, das zu einer solchen Katastrophe führte.

Auf beiden Straßenseiten und in den angrenzenden Geschäften hatte der große Andrang jetzt begonnen. Jedes Jahr um diese Zeit standen die Menschen sehr früh auf, um in der Hoffnung einkaufen zu gehen, dem großen Ansturm zuvorzukommen. Da aber alle den gleichen Trick versuchten, begann das Gedrängel der Leute bereits um halb neun morgens, denen das Geld locker in der Tasche saß. Chris bremste, um eine Gruppe über den Fußgängerüberweg zu lassen. Die volksfestähnliche Stimmung wirkte merkwürdig auf ihn, irgendwie unpassend. Weihnachten, was immer das wirklich bedeutete, war eine «Auszeit», ein kurzer Zeitabschnitt für Ausflüge, essen, trinken und tanzen, eine Art kollektive Befreiung von den Zwängen und Frustrationen des ganzen Jahres, aber unter den gegebenen Umständen kam ihm das alles unpassend vor. Er bog links auf eine Seitenstraße neben dem Polizeirevier ein und parkte hinter einem großen Lieferwagen. Chris betrat die Eingangshalle und ging wie schon so viele Male zuvor zum Schalter der Wache hinunter.

«Guten Morgen. Ich würde gern einen jungen Schwarzen sprechen, den Sie vor einigen Stunden verhaftet haben.»

Der diensthabende Beamte beäugte ihn interessiert.

«Wie heißt er, Sir?»

«Walters, Hopeton Walters.»

«Oh, ich weiß, wen Sie meinen. Und wer sind Sie? Sein Anwalt?» fragte der Polizist.

Chris sah den Police Constable an, dessen Hände gespreizt auf dem Schalter lagen; er war keiner der Beamten, die er kannte.

«Nein, bin ich nicht, aber ich arbeite mit diesen Kindern, und von daher bin ich für ihn verantwortlich.»

Der Beamte hörte aufmerksam zu, während Chris sein förmliches Englisch sprach.

«Oh, so nennen Sie die», sagte der Polizist mit unüberhörbarer Ironie. «‹Kinder.› Dieses Kind da drin» – er deutete über seine Schulter – «hat um ein Haar jemanden erstochen. Seinen Kumpel suchen wir immer noch!»

Chris hatte keine Lust, sich auf die Details der Geschichte einzulassen. Außerdem durfte er auch nicht sonderlich viel darüber wissen.

«Sie wissen nicht zufälligerweise, wo er steckt?» fragte der Polizist.

Die Frage überraschte Chris nicht weiter.

«Hören Sie, ich würde gern mit ihm sprechen. Nur ein paar Minuten.»

«Und ich sage Ihnen, wie ich es auch schon seiner Mutter gesagt habe, daß Sie ihn nicht sprechen können. Er ist da drin, und da bleibt er auch.»

Der Tonfall war unversöhnlich, als nehme der Polizeibeamte die ganze Sache persönlich. Chris griff den Hinweis auf.

«Und wo ist seine Mutter jetzt?»

Der Beamte sagte ihm, sie sei bei dem «die Festnahme durchführenden Beamten, Sir». Sie würde bald zurück sein. Chris wartete, die Hände in den Taschen, und schaute sich um. Hoppers Mutter und Schwester kamen aus einer Tür an der Seite.

«Mrs. Walters, wie geht es Ihnen?» begrüßte Chris sie.

«Himmel, Chris, ställn Sie sich nua voa, was dea Junge getan hat?!»

Als fromme Kirchgängerin, deren größte Sorge darin bestand, niemals gegen das Landesgesetz zu verstoßen, war Mrs. Walters sichtlich erschüttert. Sie erklärte, daß sie mit dem Beamten gesprochen hatte, der die Festnahme durchführte, einer der Polizisten, die vor geraumer Zeit zu ihr nach Haus gekommen waren, daß ihr aber nicht erlaubt worden sei, ihren Sohn zu sehen. Sie war ganz außer sich, und Chris gab sich alle Mühe, sie zu trösten. Diana, Hoppers Schwester, war gleichermaßen mitgenommen.

«Ich habe einen Anwalt angerufen, er müßte eigentlich bald hier sein», sagte sie zu Chris.

Er blieb eine Weile bei der mitgenommenen Mutter, dann willigte sie ein, sich von ihm nach Hause bringen zu lassen. Diana wollte auf den Anwalt warten und versprach, Chris später anzurufen.

Den ganzen Weg nach Hause blieb Mrs. Walters teilnahmslos. Sie wirkte wie in Trance, als könne sie die Ungeheuerlichkeit des Vergehens ihres Sohnes nicht glauben. Sie schüttelte traurig den Kopf, bevor sie sich Chris zuwendete und zum ersten Mal etwas sagte, seit sie das Polizeirevier verlassen hatten.

«Mein Sohn ist jäz ain Kriminella, Chris.»

Sie war zutiefst getroffen. Chris schüttelte den Kopf.

«Nein, Mrs. Walters, das können Sie so nicht sagen! Er ist jung, jeder macht Fehler», sagte er zu ihr und tätschelte ihren Arm. Ein paar Minuten war sie still.

«Die suchn Kevin noch, wissn Sie?» Sie klang genauso besorgt um Kevin wie um ihren eigenen Sohn. «Ich kanns ainfach nicht glaubn, Chris», sagte sie wieder.

Chris versuchte der alten Dame so gut er konnte zu helfen. Er versicherte ihr, daß Hopeton bestimmt auf Kaution freikommen würde. Daß niemand gestorben war, und daß am Ende alles noch gut würde. Aber sie war viel zu erschüttert, um zu verstehen, wie ihr jüngerer Sohn «schlecht werden» konnte. Ihre beiden anderen Söhne lebten in

South London; sie sah sie nicht besonders häufig, beiden ging es aber gut. Diana wohnte in ihrer Gegend, hatte aber eine eigene Familie, war mit ihrem eigenen Leben beschäftigt. Hopeton wohnte noch zu Hause, er war ein guter Sohn und ihr ganzer Stolz. Chris wußte, daß Hopper, wie er von seinen Freunden genannt wurde, kein schwieriges Kind war. Seine große Begabung war das Tanzen; er hatte die meisten Wettbewerbe im Gemeindezentrum gewonnen. Davon abgesehen war er genauso hinter den Mädchen her wie die anderen. Er hatte noch nie Schwierigkeiten mit der Polizei gehabt, weswegen Mrs. Walters ja auch so schockiert war. Als Chris ihr zu ihrer Wohnung in der Siedlung hinaufhalf, konnte sie sich schon etwas besser mit der Situation abfinden, fühlte sich aber immer noch nicht in der Lage, sich mit kühlem Kopf damit zu befassen. Chris hielt ihr die Haustür auf. Ihre Haltung verriet jedem, der zuhören wollte, von ihrem Kummer. Chris setzte sie auf die Couch, machte ihr ein heißes Getränk und schaltete den Fernseher ein. Noch einmal versuchte er sie zu beruhigen und versprach, sich um die Sache zu kümmern und später anzurufen.

Wieder im Wagen, konnte Chris nichts gegen ein Gefühl der vollkommenen Niedergeschlagenheit machen. Leider hatte er das alles schon viel zu oft erlebt. Er war nicht immun gegen solche Dinge. Er hatte zehn Jahre lang mit den Jugendlichen aus dem Viertel gearbeitet, seinen Job so gut er konnte gemacht. Er ließ zu, daß seine Arbeit auch in sein Privatleben eindrang – er stellte seine Hilfe und Zeit zur Verfügung, und auch wenn es nicht so aussah, als würde er etwas erreichen, hatte er doch immer noch Hoffnung. Selbst wenn er sich völlig niedergeschlagen und mutlos fühlte, flackerte immer noch die Flamme der Hoffnung. So viele Male im Verlauf der Jahre hatte er immer wieder hilflos mit angesehen, wie ein Teil der Jugendlichen auf der Strecke blieb und unter die Räder kam. Und wenn sie für diesen entscheidenden ersten Fehler eine Haftstrafe bekommen hatten, dann gab es kein Zurück mehr. Wie einem inneren Zwang folgend, wiederholten die Jugendlichen die Verhaltensmuster, die sie umgehend zurück in die Gefängniswelt schickten, als gehörten sie dort wirklich hin.

Chris manövrierte den Wagen in einen Parkplatz nicht weit von seinem Haus. Er warf einen Blick auf die Uhr. Es war fast schon eins.

Müde, niedergeschlagen, voller Zynismus und hungrig betrat er das Haus. Aus der Küche kamen Stimmen.

«Aaah, hast du also doch noch den Weg nach Hause gefunden?»

Chris sah seine Mutter stirnrunzelnd an, die mit Myrtle, Lorna und Coleen am Küchentisch saß. «Was machst du denn hier?»

Noch als er sprach, erinnerte er sich, daß sie übereingekommen waren, sie wie jedes Jahr zur Weihnachtszeit übers Wochenende zu sich zu holen. Die schlanke Frau lachte und ergriff die ausgestreckte Hand ihres Sohnes.

«Ohhh, dann willst du mich nicht mehr hier haben?» fragte sie und sah ihm in die Augen. «Was ist mit dir? Warum siehst du so müde aus?»

Chris erklärte, daß er in letzter Zeit nicht genug geschlafen hatte, wegen der Arbeit und anderen Dingen. Auch wenn er inzwischen über dreißig war, bemutterte Mrs. Thomas ihren Sohn immer noch wie ein kleines Kind. Was er in ihren Augen natürlich auch noch war. Seit sie ihn und Lorna aus ihrer Heimat Jamaika herübergeholt hatte, war sie sehr fürsorglich. Chris stand seiner Mutter sehr nahe, heute mehr als früher, denn als Erwachsener verstand er den Kampf besser, den sie mitgemacht hatte. Ihre Mutter liebte natürlich auch Lorna, aber das war eine Liebe zwischen Frauen, von Mutter zu Tochter, eine Art schwesterliche Liebe. Zu ihrem Sohn Chris hegte sie eine andere Art der Zuneigung. Chris ersetzte ihr auch den Sohn, den sie vor ihm gehabt hatte und der schon im Kindesalter gestorben war. Als nachgeborenes Kind, das überlebt hatte, war Chris etwas ganz Besonderes für sie.

«Wie ist es gelaufen?» fragte Myrtle vom Herd.

«Nicht so besonders», antwortete Chris ausweichend. Es war im Augenblick nicht nötig, daß sie weiter nachfragte. Normalerweise erzählte Chris ihr alle Geschichten, die ihn so oft nicht einschlafen ließen oder früh aus dem Bett holten.

Chris setzte sich neben seine Tochter Coleen an den Tisch.

«Dad, du hast das mit heute morgen vergessen!» sagte sie vorwurfsvoll.

Chris warf der Zwölfjährigen einen verdutzten Blick zu.

«Heute morgen? Ach, ja!»

Er hatte versprochen, mit ihr zum Markt zu fahren, wo sie ihr etwas Neues zum Anziehen kaufen wollten. Wieder ein nicht gehaltenes Versprechen. Er entschuldigte sich und streichelte über ihre Haare. Coleen lächelte spitzbübisch.

«Schon okay», sagte sie. «Du kannst morgen früh mit mir zur Petticoat Lane fahren, das ist sowieso besser.»

Chris konnte es nicht fassen. Seine Mutter und Myrtle lachten.

«Das ist wieder mal typisch Coleen», sagte Myrtle.

Coleen war als «gerissener kleiner Frechdachs» bekannt, und ihre Mutter nahm sich immer vor ihr in acht. Chris jedoch fiel immer wieder darauf herein. Tatsächlich liebte er ihren Einfallsreichtum. Aber die Petticoat Lane am Sonntag vor Weihnachten! Das war der reinste Wahnsinn.

«Okay, wir reden später noch darüber», schlug er vor. Coleen lächelte und war einverstanden.

Myrtle hantierte am Herd gleichzeitig mit mehreren Töpfen. Der Duft von guter Hausmannskost hing in der Küche und folterte Chris' leeren Magen. Als seine Mutter hörte, daß er um sechs Uhr morgens aus dem Haus gegangen war, noch vor dem Frühstück, stand sie auf.

«Ist schon in Ordnung, Myrtle, ich mach ihm was.»

Während Mrs. Thomas ihm etwas zu essen machte, schlich sich Coleen lautlos aus der Küche.

«Wo ist Stevie?» fragte Chris seine Frau.

«Was glaubst du?»

Stevie verbrachte jede freie Minute mit Videospielen vor dem Bildschirm. Mit fast zehn Jahren kreiste sein Leben um die Schule, Fußball und Nintendo. Wenigstens machte er keine Probleme. Er war ein ruhiger, höflicher Junge. Die Freundinnen seiner Mutter staunten nicht selten über ihn und wünschten sich, ihre eigenen männlichen Sprößlinge wären genauso nett.

Chris stand auf und ging nach unten, zog Jacke und Schuhe aus, wusch sich Hände und Gesicht und reckte sich schließlich, um die Erschöpfung abzuschütteln. Als er in die Küche zurückkehrte, erwartete ihn dort ein Teller mit dampfendem Essen. Er trank einen Schluck von dem kochendheißen Pfefferminztee. Unter dem wachsamen mütterlichen Blick machte er sich über Salzfisch, gebackene Süßkartoffeln und Brot her. Anschließend fühlte er sich gleich erheblich besser.

«So, Mum, du bist heute nicht in der Kirche gewesen?» fragte Chris und trank wieder einen Schluck Tee.

«Heute ist nicht Sonntag.»

«O nein, natürlich nicht.» Alles in allem fühlte sich Chris einen Tag älter.

«Morgen gehe ich in die Kirche», sagte Myrtle und starrte ihren Mann an.

«Hmmm...» Chris sagte nichts weiter. Sie hatten bereits mehrere Diskussionen über die Kirche gehabt, ohne zu einer Einigung zu gelangen, aber wenn Myrtle in die Kirche gehen wollte, dann war das allein ihre Sache. Sie hatte es sich zur Gewohnheit gemacht, seine Mutter gelegentlich zu begleiten, was Mrs. Thomas ungeheuer erfreute.

Die Kirche war nichts Neues für Myrtle. Sie kam aus einer Methodistenfamilie, aber seit sie vor elf Jahren Chris geheiratet hatte, war sie nicht mehr hingegangen. Es war genaugenommen nicht Chris' Werk. Da sie in einer Familie aufgewachsen war, die regelmäßig in die Kirche ging, hatte Myrtle nie irgend etwas wirklich in Frage gestellt. Als sie von zu Hause auszog, hörte sie einfach auf, weiter in die Kirche zu gehen, auch wenn sie immer noch ihre Bibel las. Obwohl Chris' Mutter all die Jahre über ständig Druck ausgeübt und ihn deswegen nie in Ruhe gelassen hatte, war er doch nicht wieder in die Kirche gegangen. Mit sechzehn fing er an, allein des Rebellierens wegen dagegen zu rebellieren. Später kehrte er allerdings wieder zur Heiligen Schrift zurück und studierte alles, was er speziell über das Christentum finden konnte. Oft setzte er sich mit seiner Mutter zusammen und bewies ihr geduldig, warum er die Gültigkeit der meisten Aussagen ihrer Religion nicht akzeptieren konnte. Was natürlich alles vergebens gewesen war. Chris machte das nichts aus, solange jeder tun und lassen konnte, was er wollte. Zu Problemen kam es nur, als Mrs. Thomas versuchte, ihrem Glauben durch die Hintertür Geltung zu verschaffen, zum Beispiel als sie die «Zwangstaufe» von Coleen arrangierte. Auch wenn sie die Wahrheit von Chris' Argumenten verstand, konnte Mrs. Thomas sie doch leicht auf ihre Seite ziehen. Chris jedoch blieb standhaft, erklärte, daß er sein Kind nicht einem Ritus unterwerfen würde, den er nicht anerkannte. Seine Mutter und die Gemeinde bestanden darauf. Chris sagte ihnen höflich, aber bestimmt, daß sie sich um ihren eigenen Kram kümmern und sein Kind in Ruhe lassen sollten. Myrtles Familie hielt sich weitgehend heraus, obwohl ihre Mutter, eine überzeugte Christin vor ihrer Ankunft in England aus Barbados, Chris nie wirklich verzieh. Sie mußten sich mit einer Familienfeier begnügen, einem sehr netten Wiedersehenstreffen, das trotz der Mißstimmungen glatt verlief. Das gleiche passierte ein paar Jahre später mit Stevie...

«In Ordnung», sagte Myrtle, schaltete eine Platte aus und die anderen herunter, «gehen wir runter und entspannen uns ein wenig.»

Alle gingen nach unten ins Wohnzimmer und schauten fern. Coleen saß bereits dort.

«Wo ist Harry?» erkundigte sich Mrs. Thomas nach einer Weile.

«Gute Frage», dachte Lorna.

«Er hat versprochen, daß er zum Essen kommt, Mum», sagte sie und versuchte, überzeugt zu klingen.

Chris saß in seinem Sessel und ging die Ereignisse des vergangenen Morgens noch einmal in Gedanken durch. Umgeben vom Geplapper seiner Familie, dachte er an Hopper, eingesperrt, an Kevin, auf der Flucht, an Mrs. Walters, betrübt, einsam...

Angelockt durch den Lärm, kam Stevie aus seinem Zimmer herein. Seine Großmutter packte ihn, zog ihn an sich und streichelte seinen Kopf. Stevie ließ alles tapfer über sich ergehen. Nach etwa einer Stunde verkündete Myrtle, das Abendessen sei fertig. Genau in diesem Augenblick klingelte es oben. Stevie und Coleen rempelten, um als erster nach oben zu kommen.

«Schluß jetzt!» rief ihre Mutter und folgte ihnen in die Küche. Lorna ging ihr helfen. Chris blieb sitzen und hörte seiner Mutter zu, die Neuigkeiten von Freundinnen, anderen Kirchgängerinnen und so weiter erzählte, von denen er viele nur entfernt kannte. Er lächelte, als sie Geschichten erzählte, und lachte über die Lebendigkeit und den verschmitzten Witz, der ihre für gewöhnlich fromme Sichtweise der Dinge Lügen strafte. Zwischen den Geschichten erwähnte sie beiläufig, daß ihr Vater Anfang der Woche aus Jamaika angerufen hatte. Chris' Vater hatte beschlossen, nach seiner Pensionierung von der British Rail in seine Heimat zurückzukehren. Seine Entscheidung hatte seiner Frau viel Kummer bereitet. Sie hielt zwar das Leben in England auch nicht für perfekt, aber wenigstens war es mehr oder weniger sicher. Sie hatte versucht, seinen Standpunkt zu verstehen. Nachdem sie vor zwei Jahren zum ersten Mal, seit sie in den fünfziger Jahren nach Großbritannien gekommen war, Jamaika besucht hatte, konnte sie sich nicht vorstellen, jemals wieder dort zu leben. Vieles hatte sich verändert, sie war älter, viele der Menschen, die sie damals zurückgelassen hatte, lebten nicht mehr. Sie fühlte sich wie eine Fremde im eigenen Land. In London führte sie ein geordnetes, ruhiges und relativ komfortables Leben.

Ihr Mann sah das völlig anders. Er hatte sich in seiner neuen Heimat nie wirklich zu Hause gefühlt. Sicher, er hatte eine Familie und Freunde. Sicher, er hatte sein Auskommen und konnte an Wochenenden entspannen, sich ein Gläschen genehmigen und Domino spielen. Aber tief in seinem Inneren hatte er Jamaika immer vermißt; das Klima, eine Freiheit, die er in England nicht empfand, und das wunderschöne Meer. Von seinem ersten Trip in zehn Jahren nach Hause kehrte er verträumt nach England zurück. Er setzte sich mit seinem Sohn Chris hin und erzählte ihm, wie sehr er seinen Aufenthalt genossen hatte, die Gesellschaft seiner alten Freunde und das Meer, aus dem seine Familie drüben immer noch ihren Lebensunterhalt bestritt. Chris verstand ihn; auch er war dort gewesen und empfand das gleiche, auch wenn er als Kind die Insel verlassen hatte. Als die Zeit der Rückkehr für seinen Vater kam, wußte er, daß es seiner Mutter weh tun würde. Doch als Mann konnte er es seinem Vater nicht vorwerfen, wenn er nicht in einem Land alt werden und sterben wollte, das er nie so geliebt hatte wie seine Heimat. Er ging, seine Frau blieb, und jetzt standen die Kirche und ihre Kinder im Mittelpunkt ihres Lebens...

Stevie kam vor Harry aufgeregt die Treppe heruntergestürmt.

«Hi, Grandma.» Harry gab ihr einen Kuß.

«Harry, mein Junge. Laß dich ansehen!» sagte sie bewundernd. Dann drehte sie sich zu dem hübschen, schüchternen Mädchen an seiner Seite.

«Willst du mich nicht vorstellen?» rügte sie sanft.

«Ja. Das ist Marcia.»

Lächelnd streckte Marcia die Hand aus. Mrs. Thomas nahm sie.

«Aber, Harry, ist sie deine Freundin? Sie ist hübsch! Wie geht es dir, meine Liebe?» Harry grinste, als Marcia versuchte, nicht schüchtern zu sein. Die Großmutter hielt ihre Hand immer noch fest.

«Hallo. Mir geht's gut, danke.» Jetzt war sie zwar wieder frei, war aber gezwungen, sich neben die alte Dame zu setzen. Unterdessen setzte sich Harry neben seinen Onkel.

«Alles klar, Chris?»

«Wie geht's?»

Harry erklärte, daß er ein paar Freunde besucht und sich dann überlegt habe, Marcia zum Abendessen einzuladen. Chris sagte, das sei eine gute Idee gewesen. Als Mrs. Thomas dann beschäftigt war, Marcia auszufragen, erzählte er Harry mit gedämpfter Stimme von Kevin und Hopper.

«Wirklich?» Harry konnte es nicht glauben. Die beiden Jungs waren älter als er, aber er kannte sie. Sie unterstützten ihn immer, ermutigten ihn, den Deejay zu machen, und halfen, wann immer möglich.

«Was passiert jetzt mit Hopper?» fragte Harry.

Chris schüttelte traurig den Kopf.

«Ich glaube kaum, daß sie ihn auf Kaution laufenlassen, zumal sie Kevin noch nicht haben.»

Harry reagierte betroffen, als er das hörte. Die beiden Jungs waren nicht wirklich schlecht wie manche Jugendliche, die immer nur Ärger suchten. Sie konnten und würden sich einfach nur behaupten und nicht kleinkriegen lassen. Er fragte sich, was Kevin tun würde.

Lorna kam mit zwei Tabletts balancierend herunter, die sie ihrer Mutter gab, die es sich nicht nehmen ließ, die scheue Marcia mit Geschichten über Harry als Säugling zu quälen. Marcia warf Harry einen hilflosen Blick zu. Er lächelte nur und genoß ihr Leiden.

Myrtle kam mit weiteren Tabletts. Chris erhielt eins, Harry das andere. Dann setzten sie sich zum Essen an den Tisch, allerdings nicht bevor Mrs. Thomas ihren obligatorischen, wenn auch kurzen Segen gesprochen hatte. Der Fernseher war noch an, aber nur Stevie achtete darauf. Das Essen war ausgezeichnet, und trotz seines späten Frühstücks genoß Chris jeden einzelnen Bissen. Coleen und Lorna räumten anschließend ab und brachten hohe Gläser mit Guinness-Punsch für alle. Die Atmosphäre wechselte von angenehm zu gemütlich, und sogar Marcia wurde langsam lockerer. Mitten in der ausgelassenen Stimmung lenkte Mrs. Thomas, der nie etwas entging, die Aufmerksamkeit ihres Sohnes auf das gerahmte Bild an der Wand hinter ihm.

«Chris, was ist das?»

Chris schaute auf und lächelte. Er hatte das Bild letzte Woche in einer Buchhandlung gekauft. Es war eine Zeichnung des Letzten Abendmahls, genauso angelegt wie in traditionellen christlichen Bildern, nur daß sämtliche Figuren, einschließlich der in der Mitte, als bärtige Schwarze dargestellt waren.

«Tja, Mum, erkennst du's denn nicht? Warum fragst du?» meinte Chris amüsiert. Er wußte genau, was sie meinte.

«Ja, ich waiß, aba warum sehn die so aus?»

Chris lachte.

«Mum, laß es, einverstanden? Es ist mein Haus, es ist mein Bild. Mir gefällt's, okay?»

«Ich frage ja nur. Darf ich nicht mal eine Frage stellen?» erwiderte Mrs. Thomas unschuldig.

Lorna und Myrtle verzogen das Gesicht, denn sie wußten nur zu gut, wohin das hier ging.

«Fang nicht damit an, Maan, laß ihm doch sein Bild», sagte Lorna, drehte sich dann mit einem «Bitte-laß-sie-nicht-loslegen»-Blick zu Chris.

Harry lachte. Seine Großmutter hatte den Versuch noch nicht aufgegeben, ihn in die Kirche zu bekommen. Chris und seiner Mutter gelang es dennoch, eine kurze, aber lebhafte Debatte über das Bild zu führen. Mrs. Thomas befriedigte ihre Neugier. Chris versicherte ihr, daß seine Zeichnung höchstwahrscheinlich eine wahrheitsgemäßere Darstellung von Jesus und seinen Jüngern war als die anderen, die sie sonst kannte. Manchmal vermutete er, daß seine Mutter die Wahrheit kannte, aber aus reiner Gewohnheit an ihren konformistischen Überzeugungen klebenblieb.

«Also, Mum, du bist schwarz, aber du willst nicht, daß Christus auch ein Schwarzer ist?» meinte er lachend.

Myrtle versuchte tapfer einzuschreiten.

«Aber mit Sicherheit weißt du das nicht?»

«Du weißt aber auch nicht mit Sicherheit, ob er's nicht war, oder?» erwiderte Chris.

Harry lächelte und hörte zu, wie Chris zu einem allgemeineren Diskussionsthema wechselte. Der bärtige Mann, vergessen für den Augenblick, schaute aus dem Bild zu, wie die Familie in der Behaglichkeit des Wohnzimmers den Feiertag weiter genoß. Coleen schaltete das Licht ein.

«Gehst du später noch aus?» wollte Chris von Harry wissen. Er hatte bemerkt, wie sein Neffe bereits mehrmals auf die Uhr gesehen hatte.

«Yeah, ich muß heute abend noch auf eine Tanzveranstaltung.»

«Du paßt aber auf dich auf, hörst du?» sagte Chris.

«Klar, mach dir keine Sorgen.»

Kurz darauf kündigte Harry seine Absicht an, Marcia nach Hause bringen zu wollen. Harry wich der Nachfrage seiner Großmutter aus, indem er sagte, er sei bald wieder zurück. Das junge Pärchen verließ die glückliche Atmosphäre des Familientreffens und trat hinaus in die kalte Nacht. Sie gingen zur Bushaltestelle, aber Harry beschloß, daß sie besser ein Taxi nehmen sollten. Denn immerhin, es war ja Weihnachtszeit...

13

DER GROSSE SOUND CLASH

«Höa dia das an, Maan», sagte Sticks, als er die Lautstärke der Autostereoanlage hochdrehte, damit Linton den Text voll mitbekam. Die Kassette hatte er erst am gleichen Tag von einem Mädchen erhalten, das aus Jamaika zurückgekommen war. Der Baß pulsierte aus den großen Lautsprecherboxen im Fond des Saab. Sticks' Kopf wippte im Rhythmus vor und zurück. Ein grinsender Linton hörte aufmerksam zu, als der MC einen eng gewebten Text in den Rhythmus einflocht, und er stieß einen begeisterten Schrei aus, als die Pointe kam. Die Zuhörer auf der Kassette reagierten genauso, Tausende von Meilen weit entfernt und tausendmal lauter, unterbrachen den MC und zwangen den Selector, die Platte noch mal aufzulegen.

«Irre, Maan, da muß man ja ausflippn!»

«Yeah, Maan», antwortete Sticks. Die beiden saßen seit einer Stunde im Wagen. Im Saal war der Tanz in vollem Gange und kam schnell auf Touren, obwohl es erst zwei Uhr morgens war. Sticks hatte die ganze Sache nach D.s Anweisungen koordiniert und dafür gesorgt, daß die beiden Sound Systems rechtzeitig da waren, hatte den Aufbau der Bar überwacht und die Eingangskontrolle organisiert. Als D. in den Saal kam, lief bereits alles, die Zuschauer kamen in Scharen, und er mußte sich um nichts Sorgen machen. Der Sound Clash, für den viel Werbung gemacht worden war, zwischen dem langjährigen Champion High Noon und den aggressiven aufstrebenden Radical Hi-Powah fand tatsächlich statt! Zusätzlich erhielt die Sache noch größeren Reiz, weil es als D.s persönliche Tanzveranstaltung angekündigt wurde. Der Menge nach zu urteilen, die sich vor den Türen des Gemeindesaals in der Kälte drängelte, war es drinnen bereits ziemlich voll. Auch weil es Feiertagszeit war, nur noch weniger als eine Woche bis Weihnachten, war dies einer der belebtesten Samstagabende des Jahres. So wie er die Veranstaltung beworben hatte, rechnete D. mit Leuten aus ganz London und sogar von außerhalb. Der Saal mit der hohen Decke war groß, was gut war, und die Bühne befand sich an einem Ende. Solche Veranstaltungsorte waren normalerweise schwer zu bekommen, besonders kurzfristig, also hatte D. ein Mädchen, das er kannte, listig so programmiert, daß sie den Saal für ihre «Geburtstagsparty» buchte. Eine fette Saalmiete, die als Spende für das Gemeindezentrum ausgewiesen wurde, hatte den Manager überzeugt, die üblichen zeitlichen Beschränkungen außer Kraft zu setzen. So wie es aussah, würde die Tanzveranstaltung bis weit in den Sonntagmorgen dauern. Von dort, wo Sticks den Wagen geparkt hatte, vor dem Pub auf der anderen Straßenseite des Saals, konnte er den stetigen Strom der Autos beobachten, die, von Tottenham kommend, aus dem Einbahnstraßensystem in die verstopfte Seitenstraße einbogen. Es gab keine Parkplätze mehr, auf beiden Straßenseiten standen bereits Autos, und neu hinzukommende Fahrzeuge parkten jetzt auch die angrenzende Seitenstraße zu.

«Ah, ich liebe so Tanzveaanstaltungen», meinte Sticks lächelnd. «Nächstn Monat mach ich das wieda, waißtu.» Linton nickte und war immer noch von der neuen Kassette begeistert. Nachdem sie sich vergewissert hatten, daß alles bestens lief und D. inzwischen auch eingetroffen war, hatten sich die beiden in das Auto zurückgezogen, um ein paar *rocks* reinzuziehen. Sie fühlten sich blendend. Schon bald würden sie wieder auf der Tanzfläche sein und Dampf ablassen.

«Sieh dia das an!» Linton machte seinen Freund auf eine Gruppe Mädchen aufmerksam, die von der anderen Straßenseite zum Saal hinübergingen. Die vier waren aufgedreßt, trugen kurze, mit Pailletten besetzte und tief ausgeschnittene Kleider und beeilten sich, durch die kalte Dezembernacht zu kommen. Sticks schaute mit zurückgelehntem Kopf hin, als sie am Wagen vorbeikamen.

«Was füan Arsch!» murmelte er, als er die breiten Hüften des letzten Mädchens in der Gruppe sah. Linton machte eine Bemerkung über weibliche Formen im allgemeinen, und dann erzählte Sticks eine Geschichte, über die beide lachen mußten. Die Stereoanlage schaltete automatisch auf die andere Seite der Kassette um, und weitere exklusive Texte sprudelten aus den Boxen. Die Zuschauer auf dem Band hörten sich beinahe so an, als fände das Konzert bei ihnen im Auto statt.

«Trotzdem, es gibt ainfach nichts Bäßres als die Veranstaltung im Yard», verkündete Sticks nachdrücklich.

«Ächt, manchmal hab ich Lust, ainfach rüba zu fliegn, waißtu das, Supa?»

Sticks stimmte zu. Auch für ihn war England schwer zu ertragen, ganz besonders im Winter. Gleichgültig, wieviel Komfort sie genossen, sie vermißten immer noch Jamaika und dieses Gefühl von Lebendigkeit, diese spezielle Mischung aus Spannung und ausgelassener Begeisterung, wie man sie in Downtown Kingston bei Tanzveranstaltungen erlebte. Richtig, vor seiner Ankunft in England hatte Sticks das Leben eines Armen geführt, hatte sich seit seiner Kindheit die Hacken abrennen müssen, um seinen Lebensunterhalt zu bestreiten. Damals war er hungrig aufgewacht und manchmal auch hungrig wieder ins Bett gegangen! Er war mit wenig aufgewachsen, trug Tag für Tag dieselbe geflickte Hose, dasselbe zerrissene Hemd und die kaputten alten Schuhe. Heute legte Sticks großen Wert auf sein Äußeres. Er konnte sich noch erinnern, wie seine Großmutter ihm immer gesagt hatte, «nur das Beste ist gut genug für dich». Das war schon lange her, aber diese Worte hatte er nie vergessen. Als er dann schließlich den hungrigen Straßen seiner Kindheit entfloh, war es für ihn so etwas wie ein Motto geworden. Er war jetzt seit über zwei Jahren hier, und er hatte es zu etwas gebracht. Sticks öffnete die Seitenscheibe, räusperte sich und spuckte aus. Linton steckte sich eine Zigarette an.

«He, siehst du den Buoi da unten vor der Siedlung, die ficken sich jetzt selbst, veastehstu», sagte er und bezog sich damit auf ein kleines Problem, das sie während der vergangenen Woche gehabt hatten. Anscheinend hatten einige Typen aus dem Viertel beschlossen, auf eigene Rechnung zu dealen, und wollten sich nicht mehr von Sticks' Leuten kontrollieren lassen. Vor ein paar Tagen hatte sich Sticks persönlich um die Sache gekümmert, aber es sah ganz danach aus, als müßten sie etwas mehr unternehmen. Sticks kurbelte das Fenster wieder hoch, nahm seine Bierflasche vom Armaturenbrett und trank einen Schluck.

«Kaine Angst, Mann, um die wädn wia uns schon noch kümmean.» Im Augenblick konnte Sticks das nicht weiter stören; er fühlte sich gut, und die Nacht war noch jung. Nächste Woche würde er sich des Problems annehmen. Er sah Linton an und fügte hinzu:

«Wänn ain Buoi sich zwischn mich und main Geschäft ställt – dann ist ea tot, veastehstu!» Linton stimmte zu. Sie waren durch die Siedlung gefahren und hatten sich einen Jungen gekrallt, der trotz voraufgegangener Warnung in ihrem Revier dealte. Linton war dafür gewesen, ihn an Ort und Stelle zu erschießen, aber Sticks hielt ihn zurück. Er wurde zusammengeschlagen. Aber das war's. Später hatte Sticks erklärt, daß es sich nicht lohnte; er wollte den dicken Fisch, denjenigen, der die Jugendlichen mit Nachschub versorgte, denjenigen, der das Programm nicht respektierte.

«Veastehstu», sagte Sticks herausfordernd, «ich hab voa kaim Respäkt, klaa?!»

Linton zog an seiner Zigarette. Sticks fuhr fort: «Kainea wiad mich davon abhaltn, ein paa Pfund zu machn. Ist mia egal, was die sagn. Die Loite wolln Drogn, und das Geschäft habn wia hia in dea Hand.»

«Ja, Maan», pflichtete Linton bei. Sticks schwieg einen Moment und dachte nach, und als wollte er das Thema wechseln, sagte er zu seinem Partner:

«Main Vata hat sich mit aim Handkarrn sain Gält veadient, waißtu», fuhr er fort. «Yeah, Maan, main Vata kommt vom Land, ist in die Stadt gekommen, um sich Gält zu veadienen.» Sticks unterbrach sich. Er schien sich auf tief vergrabene Erinnerungen zu konzentrieren. «Als ea krank wuade, ist dea Maan ganz maga gewoadn, waißtu, Linton. Gottveadammt maga. Damals bin ich noch ain klaines Kind gewesn. Maine Mutta, die hat sich um ihn gekümmat, aba sie hat ihm nicht mal Medizin kaufn oder ihn ins Kranknhaus schickn können.» Sticks nickte bedächtig, während er durch die Windschutzscheibe starrte, als sei er für einen Augenblick hypnotisiert von dem Pochen des Basses und seinen Erinnerungen.

«Und als ea dann tot war, da war ea nua noch Haut und Knochn, waißtu», sagte er leise. Dann schüttelte er die Vergangenheit ab. Er drehte sich zu Linton und sagte entschieden: «Mia passiat so was nicht, waiß Gott!»

«Worauf du dich vealassn kannst, rude buoi.» Linton sah das genauso.

«Sieh dia das an.» Sticks klopfte auf die Wölbung an seiner Taille. «Das ist maine Veasicherung. Ich muß main Antail kriegn.» In dieser Stimmung machten sie weiter, diskutierten die miesen Verhältnisse, denen sie entflohen waren, und schworen, daß sie nie leiden und betteln würden, wie es ihre Eltern hatten tun müssen. Während sie noch mit ihrer Phrasendrescherei beschäftigt waren, bemerkte Linton etwas auf der anderen Straßenseite, das seine Aufmerksamkeit auf sich lenkte.

«Sieh dia das an! Ist das nichts füa dich?» Sticks erkannte die drei Mädchen vor dem Saal wieder, als sie die Straße überquerten und auf den Wagen zukamen.

«Yeah, Maan.»

Er schaute zu, wie Soni und ihre beiden Freundinnen näherkamen.

«Ich könnte hoite abnd gut ains von den Mädchn bügeln», sagte Linton. Sticks lachte.

«Die in dem Trikot?»

«Nee, Maan», erwiderte Linton. «Mit den Knochigen komm ich nicht klaa. Ich main die andre da.» Das Mädchen, das er meinte, war klein und fett, hatte stämmige Beine, die von ihrem knappen Minikleid kaum bedeckt wurden.

Sticks schnalzte mit der Zunge.

«Gib dich nicht mit so was ab, Maan, sind ain paa gaile Mädchn auf dem Tanz. Die da machts dia umsonst.»

Linton grinste und dachte darüber nach.

«Ich waiß genau, was das Mädchn will, waißtu?» Sticks ließ seine Seitenscheibe runter, als Soni näher kam.

«Was ist mit oich los, kommt ia nicht rain?» fragte sie.

«Yeah, Maan. Wia machn uns hia east mal lockea.»

Die drei Mädchen schlurften auf der Stelle; ihre Kleidung schützte sie kaum gegen den kalten Wind.

«Hastun *rock* füa mich?» fragte Soni.

Sticks lachte und warf Linton einen Blick zu.

«Okee, kommt rain.»

Soni öffnete die Tür, und die drei zitternden Mädchen stiegen schnell ein.

«Grill das Zoig, Linton», sagte Sticks zu seinem Partner.

Linton bereitete eine Pfeife vor und reichte sie nach hinten. Soni steckte sie an und gab sie ihren Freundinnen weiter. Der Geruch füllte den Wagen. Auf der Rückbank wurde gehustet, dann bereitete

Linton die nächste Pfeife vor. Sie blieben eine Weile im Auto und redeten, bis Sticks beschloß, daß es Zeit war, wieder reinzugehen.

«Wie siehts da drin aus?» fragte Sticks.

«Gerammelt voll, Maan, übahaupt kain Platz», erwiderte Soni.

«Füa mich ist imma Platz.» Lachend öffnete Sticks seine Tür. Sie stiegen aus und gingen zum Saal hinüber, wobei Linton ein Stück zurückblieb und irgend etwas mit dem Mädchen aushandelte, das er beobachtet hatte. Vor dem Saal drängten sich die Leute, die immer noch rein wollten. Das hier schien das große Ding des Abends zu sein, und viele Raver, die in der Gegend oder auch weiter weg auf Partys gewesen waren, trudelten erst jetzt ein. Linton bahnte ihnen einen Weg durch die schiebende Menge, stieß Leute grob zur Seite. Ein sichtlich angetrunkener junger Mann in Anzug protestierte, als er aus dem Weg geschoben wurde. Ein eiskalter Blick von dem großen und grimmig aussehenden Linton kühlte ihn ab. Als sie eintraten, blieb Sticks kurz stehen, um mit Riley zu sprechen, einer seiner Türsteher, der gerade mit zwei anderen in eine Diskussion verwickelt war, die die Schlange aufhielten.

«Was ist hia los, Maan?»

Riley deutete verächtlich auf die beiden Männer.

«Die Typn wolln kain Aintritt bezahln.»

Sticks drehte sich zu dem am nächsten Stehenden um, einem kräftig gebauten Mann mit kurzem Bart und einem goldenen Stern im linken Ohr.

«Was gibtsn, Sir? Siehstu nicht, daß du die Schlange aufhältst?» Der Mann sah ihn an und wich keinen Millimeter zurück.

«Ich bin Entertainer, ich bezahl doch nicht füa aine Tanzveaanstaltung, kapiat?» konstatierte er stur.

Sticks warf Riley einen Blick zu, dann sah er wieder den Mann an.

«Sag mal», fragte er trocken. «Trittst du hoite abend noch auf aim andren Set auf?»

Der Mann zögerte eine Sekunde, mehr Zeit gab Sticks ihm nicht. «Dann mußtu bezahln, Maan, oda du veaschwindest, klaa?»

Hinter den Männern verfolgten die ersten Reihen der Menge die Konfrontation. Für Sticks' Geschmack blieb der Mann eine Idee zu lange stehen.

«Du hast mich veastandn. Das hia ist die Privatveaanstaltung vom

Don. Ich geh ihn jäz wegn dia holn. Soll ea sich doch sälbst um dich kümmean.» Unter Sticks' wachsamen Augen schob der Mann dann eine Hand in die Tasche und sah ihn mindestens eine Sekunde lang an, bevor er eine 20-Pfund-Note auf den Tisch legte. Er und sein Freund gingen mit steinerner Miene und sichtlich verärgert an Riley und Sticks vorbei, waren allerdings nicht bereit, es noch weiter auf die Spitze zu treiben. Sticks flüsterte ein paar Worte in Rileys Ohr, dann ging er hinein. Der Laden war voll, die Leute standen im Korridor Schlange, massierten sich mit dem Gros der Menge vor der Bar, drängten über die gesamte Länge des Saales. Sticks blinzelte in die verräucherte Dunkelheit. High Noon hatte vor der hinteren Wand aufgebaut und gerade die Bar betreten. Der Mixer und der Verstärker standen erhaben auf einer Plattform. Jetzt waren sie an der Reihe, und sie nutzten es voll aus. Beetle, ihr Starselector, war periodisch sichtbar, wenn sein Kopf über die Mauer der Tanzenden wippte, die sich um den Kontrollturm scharten. Er war klein, aber recht beleibt, hatte einen Schnurrbart und trug eine Brille. Er war ein leicht aufbrausender Hydrant von einem Mann, immer bereit, jedes Sound System anzugreifen, das es wagte, High Noon die Krone streitig zu machen. Heute schien Beetle in Hochform; er sprang buchstäblich in die Luft, während er die treuen Fans des Sounds lobte. Gejohle, Pfiffe und Zurufe erhoben sich überall aus der Menge, als er ins Mikro brüllte. Gegen den Turm rechts vom Eingang gelehnt, blieb Sticks einen Moment stehen und verfolgte die Action. Beetle ließ die Nadel des Plattenspielers ein paar Sekunden auf die Scheibe fliegen, dann reagierte er auf das erregte Toben der Menge und hob die Nadel wieder hoch – schaute sich mit eingeübtem Stirnrunzeln um.

«High Noon total – ich will, daß ia oich die Täxte anhöat... Kain Sound bringts genausogut. Nur High Noon allain kann sie so spieln. Und jäz noch mal!»

Die Nadel senkte sich, das Schlagzeug dröhnte und walzte kurz über den wimmelnden Raum. Dann schwebte ohne Musik die tiefe Stimme eines der aktuellen Topsänger Jamaikas aus den Lautsprechern und lobte High Noon. Die Platte lief höchstens eine Minute, bevor Beetle wieder von vorn anfing. Sticks in seiner Ecke nahm den Beat auf. Er mochte High Noon; sie hatten es geschafft, nun bereits seit Jahren der unbestrittene Champion des gesamten Londoner Nordens zu sein. Sticks gefiel ihr Sound, hatte immer wieder seinen Spaß an dem charismatischen Beetle und seinen Tricks. Doch seit letztem Jahr hatten Radical Hi-Powah ernsthaft ihre Hand nach der Krone ausgestreckt. Der neue Sound war mit einer unverbrauchten, talentierten Crew über die Reggae-Szene hereingebrochen und hatte viele der festen Raver um sich geschart. Wo immer sie auftraten, erhielt Radical positive Resonanz, und immer schafften sie es, auf frische «Specials» zu kommen. Wegen der weitreichenden Verbindungen ihrer Besitzer machten außerdem die meisten jamaikanischen Künstler auf Tournee Auftritte auf ihren Sessions. Heute war eine heiße Nacht, in jedem Sinn des Wortes. Ein Zusammenstoß bis zum Schluß, und beide Crews bis an die Grenzen aufgeputscht, ihr jeweiliges Sound System als bestes abschneiden zu lassen. Sticks schaute sich um, erkannte einige Gesichter. Er wußte, daß die meisten seiner Leute sich auf der anderen Seite des Saals versammelt hatten, in der Nähe der Bühne, wo Radical aufgebaut hatte. Er holte tief Luft und begann sich durch die Leiber auf das hintere Ende des Saals vorzuschieben. Es war keine leichte Aufgabe, nicht einmal für einen wild entschlossenen Mann wie ihn, dem es überhaupt nichts ausmachte, auf ein paar Zehen zu treten. Als er es schließlich geschafft hatte, lehnte Linton bereits lässig an der Wand, während sich Sonis fette Freundin an ihn drückte. Er kletterte auf die Bühne, um mit Max, dem Selector von Radical, zu reden. Sie hätten eine geile Crew heute abend, erzählte ihm Max. Jeder MC der Stadt hätte für den großen Sound Clash ans Mikro gewollt.

«Wo ist Puggy?» fragte Sticks. Max wußte es nicht.

«Aba ich kann ihm nua ratn, daß ea noch auftaucht...», fügte Max hinzu. Puggy, der jüngste Shootingstar unter den Sängern, sollte später auftreten, um den Laden auseinanderzunehmen. Da er wußte, daß Puggy sich leicht auf irgendwelche verrückten Ideen einließ, fragte sich Sticks, wo der Junge wohl sein mochte. Er begrüßte einige Soldaten und Künstler, die er kannte, dann ging er zu der Tür rechts von der Bühne. Er klopfte an. Die Tür wurde von innen geöffnet, und Pablos Gesicht tauchte auf. Er trat zurück, um Sticks hereinzulassen. In dem kleinen Raum saßen ein Dutzend Männer auf Stühlen oder lehnten an den Wänden. Sticks begrüßte Indian, Lee, Norris, Leroy und ein paar ihm bekannte Künstler, darunter Danny, Radicals fester MC.

«Ich hab dich schon den ganzn Abend gesucht, Maan. Was warn los?» erkundigte sich Davey.

«Ich war hia, Maan, bin nua mal kuaz draußn gewesn.»

Davey grinste.

«Das seh ich. Gib mian Hit!»

«Wia redn späta, voahea muß ich noch mit dem Don redn.» Sticks ging in die Ecke, wo Charlie und D. in eine Unterhaltung vertieft waren.

«Ich dachte schon, du wäast nach Hause gegangn», sagte D.

«Nein, Maan, wieso sollte ich nach Hause gehn, wo dea Tanz doch grade east anfängt? Alls in Oadnung?»

D. nickte. «Yeah, Maan, alls bästns.»

Solange D. zufrieden war, wie es lief, war alles in Ordnung.

«Dea Ladn ist ziemlich voll, waißtu? Und draußn stehn sie immea noch Schlange», sagte Sticks.

«Dann müssn wia draußn auch noch ain paa Boxn aufstelln», witzelte Charlie, und D. lachte.

D. rief Davey zu, der in der Nähe stand.

«He, Maan, sieht ganz so aus, als ob High Noon den Laden ausainandeanimmt.»

Von draußen drang der Lärm durch die Türen, ein ohrenbetäubendes Spektakel, das mindestens so sehr von der Menge kam wie von der Musik. Beetle trieb sein Publikum zur Raserei.

«Das ist doch gaa nichts, Don», sagte Davey wegwerfend. «Radical wiad hoite abend siegn. Ich hab Täxte, mit denen mach ich sie featig!»

Sticks ging hinüber und kümmerte sich um Davey. Charlie packte ein Rizla aus und baute sich einen Spliff. D. ebenfalls. Er verteilte etwas Gras, und Charlie bestreute seins mit etwas weißem Pulver. Er hielt das kleine Papierheft hoch. D. zögerte vielleicht ein paar Sekunden, dann lehnte er ab, rollte seinen Spliff, wie er war. Die Mischung verschiedener Drogen füllte den kleinen Raum mit Rauch. Von draußen folgte auf eine kurze Stille ein gewaltiger Tumult, der unterbrochen wurde von drei schrillen Tönen eines Synthesizers: Radical machte sich bereit.

In der Ecke, wo er mit Sticks rauchte, schaute Davey jetzt mit einem zufriedenen Lächeln auf. Er reckte sich.

«Jäz bin ich dran!» verkündete er.

Er trat hinaus, angefeuert von allen im Raum Anwesenden. Bald folgten ihm die anderen. Die Tanzveranstaltung kam langsam voll in Fahrt. Bis jetzt hatten die beiden Sounds verschiedene Tracks gespielt und sich aufgewärmt, während der Saal sich bis an sein Fassungsvermögen füllte. Die letzte halbe Stunde hatte High Noon gehört, und der Ton war merklich aggressiver geworden, während Beetle zu schwitzen begann, seinen Gegner verspottete und die Tänzer quälte. Langsam wurde es ernst, das spürte jeder. Der größte Teil von D.s Crew stand erwartungsvoll um Radicals Set und beobachtete, wie Max seinen Mixer einstellte.

«Bevoa wia anfangn...», sagte er ruhig ins Mikro. «Bevoa wia anfangn, will ich noch was sagn.» Radicals Leute standen in den Startlöchern, aber Max fuhr fort.

«Als dea Don mich angerufn hat, ich sollte hia auf diesm Clash spieln, da hab ich gelacht...», erklärte er und schaute stur geradeaus in den Saal. Hier und da wurde in der Menge gelacht.

«Wißt ia auch warum, ich sag oich, warum ich lache; sait längerem höa ich schon, daß High Noon alle möglichn Sachn üba Radical eazählt. Die sagn dies, und die sagn das. So, und wia habn denen nie geantwoatet, und wißt ia auch warum?» Max heizte sein Publikum ein, seine Stimme kam klar und deutlich aus den starken Lautsprecherboxen.

«Ich sag das jäz ohne Boshait. Radical hats nicht nötig, andre Sounds anzugraifn, veasteht ia?» Die Menge explodierte in Zustimmung. Davey sah Max an und lächelte.

«Jedenfalls, genug Gequatsche jäz. Ich will, daß ia Loite Radical zuhöat und anschließend sälbst uatailt. Radical total?!» Ein ohrenbetäubendes Gebrüll erhob sich. Ohne weitere Vorwarnung ließ Max die Nadel auf die Platte fallen, die sich schon eine ganze Weile wartend drehte. Die Nummer explodierte im Saal. Max hielt den Baß eine geschlagene Minute zurück, bevor er den Regler hochstieß. Die Stimmen überdeckten beinahe die Musik, als der populäre *riddim* gegen die Wände schlug und die Atmosphäre zum Knistern brachte. Von der Bühne aus gesehen, bezeugte der Wald erhobener Arme den heißen Empfang, den Radicals Nummern erhielten. Max mußte einen Augenblick warten, um sich Gehör zu verschaffen.

«High Noon!» rief er laut, als der Tumult nachließ. «Höat zu. Tja, ich muß nichts gegn ain andren Sound sagn, denn mea brauch ich nicht als ... Musik.» Die Menge jubelte, Max setzte die Nadel wieder auf. Die nächste halbe Stunde herrschte auf der Tanzfläche die reinste Begeisterung, als Radical Hi-Powah Platte für Platte spielte, dazu «Specials» von allen großen Namen aus Vergangenheit und Gegenwart des Reggae. D. und seine Leute waren genauso begeistert wie die Menge unter und neben ihnen. Die an einer Seite der Bühne für sie und die Radical-Crew aufgestapelten Getränkekisten wurden schnell geleert. Als Davey etwa in der Mitte ihres Auftritts das Mikro ergriff, enttäuschte er nicht. Erbarmungslos, mit fehlerloser Phrasierung und Einfallsreichtum begleitete er jede Nummer, die Max auflegte, reagierte auf die spontanen Rufe der Menge nach mehr.

«Seht ia», brüllte Davey zwischen den Stücken. «Wir brauchn kainen ganzn Haufn MCs wie gewisse andre Sounds.» Rufe erhoben sich aus dem Publikum zu simulierten Schüssen.

«Ia wißt, daß ich dea fäste MC bin, und ich bin dea Größte, klaa?! Späta bringt Radical Hi-Powah auf die Bühne, live und in Faabe ...» Pause. «... Puggy!» Mehr Beifallsrufe.

«Außadem Firefly, dea noie MC des Jahres.» Begeistertes Toben.

«Aba bis dahin – nehmt das!» Mit diesen Worten legte Max die Platte auf, die das Publikum zu Begeisterungsstürmen hinreißen sollte, laut, knackig, hart. Auf dem hinteren Teil der Bühne, einen Spliff in der einen und ein Guinness Stout in der anderen Hand, wiegte sich D. zu den Sounds. In seinem schwarz-grünen Hemd mit der dazu passenden Hose und Goldbesatz sah er besonders scharf aus. Schmuck schimmerte an seinem Hals und an den Fingern. Er hatte sich den Tag über entspannt und Sticks alles organisieren lassen, war zum Friseur gegangen und hatte den größten Teil des Tages in Jennys Wohnung verbracht. Im letzten Monat war er ziemlich regelmäßig bei ihr gewesen, hatte seinen Sohn besser kennengelernt und die *vibes* neu entflammt, die er mal mit Jenny hatte. Sie war ausgesprochen nett zu ihm und gab sich sichtlich die größte Mühe, ihn so oft und so viel wie möglich bei sich zu halten. Sie fragte nicht nach Donna, obwohl D. vermutete, daß sie über die «Konkurrenz» Bescheid wußte. Wahrscheinlicher war sie so ausgesprochen nett, um ihn ganz für sich zu gewinnen. Was Donna betraf, natürlich hatte sie ein paar bissige Bemerkungen über seine veränderte Haltung gemacht. Auch wenn er sich immer noch um sie kümmerte und Zeit mit Avril verbrachte, war D. nun erheblich beschäftigter, und er sah, daß Donna befürchtete, er wäre wieder wie früher geworden. Aber er konnte sich nicht zu sehr davon beeinflussen lassen, den Erwartungen einer Frau gerecht zu werden; immerhin hatte er andere Dinge, um die er sich kümmern mußte. Was die Konkurrenzkämpfe der beiden Frauen betraf, das war allein ihr Problem. Im Augenblick war er genau dort, wo er sein wollte; auf seiner eigenen Tanzveranstaltung, sicher unter seinen Leuten, und amüsierte sich blendend. Keine seiner Frauen war da, was schon in Ordnung war. Anfang der Woche war er mit Jenny zu ihrem Geburtstag ausgegangen, hatte sie zu einem guten Abendessen eingeladen und ihr ein richtig schönes und teures Geschenk gemacht. Natürlich war sie davon ganz hin und weg und stellte ihn nun über alles. Und heute abend fühlte D. sich ausgesprochen gut. Flüchtig erinnerte er sich, wie es ihm letztes Jahr Weihnachten gegangen war, als er im Gefängnis gesessen hatte... D. trank einen Schluck Guinness, als Max gerade die letzte Platte ankündigte, bevor High Noon die Tanzfläche zurückbekam. Rechts von ihm unterhielt sich Charlie mit einem schlanken, geschmackvoll gekleideten Mädchen. D. lächelte ihn an und ging über die Bühne, um mit Pablo zu reden. Er hörte, wie Max ihm eine Widmung schickte, und nickte. Unten auf der Tanzfläche filmte eine Videocrew eifrig die Veranstaltung.

High Noon begann mit ihrem Set. Beetle war mürrisch wie immer, sogar noch mürrischer wegen dem stürmischen Empfang, den die Menge dem anderen Sound gegeben hatte. Nachdem er verkündet hatte, «die Größtn sind High Noon, da gibts kain Vatun», fing er mit einem heißen «Special» an – der alte Hit «Burial» von den Wailers. Nachdem er das Stück noch zweimal angespielt hatte, in einem Getose von Becken und verschiedenen elektronischen Geräuschen, ließ er das Stück durchlaufen. Dann stellte Beetle zu einer anderen Version der gleichen Nummer einen ihrer langjährigen MCs vor, der, wie er es selbst ausdrückte, «auf Urlaub» gewesen war. Alle, die Bescheid wußten, lachten, da der Urlaub, den Pecos erwähnte, tatsächlich eine Haftstrafe in einem Gefängnis Ihrer Majestät gewesen war.

«Ja, Pecos!» Beetle lachte. «Frisch zurück aus dem Ualaub, komm hea und mach sie featig, Junge!»

Pecos übernahm das Mikro, ließ den Blick über die Menge wandern, ließ ein paar Widmungen los und konstatierte dann: «Höat zu. Wißt ia, warum ich hoite abend ganz in Schwaaz hia bin? Ia wißt es nicht?» Mehrere Antworten aus dem Publikum.

«Okee, ich trag hoite abend schwaaz, wail wia ain Sound beäadign weadn... Höat ia die Numma nicht, die High Noon grade spielt?» Diesmal kamen von den High-Noon-Fans mehrere simulierte Schüsse; sie brannten darauf, die Stimmung zu brechen, die Radical aufgebaut hatte. Dann ließ Beetle die Scheibe laufen, und Pecos war damit beschäftigt, seine Texte dazu zu sprechen. Offenbar hatte der Urlaub seinen Fähigkeiten als DJ nicht geschadet, und die Rufe aus der Menge «Kuul» und «Packs an!» und «Weiter!» bewiesen es. High Noon ließ ihre Platten kreisen. Als die Videocrew anfing, in der Nähe des Kontrollturms zu filmen, hatte sich eine größere Menge vor ihrem Set versammelt. Am anderen Ende des Saals herrschte wieder Hochbetrieb in dem kleinen Raum. Es wurde viel geredet, getrunken, gelacht und geraucht.

«Rude Buoi, Respäkt!» rief D. Davey zu. Davey nahm das Lob an und fügte hinzu, daß er mit High Noon noch nicht fertig sei. Charlie amüsierte sich sichtlich, lächelte breit, während er Indian zuhörte. Sticks kam herein und sah ebenfalls zufrieden aus.

«Ich hab dich im Auge, waißtu», rief Davey ihm zu. «Waißtu aigentlich, daß das Mädchen aigentlich ain Kärl ist, das du da voahin abgegrabscht hast?»

«Da reagier ich doch gaa nicht drauf, Pappa. Der Buoi braucht ain Arsch!» Davey lachte. Sticks setzte sich neben D.

«Draußen gibtsn Stau, Don, waißtu!» Was D. zu freuen schien; seine Tanzveranstaltung war eindeutig ein großer Erfolg. Sie unterhielten sich eine Weile, bis Pablo D. von der Tür aus auf sich aufmerksam machte. Jemand wollte ihn sprechen. D. sagte Pablo, er solle ihn hereinlassen. Er war überrascht, seinen alten Freund Sammy eintreten zu sehen. Sammy kam herüber, und D. begrüßte ihn.

«Sammy, he, alls in Oadnung, main Bruda?»

«Ja, D. Bin grade angekomm, waißtu. Love, Maan!» Die beiden Freunde schüttelten sich die Hände, D. glücklich und überrascht von dem unerwarteten Besuch. Sammy setzte sich neben ihn. D. ließ seinem Freund etwas zu trinken bringen. Er hatte Sammy nur einmal gesehen, in Brixton, und das schien schon eine Ewigkeit her zu sein, bevor er geschnappt wurde. Und selbst da war D. so stoned und beschäftigt gewesen, daß sie keine richtige Gelegenheit hatten, viel miteinander zu reden. Sammy hatte eine Autowerkstatt, war verheiratet, hatte Kinder und lebte außerhalb der Dealerszene. D. hatte damals versprochen, ihn mal zu besuchen, aber dann hatte sich alles anders entwickelt. Sie tranken. Sammy erklärte, daß er in South London von der Veranstaltung gehört und Wert darauf gelegt hatte, bei dem Bruder vorbeizusehen. D. erzählte, daß er noch nicht lange zurück war, und faßte seine Abenteuer kurz zusammen, seit sie sich das letzte Mal gesehen hatten. Es tat wirklich gut, Sammy wiederzusehen, besonders an diesem Abend, als die Stimmung einfach perfekt war. Seit ihrer gemeinsamen Schulzeit in West Kingston hatten beide einen weiten Weg hinter sich. Sie waren jetzt Männer.

«Aba du siehst fätt aus, Maan, stimmt's?» D. lachte, als er den vorstehenden Bauch des Freundes ansah. Sammy klopfte auf seinen Spitzbauch.

«Das Ehelebn.» Er fragte D. nach seinem Familienstand, und D. witzelte, daß er immer noch zu jung für die Ehe sei. Er erzählte Sammy von seinen beiden erst vor kurzem geborenen Sprößlingen. Sammy baute den Sensi-Spliff, den D. ihm anbot, und dann schwelgten sie in Erinnerungen über ihre Jugend. Sammy erzählte D., daß er seine Familie im Frühling auf Urlaub mit nach Jamaika nehmen sollte. Seine Mutter würde zum ersten Mal ihre Enkel sehen.

Unterdessen hatte Sticks den Raum verlassen. Er hatte Puggy immer noch nicht gesehen. Niemand hatte. Sticks trank sein Bier aus und arbeitete sich auf den Ausgang vor. Auf dem Korridor wurde genausoviel getanzt wie im Saal selbst. Es war richtig was los. High Noon hatte die Zuschauermenge gut im Griff, indem sie alle aktuellen Hits, einschließlich mehrere Versionen des «Batty Rider riddim», spielten. Sticks wollte schon hinausgehen, durch das Tor, als er etwas sah, das ihn wie angewurzelt stehenbleiben ließ. Vor der Wand, hinter einer Reihe Tanzender, redete ein Typ in einem zweireihigen Anzug in Sonis Ohr. Sticks hatte keine Ahnung, wo sie war. Er war die letzte halbe Stunde oder so beschäftigt gewesen und war davon ausgegangen, daß sie mit ihren Freundinnen zusammen war. Schlagartig sauer, drängte er sich durch die Tänzer und blieb unmittelbar vor Soni stehen. Der Bursche sah ihn als erster; er merkte, daß irgend etwas nicht in Ordnung war, warf einen kurzen Blick auf Sticks' zorniges Gesicht und trat weise zur Seite. Soni stand da, ein Glas in der Hand, und war überrascht. Sticks sagte nichts. Während Leute zusahen, packte er das Mädchen vorne am Kleid und schleppte sie durch den Ausgang nach draußen, wobei ihre Füße kaum den Boden berührten. Sie ließ das Glas fallen. Riley sagte irgendwas, als Sticks an ihm vorbeikam, erhielt aber keine Antwort. Sticks war stocksauer. Soni immer noch haltend, die inzwischen angefangen hatte, zu schreien und zu protestieren, kam er nach draußen und schleuderte sie nach vorn, ließ sie gegen den Zaun knallen. Er schaute zu, wie sie das Gleichgewicht wiederfand. Sie fluchte und versuchte, ihre Kleidung wieder in Ordnung zu bringen. Süffisant lächelnd und mit dem Finger auf Soni zeigend, spuckte Sticks aus:

«He, Mädchn, willstu mich belaidign?»

Soni versuchte, die Beherrschung wiederzufinden. Ein paar Leute bekamen mit, als sie frech erwiderte:

«Na und?! Du waastoch mit aim Mädchn beschäftigt?!» Dann fügte sie herausfordernd hinzu: «Ich kann redn, mit wem ich will!» Es war die falsche Antwort. Wahrscheinlich weil sie high war, mißverstand sie Sticks' Grinsen.

«Ach ja? Dann wiast du also jäz ungezogn?!» Die Ohrfeige kam so unerwartet, wie sie kräftig war. Der Schlag warf Soni gegen den Zaun zurück, ihr Kopf flog zurück, aber sie ging nicht zu Boden. Es war die nachfolgende Rückhand, die ihr einen harten Schlag quer übers Gesicht zog und sie zu Boden warf. Sie gab nicht mal einen Laut von sich. Er baute sich über ihr auf, als sie versuchte aufzustehen. Soni war eine kleine Frau; die Schläge hatten sie mitgenommen, und die Tatsache, daß sie außerdem eine Menge getrunken hatte, machte alles nur noch schlimmer. Aber Sticks war immer noch wütend. Er war drauf und dran, sie zu treten, als Linton mit Sonis Freundin im Schlepptau auftauchte.

«Heh!» rief er und rannte zu Sticks. «Höa auf, Maan!» Linton kam gerade noch rechtzeitig. Sticks beschimpfte seine bereits halb bewußtlose Frau. «Nein, Maan, laß das... höa auf, Star!»

Geduldig zog Linton seinen Freund zurück, redete auf ihn ein. Außer D. und Charlie hätte das nur Linton tun können. Jeder andere hätte sein Leben aufs Spiel gesetzt. Aber Linton gelang es, ihn von ihr fortzubekommen und ihn ein wenig zu beruhigen. Inzwischen half Sonis Freundin ihr wieder auf die Beine. Ihr Gesicht sah bereits ziemlich übel aus und schwoll schnell an, wo die Schläge sie erwischt hatten. Die Freundin wischte das Blut ab, das von Sonis Kinn tropfte. Sticks beschimpfte sie immer noch. Linton tat sein Bestes, um seinen Freund daran zu hindern, wieder näher an Soni heranzukommen.

«Ich bring sie nach Hause, Maan, ganz kuul jäz», sagte er, nachdem er sicher war, daß Sticks nicht mehr näher rangehen würde. Linton nahm ihm den Wagenschlüssel ab und half Soni über die Straße. Er verfrachtete sie im Auto und fuhr los, während die Freundin sich im Fond um sie kümmerte. Sticks blieb noch eine Weile draußen und beruhigte sich wieder einigermaßen. Niemand sah ihn an, als er mit verzerrtem Gesicht wieder hineinging. Er drängte sich durch die Menge, fluchte über jeden, der nicht schnell genug Platz machte. Inzwischen hatte er sogar Puggy vergessen. Zurück in dem Hinterzimmer, zog er sich in eine Ecke zurück und machte sich eine Pfeife. Während er mit Indian redete, ließ die Verärgerung allmählich nach. Aus dem Saal pulsierte die Musik von High Noon. Beetle kam wieder ans Mikro, stachelte die schwitzende Menge ein bißchen auf, dann zog er sein As aus dem Ärmel. Nach ein paar Minuten Gebrüll, begeisternder Zurufe der Raver weiterzumachen und anderer Geräusche kam eine Frauenstimme aus den Lautsprechern.

«High Noon ist Spitze, Respäkt, veastandn?!» Pfiffe, Hurrageschrei und vorgetäuschte Pistolenschüsse begrüßten Babsy Ranks. Der regelmäßig mit High Noon auftretende MC war erst im letzten Jahr aus Kanada eingetroffen. Sie war eine der wenigen weiblichen Deejay-Profis und bei den Zuschauern ziemlich beliebt. Trotz ihres oft aggressiven Stils und der «derben» Texte konnte Babsy Ranks sich in der unter starkem Konkurrenzdruck stehenden Welt der Live-Reggae-Unterhaltung behaupten. Seit sie herübergekommen war, hatte sie mehrere Nummern aufgenommen, und eine hatte es sogar in die Charts geschafft. Die große, tiefdunkelbraune junge Frau mit dem attraktiven Gesicht machte immer eine gute Figur hinter dem Mikrophon. Heute abend erhielt die furchtlose MC Babsy, in einem tief dekolletierten dunkelroten Kleid, Kurzhaarperücke und großen goldenen Ohrringen, einen stürmischen Empfang. Ihre Stimme, die beim Sprechen tiefer klang, als wenn sie deejayte, hallte durch den Saal.

«So, zueast mal ain Gruß an den Promoter D., maximum Respäkt! Auch an alle Fraun dea Dons, waita so! Ich will mea ‹Gebt Gas› und ‹Weita› höan!

Ich bin von Anfang an hia, klaa?! Ich höa hia aba nua Grüße an Männea. Ist ja fast so, als wäan kaine Fraun hia.» Gelächter aus der Zuschauermenge direkt vor High Noon. Die Videokamera war auf Baby Ranks gerichtet.

«Ich mach jäz mal was nua füa die Fraun. Debbie, Pam... ia said supa! Sweetie? Jede von oich...» Babsy schnitt ein paar Grimassen und unterbrach sich für die Kamera, dann brüllte sie laut: «Selector, ab geht's! Aufgepaßt...»

Beetle legte los wie gewünscht, und Babsy machte sich an die Arbeit. Selbst die Crew, die sich um den Set von Radical versammelt hatte, verlangte brüllend, daß sie mit den Texten noch mal von vorn anfing. Babsy war in jeder Hinsicht in absoluter Hochform. Vielleicht zum ersten Mal an diesem Abend drängelten sich genauso viele Männer wie Frauen um High Noon. Auf der Tanzfläche wurden Hunderte Varianten des *bogle dance* vorgeführt. Der frühe Morgen wie jetzt war die beste Zeit, die ideale Stunde für eine Session, besonders auf einem Clash wie diesem. Am Ende von Babsys zweiter Nummer dröhnte wieder Beetles laute Stimme aus den Boxen.

«Ia seht High Noon, und so sind wia an jedem Tag des Jahres, kain Sound kommt an uns ran, alls klaa?!» Er ließ noch ein paar Spitzen los, die offensichtlich auf Radical Hi-Powah gemünzt waren, und dann ging Babsys Hit-Nummer ab. Sie mußte nicht weniger als dreimal anfangen, um die ausgelassene Menge zufriedenzustellen.

«Höat zu!» Babsy Ranks hob eine Hand, als Beetle gerade wieder loslegen wollte. «Manche Loite sagn, ich wäa zu schlaff, aba ia müßt wissn, Fraun müssn öfta mit Schlaffhait featig weadn. Hia seht ia mich, aine Frau, und ich sag oich, geht auf maine Art an die Schlaffhait ran, kapiat?!» Alle Augen waren auf Babsy gerichtet. «Alle Männa, paßt auf... Ohne Gefühl loifft nichts.» Schrille Frauenstimmen erhoben sich aus dem Publikum, brüllten zustimmend, und damit schlug der Rhythmus aus den Boxen, und Babsy Ranks entfesselte eine Reihe kraß formulierter Texte, die trotz all ihrer offensichtlichen Anstößigkeit eine klare Aussage hatten. Natürlich mußte sie es mehr als einmal machen.

Auf der anderen Seite des Saals bereitete sich Max gelassen vor. Als Babsy Ranks mit ihrem Auftritt fertig war und Beetle noch ein paar weitere bissige Bemerkungen gemacht hatte, war die Menge rastlos. Der ganze Laden befand sich in einem Zustand kollektiver Euphorie, die Bar war ständig dicht umlagert, und dicke Rauchwolken trieben über den Tänzern. Max trank einen Schluck aus seinem Plastikbecher, steckte den Spliff an und räusperte sich.

«Radical Hi-Powah legt wieda los.» Die Tanzenden begrüßten die Rückkehr des Sounds. Max hatte etwas zu sagen.

«Bevor ich die Auswahl abgehen lasse, höat mia zu. Ich respäktiere alle Sounds, ächt. Wia aabaitn, um oich Loite zu unteahaltn, also hab ich kaine schlächtn vibes gegen niemanden. Und ich bin auch nicht nachtragend.» Max' linke Hand berührte den Synthesizer, und der Klang eines Horns füllte den Saal.

«High Noon spielt hoite abend ächt gaile Musik», versicherte er den Fans von Radical. «Das müßt ia denen lassn. Die habn ain paar Specials aufgelegt, die fand ich toll, aba auf alls, was High Noon spielt, konteat Radical mit aim Gegenangriff, odea lüg ich?!»

Die Fans des Sounds pflichteten lautstark bei. Max führte alle Künstler auf, die High Noon bislang gebracht hatte. Die Menge bejubelte seine ausgezeichnete Erinnerung. Max lachte. «Ich hab gaa nicht gewußt, daß ich ain Computahian hab. Deshalb nännen mich auch alle nur Max Superfax!» Alle lachten, verlangten nach mehr.

«High Noon hat ain paa ächt gaile MCs aufgefaan. Pecus, Babsy Ranks, ich liebe oich! Aba jäz kommt die Antwoat von Radical.» Die Menge war ungeduldig, wollte die «Antwort» hören.

«Aba ain bißchen mea, denn ich bring oich nicht ainen, sondean zwai gefäaliche Typn. Wie haißn die noch glaich?» Max quälte die Menge.

«Okee, Puggy, live und in Faabe, und Firefly, gail und gefäalich.» Überall im Saal hörte es sich an, als würde jeden Augenblick ein Aufstand ausbrechen. «Aber zueast... ställ ich oich die Nummea voa. Radical sind die Größtn.» Dann folgte ein Zischen, ein pfeifendes Geräusch, ein Trommelwirbel und dann... Fieber, überall, wie eine Seuche, unheilbares FEVER. Vom ersten Takt von «Fever», einem der populärsten, alten Dancehall Killer, herrschte das reinste Chaos. Die Originalversion von dem verstorbenen Tenor Saw ließ fast das

Dach wegfliegen. Als er noch mal von vorne anfing, rief Max laut: «Puggy, du wiast jäz vealangt!» Ein Fieber, das kein Arzt hätte heilen können, hatte von der Menge Besitz ergriffen. Bedrohlich, flott, atmosphärisch, die Baßlinie der Nummer packte sogar diejenigen, die zum Tanzen viel zu müde waren. Der Kameramann, der wußte, wann er eine einmalige Sache einfangen konnte, stand mitten auf der Tanzfläche, und sein Beleuchter tat sein Bestes, ihm zu folgen, als er tief in die Hocke ging, um schräg von unten Dutzende hübscher Mädchen einzufangen, die sich selbstvergessen der Musik hingaben. Die Bühne um Radical herum war voll; Berühmtheiten, Musiker und D. und seine komplette Mannschaft drängten sich dort. Sticks hatte den Zwischenfall von vorhin völlig vergessen und tanzte genau wie Linton ausgelassen und lächelnd. Charlie und das Mädchen, mit dem er den größten Teil des Abends verbracht hatte, standen dicht beieinander. Indian, einen gewaltigen Spliff in der Hand, amüsierte sich ebenfalls bestens. Neben D. rockte Sammy, die Flasche hoch erhoben, während er den Baßlinien folgte. Leroy, der aus der Ecke kam, wo er den Abend mit Lee, Norris und ihren Mädchen verbracht hatte, war auch da. Gab Gas. Links von Max hatte Pablo gelassen wie immer seine Arme um zwei Mädchen gelegt, während Davey gegen die Musik anbrüllte und sich super fühlte.

«Läztea Aufruf füa Puggy!» rief Max wieder.

Der singende *Youthman* war immer noch nirgendwo zu sehen. Zwei weitere Killernummern brachten jeden zum Hüpfen und Beben, Getränke floßen reichlich, die Bar war ausverkauft. Als D. sich zu Charlie umdrehte, um etwas zu sagen, bemerkte er das Mädchen vor der Bühne, das ihn angestarrt hatte. Er überlegte, ob er sie kannte, aber ihr Gesicht sagte ihm nichts. Die Videocrew hatte sich jetzt in der linken Ecke der Bühne aufgebaut. Der Kameramann wechselte ein paar Worte mit Max, der daraufhin nickte und hinter seinen Tisch zurückkehrte. Dann trat Sticks ans Mikro; mit dem Ausklingen der letzten Note kam sein Knurren.

«Puggy, hia spricht Sticks. Du veasaust das Programm, klaa?! Läzte Waanung: Laß das dicke Ding los, unta dem du liegst, und komm hea. Sofoat!» Lautes Gelächter und Gejohle, als der verschwundene Sänger ermahnt wurde. Max legte noch mal nach.

«Puggy, was machstu, Maan? Komm jäz, und zwaa schnäll!» Dann spielte er auf Zeit. «Loite und Crew, alle Bandeleros, Gundeleros, Sexeleros», er lachte. «Radical ist stolz, den absolutn Höhepunkt des Abends anzusagn. Mädchn, macht oich kaine Soagn.» Plötzlich kam Bewegung in die um die Bühne drängelnde Menschenmenge. Max schaute hinab, das Mikro hoch in der Luft, wartete darauf, den Grund für die Aufregung herauszufinden. Wie durch Zauberhand teilte sich das Meer der Raver für eine auf und ab wippende Mütze, die die Stufen heraufkam, um dann Puggy erkennen zu lassen, der mit einem riesigen Lächeln auf die Bühne sprang. Er sah cool und locker aus in seinem weißen Seidenanzug mit grünen Epauletten. Der Jugendliche ignorierte die Vorwürfe und Rufe und trat ans Mikro. Max schüttelte den Kopf, sagte ihm etwas ins Ohr und überließ ihm die Bühne.

«Okee», sagte Puggy und schwieg kurz, als er die Kamera zu sich herumschwenken sah.

«Videomaan, nimm mich auf!» Gelächter um die Bühne. «Gruß an alle Mädchn! Ich hab gehöat, daß ain paa von oich Göls weinen, wail sie denkn, ich käm nicht mea.» Mehr Gelächter, Gejohle und Pfiffe. Selbstsicher schaute Puggy im grellen Licht der Videoscheinwerfer zu dem Meer von Gesichtern hinab. «Zueast, ain ganz besondräa Gruß an den Promoter. D., ich bin äxtra wegn dia hia, ächt. Sticks, wia baide sind aine Familie, klaa?! Du waißtoch, daß ich nie das Programm veasaun wüade. Charlie T., du bist dea Größte.» Mit seiner Großspurigkeit und seinem Witz brauchte Puggy keine fünf Minuten, um seine Widmungen und Grußworte loszuwerden und die Menge für sich zu gewinnen. Er sah Max an. «Main Selector, leg los, Maan. Loite, hia ist Puggy live mit Radical Hi-Powah!» Max gehorchte, und Puggys Stimme klinkte sich sauber und locker in den Rhythmus ein. Dutzende hübscher Mädchen vor der Bühne kreischten, als Puggy mit seiner Version einer populären Soulnummer anfing. Seine Darbietung war fehlerlos wie immer, seine melodiöse Stimme schmiegte sich perfekt um die Baßlinie. Er hatte sich Zeit gelassen aufzutauchen, aber die Zuschauer liebten Puggy und ließen ihn kaum die ersten paar Strophen jedes Songs zu Ende bringen, bevor sie ihn unterbrachen. Max hob die Nadel an und wechselte die Platte. Puggy witzelte: «Jäz möchte ich, daß alle Mädchen mit mia singn, dänn jäz kommt aine ganz besondre Numma. Hoite abend weade ich singn, bis aine von oich ohnmächtig wiad.» Lachend fügte er hinzu: «Waatet, ich will nicht, daß ain Mann wegn mir ohnmächtig wiad, mia gehts hia ausschließlich um die Mädchn, alls klaa?!» Ohne musikalische Begleitung fing Puggy dann mit seinem Hit an, die Nummer, die während der letzten Monate durch sämtliche Dancehalls gegangen war und immer noch ganz oben in den Charts stand. Nach weniger als einer Minute hatten es die Schreie der Frauen in den ersten Reihen geschafft, daß er aufhörte und von neuem anfing. Der Kameramann gab sich die größte Mühe mit seinen Einstellungen. Dann gab Max ihm den Track, und Puggy legte richtig los. Am Ende des Songs lächelten selbst die härtesten Typen im Publikum anerkennend. Puggy trank einen Schluck Bier aus der Flasche, die Sticks ihm gegeben hatte. Dann schaute er sich um und verkündete: «Ich will oich mal was sagn. Sait ich vom Yard rübagekommn bin, hab ich kaine Tanzveaanstaltung ealebt, die schäafa war als die hoite abend hia, ächt.» Dieses Statement löste den umwerfenden, spontanen Beifall des Publikums aus. Puggy lächelte und wartete, daß sich der Lärm legte, bevor er fortfuhr.

«Höat zu! Hoite abend sieht das so aus: Ich höa den ain Sound Man den andren beschimpfn, und der aine MC foadeat den andren MC raus, klaa?! Dann höa ich ain Mann davon redn, daß ea gekommen ist, wail ea ain Sound beeadign will.» Die Menge grölte zustimmend. Dann beruhigten sie sich wieder und ließen ihn fortfahren. «Als läztes höa ich aine Frau auf den Spuan dea Männea... Aba das war alls noch gaa nichts, typische Dancehall-Geschichtn. Aba jäz paßt auf, jäz wead ich mal peasönlich.» Mit einem vernichtenden Angriff rechnend, begannen Radicals zu brüllen und zu schreien. Aber Puggy hatte etwas anderes im Sinn. «Nain, veasteht mich nicht falsch, okee? Ich wead jäz peasönlich und sag oich, daß mia die Liebe am Heazn liegt.» Alle warteten, beobachteten Puggy, der einen weiteren Schluck trank und seine Mütze zurechtrückte.

«Dea nächste Song, den möchte ich Babsy Ranks widmen.» Keiner wußte, was er davon zu halten hatte. Eine Frau rief irgendwas...

«Babsy, wo imma du jäz bist, höa zu, ich känn dich nicht, also blaib. Waiß Gott, Babsy Ranks, du bist spitze, ächt! Ich liebe daine Numma, genauso wie mia dain Aussehn gefällt...» Dann, als immer noch jeder versuchte, schlau daraus zu werden, gab Puggy Max ein Zeichen, hörte den ersten Takten der Nummer zu und sang dann für den weiblichen MC. Mit seinem gewohnten Können sang Puggy Texte, die er aus dem

Stegreif improvisierte, zu einer Melodie, die die verblüffte Menge schon sehr bald nach mehr schreien ließ. Noch nie hatte ein Sänger so was für den MC eines konkurrierenden Sound Systems bei einem Clash getan. Aber Puggy war ja auch kein durchschnittlicher Sänger. Er beendete die Nummer und gab Max das Mikro zurück, während der Saal explodierte und ihn feierte. Puggy war eindeutig nicht nur ein brillanter Sänger, sondern auch noch eine Persönlichkeit, daran bestand überhaupt kein Zweifel.

«Radical Hi-Powah. Wia machens andeas!» Max grinste ins Mikro.

Aber das Publikum, besonders die Mädchen, verlangten lautstark Puggy zurück. Die Crew beglückwünschte ihn, als Max weitermachte und die Zugabe geschickt vorbereitete. Puggy nickte zu etwas, das D. ihm ins Ohr sagte, dann sprang er vor. Max sah ihn an, als er die Hand hob und das Mikro nahm.

«Stop, Selector! Du kannst die Numma nicht spieln, wenn dea Künstlea untn im Publikum ist», brüllte Puggy heraus, als sei er beleidigt.

«Loite, ich will oich jäz den Original-Künstlea diesa Numma präsentian.» Ein Name machte unter den Ravern die Runde. «Hoite abend passian große Sachn!» brüllte Puggy. «Mädchn, ich bin nicht allain gekommen, klaa?!» Er unterbrach sich. «Okee, Selector, ich will, daß du noch mal mit dea Numma anfängst, laise, laise...» Schließlich schaute Puggy suchend zur Menge unter ihm hinab. «Radical Hi-Powah bringt hoite abend exklusiv auf die Bühne, live und in Faabe, den häatestn MC des Jahres... FIREFLY!» brüllte er. Überall im Saal wurde der Name wiederholt, während jeder Hals gereckt wurde, um zu sehen, was nun passierte. «FIREFLY!» wiederholte Puggy. «Komm rauf, Junge, mach schnäll!» Die Zuschauer waren jetzt nervös und gespannt, warteten auf die Attraktion, die die Plakate versprochen hatten. Aus der rechten Ecke des Saals, von unterhalb der Bühne, wo er mit seinen Freunden mehrere Stunden lang geravet hatte, ging Harry langsam zur Treppe. Ernst trat er vor und näherte sich dem Kontrollturm, angefeuert von der Crew. Als er das Mikro erreichte, warf der Jugendliche einen Blick auf die wogende Menschenmasse unter sich. Puggy klopfte Harry auf die Schulter. Das war mit Sicherheit die größte Tanzveranstaltung, bei der er je mitgemacht, ganz zu schweigen den Deejay gemacht hatte. Trotzdem war er kein nervöser Mensch, besonders nicht nach einem guten Spliff und ein paar Bieren. Max hielt die Platte an. Puggy sagte: «Firefly, höast du sie nach dia schrain?! Sag was, Maan!»

Die Menge wurde etwas leiser, sah den jungen MC, gekleidet in schwarz-goldenem Hemd und Hose, ein schwarzes Halstuch um den Kopf. Firefly nahm das Mikro.

«Loite hia im Saal, main Respäkt!» Dieses Mal war der Lärm ohrenbetäubend. Viele Raver sahen den jungen, einheimischen MC zum ersten Mal in Fleisch und Blut vor sich. Seine erste Platte hatte die Stadt im Sturm genommen und ihn schlagartig zu einer Berühmtheit gemacht. Diejenigen in der Musikbranche, die Firefly kennengelernt hatten, waren sofort einer Meinung gewesen, daß er mit seinen vierzehn Jahren noch eine enorme Karriere vor sich hatte. Sein unheimliches Geschick, Texte zu erfinden, und seine Vielseitigkeit versetzten viele ältere und etablierte MCs in Erstaunen. Auch weil der plötzliche Erfolg ihn scheinbar nicht verändert hatte, war Firefly überall beliebt. Die Mädchen hatten eine Schwäche für sein jugendliches, verträumtes Gesicht und die hohe Stimme. Firefly fuhr fort, nachdem der Lärm sich genug gelegt hatte...

«Puggy, du hast rächt, ächt. Diese Veanstaltung hia ist supa.» Die Feststellung verursachte einen noch größeren Höllenlärm. Max sorgte für Ruhe, so daß der MC fortfahren konnte.

«Zueast mal ain Gruß an D., den Promoter, und an Charlie T., main Manager. Yeah, Yard Man, ia said spitze. New York Crew, main Respäkt. Ängland Crew, ich liebe oich! Gruß an main Bruda Buster, und auch an Raymond und Ricky, nicht zu veagessn all die sexy Mädchn.» Der letzte Teil seiner Widmung löste Schreie in den ersten Reihen aus, als die besagten sexy Mädchen ihm ihre Hände entgegenstreckten. Dann ließ Max die Nummer laufen, und Firefly machte sich an die Arbeit. Seine Hitnummer war knackig. Er machte noch ein paar weitere Nummern, war gewandt und intelligent, steigerte die Reaktionen des Publikums. Hinter ihm tanzte die Crew mit, feuerte ihn an, während Puggy die ganze Zeit an seiner Seite blieb. Schließlich nahm Max das Mikro.

«Was höa ich von oich?» rief er provozierend. «Mea!» schallte es aus Hunderten Mündern zurück. Selbstsicher übernahm Puggy wieder das Mikro.

«Okee, höat zu. Wo ia jäz alle voll drauf said, kümmean sich Firefly und Puggy gemainsam um oich. Wia machens gemainsam», donnerte er. «Selector! Spiel mia ain ‹Punnany› an. Firefly, du und ich. Aufgepaßt!» Als der berühmte *riddim* aus den Boxen pulsierte, begann Puggy zu singen und brachte die Menge ins Rocken, dann gab er das Mikro an seinen Kumpel weiter. Seinem Namen alle Ehre machend, lieferte Firefly ihnen einen völlig neuen Text, den sie ihn nicht zu Ende bringen ließen. Genauso machten Puggy und Firefly einige weitere Nummern und brachten den Saal mit ihrer umwerfenden Kombination von effektvoller Darbietung und Einfallsreichtum zum Überkochen. Es war der großartigste Teil des ganzen Abends, und daran ließ die Videocrew auch keinen Zweifel aufkommen. Sie hatten unterhalb der Bühne aufgebaut und konzentrierten sich ausschließlich auf die beiden sensationellen Stars. Nachdem Firefly inzwischen voll drauf war, beschloß er, daß er seinem Publikum noch mehr geben mußte.

«Bevoa wia aufhöan, will ich oich noch ain noin Täxt geben.»

In diesem Augenblick beschloß Beetle, aus seiner Ecke des Saals einzuschreiten. Er schaltete seine Anlage ein und verkündete durchs Mikro: «Radical, ia said featig. Jäz ist High Noon wieda dran!»

Sofort erhoben sich Beschimpfungen und Buhrufe in die Richtung des unverschämten Selectors aus der Menge. Er versuchte, auf sein Recht zu bestehen.

«Ich will ja wiaklich nicht respäktlos sain, Radical, aba oire Zait ist um.» Erst D.s massives Einschreiten konnte die Lage wieder beruhigen.

«Momänt, hia spricht D. Beetle, bai allm Respäkt, dea Junge sagt, ea will noch ain läzten Täxt rappen, klaa?! Was sagstu dazu?» Beetle hatte genug Verstand, D. diese Bitte nicht abzuschlagen.

Zum Jubel der Menge übernahm Firefly das Mikro. «Waate noch», bat er Max. «Loite, ia wißt, daß die Polizai ohne jedn Grund main großn Bruda umgebracht hat. Aba ia seht mich hia stehn. So machn die mich nicht featig. Zaigts denen!» In der gegenwärtigen Situation hätte nichts mehr Reaktionen provozieren können, hätte so durchschlagend bei den Zuschauern ankommen können wie diese schlichte Tatsachenfeststellung. Außerdem schrieb das hier Geschichte, ganz exklusiv; niemand, der Firefly kannte, hatte jemals so etwas aus dem

Mund des jungen MC gehört. Dann, den Lärm, die Rufe, die Schüsse nicht registrierend, sah Firefly Max einfach an. Max senkte die Nadel. Als die Nummer lief, gab Firefly der Menge, was mit Sicherheit der spontanste, atmosphärisch dichteste und intelligenteste Text des ganzen Abends war, eine schonungslose Brandmarkung der Polizeibrutalität gegen Schwarze mit Verweis auf die Heilige Schrift. Er machte die Nummer nur zweimal, dann zog er sich in den hinteren Teil der Bühnen zurück, wo er wie ein Held willkommen geheißen wurde. Gnädig übergab Max die Tanzfläche wieder High Noon, wobei er sich absolut bewußt war, daß Radical Hi-Powah den Clash gewonnen hatte, gleichgültig, was jetzt noch passierte. Davon war er überzeugt! High Noon begann klugerweise und zur Freude der Menge, die jetzt für sanftere Töne bereit war, mit einer Auswahl von Studio-One-Nummern.

D. und die Crew zogen sich mit Firefly und Puggy erneut in das Hinterzimmer zurück. Dort gab es reichlich Drinks, Spliffs und Glückwünsche. Alle fühlten sich unmißverständlich als Sieger. D. nahm Firefly zur Seite.

«Waiß Gott, Junge, du hast Talent. Täxte wie die hab ich sait Jahrn nicht mea gehöat.» Er legte die Fäuste mit dem jungen MC aneinander.

«Es ist die Wiaklichkait», sagte Harry einfach und trank einen Schluck aus der Flasche.

Charlie kam lächelnd herein.

«Maan, ich bin dain Manager, und ich wußte nicht mal, daß du so gut bist!» sagte er lachend.

«Als nächstes kriegst du den Grammy!» verkündete Sticks.

Puggy fühlte sich auch gut. Alles war perfekt gelaufen. Er baute sich einen Spliff; er hatte ihn sich verdient. Buster und Raymond kamen herein, um ihrem Freund zu gratulieren. Wie alle anderen waren sie stolz auf ihn. Sogar der normalerweise zurückhaltende Max war begeistert von der Vorstellung des Jugendlichen.

«Absolutea Respäkt!» sagte er strahlend zu ihm.

Auf der anderen Seite, draußen auf der Tanzfläche, waren der frühe Morgen und die Studio-One-Musik die perfekte Mischung. Überall wiegten sich Pärchen zu dem rauhen Groove der unsterblichen Coxsone-Nummer «Rocking Time».

Die Crew kam in den Saal, und jeder beschäftigte sich mit irgendwas, die meisten schnappten sich ein Mädchen und fanden eine geeignete Ecke. Vor der Wand rechts vom Eingang amüsierten sich Lee, Norris und Leroy. Wunderbare Revival-Nummern hoben von den High-Noon-Plattentellern ab. Sweetie und Pam waren gerade zur Bar gegangen, um für Nachschub zu sorgen, Leroy baute sich einen Spliff und hörte Lee zu, der ihm irgend etwas erklärte. Unterdessen hatte sich Norris heimlich nach hinten verzogen und krallte sich das gutaussehende Mädchen, das er bereits früher entdeckt hatte. Er hatte sie überredet zu tanzen und groovte nun mit seiner Eroberung. Zuerst sah Lee sie nicht, es war Leroy, der, aufgeweckt wie immer, bemerkte, was los war. Ihnen gegenüber standen drei Männer und beobachteten alles; einer sah Lee direkt an. Alarmiert hörte Lee auf zu reden. Er hatte Killer und seine beiden Freunde bereits bemerkt, als sie hereingekommen waren. Abgesehen davon, daß Killer ihm einen vernichtenden Blick zuwarf, hatte Killer sich am anderen Ende des Saals in der Nähe des High-Noon-Set um seinen eigenen Kram gekümmert. Jetzt befand er sich allerdings nur noch ein paar Meter entfernt und beobachtete Lee. Leroy baute seinen Spliff zu Ende, steckte ihn aber nicht an. Er schob ihn gerade in seine Brusttasche, als er sah, wie einer der Typen hinter Killer ihm etwas ins Ohr sagte. Der Rest passierte so schnell, daß nichts Lee darauf hätte vorbereiten können. Urplötzlich sah er Killer auf sich zukommen, dabei Leute aus dem Weg stoßen. Seine Hände konnte er nicht sehen. Dichter hinter ihm folgten seinen beiden Kumpane. Es herrschte immer noch ein dichtes Gedränge hinter ihnen. In diesem dunklen Teil des Saales tanzten die Leute dicht aneinander gedrängt. Wahrscheinlich war das die Ursache für Killers Untergang. Unvermittelt sah Lee, wie er die rechte Hand hob, und gleichzeitig hörte er den Knall eines Schusses, als eine Kugel in die Decke einschlug. Blitzartig war die Fläche zwischen Lee und Leroy auf der einen und Killer und den beiden Typen auf der anderen Seite frei, während die Leute schrien und auseinanderliefen. Norris erstarrte eine halbe Sekunde, ließ das Mädchen los und setzte sich in Bewegung. Lee sah das unbewegliche Gesicht des Schützen, dessen Augen auf ihn gerichtet waren. Als sich dann die Kanone auf ihn zu richten begann, passierte etwas, das niemand erwartete, am allerwenigsten

Killer. Von rechts krachte eine volle Flasche gegen die Seite seines Kopfes. Der Schlag machte ihn benommen, und einen Augenblick verlor er das Gleichgewicht, die Kanone aber immer noch in der Hand. Das gab Leroy aber die Zeit, einen Satz nach vorn zu machen, ein Messer in der Hand, Norris dicht hinter ihm. Was sich dann abspielte, war das reinste Chaos, Schreie, Rufe, Flüche und ein irrwitziges Gerangel, das sich schnell zur Tür verlagerte, während Killers beide Freunde versuchten, ihn zu retten. Killer endete auf dem Boden des Korridors. Blut strömte aus seiner Brust. Einer seiner Freunde hatte eine klaffende Wunde mitten auf dem Kopf, während es dem anderen, der erkannte, wie hoffnungslos die Situation war, gelang, sich in dem Durcheinander durch die Tür hinauszudrängen.

Nur noch Charlie, der es als erster zum Schauplatz geschafft hatte, stand zwischen Killer, seinem Freund und dem augenblicklichen Tod. Leroy hatte die Kanone in die Hand bekommen und sie klugerweise sofort verborgen. Norris, dessen Klinge immer noch ganz rot war, mußte gewaltsam zurückgehalten werden, sie zu erledigen. Nur die unmittelbar beteiligten befanden sich jetzt noch im Korridor. Die Menge hatte sich entweder in Panik in den Saal zurückgezogen oder war nach draußen geflüchtet. D.s Stimme drang laut und bedrohlich über die Anlage.

«Jedea Buoi stiabt, der kain Respäkt voa mainea Tanzveaanstaltung zaigt!»

Dann kam er schnell herunter, um selbst nach dem Rechten zu sehen. Killers Freund, der trotz seiner klaffenden Kopfverletzung als einziger noch bei Bewußtsein war, bettelte um sein Leben. Es war unmöglich zu sagen, ob der Schütze noch lebte oder tot war. D. nahm die Sache sofort in die Hand, und zwei von D.s Soldaten trugen die beiden Männer zu ihrem Wagen und ließen sie an einer entlegenen Stelle zurück. Das war das beste. D. mußte Lee davon abbringen, sofort Rache zu nehmen. D. erklärte, er wolle auf keinen Fall, daß die Polizei sich einmischte. Schnell normalisierte sich alles mehr oder weniger, aber die Stimmung war weg, da die meisten Leute jetzt viel zu erschüttert waren, um sich einfach so wieder ins Vergnügen zu stürzen. Da es bereits nach sieben Uhr morgens war, wurde die Tanzveranstaltung an diesem Punkt beendet. Auf dem Rückweg zu Charlie im Hinterzimmer blieb D. neben Lee stehen. Er sah ihn an, während Sweetie ihn an sich drückte.

«Du hast aine gute Frau», sagte D. «Kümmea dich um sie.» Dann ging er weiter. Das wußte Lee nur zu gut; seine Frau hatte ihm gerade das Leben gerettet. Er konnte ihr wirklich nicht viel sagen, aber sie wußte, was er meinte. Zusammen mit Pam, Norris und Leroy brachen sie auf. D. beschloß, Pablo alles Weitere zu überlassen; es war eine lange Nacht gewesen. Er rief Sticks und bat ihn, die Sound Systems zu bezahlen und dafür zu sorgen, daß alle nach Hause kamen. Als er sich umdrehte, um durch den Saal zurückzugehen, sah er sich plötzlich dem Mädchen gegenüber, demselben Mädchen, das ihm bereits aufgefallen war, als sie ihn angestarrt hatte. Er hatte beobachtet, wie sie zur Musik tanzte, ihn aber die meiste Zeit nicht aus den Augen gelassen hatte. Sie stand da. In Gedanken war D. immer noch bei dem Zwischenfall.

«Hi, Tony», sagte sie. D. blieb stehen und musterte sie. Sie war jung, vielleicht sechzehn oder siebzehn, hatte einen dunklen Teint, eine kurze Frisur und ein nettes, offenes Lächeln. Sie trug einen silbernen Body mit einem breiten, schwarzen Gürtel um ihre schmale Taille. Das Mädchen genoß sichtlich D.s Verwirrung.

«Känn ich dich?» fragte D. und versuchte, nicht zu feindselig zu klingen. Es war früher Morgen, er wollte nach Hause, und der Zwischenfall hatte ihm irgendwie die Stimmung verdorben.

«Du erinnerst dich nicht an mich, stimmt's?» fragte das Mädchen.

Er hätte schon gerne...

Inzwischen war der Saal fast leer bis auf die Sound-System-Crew, die ihre Ausrüstung zusammenpackte, und einige Freunde.

«Komm, wir untahaltn uns was», sagte D. Das Mädchen folgte ihm nach draußen. Unterwegs wechselte er ein paar Worte mit Beetle, der das Verladen der Lautsprecherboxen in einen großen Lieferwagen überwachte. D. hatte den Wagen, den er sich erst kürzlich gekauft hatte, in einer Straße hinter dem Pub abgestellt. Dorthin ging er jetzt an diesem kalten, grauen Sonntagmorgen zusammen mit dem Mädchen. Sosehr er es versucht hatte, es gelang ihm einfach nicht, die Kleine einzuordnen.

«Wie haißtu?» fragte er, als sie sich seinem Wagen näherten.

«Sherry», antwortete sie.

«Sherry?» wiederholte D. und sah sie an. Das Mädchen lachte. Dann erinnerte sich D.

«Warum hastu mich voahin Tony genannt?»

«Als wir uns kennengelernt haben, da hast du mir gesagt, du heißt so», meinte sie achselzuckend.

«Ach ja?» brummte D. Das war durchaus möglich, aber andererseits benutzte er diesen Namen häufig, wenigstens bis er zu bekannt wurde, um noch jemandem etwas vormachen zu können. Er ging weiter, das Mädchen folgte ihm. Genau in dem Augenblick, als etwas in seinem Kopf *Klick!* machte, sagte sie:

«Wir sind uns begegnet, als du zum ersten Mal gerade erst rübergekommen bist. In Clapton.»

Clapton? dachte D. und grub in seiner Erinnerung. Ja, das war's! Er blieb wieder stehen. Er blinzelte, als er sie noch einmal genau musterte.

«Was dänn? Du mainst, du hast mia damals den Weg vom Bus eakläat?» Das Mädchen lachte wieder. D. konnte es nicht glauben! Sie sah anders aus, aber nachdem sie es ihm jetzt gesagt hatte, erinnerte er sich auch wieder an ihr Gesicht. Was ihn getäuscht hatte war, daß sie damals wie ein Schulmädchen ausgesehen hatte. Jetzt sah er eine junge Frau vor sich, und eine ausgesprochen hübsche noch dazu.

«Du bist schnäll eawachsn gewoadn!» rief er lächelnd aus.

«Das ist schon über zwei Jahre her», betonte Sherry.

D. blieb neben dem glänzenden, schwarzen Audi stehen, den er seit zwei Wochen fuhr, und schloß die Türen auf. Sherry stieg auf den Beifahrersitz. D. schaltete Zündung und Musik ein. Er drehte sich zu Sherry. Sie lächelte und sagte, sie habe ihn wiedererkannt, als er auf der Bühne war. D. sagte, sie sei ihm auch aufgefallen, er hätte sie da aber noch nicht einordnen können. Außerdem, betonte er, versuchten immer eine Menge Mädchen ihn auf sich aufmerksam zu machen. Normalerweise reagierte D. nicht darauf. Sherry stimmte zu, dies sei verständlich, wo er doch ziemlich berühmt war.

«Um was ging's bei der Schießerei?» fragte Sherry.

«Nua ain Typ, der duachgedreht ist, raine Dummhait», antwortete D. wegwerfend. Das Mädchen erklärte, daß sie mit ihrer Tante zur Tanzveranstaltung gekommen sei, sie aber in der Panik nach dem

Schuß aus den Augen verloren habe. Was ihr keine größeren Sorgen zu bereiten schien.

«Dann wohnstu imma noch in derselbn Gegend?» wollte D. wissen.

«Ja. Erinnerst du dich noch an die Straße?» D. erinnerte sich, daß das Mädchen ihm damals den Straßennamen genannt hatte, aber das war lange her. Er sagte, er würde sie nach Hause bringen, und sie fuhren los. Unterwegs redeten sie weiter, während D. sich auf den ruhigen und fast leeren Straßen Zeit ließ. Sherry erzählte ihm, sie sei seit ihrer ersten Begegnung auf Jamaika gewesen und habe bei der Familie ihrer Mutter in Uptown Kingston gewohnt. Sie erzählte von den Orten, an denen sie gewesen war, und sagte, es habe ihr wirklich viel Spaß gemacht.

«Vielleicht fliege ich dieses Jahr wieder rüber, wenn ich das Geld zusammenbekomme», sagte sie. Sherry hatte inzwischen die Schule verlassen und einen Job in einem Friseursalon angenommen. Als sie in die Nähe ihres Hauses kamen, spürte D., daß das Mädchen ihn mochte. Sie stellte ihm ein paar scheinbar unschuldige Fragen, die er an ihrem Tonfall als das erkannte, was sie waren. Sie war ein nettes Mädchen, freundlich und mit guten Manieren. Als er sie das erste Mal getroffen hatte, war sie noch ein Schulmädchen. Und die Tatsache, daß sie sich nach all dieser langen Zeit an ihn erinnerte und sich immer noch für ihn interessierte, war zumindest schmeichelhaft.

«Sag mal», meinte D., als sie ihm ihre Straße zeigte, in die er einbiegen sollte. «Hastu ain Froind?»

Sie sah ihn an und schwieg einen Moment, bevor sie antwortete. «Ich bin mal mit diesem Typen gegangen... Jetzt aber nicht mehr.»

D. hakte weiter nach, war interessiert, mehr zu erfahren.

«Was istn passiat? Hat ea dich mies behandelt?»

«Nein», sagte Sherry lachend. «Er war einfach nur langweilig.»

Nickend hielt D. den Wagen ein Stück von dem Haus entfernt an, das sie ihm gezeigt hatte. Sherry schien es nicht eilig zu haben, ihn zu verlassen. Sie redeten noch ein bißchen, D. alberte mit ihr, stellte weitere Fragen. Sie antwortete mit gleicher Münze, sie würde ihm ja auch keine zu persönlichen Fragen stellen. Dann sagte sie: «Ich arbeite in Wood Green. Weißt du, wo das ist?»

«Yeah, Maan», erwiderte D.

Sie erklärte, wo das Geschäft lag, nicht weit entfernt vom Einkaufszentrum. Es klang wie eine Einladung.

«Ich wead mal voabaischaun kommen», sagte D. und sah sie an.

«Machst du das wirklich?» Sherry wollte wissen, ob er es ernst meinte.

«Yeah, Maan, warum fragstu?»

Sie lächelte.

«Also, wie alt bistu jäz?» fragte D.

«Sag du's mir», stellte Sherry ihn auf die Probe. D. sah sie sich genau an, dann sagte er zögernd:

«Ungefähr sechzehn...»

«In zwei Monaten werde ich siebzehn.»

«Ah! Dann hast du im Februar Geburtstag?» fragte D.

«Ja.»

«Wann genau?»

«Am zwölften», erzählte Sherry.

«Wiaklich? Ich bin im gleichen Monat geboren, waißtu, am fünfundzwanzigsten...» Sie lachten, erstaunt über diesen Zufall. Was sie ein wenig näherbrachte. D. erkundigte sich, mit wem sie zusammen wohnte. Sherry erklärte, daß sie bei ihrer Mutter und ihrer dreizehnjährigen Schwester lebte. Ihre Eltern waren geschieden, und ihr Vater war aus London fortgezogen. Sie sah ihn allerdings regelmäßig. Nach einer Weile meinte D., sie solle jetzt wohl besser ins Haus gehen, da ihre Mutter bestimmt bald aufstehen würde. Sherry war einverstanden, nachdem sie ihm das Versprechen abgenommen hatte, daß er sie auf der Arbeit besuchen kam. Er versprach es und nahm Telefonnummer und Adresse, die sie ihm auf einen Zettel schrieb. Dann warf sie ihm einen letzten, bedeutungsvollen Blick zu und stieg aus.

«Ich komm dich bald besuchn, Baby», sagte D.

«Ich will's dir raten», sagte Sherry. D. lachte und schaute ihr nach, bis sie im Haus verschwunden war. Mit einem guten Gefühl im Bauch fuhr er dann los. Die unerwartete Begegnung hatte die miese Stimmung nach der Schießerei vertrieben. Er schob eine neue Kassette ein und kehrte zur Hauptstraße zurück. Als er dort ankam, wurde D. klar, daß er nicht sicher war, wohin er fuhr. Er wägte kurz die Möglichkeiten ab. Jenny würde ihn wie üblich zurückerwarten, aber andererseits hatte er Donna während der letzten Woche kaum gesehen. Er zögerte ein wenig, fragte sich, wonach ihm war, dann beschloß er, es sei das beste, mal wieder nach seiner kleinen Tochter zu sehen. Während ihm die Ereignisse der vergangenen Nacht noch einmal durch den Kopf gingen, fuhr D. zu Donnas Haus.

14

GUT, BÖSE UND BÖSER...

An der großen Pizzeria bog Cole rechts ab und jagte den Mini mit Höchstgeschwindigkeit die enge Straße hinauf. Er war die ganze Nacht aufgewesen und fühlte sich immer noch nicht richtig müde. Außerdem gab es sowieso genug zu tun, um die Zeit mit Schlafen zu verschwenden. Besser immer beschäftigt bleiben. Am Ende der Straße rechts, dann die erste links, und schließlich erreichte er sein Ziel und wollte schon direkt vor dem eleganten weißen Haus mit der gepflegten Hecke parken, als sein Blick auf die beiden Bobbies fiel, die keine fünfzig Meter die Straße hinauf über den Bürgersteig schlenderten. Sofort fuhr er weiter. Es sah aus, als würden sie sich unterhalten... In diesem Teil von Islington war normalerweise nicht viel los. Aus reiner Gewohnheit beschleunigte der stets mißtrauische Cole, gab etwas «mehr Gummi» und fuhr den Mini unbemerkt an ihnen vorbei. Als er die Straßenecke erreichte, waren sie an dem Haus vorbei. Er wendete und parkte gegenüber auf der anderen Straßenseite ein Stück von dem Haus entfernt. Cole stieg aus. Es war früher Samstagmorgen, und entgegen der Wettervorhersage schien die Sonne. In diesem Jahr war der Februar für mehrere Tage hintereinander schon recht frühlingshaft, bis abends der eiskalte Wind zurückkehrte. Nach zweimaligem Anklopfen wurde die Tür von einem kräftigen, hellhäutigen Mann geöffnet, der Cole hereinließ.

«Butch, wie geht's?»

«Yeah, okee.»

Butch lächelte Cole trocken an. Sie stellten sozusagen einen interessanten Gegensatz dar. Cole war durchschnittlich, ungefähr einssiebzig groß, schlank, dunkelhäutig – eine energiegeladene, gutgekleidete Persönlichkeit mit kurzen, stachligen Dreadlocks und Sonnenbrille. Der Mann, dem er in das hübsch eingerichtete, noble Wohnzimmer folgte, war gut einsneunzig groß, wahrscheinlich an die zweihundert

Pfund schwer, trug eine Baseballkappe auf einem praktisch rasierten Schädel und hatte einen schmalen Schnäuzer in einem verschlossenen, ausdruckslosen Gesicht. Er ließ sich in einen dicken, breiten Ledersessel fallen. Cole nahm ihm gegenüber Platz. In dem Großbildfernseher auf der Fensterseite des Zimmers lief der laute Kommentar zu einem American-Football-Spiel.

«Wo ist Simon?» fragte Cole.

«Schläft.»

Er selbst hatte überhaupt nicht geschlafen, aber Cole konnte einfach nicht glauben, daß jemand an einem geschäftigen Morgen wie diesem nach zehn Uhr noch im Bett liegen konnte. Cole nahm seine Sonnenbrille ab. Er verfolgte einen Spielzug auf dem Fernseher, ein sauberes Abblocken der Chicago Bears, das ihrem Quarterback die Möglichkeit gab, mit einem weit geworfenen Ball einen Touchdown zu machen. Abgesehen von Boxen war American Football Butchs Lieblingssport. Das war schon okay für Cole, aber ein Fan war er nicht gerade. Im Augenblick hatte er Hunger. Als er aufstand, um in die Küche nach hinten zu gehen, sagte er:

«He, ich muß dir was zeigen!»

«Ach ja?» antwortete Butch geistesabwesend aus seinem Sessel.

Cole schob die Durchreiche zurück, um Butch zu sehen, während er sich ein Frühstück machte.

Er öffnete Schrank und Kühlschrank, warf Butter, Erdnußbutter, Käse und Brot auf ein Tablett, während er gleichzeitig den Kessel aufsetzte. Als sein Tee fertig war, kehrte Cole ins Wohnzimmer zurück und setzte sich vor Butch. Das Tablett stellte er auf den Rauchglas-und-Aluminium-Couchtisch, zog dann aus der Innentasche seiner Schaffelljacke einen in ein Tuch eingewickelten Gegenstand, den er Butch rüberreichte. Der stämmige Mann beäugte das Päckchen, streckte die linke Hand danach aus und nahm es. Cole setzte sich und strich Butter auf eine Scheibe Brot.

«Sieh dir das mal an, das ist Qualität», sagte er stolz.

Er beobachtete, wie Butch langsam den Stoff zurückschlug und eine bedrohlich aussehende, mattschwarze Pistole auspackte. Cole war überzeugt, daß er beeindruckt war. Er wußte, daß Butch so was wie ein Waffenexperte war, bei seiner Army-Erfahrung und allem, aber das Ding hier war kein Schrott. Butch überprüfte die Waffe bedächtig und methodisch, untersuchte sie, als wäre es ein Kunstwerk. Ob er nun beeindruckt war oder nicht, konnte Cole unmöglich sagen. Scheinbar konnte niemand sagen, was genau in Butchs Kopf vor sich ging.

«Nett...», sagte er einfach und sah Cole ohne ein Lächeln an.

Sein Mund war voll, aber Cole starrte ihn mit großen Augen an, und sein Kopf zuckte leicht nach hinten.

«Nett?» brachte er heraus, nachdem er geschluckt hatte. «Das ist eine Glock, Mann. Der letzte Schrei.»

Butch nickte.

«Yeah. Eine Glock 22, Automatik, Magazin mit 15 .40ern.»

Cole trank einen Schluck Tee.

«Komm schon, Butch, Mon, du mußt doch zugeben, das Teil ist echt geil...»

«Yeah, nicht schlecht, hohe Durchschlagskraft... Woher hast du die?» fragte Butch mit seinem Cockney-Akzent.

«Von einem Kunden, einem weißen Typ aus South London. Ich komme grade von da», erklärte Cole mit zufriedener Miene.

Er frühstückte weiter. Inzwischen zerlegte Butch die Pistole schnell, bis er den Lauf und die kleineren Teile nebeneinander auf dem Tisch liegen hatte.

«Muß man mal reinigen, stimmt's?» meinte er und sah Cole an.

Cole mußte zugeben, daß er daran nicht gedacht hatte.

«Selbst diese Dinger können Ladehemmung haben», sagte Butch.

«Eine Glock? Niemals, Mann!» rief Cole aus.

«Ich sag's dir», bestritt Butch ruhig.

Was Cole allerdings bezweifelte.

«Und? Gefällt sie dir nicht?» fragte er verwundert.

Butch überprüfte die Pistole gründlich.

«Doch... aber ich würde die nicht benutzen.»

«Nein? Was schlägst du dann vor?»

Butch sah den kleineren Mann mit ernstem Gesicht an.

«Wenn ich eine Kanone trage, dann nur die alte .45er.»

«Du meinst den Revolver? Wirklich?»

Butch nickte und erklärte achselzuckend:

«Das ist die größte, die du kriegen kannst, und sie wird dich nie im Stich lassen. Keine Ladehemmung.»

Cole hörte zu und trank seine Tasse Tee aus.

«Ja?»

Butch verfolgte einen besonders brillanten Spielzug auf dem Bildschirm.

«Und was machst du, wenn du deine sechs Schuß verballert hast?» fragte Cole wieder.

Butch nahm die Augen vom Bildschirm und erzählte es ihm.

«Tja, wenn du mehr Gäste erwartest, könntest du auch die Uzi nehmen, richtig?!»

Cole schüttelte den Kopf. Es verblüffte ihn immer wieder, wieviel Butch über Waffen und das Kämpfen im allgemeinen wußte. Er hatte ihn nie wirklich danach gefragt, er hatte nur gehört, daß Simon mal erwähnt hatte, Butch sei ein Exsoldat. In dem Jahr, das Cole neben Butch arbeitete, hatte er nie mehr in Erfahrung gebracht. Es mußte gesagt werden, daß Butch nicht gerade der Gesprächigste war, besonders soweit es ihn selbst betraf. Von Natur aus neugierig und vermutend, daß Butch möglicherweise gute Laune hatte, fragte Cole:

«Sag mal, du warst doch in der Army, stimmt's?»

Butch hob den Lauf hoch und warf einen Blick durch.

«Yeah», antwortete er schließlich.

«Wie war's da so?» hakte Cole ermutigt durch den gleichmütigen Tonfall nach.

Butch wartete einen Moment und schaute von seiner Arbeit auf.

«Es würde dir nicht gefallen.» Zum ersten Mal stieß er nun ein kurzes, trockenes Lachen aus.

Für Butch war der Gedanke, daß Cole sich zur Army meldete, ein Witz.

«Nein, ich meine, dir hat's nicht gefallen, richtig?»

Butch schüttelte den Kopf.

«Die Army ist schon in Ordnung, weißt du. Die Leute sind's, die mir nicht gefallen haben . . . !»

«Yeah, ich verstehe, was du meinst», sagte Cole. «Ein Cousin von mir ist auch bei der Army!»

«Ach ja? Wo denn?» fragte Butch.

«In Deutschland. Ich seh ihn nicht oft.» Cole lachte, fragte dann: «Wo bist du gewesen?»

Butch zuckte müde mit den Achseln.

«Nordirland, auf den Falklands...»

Cole machte große Augen.

«Du warst auf den Falklands?!»

«Yeah», sagte Butch.

«War's schlimm?»

«Allerdings war's schlimm», stimmte Butch, ohne eine Miene zu verziehen, zu.

Cole hätte gern noch mehr gefragt; das hier klang interessant, er war noch nie jemandem begegnet, der da drüben gekämpft hatte. Er erinnerte sich, wie er immer die Berichte im Fernsehen verfolgt hatte, aber er wollte wissen, was Butch zu dem Thema meinte.

«Da drüben sind eine Menge Leute gestorben, stimmt's?»

Butch wartete eine Weile, verfolgte das Spiel im Fernseher, hatte aber die Frage gehört.

«Yeah, eine Menge Leute, und für was... ?»

Dann übertraf Butch Coles Erwartungen sogar noch, indem er hinzufügte:

«Der kälteste, beschissene Ort, an dem ich je gewesen bin...»

«Was ist mit Rassismus?» fragte Cole. «Das sind doch alles Rassisten, oder nicht?»

Butch dachte eine Weile nach, bevor er darauf eine Antwort gab. Eine Sache, die Cole und alle anderen von ihm wußten, war, daß er nie unnötig Worte verschwendete.

«Drücken wir's mal so aus. Das einzige Mal, daß deine Hautfarbe keine Rolle spielt, ist dann, wenn du ins Gras beißt. Sie schreiben sie dir nicht auf den Stein...»

Cole dachte über diese Antwort nach.

Bevor er mehr fragen konnte, hörte Cole irgendwo in der Wohnung eine Tür aufgehen, dann räusperte sich jemand, und das Licht im Bad wurde angeknipst.

«Yo, Simon!» rief Cole.

«Yeah, wie geht's?» antwortete eine schläfrige Stimme.

Cole stand auf und ging zum Bad. Simon stand in Unterhose vor dem WC und ließ Wasser.

«Du hast verschlafen, Mann!» meinte Cole lachend. «Alle suchen dich.»

«Yeah... Ich bin erst um sechs ins Bett.» Simon gähnte.

Er drehte sich zu Cole um. Sein normalerweise gepflegtes, glattes Haar war zerzaust, er hatte Bartstoppeln im Gesicht, und seine Augen waren auch noch nicht ganz auf. Simon streckte eine Hand zur Seite des Duschvorhangs aus und drehte das Wasser an. Er erzählte Cole kurz, daß er und Butch letzte Nacht nach ihrer Ankunft in einem Club im West End gewesen waren.

Zurück aus Europa. Sie waren fast eine Woche weg gewesen, und Simon berichtete kurz die letzten Neuigkeiten.

«Yeah, okay... Ich werde jetzt erst mal duschen», sagte er und stellte sich unter den Strahl. «Und tu mir einen Gefallen, Cole, sorg dafür, daß diese Schlampe aus meinem Bett verschwindet.»

Cole lächelte. Deshalb stand Simon also so spät auf. Er zog die Badezimmertür zu und ging ins Schlafzimmer. Blonde Haare bedeckten die weiße Schulter des Mädchens, einen Arm hatte sie im Schlaf ausgestreckt.

Cole klopfte laut an das Kopfteil des Bettes und rief: «Oi, Simon sagt: ‹Raus aus den Federn!›»

Das Mädchen rührte sich nicht, also ging Cole zum Fenster und zog die Vorhänge auf. Über den Boden verstreut lagen Kleider und auf einem der Stühle eine Handtasche. Er stellte sich ans Kopfende des Bettes und rief wieder laut:

«He, wach werden!»

Das Mädchen bewegte sich.

«Komm schon, raus hier!»

Cole wußte, wie Simon war: Er kam mit einem Mädchen nach Hause, das er irgendwo aufgegabelt hatte, fühlte sich gut und ‹voll drauf›, konnte normalerweise im Morgenlicht ihren Anblick nicht mehr ertragen. Es war nicht das erste Mal, daß Cole jemanden rausschmeißen mußte. Das Mädchen wurde wach und sah Cole an. Bei seinem Anblick setzte sie sich schnell im Bett auf, raffte die Laken vor ihrer Brust zusammen.

«Wer sind Sie?»

«Yo, Simon sagt, du solltest jetzt besser gehen.»

«Raus hier! Wo ist Simon?!» Sie fing an, Krawall zu machen. Cole schnalzte mit der Zunge und ging. Er öffnete die Badezimmertür und sagte: «He, Simon, du sagst es ihr besser selbst. Sie fragt nach dir.»

Hinter dem Duschvorhang brüllte Simon laut:

«Wenn sie nicht verschwunden ist, wenn ich hier fertig bin, kannst du sie haben!»

Das genügte. Bewegung und Geräusche im Schlafzimmer, und in weniger als fünf Minuten war sie aus dem Haus.

Simon war fertig und kam ins Wohnzimmer, sah in seiner dunkelblauen Hose und einem grünen Polohemd ausgeruht aus und zu neuen Taten bereit. Die Haare hatte er sich zu einem kurzen Pferdeschwanz gebunden. Er ging in die Küche und nahm Saft aus dem Kühlschrank.

«Was ist das jetzt für eine Geschichte?» fragte er Cole, als er sich setzte.

«Eigentlich nichts Besonderes. Donnerstag nacht ist es im Satellite zu einer Schlägerei gekommen...»

Cole erzählte von dem Handgemenge in Simons Weinstube, die erst kürzlich eröffnet hatte.

«Irgendwas Ernstes?»

«Nein, nichts kaputtgegangen, nur ein Streit zwischen zwei Typen, einer von denen war betrunken...»

Simon nickte und trank seinen Saft. Butch war wieder in sein Spiel vertieft. Er war mit Simon aus gewesen, aber wie immer früh aufgestanden.

Cole erinnerte sich an etwas.

«Ach ja, und dein Yardie-Freund sucht dich.»

«Tut er das?» meinte Simon.

«Yeah, gestern abend war er wieder da. Ihm scheint ein ‹Nein› als Antwort nicht zu reichen.»

«Wird Zeit, daß wir mal miteinander plaudern...», meinte Simon.

Er reckte sich, stand auf und öffnete die Glastür in den Garten. Draußen war es frisch, aber nicht in der Sonne, die jetzt hell am klaren Winterhimmel genau über dem Haus stand. Simon machte ein paar Streckübungen, lockerte Nacken und Taille, spielte dann eine Weile mit dem Football, der unter dem Tisch gelegen hatte. Er kehrte gerade wieder ins Haus, als das Telefon klingelte. Cole ging ran, sagte ein paar Worte und legte den Hörer wieder auf. Simon hatte eine Schachtel hinter den Schallplattenstapeln hervorgenommen. Er sah Cole an.

«Martin...», sagte Cole.

«Was will er?»

«Ich weiß nicht genau. Ich hab ihn Donnerstag versorgt, wie du's mir gesagt hast. Er ist jetzt in der Passage.»

Simon seufzte und nahm einen Streifen Aluminiumfolie aus der Schachtel. Er öffnete ihn, schaufelte mit einer schmalen Klinge eine kleine Menge Kokain heraus und schniefte den Stoff. Das wiederholte er noch einige Male, dann sagte er zu Cole:

«Okay, wir können eigentlich unterwegs da vorbeifahren. Anschließend will ich in meinen Laden.»

Er meinte die Weinstube. So etwas hatte er schon seit Jahren aufmachen wollen, und seit der Eröffnung kurz vor Weihnachten lief das Satellite ganz gut, nachdem sie mit den Feiertagsgästen angefangen hatten, war es an fünf Abenden die Woche zum Stammlokal geworden. Simon verfolgte das Footballspiel auf dem Bildschirm, beobachtete die zwei Dutzend Spieler, die in akrobatische Kunststückchen und Handgemenge verwickelt waren. Mit fünfundzwanzig hatte er gerade erst angefangen zu meinen, daß er endlich so lebte, wie er sollte. Für jemanden wie ihn, immer auf Trab, stets Pläne austüftelnd, intrigierend und betrügend, hatte das Leben seine Höhen und Tiefen gehabt, seit er als Vierzehnjähriger auf den Straßen von Bethnal Green angefangen hatte. Simon hatte praktisch schon alles gemacht und gelernt, auch mit wenig auszukommen, hatte seinen gesunden Menschenverstand und die «Schule des Lebens» auf der besten Universität erhalten, die es gab – auf der Straße. Er war der jüngste von drei Brüdern, die ihre Mutter allein großgezogen hatte. Der älteste war schon früh verschwunden und nach Amerika gegangen. Er war nie mehr zurückgekehrt. Der mittlere Bruder saß jetzt für ziemlich lange Zeit hinter Gittern, weil ein bewaffneter Raubüberfall schiefgegangen war. Simon hatte sein Schulgeld auch auf die harte Tour bezahlen müssen, aber er war smart.

Für ihn bestand die Hauptsache darin, sich da draußen seine Brötchen zu verdienen, ohne sich krummlegen zu müssen. Diesen Grundsatz immer im Kopf, war es ihm gelungen, mit seinem Verstand und Einfallsreichtum zu überleben. Zum einen oder anderen Zeitpunkt hatte Simon praktisch schon alles verkauft, hatte mit allen möglichen Leuten zu tun gehabt, die meisten kleine Ganoven wie er, schwarze

Jugendliche aus den Siedlungen und weiße Typen, die mit den kriminellen Bruderschaften aus East und North London in Verbindung standen. Nur ein einziges Mal hatte er wegen einer «Fehleinschätzung» gesessen. Danach war er sogar noch schlauer geworden. Das Gefängnis ist kein Ort für jemanden, der so intelligent ist wie er, hatte er sich gesagt...

Einmal, vor ein paar Jahren, hatte Simon einem weißen Gangster mit guten Verbindungen einen «großen Gefallen» getan. Das ermöglichte es ihm, kurz darauf eine kleine Billardhalle mit Spielautomaten neben der großen Siedlung hinter der New North Road zu eröffnen. Das war sein großer Durchbruch gewesen. Von seinem Naturell her hatte Simon sich zunächst von Drogen ferngehalten. Es war nicht «üblich» in der Welt, in der er aufgewachsen war. Zum damaligen Zeitpunkt war es als Geschäft ganz sicher nicht hoch angesehen in East London, es gehörte nicht zu den Standardaktivitäten des organisierten Verbrechens – Prostitution oder Glücksspiel. Aber die Zeiten änderten sich. Irgendwann war zuviel Geld in Umlauf, zu viele Burschen liefen plötzlich mit großer Kaufkraft herum, um es weiter zu ignorieren. Das war der Augenblick, an dem Simon einstieg. Am Anfang besorgte er sich etwas Stoff und fing damit an, einige seiner Yuppie-Freunde damit zu versorgen. Simon war begeistert, sich in Kreisen der Mittelschicht und junger Geschäftsleute zu bewegen, wo es massenhaft Geld gab und sein Geschäft florieren konnte. Dann fand er heraus, daß noch erheblich mehr Geld mit einem relativ neuen Produkt gemacht werden konnte: Crack. Das Zeug schien der reinste Dukatenesel zu sein. Auf gar keinen Fall würde er um Dimes spielen, wenn Dollars gewonnen werden konnten. Innerhalb von sechs Monaten hatte Simon sich entsprechend organisiert. Der wirkliche Profit, das erkannte er bald, lag in der Belieferung des ständig expandierenden Marktes in den Siedlungen, indem er an Banden von Jugendlichen verkaufte, die praktisch immer am Ende mit Drogen zu tun hatten. Natürlich gab es Konkurrenz, aber davon hatte sich Simon noch nie entmutigen lassen. Also hatte er sich ein paar «Partner» gesucht, wie er sie nannte. Einer der ersten war Butch oder Robert, wie er eigentlich hieß. Sie hatten sich vor drei Jahren unter vielversprechenden Umständen kennengelernt. Simon kam gerade aus einer Spielhölle im West End, als er Lärm aus einer Gasse hörte und dort den großen, betrunkenen Mann vorfand, der gerade von vier weißen Typen angegriffen wurde. Trotz der Übermacht schien der große Mann nicht weiter beunruhigt. Anscheinend verletzte er wenigstens zwei seiner Angreifer, bevor einer ein ziemlich großes Messer zückte. An diesem Punkt zog Simon ruhig seine Kanone und bat die Männer höflich zu verschwinden, und das schnell. Er hatte seinen neuen Freund dann nach Hause gefahren, und als er herausfand, daß er im East End wohnte, hingen sie in den folgenden Wochen häufig zusammen. Robert war seit ein paar Monaten aus der Armee entlassen worden. Nachdem ihm zehn Jahre immer gesagt worden war, was er zu tun hatte und wohin er gehen sollte, trieb er nun ziellos durch die Stadt. Simon hatte ihm den Spitznamen Butch verpaßt, nach der Figur aus einem Film, und beschlossen, daß er sich noch als großer Gewinn herausstellen würde.

Cole, oder Colin wie er in seiner Jugend genannt wurde, war ein Schulfreund von Simon. Von Anfang an war er ein angenehmer, zuverlässiger Freund gewesen, der die Straßen kannte und gut organisieren und managen konnte.

Simon wählte ein Jackett aus seiner umfangreichen Garderobe und ging vor. Sein XR3-Kabrio parkte in einer angrenzenden Straße. Sie stiegen in den Wagen. Cole ließ seinen Mini stehen. Simon steuerte den Wagen geschickt durch den frühnachmittäglichen Samstagsverkehr. Praktisch im Nu waren sie an ihrem Ziel. Gary, der Mann, der den Laden für Simon leitete, stand draußen auf dem Bürgersteig, genoß die Sonne und beobachtete Leute, die durch den Markt schlenderten.

«Simon, wie geht's, Mann?»

«Gut. Und wie läuft's hier?»

«Nicht schlecht», erwiderte Gary. «Dieser Typ, dieser Martin, wartet drinnen auf dich.»

Simon ging gefolgt von Butch hinein, während Cole stehenblieb, um mit einem Mädchen zu reden, das er kannte. Die meisten Geräte waren bereits belegt, Gruppen von Kids, Schwarze, Weiße, Asiaten, drängten sich um die Maschinen und kommentierten aufgeregt ihre Leistungen. An den vier Pooltischen im hinteren Teil war nichts los. Ein Mann von Mitte Zwanzig, stämmig und mit Bart, in Lederjacke und Cordjeans, lehnte an der Wand und schaute finster drein.

«Marti, was gibt's, Maan?» fragte Simon lächelnd.

Butch setzte sich scheinbar unbekümmert auf die Kante eines Pooltisches.

«Ich hab Probleme...»

Simon beobachtete den Mann; er sah tatsächlich wie jemand aus, auf dem eine Last lag, hatte verschlafene Augen und sah erschlagen aus. Martin schien es schon unangenehm zu sein, ihn auch nur anzusehen. Simon nahm ein Päckchen Zigaretten aus der Tasche und steckte sich eine an.

«Das haben wir doch alle. Was sind deine?» fragte er.

«Ich bin geschnappt worden», sagte er leise.

Simon stieß etwas Rauch aus, während er den Mann musterte.

«Geschnappt, was meinst du damit, geschnappt?» sagte er, als sei es schon unangenehm, nur darüber zu sprechen. Martin erklärte, daß die Polizei Donnerstag morgen eine Razzia bei ihm durchgeführt hatte, an dem Tag, nachdem er Stoff von Cole abgeholt hatte. Laut dem, was er Simon erzählte, hatte die Polizei im Morgengrauen seine Tür eingeschlagen und die Drogen in seiner Wohnung gefunden.

«Und wieso bist du dann draußen?» fragte Simon.

Martin schwieg einen Moment, bevor er antwortete.

«Die haben mich mitgenommen, verhört und dann wieder laufenlassen.»

Er wußte, daß die Geschichte unwahrscheinlich klang, aber es war die Wahrheit. Simon runzelte die Stirn und zog an seiner Zigarette. Er sah Martin direkt in die Augen und wiederholte:

«Die haben dich laufenlassen?!»

Der Mann nickte. Simon seufzte und schüttelte den Kopf.

«Martin, was soll ich dazu sagen?»

«Irgendwer hat mich verpfiffen!» knurrte Martin finster.

«Wer?»

«Keine Ahnung.»

Simon trat die Kippe auf dem Boden aus, dann sagte er: «Du schuldest mir immer noch Geld, das weißt du, ja?»

«Ich bin ausgeraubt worden, Mann, ich sag's dir doch!» Martin versuchte seine Darstellung zu verteidigen. Er wußte, daß es eine unmögliche Situation war, besonders weil er von Rechts wegen jetzt im Knast sein sollte.

«Damit hab ich nichts zu tun... Du hast Ware übernommen, ich muß dafür bezahlt werden. Das sind die Spielregeln», konstatierte Simon ungerührt.

«Simon, Mann. Ich hab nichts, wie soll ich da soviel Geld zurückzahlen?» Martin klang wirklich verzweifelt und nervös.

«Hör zu, Mann, ich kann dir da auch nicht helfen. Ich brauche meine drei Riesen. Ich werde dir ein bißchen Zeit lassen, und wenn du dann nicht zu mir kommst, werde ich zu dir kommen müssen...»

Martin wurde erregt. Kleine Schweißperlen tauchten auf seiner Stirn auf, als er mit den Füßen auf der Stelle scharrte und versuchte, Simon seine Seite der Sache zu verdeutlichen.

«Komm schon, Mann. Gib mir eine Chance...»

«Eine Chance?!» Simon lachte, war aber alles andere als amüsiert.

«Geschäft ist Geschäft, Mann. Du kennst das Spiel.» Dann fügte er hinzu: «Du solltest dich besser anstrengen, denn Butch hier ist derjenige, der deine Schulden eintreiben wird. Wir sehn uns, Martin.»

Simon ging durch die Spielhalle wieder nach draußen. Butch folgte ihm, nachdem er Martin noch einen kalten Blick zugeworfen hatte. Draußen unterhielten sich Gary und Cole. Sie standen auf dem Bürgersteig in der Sonne. Martin kam heraus und ging ohne auch nur einen flüchtigen Blick an ihnen vorbei. Als Simon Cole die Geschichte erzählte, blinzelte dieser und reagierte genauso: Es war schwer zu glauben!

«Ich glaube, ich weiß, was passiert ist», sagte Simon unbestimmt. Er hatte so seine eigene Vorstellung von dem Zwischenfall, sagte aber nichts weiter dazu. Nach den morgendlichen Aktivitäten hatte er jetzt Hunger.

«Ich bin da drüben», sagte er zu Cole, und ging die paar Meter zu dem indischen Restaurant zwei Türen weiter. Butch folgte ihm. Ein einsamer Kellner saß an einem Tisch in der Nähe der Küche und las Zeitung. Simon war Stammgast in dem Lokal; Curryes, und ganz besonders Hühnchen-Curry war eines seiner Lieblingsgerichte. Er kochte nicht besonders viel selbst.

«Hallo!» rief der Kellner ihm zu.

«He, wie geht's so?!» Simon konnte sich den Namen des jungen Mannes einfach nicht merken.

Er setzte sich an den letzten Tisch links von der Tür mit dem Gesicht zum Eingang, während Butch ihm gegenüber Platz nahm. Simon bestellte, Butch hatte keinen Hunger; während sie auf das Essen warteten, unterhielten sie sich ein wenig.

Begeistert machte sich Simon über sein Essen her. Butch verfolgte irgend etwas auf dem kleinen Fernseher, der hoch über den Regalen mit Pappkartons für Außer-Haus-Speisen angebracht war. Während er aß, beschloß Simon seine Mutter zu besuchen, da er eine Woche fort gewesen war. Die alte Dame, die sich normalerweise auch dann um ihren jüngsten Sohn Sorgen machte, selbst wenn sie ihn jeden Tag sah, war inzwischen wahrscheinlich völlig verzweifelt. Solange Simon sich erinnern konnte, hatte sie sich ständig Sorgen gemacht – wurde stets von Angst und Furcht geplagt.

Simon hatte halb aufgegessen, als die Tür geöffnet und geschlossen wurde. Simon schaute auf. Er war überrascht, den Mann wiederzuerkennen, der jetzt auf ihn zukam. Butch schaute natürlich auch hin. Der Mann blieb neben Simons Tisch stehen.

«Simon, ich will mit dir reden.»

Simon blickte zu ihm auf, die Gabel bewegungslos auf halbem Weg zum Mund, und lächelte.

«He, Chris, wie geht's dir?»

Chris schien nichts zu registrieren. Seine Augen waren hart und unbeweglich. Simon trank einen Schluck und mit einem Blick zu Butch nickte er. Butch wuchtete sich hoch und schob sich an Chris vorbei, um sich in die andere Ecke neben die Theke für Außer-Haus-Bestellungen zu setzen. Chris nahm Platz. Er und Simon kannten sich schon seit der Grundschule, als Chris von Jamaika herübergekommen war und seine Mutter nur ein paar Blocks entfernt von Simons Familie wohnte. Sie waren nie eng befreundet gewesen, aber anfangs hatte es auch keine Feindschaft zwischen ihnen gegeben. Dann hatten sich ihre Weg zu kreuzen begonnen...

An diesem Morgen hatte Chris das Haus mit dem festen Vorsatz verlassen, Simon ausfindig zu machen und mit ihm über Dinge zu sprechen, über die er nun schon eine ganze Weile nachdachte.

«Lange her, Chris, was ist inzwischen so passiert?» fragte Simon vergnügt. Er war immer noch mit seinem Essen beschäftigt.

Chris unternahm keinerlei Anstrengung, freundlich zu erscheinen. «Ich hab gearbeitet», antwortete er ruhig.

Simon nickte und wischte sich mit einer Serviette den Mund ab. «Hmmm, ja. Stimmt ja, du bist immer noch ein Sozialarbeiter.»

Seufzend korrigierte Chris Simon und sah ihn ohne Sympathie an. «Gemeinwesenarbeiter, das bin ich.»

Simon schob seinen Teller zurück und warf die Serviette auf die Essensreste.

«Ach ja, Gemeinwesenarbeiter», wiederholte er. «Tja, was kann ich denn nun für dich tun, Chris?»

Zum ersten Mal tauchte jetzt so etwas wie ein Lächeln auf Chris' Gesicht auf.

«Oh, du könntest eine Menge für mich tun, Simon, eine Menge.»

«Ach ja? Was meinst du?»

«Ich hab da ein Problem, ein großes Problem. Vielleicht kannst du mir einen Rat geben?»

«Einen Rat? Du kommst zu mir und fragst mich um Rat?» Simon lachte.

Sie waren beide erwachsen geworden und einem Weg gefolgt. Mit Sicherheit gab es eine Menge, das Chris und Simon unterschied. Doch letztes Jahr war ihnen beiden klargeworden, daß sie auf entgegengesetzten Seiten der Verhältnisse «arbeiteten». Chris ließ sich von Simons Lachen nicht aus dem Tritt bringen.

«Ich arbeite mit diesen Jugendlichen, wie du ja weißt, und... ich will wissen, ob ich deiner Meinung nach gut genug in meinem Job bin... Ich meine, du kennst mich doch schon seit Jahren, stimmt's?»

Simon lehnte sich zurück und behielt in dem von der Sonne durchfluteten Restaurant die Augen halb geschlossen.

«Du willst, daß *ich* dir sage, ob du deinen Job gut machst?»

«Sag mir einfach, was du denkst!»

Simon runzelte die Stirn. «Warum fragst du mich das?»

Es entstand ein kurzes Schweigen. Chris seufzte, als er zur Seite schaute, bevor er seinen Blick wieder auf den gepflegt gekleideten, selbstbeherrschten Mann auf der anderen Seite des Tisches richtete.

«Das kann ich dir sagen. Ich verbringe viel Zeit unten in diesem Club und versuche den Jugendlichen zu helfen, zeige ihnen, daß es nicht so schlimm ist, daß es immer noch eine Menge gibt, worauf man hoffen kann, wofür man arbeiten kann, du weißt schon, was ich meine, ja...? Dann tauchen ein paar Typen auf und dealen mit Drogen, und die Kids geben alles andere auf. Ich will jetzt einfach herausfinden, was ich falsch mache?»

Es war die Art, wie Chris sprach, so beherrscht und leidenschaftslos, die Simon allmählich nicht gefiel. Er hatte das Gefühl, von Chris herablassend behandelt zu werden, und das war ganz und gar kein angenehmes Gefühl... Er richtete sich auf seinem Stuhl leicht auf.

«Okay, du hast ein Problem. Warum kommst du damit zu mir? Ich meine», Simon schüttelte den Kopf, «was hat das alles mit mir zu tun?»

Dann kam die Pointe, Chris schlug zu.

«Simon», sagte er ernst, «es gibt da ein paar Jugendliche, die angefangen haben, im Club Crack zu verkaufen. Ich will, daß du der Sache einen Riegel vorschiebst.»

«Bist du sicher, daß du mit dem Richtigen sprichst?» fragte Simon ungläubig.

«Spiel mit mir keine Spielchen, Mann. Diese Typen gehören zu deinem inneren Kreis.»

Simon richtete sich noch ein wenig mehr auf. Er sah Chris kurz an, dann sagte er, wobei seine Stimme eine Idee weniger freundlich geworden war:

«Hör zu, Mann, ich weiß überhaupt nicht, wovon du da redest.»

Aber Chris blieb hartnäckig, ruhig, sicher.

«Das weißt du nicht?! Okay, aber für wen auch immer sie arbeiten, falls du sie triffst – ich will sie nicht mehr im Club sehen.»

Simon gefiel das hier weniger und weniger.

«Chris, Mann. Du kannst doch nicht einfach hier angelatscht kommen und mir das Mittagessen mit deinen traurigen Geschichten verderben und dann auch noch anfangen, mir Befehle zu geben», sagte er spöttisch und fuhr fort: «Verrat mir mal eins: Wieviel verdienst du mit deiner Arbeit da unten? Wieviel?» Mit der rechten Hand gestikulierend, sagte Simon: «150 Pfund, 200 Pfund die Woche? Mehr?»

Chris sah ihn einfach nur ohne ein Lächeln durch seine Brille an. Simon lachte.

«Du willst, daß diese Kids deinen guten Rat befolgen, sich in das System einfügen, und wozu...? Selbst wenn es 500 Pfund die Woche sind, hast du nicht die geringste Chance, Mann!»

Chris wartete. Er sah, daß Simon noch etwas sagen wollte. Chris hatte von Anfang an gewußt, daß er nichts anderes zu erwarten hatte. Er wußte, daß es keinen Sinn hatte, mit ihm zu reden, aber er hatte es dennoch wenigstens versuchen wollen.

«Du siehst diese Jugendlichen da draußen, die wollen haben, was sie sehen. Die wollen keine Versprechungen, kein ‹Vielleicht wenn du hart arbeitest›. Das ist einfach nicht ihr Stil.»

«Ja», sagte Chris traurig nickend, «und du bietest es ihnen. Du weist ihnen den richtigen Weg, stimmt's?»

Simon zuckte mit den Achseln.

«Sie verdienen Geld, damit sie allein zurechtkommen. Ich predige nichts. Ich ziehe mein eigenes Ding durch. Wenn ich einen Job habe und ein Jugendlicher will ihn, dann ist das allein seine Entscheidung. Ich bin Geschäftsmann, das ist alles.» Für ihn war es einfach kein Problem. Simons Logik ließ Chris sich zutiefst unwohl fühlen, denn er hatte Angst vor der zugrundeliegenden Wahrheit dieses simplen Arguments.

«Geschäftsmann?» wiederholte Chris, als denke er über die Bedeutung dieses Wortes nach.

«Ja, ich schätze, für dich ist es ein Geschäft. Es spielt eigentlich keine Rolle, was du verkaufst, stimmt's?»

«Weißt du, Chris, ich erinnere mich noch gut an dich, wie du gerade rübergekommen bist... Du hast dich praktisch mit jedem in der Klasse geprügelt, weil du neu warst und nicht wußtest, wie hier der Hase läuft. Es hat seine Zeit gedauert, stimmt's?» Die Erinnerung schien ihm zu gefallen. «Tja, und jetzt diese Sache mit den Drogen? Es ist genau das gleiche: Du mußt wieder die Regeln des Spiels verstehen lernen. Das System ist so aufgebaut, daß es immer dieselben sind, die Macht haben, die das Geld kontrollieren.» Simon klang wie ein Experte. «Aber das alles ändert sich jetzt. Wir können Geld und Macht bekommen, weil wir diese Sache haben, und genau deshalb ist es auch illegal, das bringt keine Steuern, du verstehst, was ich meine, ja?»

In seiner Stimme lag Überzeugung. Er glaubte wirklich, was er da sagte.

Chris runzelte die Stirn.

«Dann machst du also einfach nur Geschäfte...? Alles andere interessiert dich nicht?!»

«Kokain, mein Freund», sagte Simon, «das ist auch nur eine...

Ware.» Listig fügte er dann hinzu: «Aber sie wird nicht an den Börsen gehandelt.»

Chris wußte, daß er nur seine Zeit verschwendete, trotzdem stellte er die Frage, versuchte damit etwas in dem Mann zu wecken, der ihm auf der anderen Tischseite gegenübersaß.

«Wir haben schwarze Jugendliche da draußen, die ihre Leben ausbrennen, die zu Crack-Sklaven werden, junge Mädchen, die sich für dieses Zeug verkaufen, Hunderte von Kids, eingesperrt in Gefängnissen, Kids, die nie die Chance hatten, etwas Besseres kennenzulernen... und du willst mir was von Waren erzählen?!» Dann fragte er: «Würdest du es auch deinem eigenen Kind geben?»

Simons Gesicht verhärtete sich. Er warf Chris einen kalten Blick zu. «Nicht persönlich werden, okay?!»

Chris schüttelte den Kopf. «Diese Scheiße ist dir schon zu Kopf gestiegen, Mann.»

Jetzt lächelte Simon nicht mehr. Er seufzte laut und verärgert.

«Okay, Mann, jetzt hast du mir dein Problem erzählt. War nett, dich wiederzusehen. Und jetzt habe ich leider noch etwas zu erledigen. Wir sehen uns...» Simon stand auf.

Langsam erhob Chris sich ebenfalls. Ein paar intensive Sekunden brannte sich sein Blick tief in Simons Augen. Dann drehte er sich um und ging. Schweigend und wachsam hatte Butch die ganze Sache aus seiner Ecke beobachtet.

Simon reckte sich; die unerwartete Begegnung hatte ihm die Stimmung verdorben. Und das nach einer angenehmen Mahlzeit! Er schnalzte mit der Zunge, kramte etwas Geld aus der Tasche und ging seine Rechnung bezahlen, dann verließ er mit Butch das Restaurant. Draußen war alles still, sonnig und mild. Wieder redete jeder über diesen sagenhaften «frühen Frühling», wobei sie sich jedoch sehr wohl bewußt waren, daß das kalte Wetter höchstwahrscheinlich noch bis mindestens weit in den April anhalten würde... Simon schickte Butch los, um Cole zu holen, dann stieg er in seinen Wagen. Zusammen fuhren sie zur Weinstube, die später aufmachen sollte. Samstags war der wichtigste Abend, an dem zwei ziemlich populäre DJs eine nette kleine Session für die Soul-Fans veranstalteten. Ab und zu spielten sie auch mal eine Reggae-Platte, und noch seltener mal Ragga, aber im großen und ganzen war es Funk, Gute-Laune-Musik.

Simon und die anderen blieben einige Stunden im Satellite und bereiteten alles für später vor. Normalerweise managte Cole alles, aber Simon stand im allgemeinen bereit, um seine Gäste persönlich zu unterhalten.

Unterwegs hielt Simon an einem Geldautomaten, fuhr dann zu einer kleinen Straße hinter der U-Bahnstation Bethnal Green und stieg aus dem Wagen, sagte Butch, er solle ihn zum vereinbarten Zeitpunkt abholen. Er ging einen kurzen Fußweg entlang und blieb vor dem wackligen Holztörchen stehen, versprach sich – wie er es jedesmal tat, wenn er es bemerkte –, daß er es reparieren lassen würde. Nachdem er angeklopft hatte, wurde ihm schnell geöffnet. Simon lächelte seine Mutter an, als sie ihn hereinließ.

«Hi, Mum, alles in Ordnung?»

Sie umarmte ihn, und er legte einen Arm um ihre Schulter, als sie nebeneinander durch die Küche in das kleine Wohnzimmer gingen.

«Simon, ich habe so lange nichts von dir gehört, ich habe mir schon Sorgen gemacht...»

Simon lachte.

«Ich weiß, aber du brauchst dir wirklich keine Sorgen zu machen. Alles ist bestens», beruhigte er sie.

Sie war eine kleine Frau mit scharfen Gesichtszügen und Augen hinter einer Brille mit dickem Gestell, die vor Jahren mal hübsch gewesen sein mußten.

Sie setzten sich auf das mit braunem Stoff bezogene Sofa.

«Ich dachte schon, vielleicht ist dir was zugestoßen.»

«Nein, Mum, ich bin nur für einen kurzen Trip im Ausland gewesen.»

Geduldig erklärte Simon, daß er die vergangene Woche mit ein paar Freunden in Europa gewesen war. Er achtete darauf zu erwähnen, daß er gut gegessen und viel geschlafen hatte, und er versicherte seiner Mutter, daß er sich gesund und munter fühlte. Er kannte sie gut. Wenn sie nur die geringste Ahnung von möglichen Problemen bekam, was immer es auch sein mochte, und sofort fing sie wieder an, sich Sorgen zu machen und manchmal sogar zu weinen. Dann bestand sie darauf, ihm eine Tasse Tee zu machen, und erzählte ihm dabei die ganze Zeit die neuesten Neuigkeiten des ereignislosen Lebens im Viertel. Simon hörte zu, amüsierte sich über die kleinen Details und Anekdoten über Leute, von denen er manche als kleiner Junge gekannt, die er aber in den letzten zehn Jahren nicht mehr gesehen hatte. Er trank seine Tasse Tee und schaute sich in dem ordentlich gemachten kleinen Zimmer um. Simons Mutter hatte immer hartnäckig darauf bestanden, dort wohnen zu bleiben, auch wenn er ihr immer wieder angeboten hatte, doch aus- und in ein nettes Haus zu ziehen. Sie fühlte sich hier wohl inmitten all der vertrauten Gegenstände, die sich über dreißig Jahre angesammelt hatten. Simon war in der Wohnung aufgewachsen, aber für ihn stellte sie nichts anderes dar als Erinnerungen an eine Kindheit, die er ohne die meisten Dinge verbracht hatte, die mit Geld zu haben gewesen wären. Er war froh gewesen, kurz nach seinem sechzehnten Geburtstag die Wohnung seiner Mutter zu verlassen und mit einer Freundin zusammenzuziehen. Er hatte überhaupt keine sentimentalen Gefühle, was die Wohnung betraf. Bei der alten Dame jedoch war das völlig anders. Diese beiden kleinen, schäbigen Schlafzimmer und das Wohnzimmer waren ihr Universum, ein Teil ihres Lebens als Frau, Gattin und Mutter. Oben auf dem polierten, alten Eichenregal stand das gerahmte Foto eines lächelnden, gutaussehenden schwarzen Mannes in Uniform. Ein vergilbtes Hochzeitsfoto, ein kleineres in einem silbernen Rahmen, auf dem Fernseher bezeugte das Verstreichen der Jahre. Simons Mutter stützte sich mit der linken Hand ab und stand von ihrem Platz auf und brachte das Teegeschirr zurück in die Küche. In den letzten fünf Jahren hatte sie nach und nach Arthritis bekommen, die auf ihre Knie übergegriffen hatte, was sie dazu zwang, langsam und steif zu gehen. Das kalte Winterwetter machte es immer nur noch schlimmer.

«Hast du Paul geschrieben?» fragte sie, als sie sich wieder hinsetzte.

Diese Frage stellte sie Simon jedesmal, und seine Antwort enttäuschte sie immer wieder.

«Nein, Mum, du weißt doch, ich bin kein großer Briefeschreiber», erwiderte er lahm.

«Er ist dein Bruder, du weißt doch, wie sehr er sich über einen Brief von dir freuen würde.»

Dann klagte die alte Dame über ihre nachlassende Sehkraft, was es schwer für sie machte zu schreiben.

«Wir beide werden ihn schon bald besuchen fahren», versicherte Simon ihr.

Er wollte lieber das Thema wechseln. Es hatte keinen Sinn über jemanden zu diskutieren, der wahrscheinlich mindestens die nächsten fünf Jahre noch im Knast saß.

«Du solltest mal Urlaub machen, Mum», begann Simon.

«Urlaub?» wiederholte sie und sah ihn an.

«Ja, das würde dir guttun. Gönn dir mal etwas Sonne und frische Luft am Meer. Es würde dir bestimmt gefallen.»

Seine Mutter dachte darüber nach. Er hatte es auch früher schon erwähnt.

Simon steckte eine Hand in die Jackentasche und zog einen dicken, braunen Umschlag heraus.

«Hier, ich habe dir ein kleines Geschenk mitgebracht.» Er lächelte und reichte ihr den Umschlag.

Überrascht drehte sie ihn um und sah dabei aus, als wolle sie gar nicht hineinschauen.

«Na los, mach ihn auf», drängte Simon sie, war amüsiert über ihren Gesichtsausdruck.

Langsam tat sie, was er sagte. Ihre langen, eleganten dunklen Finger öffneten den zugeklebten Umschlag. Sie warf einen kurzen Blick hinein und sah dann ihren Sohn an.

«Woher hast du all das viele Geld?» fragte sie als erstes mißtrauisch.

Simon lachte.

«Es ist mein Geld, Mum. Ich habe dafür gearbeitet.»

Die alte Dame betastete mit spitzen Fingern die druckfrischen Banknoten.

«Aber wofür gibst du mir das?» Sie fühlte sich mit dem Umschlag in der Hand immer noch nicht wohl.

Simon legte eine Hand auf ihre und sah ihr lächelnd in die Augen.

«Hör zu, Mum, ich möchte, daß du das Geld nimmst und Urlaub machst. Geh und besuch deine Familie in der Karibik. Genau das brauchst du nämlich: ein paar Wochen da drüben, Ruhe, Entspannung und gutes Essen... Das wird dir guttun, du brauchst es!»

Er gab sich die größte Mühe, seine Mutter zu überzeugen, daß sie sich einen Urlaub verdient hatte, daß sie mal rauskam aus der Kälte, der Umweltverschmutzung, der Trostlosigkeit von East London. Sie war nicht sicher, ob er es verstehen konnte. Nachdem sie aufgehört hatte, sich über die Herkunft des Geldes Sorgen zu machen, schien sie eingeschüchtert zu sein von dem Gedanken, ihre vertraute Umgebung zu verlassen und an einen Ort zu reisen, der inzwischen fast ein fremdes Land für sie geworden war. Simon bestand darauf, sie willigte halb ein. Er legte einen Arm um ihre Schultern, gab ihr einen Kuß auf die Stirn und sagte, er müsse jetzt leider wieder gehen. Wie immer hätte sie ihn gern länger bei sich behalten, noch etwas mit ihm geredet, aber sie wußte, daß er zu tun hatte. Auf der Türschwelle hielt Simon ihren Arm und versprach, er käme schon die nächsten paar Tage wieder vorbei. Sie lächelte, es war ein schüchternes, schwaches Lächeln, und sagte wie immer zu ihm, er solle «auf sich aufpassen». Simon sah sie an, bis sie die Tür schloß, dann ging er wieder an dem wackligen Gartentörchen vorbei. Jedesmal wenn er seine Mutter verließ, hatte er das gleiche beklommene Gefühl. Es war eine Art Traurigkeit, die ihn beschlich, die in ihm brodelte, bis er sie später abschütteln konnte, wenn er wieder mit seinesgleichen zusammen war. Mit einem Blick auf seine Uhr überlegte Simon, daß Butch eigentlich schon in dem nahegelegenen Pub warten müßte. Es war Simons «Stammkneipe», auch wenn er in letzter Zeit nur noch gelegentlich dort hinging. Aber es war nett, einige der alten Gesichter wiederzusehen, Leute, mit denen er aufgewachsen war. Der Besitzer, ein Veteran der Gegend, groß, füllig, rotes Gesicht, rief ihm zu, als er hereinkam:

«Typen wie dich wollen wir hier nicht!»

Simon lachte und antwortete ihm, als er zu Butch hinüberging, der an der Theke saß.

«Tony, ich dachte, du wärst auf Diät?!»

Selbst die Bardame, die in der Nähe Gläser umräumte, mußte darüber lachen.

«Deiner Mum geht's gut?» erkundigte sich Butch, als Simon auf einen Barhocker rutschte.

«Yeah, du weißt ja, wie Mütter so sind: Sie machen sich immer Sorgen...»

Butch nickte; seine eigene Mutter war genauso gewesen, bis sie schließlich vor fünf Jahren dem Krebs erlegen war.

Simon bestellte sich einen Brandy und einen weiteren Port für Butch.

Die frühen Gäste eines kalten Samstagabends waren bereits in Karnevalstimmung. Zwei Weiße auf der anderen Seite der Theke begrüßten Simon mit einem Nicken und Lächeln über den Lärm der Musik und Unterhaltungen. Er erwiderte den Gruß genauso. Als einheimischer Junge, der es geschafft hatte, sah er die alte Meute von Zeit zu Zeit gern wieder. Es war auch gut fürs Geschäft! Eine Sache hatte Simon schon sehr früh gelernt: Es gab Szenen, zu denen nur sehr wenige Schwarze Zugang finden konnten, die Szenen, wo das große Geld gemacht wurde, was schon immer das Vorrecht von weißen Schwindlern und Gangstern gewesen war. Doch als anerkannter, langjähriger Einwohner, geboren und aufgewachsen im Viertel, wußte Simon, daß er manchmal genau deswegen Chancen geboten bekam. Jetzt, wo seine Geschäfte gut liefen, konnte er vielleicht dem einen oder anderen einen Gefallen tun...

Sie verbrachten mehrere Stunden in dem sich zunehmend füllenden Pub, tranken ein paar Gläschen und trafen Leute, bis Simon schließlich Butch ein Zeichen machte – der gerade in eine Unterhaltung mit einer drallen Brünetten vertieft war –, daß es Zeit zu gehen war. Minuten später saßen sie im Wagen und verließen den Stadtteil. Simon fädelte sich locker, ohne den kräftigen Motor zu sehr zu treten, durch den Samstagabendverkehr. Er fuhr nach Hause, um sich frisch zu machen und umzuziehen. Er zog sich dezent an, scharf ohne zuviel Schmuck, gerade genug... Es war nach elf, als sie wieder unterwegs waren. Cole würde inzwischen alles am Laufen haben, nachdem vorher ein bißchen Werbung gemacht worden war. Simon rechnete damit, daß die heutige Session eine gute Resonanz fand. Seit den Weihnachtstagen war die Zahl der Gäste stetig größer geworden. Das Satellite war *das* In-Lokal, an dem man sich am Wochenende sehen lassen mußte. Simon war es gelungen, sein Lokal zu einem Hit zu machen. Es war schnell zu einem Begriff geworden. Das Tolle daran war, daß es außerdem geradezu ideal war, um mit Leuten ins Geschäft zu kommen, von denen er andernfalls wenig zu sehen bekommen würde. Alles in allem war es ein nettes Geschäft mit angenehmen Begleiterscheinungen... überflüssig zu erwähnen, daß Simons ohnehin vorhandene Anziehungskraft bei den Damen proportional gewachsen war; jetzt hieß es: Mädchen ohne Ende! Als sie das Lokal erreichten, parkte Simon auf dem für ihn reservierten Platz an der Seite der Weinstube, und sie gingen hinein, natürlich durch den Vordereingang!

Ein pochender, swingender Rhythmus begrüßte sie, sobald sie die Tür öffneten. Das Satellite war bereits recht voll, und immer noch kamen Leute. Simon begrüßte vielleicht ein Dutzend Raver, die in der Schlange am Eingang anstanden, und schob sich an den beiden Türstehern vorbei. Die sich nach links erstreckende Tischreihe war praktisch voll besetzt mit attraktiven Mädchen in teuer aussehenden Kleidern und ihren Begleitern. Auf der ovalen Tanzfläche, direkt vor der etwas erhöhten Bühne mit den Plattenspielern, gestikulierte bereits eine größere Menge, die durch die lebendige Nummer langsam in Fahrt kam. Simon und Butch gingen hinunter. Cole redete mit dem Deejay, erklärte ihm etwas. Er grüßte Simon und kam ihm entgegen.

«Alles in Ordnung?»

«Es wird, es wird langsam...» Cole lächelte.

«Simon, Darling!»

Er drehte sich gerade noch rechtzeitig um, um das kurzhaarige, spektakulär gekleidete Mädchen buchstäblich aufzufangen, das von der Tanzfläche zu ihm gelaufen war.

«He, mein Lieblingsmädchen», log Simon, als er sich die größte Mühe gab, ihrer innigen Umarmung zu entrinnen. Mit ihren hochhackigen Absätzen, dem langen dunkelroten, geschlitzten Rock und dem winzigen Top war sie sofort unübersehbar. Nahm man noch ihren völligen Mangel an Diskretion oder Hemmungen hinzu, dann war sie kaum die Art Person, mit der Simon zu tun haben wollte. Tatsächlich konnte er sich nicht mal mehr an ihren Namen erinnern. Er hatte sie immer wieder mal seit Mitte vergangenen Jahres gesehen, und seit er das Satellite aufgemacht hatte, war sie Stammgast, mindestens ebenso wegen der Ware, die sie regelmäßig erwarb, vermutete er, wie wegen der Musik.

Butch sah Simon an und verzog sich in den hinteren Teil des Raumes in der Nähe der Bar. Inzwischen schaffte Simon es, das übersprudelnde Mädchen abzuschütteln, indem er ihr versprach, später zu ihr zu kommen. Er rief Cole zu und verschwand dann in dem kleinen Zimmer an der Ecke der Theke.

Auch weiterhin kamen gutgekleidete Leute herein, waren ausgelassen und grüßten Freunde, die sie erst letztes Wochenende gesehen hatten, als hätten sie sich Jahre nicht mehr gesehen. Aber das alles gehörte zum Ritual; jeder sah gut aus, war gut drauf und genoß es, sich beliebt zu fühlen. Wenn man zu einer Wochenendsession ins Satellite ging, erhielt man nützliche Tips für die aktuellen Modetrends. Dem aufmerksamen Beobachter entging nicht, daß sich die Frauen gegenseitig beäugten und immer wieder beiläufige Blicke in den Raum warfen, um die Kleidung der anderen zu taxieren. Außerdem war es absolut unerläßlich, daß keine zwei Frauen gleich gekleidet waren. Denn das wäre mit Sicherheit äußerst peinlich.

Glenda, die große, braune junge Frau, die Simon engagiert hatte, um für den glatten Betrieb der Weinstube zu sorgen, war einfach überall mit einem ansteckenden Lächeln auf ihrem unverwechselbaren, fast chinesischen, geschminkten Gesicht. Sie begrüßte die Gäste, achtete darauf, daß sich jeder willkommen fühlte, küßte die Mädchen, die sie gut kannte, und sogar den einen oder anderen Mann. Glenda war Sängerin und begann gerade eine Karriere als Model. Vor allem anderen war sie engagiert worden, um Simon die «Public Relations»-Seite des Jobs abzunehmen, wenn ihm nicht danach war, sich mit Leuten zu unterhalten. Die beiden Deejays wechselten sich an den Plattentellern ab, sprachen Widmungen, wechselten von Funk zu Groove, von House zu klassischem Soul, präsentierten eine heiße Mischung. Nach einer Weile tauchte Simon wieder auf und begann mit seiner Runde, redete mit Leuten, erhielt herzliche Umarmungen und Küsse, schüttelte Hände. Butch stand nicht auf diese Szene. Er war glücklich, mit ein paar Freunden reden zu können, sein Budweiser zu trinken und von Zeit zu Zeit auf die Tanzfläche zu gehen, wenn ihm eine Nummer wirklich gut gefiel. Kurz nach Mitternacht schien der Laden gerammelt voll zu sein. Es war heiß, und die Atmosphäre swingte. Immer noch kamen neue Gäste, zwängten sich aus der kalten Nacht herein, waren froh, es schließlich geschafft zu haben. Nachdem er seine Runde gemacht und ein paar Drinks getrunken hatte, war Simon diskret mit einem hübschen Mädchen namens Lorrie im Hinterzimmer verschwunden, die er schon seit längerem kennenlernen wollte. Während der letzten paar Monate hatte er sie immer in Begleitung eines kräftigen Kerls mit einem kantigen Schädel gesehen, der, wie sie sagte, ihr Freund sei. Simon beobachtete sie immer, wenn sie ins Satellite kam, und wartete auf seine große Chance. Heute abend jedoch hatte er sich vergeblich nach dem Burschen umgeschaut, er war nirgendwo zu sehen... Also hatte Simon sich an den Tisch vorgearbeitet, an dem sie mit ihrer Freundin saß, und nach einer absolut belanglosen Unterhaltung mit den beiden war es ihm gelungen, Lorrie wegzueisen. Sie tranken ein Glas an der Bar, Simon knipste seinen ganzen Charme an und flüsterte ihr ins Ohr. Dann überzeugte er sie, daß sie etwas ungestörter sein mußten. Der verschmitzte Blick, den er Butch auf dem Weg in das Zimmer zuwarf, bedeutete ganz klar: «Nicht stören!»

Niemand vermißte ihn, inzwischen war die Stimmung viel zu heiß. Die Deejays fesselten die Tänzer Groove um Groove, hielten sie beschäftigt. Sogar Butch hatte nicht weniger als drei Abstecher auf die Tanzfläche gemacht und seinen massigen Körper zum Beat bewegt. Als er jetzt sein viertes oder fünftes Budweiser trank, warf er einer großen, schlanken Frau lüsterne Blicke zu, die offenbar jeden einzelnen Moment davon genoß, wenn man danach ging, wie sie sich näher und näher an ihn heranschraubte. Es war ein einziger, großer Spaß.

Auf der Bühne, die ihm einen Blick über den ganzen Raum bot, swingte Cole und hielt sich in der Nähe des Deejay, wie um ihm noch mehr Energie zu geben. Da er damit beschäftigt war, sich einen Spliff zu bauen, bemerkte er die Neuankömmlinge erst, als sie sich schon halb durch die Menge gedrängt hatten. Sowohl durch ihre Kleidung als auch durch die Mienen auf ihren Gesichtern fielen sie unter den ausgelassenen Ravern auf. Zwei von ihnen waren groß und dunkelhäutig, der dritte war braun und hatte einen Dreitagebart. Cole legte die Rizla-Blättchen neben einen der Plattenspieler und kam herunter. Wartete, bis die Männer die Tanzfläche überquert hatten. Der vorderste, der einen stark gemusterten Pullover und eine weite Seidenhose trug und eine Sonnenbrille auf der Nase hatte, blieb vor Cole stehen und betrachtete ihn. Die beiden anderen hielten sich ein Stück zurück. Auch sie lächelten nicht.

«Ich will dain Boß sprächn!» sagte der Mann. Die Narbe auf seiner linken Wange bewegte sich kaum beim Sprechen.

Cole sah ihn an, nickte und warf einen Blick auf die Tanzfläche. Butch hatte die Situation bereits erfaßt. Nach einem kurzen Blick zu

Cole verschwand er nach hinten, klopfte an, öffnete dann die Tür. Das Mädchen saß auf Simons Schoß, hielt einen Arm um ihre Taille und ein halb gefülltes Glas in der anderen Hand.

«Ein paar von deinen ‹Geschäftsfreunden› wollen dich sprechen», sagte Butch und betonte die Worte so, daß Simon verstand.

«Hat das nicht Zeit?» erwiderte Simon stirnrunzelnd.

«Nein, nicht bei diesen Typen...», sagte Butch kopfschüttelnd.

Simon seufzte.

«Kay. Schick sie rein.» Er flüsterte Lorrie ein paar Worte ins Ohr und drückte ihre Taille, um sie aufstehen zu lassen. Sie schob sich an Butch vorbei, reckte die Schultern und ging. Butch kehrte um die Theke zur Tanzfläche zurück und machte Cole ein Zeichen, der daraufhin dem Mann mit der Brille den Weg zeigte. Er ging hinein, dicht gefolgt von seinen Freunden, die Butch aufmerksam beäugten.

Cole schloß die Tür und lehnte sich dagegen, beobachtete die Männer, die sich vor Simons Stuhl aufbauten. Butch ging in den hinteren Teil des Zimmers und setzte sich dort auf eine Getränkekiste. Er trank immer noch an seinem Bier. Simon erhob sich nicht.

«He, Sticks, lange nicht gesehen! Wie geht's?» sagte er mit einem Lächeln zur Begrüßung.

Der vor ihm aufragende Mann erwiderte das Lächeln nicht.

«Ich hab dich gesucht, Maan...» Seine Stimme war nicht direkt feindselig, allerdings auch nicht freundlich.

Simon nahm einen Schluck aus seinem Glas.

«Yeah, hab ich schon gehört...»

Dann bot er ihnen auch etwas an.

«Wollt ihr Jungs was zu trinken?»

«Ich bin nicht zum Trinken hia...», sagte Sticks trocken.

«Wie wär's dann mit ein bißchen Stoff, häh?»

«Ich will hia auch nicht faian.»

Als er sah, daß er die Stimmung so nicht lockerer machen konnte, nickte Simon und schaute zu den steinernen Gesichtszügen auf.

«Also schön... Was kann ich für euch tun?»

Sticks wartete einen Augenblick, dann sagte er: «Wir müssn üba Geschäfte redn. Du hast dich mia gegenüba respäktlos veahaltn, *Mon.*»

Überrascht protestierte Simon sofort.

«Ich mich dir gegenüber respektlos verhalten? Nein, Sticks. Wie kommst du auf so was?»

«Du hast in maim Revia gedealt. Davon rede ich.»

Sticks war offensichtlich wild entschlossen, ohne Umschweife zur Sache zu kommen.

Simon blickte zu ihm auf, lehnte sich auf seinem Stuhl zurück, das Glas immer noch in der Hand. Er schien über diese Behauptung nachzudenken.

«Was meinst du damit, ich hab in deinem Revier gedealt, Mann?»

«Wia kontrolliean die Gegend, das waißtu. Wieso läßtu daine aignen Loite in dea Siedlung aabaitn?» Er bezog sich auf das Eindringen von Simons Leuten in den Drogenhandel in einer bestimmten Siedlung.

Simon stellte das Glas fort.

«Tja, Sticks», setzte er an. «Vielleicht hätte ich euch sagen sollen, daß... die Dinge sich verändert haben, verstehst du? Ich bediene dieses Gebiet jetzt.»

Diese Antwort gefiel Sticks gar nicht. Simons affektierter Ton, seine Manieriertheit und wie er sich «wichtig» machte, hatte ihm noch nie so besonders gefallen. Im Moment entwickelte er eine starke Abneigung gegen ihn.

«Du bedienst jäz?» wiederholte er mißmutig. «Da veastehstu aba was falsch, Maan. Ich bin dea Veataila, ich veakauf an dich, und du beliefeast die Siedlung. So loift das!»

Offensichtlich sah Simon das anders. Er stand auf, ging ein paar Schritte und blieb neben der Kaffeemaschine stehen, die auf einem niedrigen Schrank stand.

«So ist's früher gelaufen...», erwiderte er und wählte seine Worte genau. «Ich will dir jetzt mal was erklären, Sticks. Verstehst du, ich bin in dieser Gegend aufgewachsen. Ich kenne jeden, und jeder kennt mich.» Er unterbrach sich. «Es stimmt schon, ich habe von dir gekauft, als ich angefangen habe, aber wie ich schon sagte, die Dinge haben sich jetzt geändert, ich habe meine eigenen Lieferanten.»

«Waißtu übahaupt, mit wem dus zu tun hast?»

«Es macht für mich keinen Unterschied, mit wem ich es zu tun habe», antwortete Simon zum ersten Mal trotzig. «Ich sage dir, die

Siedlung gehört jetzt mir allein, sie ist mein Revier. Hast du das verstanden?»

Ein beklommenes Schweigen legte sich einen langen Augenblick über den Raum, während Sticks Simon durch seine Sonnenbrille anstarrte. Leise drangen Musikfetzen durch die Tür herein. Linton und Pablo beobachteten alles, waren eingestimmt auf die gefährliche Atmosphäre, die sich in dem Zimmer zusammenbraute. Cole lehnte immer noch lässig an der Tür, während Butch auf einen Punkt irgendwo vor sich auf dem Boden starrte. Dann explodierte plötzlich Sticks' Lachen in dem kleinen Raum, sehr laut, und beinahe klang es sogar echt.

«So, dann bistu also ain *bad buoi* gewoadn?» sagte Sticks und sah Simon mit einem breiten Grinsen an. «Du willst das Geschäft übanehmen?»

Selbst der normalerweise selbstsichere Simon wußte nicht, was er davon halten sollte.

«Yeah, das könnte man so sagen», meinte er ruhig.

Sticks hatte inzwischen aufgehört zu lachen. Er schaute sich in dem Zimmer um.

«Ich vasteh, was du mainst... Du bist jäz aine große Numma. Du dealst mit Drogn, ja, und du hast soga ein nättes, klaines Lokal!» Sticks gestikulierte in Richtung geschlossener Tür. Er trat ein paar Schritte weiter in die Mitte des Raumes.

«Vearat mia mal was. Wea wiad auf dich aufpassn? Wem kannstu veatraun, daß ea dich beschützt, häh?»

«Zerbrich dir darüber mal nicht den Kopf, Mann...», sagte Simon ernst.

«Du mainst, du willst dich auf den waißn Buoi da drübn vealassn... und auf den Freak hia, damit die dich beschützn?!» Sticks deutete verächtlich zuerst auf Butch und dann auf Cole. Butch sah ihn jetzt an, Simon ebenfalls, die Hände in den Hosentaschen vergraben.

«Klar... Ich denke, du gehst jetzt besser wieder», sagte er.

Sticks nickte und kratzte sich am Hinterkopf. Als er sich dann bewegte, war er so schnell, daß nicht einmal der wachsame Butch schnell genug reagierte.

Mit zwei kurzen Schritten hatte sich Sticks auf Simon gestürzt, packte ihn an der Kehle und schob sich blitzschnell hinter ihn. Butch hatte eine große, schwarze Kanone gezogen und kam in seine Richtung, doch Sticks hielt Simon vor sich wie ein Schild, drückte ein Messer gegen Simons Hals. Inzwischen war Cole ebenfalls überwältigt worden. Pablo nagelte ihn an die Wand. Seine eigene Glock, die er noch zu ziehen versucht hatte, bohrte sich in seine Rippen. Nur Linton stand ungeschützt im Raum Butch gegenüber, der seinen schweren Revolver auf ihn gerichtet hatte, wobei die linke Hand die rechte nach Polizeimanier abstützte. Lintons Arme hingen locker an seinen Seiten. Er war immer noch sehr ruhig.

«*Red Buoi*, du hast dich grade selbst gefickt!» bellte Sticks hinter Simon her. Butch beobachtete alles aufmerksam, behielt den Finger fest auf dem Abzug. Alles schien nur von ihm abzuhängen.

«Laß ihn los!» knurrte er mit wutverzerrtem Gesicht.

«Du bist vearückt, Maan», sagte Sticks lachend. «Nimm jäz die Kanone runta.» Simon gab einen Laut von sich, als sich die scharfe Spitze von Sticks' Messer ein wenig tiefer in das Fleisch seines Halses bohrte, genau zwischen Kinnlade und Ohr. Butch hatte keine Ahnung, wie er das Patt auflösen konnte. Er kannte Sticks gut genug, um zu wissen, daß ihm zuzutrauen war, Simon das Messer ganz durch den Hals zu bohren.

Cole stand sehr still. Nur für alle Fälle benutzte Pablo ihn ebenfalls als Schild. Linton, der immer noch in die schwarze Mündung knapp zehn Meter entfernt starrte, rührte sich nicht. Genau in dem Augenblick, als Sticks Simon noch etwas mehr weh tun wollte, passierte etwas, das die festgefahrene Situation löste. Jemand klopfte kurz an die Tür, dann wurde sie geöffnet, und Glendas Gesicht tauchte in dem Spalt auf.

«Simon…», begann sie zu sagen. Zu mehr hatte sie keine Zeit. Blitzschnell streckte Linton die rechte Hand aus, packte sie an den Haaren, riß sie gegen sich, zog seine Kanone von der Taille und hielt den Lauf gegen ihre Schläfe.

«Schön ruhig bleiben», sagte er beinahe freundlich zu ihr.

Es war absolut unmöglich, daß Butch schnell genug hätte reagieren können, um das zu verhindern. Er war immer noch in der anderen Ecke des Raumes, der Revolver schußbereit, und erkannte jetzt, daß die winzige Chance, die er noch vor einem Augenblick gehabt hatte, nun weg war.

«Gut gemacht, main Junge!» lobte Sticks Linton. Dann drehte er sich zu Butch. *«Red buoi!»* rief er die abwertende Bezeichnung für den «weißen» Mann auf Jamaika. «Leg sie weg... oder willstu als easta steabn?»

Es war eine aussichtslose Situation. Das sah Butch. Das hier war ein gänzlich anderes Szenario als das, was er in der Armee gewöhnt war. Genaugenommen hätte er längst tot sein müssen... aber Sticks hatte ihm unerklärlicherweise eine Chance gegeben. Langsam senkte Butch den Revolver und legte ihn auf den Boden. Daraufhin ließ Sticks Simon los, zog seine eigene Kanone und überquerte den Raum zu Butch. Schnell hob er den Revolver auf, baute sich direkt vor dem kräftigen Mann auf, der sich sichtlich beklommen fühlte, und sah ihm in die Augen.

«Ich will dia aine Chance gebn», sagte er zu ihm und stieß ihm seinen Lauf in den Bauch. Lächelnd kehrte er zu Simon zurück. Dann, viel zu schnell, als daß der Mann es hätte kommen sehen können, hob er das Messer, das er immer noch in der rechten Hand hielt, und zog es sauber über seine linke Wange.

Simon schrie auf, riß die Hand vor sein Gesicht und starrte sein eigenes Blut an.

«Ich sollte dich jäz umlegn...», sagte Sticks ohne jeden Zorn in der Stimme. «Aba wozu? Ich geb dia auch aine Chance.»

Langsam wischte er an Simons Hemd das Blut von der Klinge, dann drehte er sich zu seinen Soldaten um, die immer noch ihre Geiseln festhielten. «Okee. Pablo, laß den Buoi los! Du gehst voa. Linton, halt das Mädchn fäst, bis wia draußn sind.» Sticks ging kein Risiko ein. Die Kanone in Glendas Rücken gedrückt, sagte Linton zu dem zitternden Mädchen: «Los! Ain Ton, und du hast aine Niere weniga...»

Sie verließen den Raum. Niemand bemerkte sie, als sie sich durch die Menge auf den Ausgang der Weinstube vorschoben. Pablo ging als erster hinaus, dann folgte Linton mit dem Mädchen. Als er gerade an den beiden Türstehern vorbei wollte, blieb Sticks stehen und starrte auf den ledernen Geldgürtel, den sich der größere der beiden unter der Jacke über die Brust gezogen hatte.

«Heh!» rief er dem Mann zu. «Rück das raus!»

Der stämmige Bursche trug eine Brille und einen Ohrring. Er runzelte die Stirn.

«Was?!»

Sticks schnalzte mit der Zunge, hob seine Kanone und schob sie ihm unter die Nase.

«Gib das hea, Kumpl, und zwaa schnäll!»

Der andere Mann zuckte mit keiner Wimper. Er sah, daß es Sticks todernst war. Schnell und immer noch schockiert, löste der Mann den Gürtel und reichte ihn Sticks. Nach einem letzten Blick auf die beiden Türsteher ging Sticks hinaus. Auf dem Bürgersteig auf der anderen Straßenseite saß Pablo bereits bei laufendem Motor hinter dem Steuer des Saab. Linton drückte Glenda gegen den Wagen. Die Hand mit der Waffe war lässig gesenkt, während er mit der linken Hand ihr Gesicht streichelte. Auf dem Gesicht des Mädchens stand Angst, nackte Angst.

«Du siehst wie ain nättes Mädchn aus», sagte Linton zu ihr, als Sticks sich auf den Beifahrersitz schob. «Wahnsinnig gärn wüad ich dich mitnehmen, aba du waißt ja sälbs, wies ist. Vllaicht baim nächsten Mal...»

Dann schob er sie zur Seite, stieg in den Fond und ließ das Mädchen auf dem Bürgersteig stehen. Der schwere Wagen löste sich vom Bordstein und fuhr fort. Mit vor der Brust verschränkten, zitternden Armen blieb Glenda dort stehen, bis Cole herauskam und sie entdeckte. Sie konnte immer noch nicht sprechen, als er sie wieder zurück in die Bar brachte. Und dann brach sie in Tränen aus.

15

BALLSPIELE

Er fühlte sich, als sei er eben erst ins Bett gegangen. D. zog sich aus und die Bettdecke über seinen Kopf, doch kurz darauf wurde sie von jemandem wieder weggezogen, und dann schlug ihn jemand wiederholt ins Gesicht. Mit einem Knurren drehte sich D. widerwillig um, schlug die Augen halb auf und sah den Übeltäter ihn anstrahlen. Avril schien mit sich zufrieden; nachdem es ihr gelungen war, ihren Vater zu wecken, sagte sie etwas, bleckte ihre vier Frontzähne und hob die Hand, um ihm wieder eine Ohrfeige zu geben. Fast gegen seinen Willen und trotz der Müdigkeit, die er immer noch in den Knochen spürte, packte D. sie und zog sie an sich. Verspielt biß er ihr in den Arm und kitzelte sie am Bauch, hoffte, daß sie ihn bald wieder in Ruhe lassen würde. Aber nein, nicht Avril! Das bewirkte nur, daß sie jetzt erst recht spielen wollte. Sobald D. versuchte, sich zuzudecken und weiterzuschlafen, zog sie die Bettdecke wieder weg und riß an einem seiner Ohren. Es war unmöglich, daß er weiterschlafen konnte, solange sie auf dem Bett saß. Zweimal rief er laut:

«Donna...! Donna!» Schließlich kam sie ins Schlafzimmer.

«Was gibtsn?»

«Wases gibt, willstu wissn?» wiederholte D. «Schaff mia dieses Kind vom Hals, Maan. Ich kann nicht schlafn.»

Donna zu rufen war vermutlich ein Fehler gewesen, erkannte er. Zu spät...

«Ich hab sie aufs Bätt gesätzt, damit sie dich wäckt», sagte sie und blieb in der Tür stehen. D. seufzte.

«Ich bin spät ins Bätt gekommen. Nimm sie ainfach mit, Maan», brummte er und zog sich die Bettdecke wieder über die Ohren.

Donna nahm das Kind hoch und fing an zu meckern.

«Ich hab dia nie gesagt, du sollst woandeas schlafn. Ich waiß nicht, wen du da draußn hast, bai dem du jede Nacht unteakommst...»

Sie verließ das Zimmer erst, als D. geringschätzig mit der Zunge schnalzte und sie buchstäblich rauswarf. Donna konnte gräßlich sein, wenn sie verärgert wurde. Während der letzten paar Wochen war sie mehr als gräßlich gewesen. Es stimmte schon, D. hatte da draußen viel zu tun gehabt und war erst in den frühen Morgenstunden nach Hause gekommen, falls überhaupt... Immer wieder versprach er, früh zurück zu sein und mit ihr und den Kindern zu Abend zu essen, aber Donna sah ihn in letzter Zeit nur noch wenige Male unter der Woche, dann war er wieder für die nächsten paar Tage verschwunden. Sie hatte darüber bereits geschimpft, was wiederum bewirkte, daß er nur noch mehr wegblieb.

D. rührte sich und versuchte, wieder einzuschlafen. Deutlich nach fünf Uhr war er ins Bett gekrochen, und jetzt konnte es noch nicht viel später sein als neun. Gestern hatte Sherry Geburtstag gehabt, also hatte er sie von der Arbeit abgeholt, nach Hause gefahren und war anschließend mit ihr essen gegangen. Sie gingen in ein nettes Restaurant, aßen gut und unterhielten sich, genossen die Zeit zusammen. Sherry war sprachlos gewesen, als D. eine kleine Schachtel aus der Tasche gezogen und ihr gegeben hatte. Es war ein nettes, und auch teures, Geschenk, und das, wo sie doch gar nichts erwartet hatte. Als sie das Restaurant verließen, fuhr D. mit ihr zu mehreren Lokalen, und am Ende nahm er sie mit zu seinem täglichen Besuch der Spielhölle. Sherry kannte sich nicht aus in dieser Szene, aber sie folgte ihm und wartete, während D. sich um die Geschäfte kümmerte. Nachdem er sich vergewissert hatte, daß alles bestens lief, überließ D. seinen Soldaten alles weitere und fuhr nach Leyton runter. Er war auch schon früher mit Sherry dort gewesen. Das Haus war leer. Sie hörten ein bißchen Musik, D. rollte ein paar Spliffs. Da sie ja Geburtstag hatte, nahm Sherry tapfer ein paar Züge, aber sie war Nichtraucherin, und das starke Gras ließ sie beim ersten Versuch husten. D. lachte und zog sie damit auf. Schon bald zogen sie sich in eines der Schlafzimmer zurück und hatten eine Menge Spaß, bis das Morgengrauen ihre Vertrautheiten beendete. Als D. Sherry schließlich wieder zu Hause absetzte, war es fast fünf Uhr morgens. Auf gar keinen Fall konnte er jetzt schon wieder aufstehen. D. schaffte es, vielleicht noch zwei Stunden länger unruhig zu schlafen, aber schließlich ging er unter die Dusche. Der harte, heiße Wasserstrahl brannte auf seiner

Haut. Nach und nach spülte er den Schlaf fort. Er trocknete sich ab, putzte sich die Zähne und zog sich an. Als er in die Küche kam, erwartete ihn bereits eine heiße Tasse Tee, aber Donna ging hinaus, wich offensichtlich einer Unterhaltung mit ihm aus. D. zuckte mit den Achseln, setzte sich zu seinem Tee und dachte über den vor ihm liegenden Tag nach. Es war bereits nach zwölf. Heute wollte er in das Studio gehen, von dem Charlie gesagt hatte, daß er dort eine gemeinsame Plattenaufnahme von Puggy und Firefly überwachen wollte. Eigentlich müßte es eine gute Session werden. Als Fireflys Manager hatte Charlie schon eine ganze Weile vor, ihn zusammen mit Puggy auf eine Platte zu bringen. Da er jetzt auch den Sänger managte, lief alles bestens. Vor ein paar Tagen war er mit Lee ins Studio gegangen und hatte zugesehen, wie er losgelegt und einen geilen Track abgemischt hatte. Jetzt mußten nur noch die beiden MCs aufgenommen werden, die gemeinsam an einigen Texten gearbeitet hatten. D. trank seinen Tee aus und dachte über die Ereignisse des vergangenen Tages und Abends nach. Er ging ins Wohnzimmer. Als er sich setzte, kam Avril zu ihm, und er hob sie hoch. Das kleine Mädchen hatte erst vor wenigen Wochen angefangen zu gehen. Sie war allerdings noch nicht sicher auf den Beinen, schaffte aber normalerweise ein paar Schritte, bevor sie zurückplumpste und stolz lächelte. Avril wich nur selten von der Seite ihres Vaters, wenn er zu Hause war. Sie sah ihrer Mutter sehr ähnlich, doch während Cindy eher kräftig gebaut war wie Donna, blieb Avril schmal. Sie und Cindy kamen gut miteinander aus. Donnas Tochter liebte ihre kleine Schwester über alles. Außerdem liebte Cindy D. nur noch mehr, seit Avril da war. Ein paarmal hatte D. mit den Kindern eine Spritztour gemacht und dabei gesehen, wie Cindy das kleine Kind auf dem Rücksitz des Wagens an sich gedrückt hatte. Es war ein gutes Gefühl, und in Augenblicken wie diesem fühlte sich D. wie ein echter Familienvater – aber er konnte einfach nicht immer so sein. Dann war da noch Jesse, der ebenfalls größer wurde, und seine Mutter. D. erkannte, daß er immer häufiger Lust hatte, seine Zeit bei Jenny zu verbringen. Er war nicht ganz sicher, ob es nun daran lag, weil er inzwischen seinen Sohn so gern hatte, oder ob es seine Gefühle für Jenny waren. Wahrscheinlich eine Mischung aus beidem. Jedenfalls war das der Grund für Donnas Verärgerung. Nicht etwa, daß D. irgend etwas zugegeben hätte, er war ja nicht verrückt. Doch auch wenn Donna keine Antworten auf ihre forschenden Fragen erhielt, schien sie alles zu wissen. Gleichgültig, was D. für Donna und seine kleine Tochter empfand, er dachte ja gar nicht daran, sein Leben von ihr beherrschen zu lassen. So wie sie im Augenblick die Seiten der vor ihr liegenden Illustrierten umblätterte, hielt D. es für das beste, sich um seinen Kram zu kümmern. Er gab Avril ein paar Küsse auf den Hals, kitzelte sie ein paarmal und wollte schon aufstehen, als Donnas Stimme sarkastisch erklang.

«So müde wie du bist, schainstu ainfach zuviel zu aabaitn, Maan!»

Schweigen. Es war Zeit zu gehen, statt in eine Diskussion verwikkelt zu werden, die mit Sicherheit zu einem Streit ausarten würde. Da war irgend etwas an Donnas Betonung des Wortes «arbeiten», die offensichtliche Verwendung der Doppeldeutigkeit des Wortes im jamaikanischen Patois... Aber D. blieb sitzen. Unbekümmert antwortete er.

«Slaufn haufenwaise Sachn, waißtu...» Donna blätterte ein paar weitere Seiten um; ganz offensichtlich las sie die Illustrierte nicht. Cindy war in der Schule, und da Avril noch zu jung für den Kindergarten war, verbrachte Donna die meiste Zeit zu Hause oder mit Sandra, Leroys Frau. Sie warf D. einen schrägen Blick zu und sagte:

«Dain Abendässn steht imma noch im Ofn...»

«Hmm, ich war gästean aus ässn», antwortete D.

Donna schlug die Illustrierte zu und sah ihn an.

«Ich waiß... Du solltest bässa aufpassn, daß du da draußn nicht noch veagiftät wiast!»

Die Unterhaltung ging für D.s Geschmack langsam zu sehr ins Detail. Trotzdem blieb er cool.

«Wieso mußtu aigentlich so redn?»

«Glaubstu vllaicht, ich wüßte nicht, wo du imma ißt?» sagte Donna spöttisch.

D. schnalzte mit der Zunge.

«Du straitäst gärne, stimmt's, Maan!»

«Nain, ich straite nicht gärne, aba ich will wissn, was los ist.»

«Alls bästns, Maan, mach dia kaine Soagn.» Es sollte beruhigend sein, aber diese Antwort gefiel Donna nicht.

«Ich soll mia kaine Soagn machn? Ich seh dich nicht mea, D., waißtu das? Du kommst ab und zu mal voabai, früh moagens, und dann bistu auch schon wieda wäg. Du kümmeast dich nicht mal mea um dain Kind.» Sie unterbrach sich kurz. «Als du zurückgekommen bist, da hab ich wiaklich geglaubt, du hättest dich veaändat. Aba jäz siehts ganz so aus, als wüadest du genauso waitamachn wie früha.» Das hier ging jetzt ganz eindeutig zu weit, dachte D.

«Was soll das? Ich muß mich da draußn um Geschäfte kümmean, glaubstu vllaicht, das wär alls ain Klacks?!»

D. setzte Avril ab und stand auf. Er ging zum Fenster. «Aba ich soage doch imma gut füa dich und das Kind, oda vllaicht nicht?» fragte er. Donna sah ihn an; das war nicht das Problem.

«Darüba rede ich ja gaa nicht. Mainstu, mich wüade nua das Gält intressian?»

«Also, was ist dann mit dia los?!» D. beschloß, daß der Streit zu nichts führte.

Draußen versprach ein grauer Himmel etwas Regen für später. D. drehte sich um.

«Du hast kain Respäkt voa mia», hörte er Donna sagen.

«Kain Respäkt voa dia? Wovon redäst du dänn jäz schon wieda?»

«Du waißt genau, wovon ich rede! Sag mia mal was. Wann bistu das läzte Mal mit mia aus gewesn?» Donna sah ihm in die Augen, wartete auf die Antwort.

«Momänt, machstu däshalb so ain Wiabl?» erwiderte D. mit einem angedeuteten Lächeln. Das war ein Fehler.

«Lachst du üba mich?!» Jetzt war Donna sogar noch verärgerter. «Lach du ruhig waita!» Sie nahm Avril auf, die sich an sie klammerte. Das kleine Mädchen spürte die angespannte Stimmung. D. stand in der Mitte des Zimmers. Er hielt es für absolut überflüssig, einen Streit wie diesen zu weit zu treiben. Vielleicht war er ja in letzter Zeit wirklich nicht mehr mit Donna ausgegangen, das stimmte schon. Er versuchte sie wieder zu beruhigen und sagte:

«Okee, ganz ruhig, nächstn Monat, dann gehn wia baide zu daim Gebuatstag ganz groß aus ... okee?! Ächt.» Donna schaute fort, hielt immer noch Avril fest.

«Wänn du dich waita mit dem Mädchn da draußn triffst, dann blaibstu bässa glaich ganz bai ia, denn ich steh nicht auf tailn.»

Jetzt war's raus, es ging wieder um eine Frau. D. fragte:

«Momänt, ja, willstu mich vllaicht rausschmaißn? Schon wieda?»

«Es steht mia nicht zu, dich iagendwo rauszuschmaißn, du müßtest mich aigentlich bässa kännen», antwortete Donna klipp und klar. Dann fügte sie hinzu und sah ihn dabei direkt an: «Ich sage nicht, daß du mit dea Mutta von daim Baby zusammen bist, waißtu?»

Sie unterbrach ihn, bevor er ein Wort sagen konnte.

«Sag jäz bässa nichts. Ich will nicht, daß du dich sälbst in Vealegnhait bringst!»

D. hob die Augenbrauen und schüttelte den Kopf.

«Du machst dia zuviel Gedankn, Maan. Wia baide kommen kuul mitainandea aus, das waißtu. Warum redäst du nua so gärn solchn Unsinn?»

Donna stand da und fragte ihn: «Sag mia ains, D. Wie lange kännstu mich schon?» Das hatte D. nicht erwartet.

«Wie mainstu das?»

Sie sagte es ihm.

«Ich känn dich, sait ich noin war, du hast mich besucht, als ich draizehn war, in dea Schule...»

D. sah Donna an; er wollte wirklich nicht über eine Zeit reden, die schon so lange vorbei war, nicht jetzt. Aber sie tat es trotzdem!

«Saitdem laufn dia die Probleme nach, und ich veasuch imma wieda, dia zu helfn, stimmt's?»

Das mußte er zugeben.

«Yeah, Maan...!»

«All die Jahre hab ich dia imma so gut ich konnte geholfn, und ich hab nie was dafüa vealangt.» Sie schwieg. Donnas Stimme war ruhig und beherrscht, als sie nun fragte:

«Kännst du auch nua aine ainzige Frau, die füa dich schon so lange soviel ämpfindet wie ich?»

D. antwortete nicht sofort. Wenn er darüber nachdachte, mußte er zugeben, daß Donna recht hatte, und darüber würde er sich ganz bestimmt nicht mit ihr streiten. Er schwieg und wartete.

«Also, warum kannstu nicht mal küazatretn und etwas mea Zait zu Hause veabringn?» Sie zeigte auf Avril. «Sieh dia dain Kind an. Bald wiad sie ain Jahr alt, aba du rännst imma noch da draußn rum, als könntest du nicht zua Ruhe kommen.» D. wußte, daß Donna recht hatte, von A bis Z, aber er wußte auch, daß er niemals das Leben führen konnte, das sie von ihm erwartete. Noch nicht jedenfalls.

«Ja, du hast rächt», sagte er zu ihr, «aba die Männa auf dea Straße, die brauchn mich imma noch. Ich kann mich nicht ainfach zurückziehn. Ich muß mich um maine Geschäfte kümmean.»

«Siehstu aigentlich, was du da draußen machst?» begann Donna. «Du solltäst bässa gut auf dich aufpassn. Voariges Jahr hastu so grade ebn noch mal Glück gehabt, und trotzdem lärnstu imma noch nichts dazu.» Sie unterbrach sich kurz. «Und so blaibst du, wie du imma warst. Du legst es wiaklich drauf an, was dain Glück betrifft, und du glaubst ainfach nicht, daß es auch mal zu Ände sain kann.»

D. seufzte.

«Du machst dia zuviel Gedankn, Donna. Ich waiß, daß es so nicht füa imma waitagehn kann. Sobald ich sowait bin, zieh ich um und mach ain Geschäft zu Hause im Yard auf.»

Donna sah ihn interessiert an. «Hastu das wiaklich voa?»

Auch wenn er es wahrscheinlich ernst meinte, wollte D. nicht ins Detail gehen. Bevor sich das realisieren ließ, war noch eine Menge zu tun.

«Höa mia jäz mal zu, Donna. Wia baide sind ächt, glaub mia, Maan. Gib mian bißchn Zait, und alls wiad schon gut», sagte er ihr.

Donna antwortete nicht; gedankenverloren spielte sie mit Avrils Haar.

Nach der Diskussion fühlte D. sich deprimiert und introspektiv. Er wußte, daß es manchmal besser war, solchen Dingen aus dem Weg zu gehen. Er hatte sich daran gewöhnt, das Leben so zu nehmen, wie es kam, auf sich zu vertrauen, sich auf seinen scharfen Verstand und sein Glück zu verlassen, um es bis zum nächsten Tag zu schaffen. Wenn er jetzt so darüber nachdachte, es hätte ihm schon gefallen, sich auf Jamaika niederlassen zu können, wie er es Donna gegenüber erwähnt hatte, aber im Augenblick war das einfach noch nicht möglich. Er stand auf, streichelte Avril über die Wange und zerzauste Donna das Haar. Er sagte:

«Ich geh jäz ins Studio, bin bald wieda zurück, okee?!»

Donna sah ihn einfach nur an, sagte nichts. D. packte seinen Kram zusammen und verließ das Haus. Im Wagen lief die Revival-Kassette zu Ende, die er letzte Nacht mit Sherry gehört hatte. Es war früher Mittwochnachmittag, und auf den Straßen herrschte wenig Verkehr. D. ließ den Wagen über die High Road gleiten und erwischte die meisten Ampeln bei Grün. Jemand hupte dreimal, als er über die Kreuzung mit der Dalston fuhr. D. lächelte und winkte, als er Paula erkannte, die in einem weißen Mercedes in die entgegengesetzte Richtung fuhr. Paula war eine gute Freundin und ursprünglich Marktfrau, die sich vor etwa fünf Jahren in England niedergelassen hatte. Sie betrieb zwei Bekleidungsgeschäfte und mehrere Stände auf einigen Märkten in East und North London. Die fitte und attraktive Mittdreißigerin Paula hatte mehrmals scherzhaft angedeutet, daß sie nichts gegen einen «kleinen Flirt» mit D. hätte. Er hatte es dabei belassen, weil er sehr wohl wußte, daß es oft erheblich gewinnbringender war, erfolgreiche Frauen als Freunde zu haben statt als Geliebte. D. hielt kurz bei einem Zeitungsgeschäft, kaufte Rizla, einen Softdrink und eine Zeitung. Wieder im Wagen, bog er links in die Church Street ein, dann rechts ganz die Green Lanes runter. Charlie hatte ihn einmal mit ins Studio auf der Rückseite vom Harringay genommen. D. war ziemlich sicher, daß er den Laden finden würde. Als er das Stadion erreichte, bog er links ab und fand dann, mehr von seinem Instinkt geleitet als von der Erinnerung, die von gepflegten Reihenhäusern gesäumte Sackgasse. Er parkte und ging zu Fuß ein Stück zurück zur richtigen Hausnummer. Als er das Tor erreichte, begannen dicke Regentropfen auf seinen Kopf zu fallen. D. drückte auf den Knopf der Gegensprechanlage, nannte seinen Namen und drückte die Tür auf, als er das Summen hörte. Der zur Treppe führende Flur war kahl und eng. D. stieg die Treppe hinunter und klopfte auf das Glas der geschwärzten Tür. Jemand öffnete, er trat ein. Der Assistenztontechniker begrüßte ihn. D. erwiderte den Gruß und ging durch das leere, angrenzende Zimmer mit dem Kühlschrank, der Kaffeemaschine und den Sesseln. Die Aufnahmesession sollte um zwei Uhr nachmittags beginnen, vor fast einer Stunde, aber bislang schien noch nichts passiert zu sein. D. ging durch den Kontrollraum und nickte Lee zu, der mit dem Tontechniker redete. Die Aufnahmezelle für die Sänger war leer. D. drückte die Tür des anderen Raumes auf, in dem Instrumente und Verstärker standen. Charlie und Harry schauten auf, als er hereinkam.

«Komm rain, *blood*», sagte Charlie lächelnd.

«Respäkt, Don», grüßte Harry.

D. ging zu ihnen und setzte sich auf einen der Verstärker. «Ist noch nichts passiat», erklärte Charlie. «Sticks ist grade untawegs, Puggy holen.»

Sie unterhielten sich eine Weile. D. wollte wissen, ob der junge MC glaubte, für die Aufnahme bereit zu sein. Harry sagte, er habe seine Texte gestern allein und mit Puggy geübt, und ja, er sei soweit. Charlie meinte, daß der Jugendliche Nerven wie Drahtseile zu haben schien. Von Lampenfieber oder Nervosität schien er noch nie gehört zu haben, was für einen Künstler ganz klar ein Vorteil war. Dann pulsierte eine Instrumentalspur aus den kleinen, aber kräftigen Boxen des Studios. Es klang heavy; ein aufdringliches Baßmuster über einem schnörkellosen Beat des Schlagzeugs. Aber mit dem Synthie im Hintergrund, den klingelnden Glöckchen, und den raffiniert eingestreuten Sounds der *talking drum* war es ein extrem süchtig machender und tanzbarer Track. Harry hörte mit gesenktem Kopf zu, war total in die Musik vertieft. Charlie sagte etwas in D. s Ohr.

«Gästean hab ich mich mit diesem Buaschn getroffen. Ea ist aine große Numma im Promotionbisniß. Ea hat Inträsse, in diesem Somma ain großes Reggae-Festival zu oaganisiean.» D. hörte zu. «Aine Tour mit ungefähr fünfzehn Künstlean durch mehrere Städte.» Es klang interessant...

Die Tür ging auf, und Sticks kam mit Puggy im Schlepptau herein. Beide sahen total locker aus. Sie begrüßten alle. Charlie vergewisserte sich, daß sein Künstler Puggy soweit war. Und ob er das war; aktiv und aufgekratzt wie immer, schien Puggy hier zu sein, um richtig loszulegen. Als Charlie ihm gerade etwas erklärte, hörte die Musik auf.

«Fly», rief Charlie, «komm hea.» Charlie erklärte ihnen, daß er die Texte pur hören wollte, ohne die Musik. Puggy und Harry stellten sich voreinander und lieferten eine A-cappella-Version ihrer Texte. Charlie hörte zu und nickte im Rhythmus des Songs. Er ließ es sie noch zweimal wiederholen, bevor er zufrieden war. Er hatte beiden gesagt, was sie zu erwarten hatten; strenge Disziplin und harte Arbeit.

«Musik ist kain Spiel, veastandn?» hatte er von Anfang an klargestellt. «Füa ainen armen Mann ist sie oft der entschaidende Unteaschied zwischn Elend und Eafolg.»

Die beiden jungen Musiker hatten das nicht vergessen. Puggy war der ausgelassenere der beiden, raffiniert, frech und manchmal sogar unbändig, aber er hatte ganz sicher Talent und schien fest entschlossen, hart daran zu arbeiten.

Was Harry betraf, er nahm die Sache auch sehr ernst; er kam nie zu spät, war ziemlich still, wenn er in einer Gruppe war, aber sehr offen und ein reizvoller Diskussionspartner, wenn man ihn allein erwischte. Das hatte Charlie erst kürzlich herausgefunden. Er hatte während der letzten paar Monate die Gelegenheit gehabt, den jungen MC besser kennenzulernen. Für sein Alter, erkannte Charlie, wußte Harry bereits eine ganze Menge über das Leben. Er besaß die Intelligenz eines Jungen, der auf der Straße aufgewachsen war, und war außerdem vorsichtig. Er riß Witze und lachte wie jeder andere, aber für einen nicht mal fünfzehnjährigen Jugendlichen fand Charlie ihn sehr ausgeglichen. Charlie erzählte den beiden Künstlern von der Möglichkeit, für den Sommer ein paar große Auftritte auf die Beine zu stellen. Er hatte die Idee, eine Gruppe jamaikanischer Künstler und eine andere Gruppe Londoner Künstler zusammen bei einer Reihe Shows auftreten zu lassen, wobei Puggy und Firefly die britische Liste anführten. Charlie versprach, später mehr zu erklären. Er ging in den Kontrollraum. Sticks und D. unterhielten sich. Nach einer Weile kehrte Charlie zurück und sagte den beiden MCs, sie sollten in die Aufnahmekabine für Sänger gehen. Er und Sticks gingen in den Kontrollraum. Bevor er ging, rief D. Firefly zu sich.

«Main Junge, machs genauso, wie dus auf dea Bühne machst. Kaine Mätzchen, hastu veastandn?»

«Klaa, Don, purstrom!» Firefly prägte als echter Texter ständig plastische oder evokative Ausdrücke. D. lachte und ließ ihn zu den anderen gehen. Durch die große Glasscheibe des Kontrollraums beobachteten sie, wie die beiden Künstler Kopfhörer aufsetzten und sich aufwärmten. Lee schickte ihnen die Nummer, die «knackig» aus den Monitoren rüberkam. Er bediente das Mischpult, während der Tontechniker zuschaute. Das hier war ein ernstes Geschäft. Lee suchte nach der speziellen Abmischung, die bei einem bestimmten Stück das musikalisch Optimale aus einem Künstler herauskitzelte. Es war eine eigene Wissenschaft. Die innovativsten und genialsten Producer waren extrem gesucht, und Lee war einer von ihnen, wie die Reihe seiner jüngsten Hits bewiesen hatte. Er ließ die Nummer noch ein paarmal laufen, dann machten die beiden Jugendlichen in der Aufnahmekabine ein Zeichen, daß sie soweit waren. Die Aufnahme fing sauber an. Puggy und Firefly machten drei Takes zusammen, und Lee gab zwei oder drei sehr präzise Anweisungen am Ende jedes Takes. Am Ende des dritten Takes nickte er den beiden zu, war mit der knappen, energiegeladenen Vorstellung zufrieden, die die zwei gerade geliefert hatten. Danach ließ er die beiden abwechselnd ihre Texte allein singen, jeweils zwei Takes. Es klang gut. Und dann, als sie wahrscheinlich schon dachten, sie hätten für den Tag genug getan, kam Charlie zu seinen Künstlern in die Kabine. «Okee, wie fühlt ia oich?» fragte er lächelnd. Puggy und Firefly erwiderten, sie fühlten sich beide bestens. Charlie sah sie an.

«Wie hats sich füa dich angehöat?» fragte er Puggy.

Der Sänger kratzte sich hinter dem linken Ohr unter seiner Baseballkappe von den Bears.

«Waa ziemlich knackig, wüade ich sagn!» antwortete er und sah Charlie an.

«Fly, hats dia gefalln?»

«Füa mich hats sich schaaf angehöat», erwiderte Firefly nach ein paar Sekunden.

Charlie nickte, behielt eine Hand in der Tasche.

«Yeah, ia habt rächt...», sagte er langsam und entfernte sich ein paar Schritte von ihnen, dachte über etwas nach. Puggy sah seinen Partner verdutzt an. Dann kam Charlie zu ihnen zurück.

«Welches hat oich am bästn gefalln?»

«Wälches?!» wiederholte Puggy.

«Yeah, Maan. Welches Band wollt ia auf dea Platte habn?» fragte Charlie und sah nacheinander die beiden Jugendlichen an.

Anscheinend konnte es keiner der beiden sagen; diese Frage war mit Sicherheit schwer zu beantworten!

Charlie seufzte und nickte wieder.

«Paßt auf: Ich will, daß ia noch ainen Take macht.»

Sie sahen ihn an und hörten zu. Charlie erklärte.

«Oire Stimmen sind jäz warm, richtig? Okee, machts jäz noch mal und gebt dea ganzn Sache ainen frischen Touch. Ein bißchen Inspiration, ia wißt, was ich maine.» Er schwieg kurz. «Veageßt die andren Takes, okee? Machts ainfach noch mal mit diesem besonderen

Touch.» Damit und einem letzten zuversichtlichen Nicken ließ Charlie die beiden allein und kehrte zu den anderen in den Kontrollraum zurück.

Beide junge MCs holten tief Luft und reckten sich ein paar Minuten, konzentrierten sich. Als sie nacheinander Lee das Zeichen gaben, der Gewehr bei Fuß hinter der Glasscheibe wartete, pulsierte die Instrumentalspur durch ihre Kopfhörer. Sie brachten die Nummer kurz und klar. Als der Beat ausklang, verriet zufriedenes Lächeln im Kontrollraum den beiden MCs, daß sie ihre Sache gut gemacht hatten. Lee hob eine Hand zum Salut für ihre Anstrengung.

Ein strahlender Puggy und Firefly mit einem etwas bescheideneren Lächeln auf den Lippen gingen in den Kontrollraum. Alle beglückwünschten sie herzlich. Vom Mischpult rief Lee:

«Gail, Maan, ia waat spitze!» Er war bereits mit Abmischen beschäftigt, aber es würde noch eine Weile dauern. Puggy sah Charlie an. «Respäkt, Manager», meinte er lächelnd und hielt ihm die Faust hin. Firefly machte es genauso, zeigte so seinen Dank für den guten Rat.

«Es war schon da, aba ia mußtet es east noch richtig rauslassn», sagte Charlie ihnen. Dann quatschten sie und rissen Witze, schauten Lee zu, dem Zauberer, der pausenlos abmischte, reinhörte, anders abmischte. Der Tontechniker an seiner Seite verfolgte alles aufmerksam. Charlie wechselte ein paar Worte mit Lee, dann kam er zurück.

«Übalassn wir das Abmischn den Fachloitn», sagte er. «Ich krieg langsam Hungea.»

Sie verließen das Studio. Charlie fuhr vorne weg, Sticks und Puggy saßen im zweiten Wagen, und Firefly fuhr mit D. Inzwischen war es Nacht geworden, eine sehr feuchte Mittwochnacht. D. schaltete die Scheinwerfer ein und setzte das ganze Stück bis zur Kreuzung im Rückwärtsgang zurück. Er fädelte sich ein, als Sticks' Saab hinter der Ecke verschwand. Der junge MC auf dem Beifahrersitz hielt beide Hände in den Taschen seines dicken Anoraks vergraben. Er schien der Live-Musik aus der Stereoanlage zuzuhören. D. war vom Potential und Stil des Jugendlichen tief beeindruckt. Während sie fuhren, wanderten D.s Gedanken zu der Zeit zurück, als er so alt gewesen war wie der Junge jetzt. Er war total versessen auf Musik gewesen, und auch wenn er selbst nicht MC gewesen war, hatte er sich immer im Dunstkreis von Musikern bewegt. Auf eine Art war das eine gute Zeit gewesen. D. warf dem Jugendlichen neben ihm einen kurzen Blick zu. Es war schwer zu sagen, was einem Fünfzehnjährigen an Tagen wie diesem durch den Kopf ging.

«Wohnstu imma noch bai daina Mutta?»

«Yeah.»

«Du kannst jäz füa sie soagn, wänn du groß rauskommst», meinte D.

Er hatte Fireflys Geschichte über seinen Bruder gehört, hielt es aber nicht für nötig, das Thema anzuschneiden.

«Gehstu noch zua Schule?» fragte er und gab Gas, um noch bei Grün über eine Ampel zu kommen.

«Yeah, nächstes Jahr geh ich aufs College», sagte der Jugendliche.

D. nickte beifällig.

«Das ist gut.» Er schwieg kurz, fügte dann hinzu: «Mit Musik kannstu Gält veadienen, aber Wissn ist dea Schlüssl, veastehstu?!»

Firefly sah D. an.

«Das sagt mein Onkel auch immer», kommentierte er ernst.

«Ach ja? Wea ist dain Onkl?»

«Chris. Er arbeitet im Jugendclub. Er drängt mich immer, daß ich lernen soll, Bücher lesen und so weiter.»

«Aba ea hat rächt. Du mußt studiean, Maan, andeanfalls kann dia jeda was voamachn.»

«Yeah, aber selbst mit einem Diplom hast du noch keine Garantie, auch einen Job zu finden.» Das konnte D. nicht ernsthaft bestreiten. Er blinkte, als er sah, daß Charlie und Sticks vor einem hell erleuchteten, grünen Gebäude hielten.

«Stimmt, die maistn Loite müssn sich iare Jobs heutzutage selbst machn», sagte D. und schaltete den Motor aus. Sie stiegen aus dem Wagen und folgten den anderen ins Restaurant. Das Lokal war schon seit Jahren auf, war aber erst kürzlich von einem pensionierten älteren Mann und seiner Tochter übernommen worden. Die Küche war ausgezeichnet, nach allem, was man so hörte, und zum Teil, weil sie ziemlich lange geöffnet hatten, kamen viele Leute aus der Gegend zum Essen her. An einem der Tische rechts saß ein Pärchen. Zwei Jugendliche kauften Essen zum Mitnehmen an der Theke. Charlie winkte dem Inhaber zu und führte die Gruppe zu einem langen Tisch unter einem an der Wand montierten Fernseher im hinteren Teil des Raumes. Sie setzten sich und studierten die Speisekarte. Eine junge Frau tauchte auf, sagte hallo und bot an, ihre Bestellungen entgegenzunehmen. Sie lächelte, als sie Charlie erkannte. D. bestellte, dann Charlie. Sticks hatte nicht besonders viel Hunger. Dann war Puggy an der Reihe.

«Ich will Yard-Essen, okee? Yams, Klöße und ain bißchen *dasheen*... I habt kaine *dasheen*? Okee, aba dann Bananen? Bananen also, drei Stück... mit Curry-Ziege.»

«Wie kommts, daß du soviel ißt und imma noch so magea bist?» witzelte Sticks. Alle lachten, sogar die Kellnerin. Puggy sah sie scharf an. Es schien unwahrscheinlich, daß er sich die Chance entgehen ließ, zu einer attraktiven schwarzen Frau mit einer glänzenden, glatten Haut keinen Kommentar abzugeben. Er lächelte sie vielsagend an und sagte: «Und wänn ich featig bin, wüad ich mich gean mit dia iagendwo hinsätzn und ain Nachtisch nehmen, höastu?»

Die Kellnerin sah ihn an und schüttelte bedächtig den Kopf.

«Kuul, Maan», sagte Charlie lachend. «Laß main Jungen beställn.»

Firefly entschied sich für Reis und Erbsen mit Hühnchen. Vorher nahmen sie ein paar Drinks, dann kam das Essen, und eine ganze Weile waren nur Kaugeräusche und das Summen des Fernsehers über ihnen zu hören. Einer nach dem anderen beendeten sie ihre Mahlzeiten und begannen sich zu entspannen, verfolgten die Nachrichten auf dem Bildschirm. Es war das gleiche wie jeden Abend: Rezession, Unfälle und Verbrechen. Ein Schlag gegen die Drogenkriminalität, laut Angaben der Polizei ein bedeutender, war vor kurzem in einem Lagerhaus in den Docks geglückt. Die Aufnahmen zeigten das Innere eines Lastwagens, der anscheinend dazu benutzt worden war, Heroin von Südeuropa nach Großbritannien zu transportieren.

«Große Mänge Drogn», meinte Sticks spöttisch, als die Kamera auf einem Stapel ordentlich zugebundener Päckchen zur Ruhe kam. Charlie lachte.

«Ist oich schon mal aufgefalln, daß sie imma diese Wahnsinnszahln nennen, was den ‹Straßenwert› von dem Stoff betrifft?»

«Ich frage mich, was die jäz wohl mit dem Stoff machn?» sagte D. Bissig meinte Sticks, der Stoff würde schon bald seinen Weg zurück auf die Straße finden. Charlie trank einen Schluck und sah D. an.

«Die Loite glaubn diese Schaiße, waißtu. Die zaign jemanden, dea ain paa Kilo duach den Flughafn bringt, odea ab und zu mal ain Lastea, und dann redn die so, als wüadn sie veahindean, daß weita Drogn rainkommen.»

Sticks steckte sich eine Zigarette an und stieß den Rauch nach oben aus.

«Was veahindean die?» Er lachte. «Zu viele Loite wolln Drogn, es muß ainfach rainkommen.»

Charlie nickte und sah ihn an.

«Stimmt, deshalb wiads da draußn ja auch so häßlich. Eainneastu dich noch, was ich dia läzte Woche veasucht hab zu sagn?»

Sticks runzelte die Stirn. «Was dänn?»

«Höa zu. Jedea ist im Drogenbusiness, jedea. Ich rede hia vom großn Maßstab. Alle hängn drin, Geschäftsloite, Bankn, ja soga Politikea und die Polizai...»

Charlie erklärte, was er Sticks letzte Woche damit hatte sagen wollen.

«Man muß in diesa Branche voasichtig sain. Da draußn spieln ain paa große Fische mit. Wenn du denen in die Quere kommst, dann hastu ächte Probleme!»

Nachdem Sticks Charlie und D. von seinem «Treffen» mit Simon Anfang des Monats erzählt hatte, hatten sie eine lange und hitzige Diskussion gehabt. Charlie bestand darauf, daß Sticks aufhören sollte, von sich aus etwas zu unternehmen. Er wollte vorläufig alles so lassen, wie es war. Denn immerhin, es hatte lange genug gedauert, die anderen Revierprobleme zu regeln, die im vergangenen Jahr fast außer Kontrolle geraten waren. Aber Sticks hatte es damals nicht verstanden und verstand es auch jetzt nicht.

«Probleme?» Er schnalzte verächtlich. «Der Buoi ist kain Problem. Veastehstu?! Füa so was gibts Kanonen!»

D. sah ihn an und lächelte nachsichtig.

«*Rude Buoi*, ich waiß, wie du dich fühlst, aba trotzdem: Im Momänt müssn wia den Finga vom Abzug nehmen, veastehstu?» Sticks war immer noch der Ansicht, daß man sich um Simon und seine Leute kümmern mußte – auf seine Art.

«Don, wänn wia dem jäz kain Riegl voaschiebn, dann weadn wia die Kontrolle vealian, Stückchn füa Stückchn.» Er unterbrach sich kurz, sagte dann voller Überzeugung: «Wia habn hia das Sagn. Und jedea Buasche da draußn sollte das bässa respäktian.»

Puggy und Firefly hörten zu. Charlie wartete, bis die Kellnerin ihre Teller abgeräumt hatte, dann wendete er sich wieder an Sticks.

«Es gibt nua zwai Möglichkaitn, Respäkt zu kriegn. Duach Liebe oda duach Angst.» D. schien einer Meinung zu sein, und Charlie fuhr fort.

«Höa zu, Maan, ich will dia jäz mal was sagn. Du siehst doch all die Typn, die unentwegt Don dies und Don das sagn?! Tja, ain Don ist niemand, dea ainfach loszieht und Loite umlegt, Don zu sain bedoitet, du bist ganz obn, aba mit Wüade, mit eina gewissn... Klasse.»

«Stimmt. Dea Don ist andeas als dea Soldat mit dea Waffe in dea Hand, waißtu», pflichtete D. bei.

Puggy hatte interessiert zugehört.

«Yeah, aba hia habn wias mit Gält zu tun», unterstrich er.

«Natüalich mit Gält», antwortete Charlie, «aba du willst doch nicht dain ganzes Lebn auf dea Straße Kugeln auswaichn wolln, oda?» Er schwieg und sah sich um, als wolle er sichergehen, daß niemand ihre Unterhaltung belauschte.

«Wenn du arm anfängst und das System dia nua die Drogn läßt, um Gält zu machn, dann besteht dea schwierige Schritt darin, ain legales Geschäft aufzuziehn und dia damit dain Lebensunteahalt zu veadienen.»

Charlie lehnte sich zurück, nachdem er gesagt hatte, was zu sagen war. Darüber schienen alle eine Weile nachzudenken. Schließlich sagte D.:

«Veastehstu jäz, was ain Don ist?! Ein Don ist ein Mann, dea allen ain Lebensunteahalt sichat. Duach den Don hastu Essen füa daine Familie. Und wenn ain Mann sich respäktlos dia gegnüba veahält, dann hat eas mit dem Don zu tun.»

Sie redeten noch ein paar Minuten weiter. Sticks war von den Argumenten halb überzeugt und versicherte Charlie, daß er es vorläufig auf sich beruhen ließ. Es war fast zehn, als sie das Restaurant verließen. Als Charlie draußen in seinen Wagen steigen wollte, sagte er zu D.: «Ain Froind von mia gibt aine Gebuatstagsparty in South London. Laß uns da noch voabaifahrn!»

D. klopfte auf seinen vollen Bauch.

«Buoi, ich sollte hoite abend zum Essn aigentlich zu Hause sain», meinte er lächelnd.

«Das hastu veapaßt, Maan.» Charlie zuckte mit den Achseln. «Was ist los? Hältstu dich jäz an Uazaitn, oda was?»

Über die Vorstellung lachend, erklärte D., er habe sich Mühe geben wollen, daß Donna sich wenigstens einmal gut fühlte.

«Okee, aba es wiad bestimmt nätt, ganz exklusive Gäste, du veastehst, was ich maine?»

D. dachte darüber nach.

«In Oadnung, aba ich blaib nicht lange.» Sie trennten sich.

Sticks setzte Firefly zu Hause ab und brachte Puggy dann nach Edmonton, wo er noch einen «Termin» hatte, bevor er wieder zu Charlies Haus zurückfuhr, um die anderen dort zu treffen. Sie stiegen alle in den Saab und fuhren zu dem kleinen Club in Kensington, in dem Charlies Freund seine Party veranstaltete. Sie würden ein paar Stunden dort bleiben, sagte Charlie zu D. und Sticks. Eigentlich ging er nicht besonders gern aus, aber er würde immer der Bitte eines Freundes nachkommen, an einer Feier teilzunehmen. Eine Menge Leute, hauptsächlich Mädchen, drängten sich auf dem Bürgersteig und kennzeichneten so die Lage des Clubs. Sticks fuhr langsam vor und begutachtete die Mädchen. Dann fuhr er durch einige Seitenstraßen, fand aber nirgendwo einen geeigneten Parkplatz. Wieder auf der Hauptstraße, bemerkte er die Rücklichter eines Wagens, der gerade wegfahren wollte. Sticks ließ den Wagen raus und wollte schon einparken, als ein weißer Lancia quer über die Straße geschossen kam und genau auf die Parklücke zuhielt. Sticks trat voll auf die Bremse und fluchte. Der andere Fahrer fing dreist an, seinen Wagen einzuparken. Sticks konnte es nicht glauben.

«He, was istn mit dia los, Maan!» brüllte Sticks, nachdem er den Kopf aus der Seitenscheibe gesteckt hatte. Der andere Wagen hatte inzwischen angehalten, als der Saab in die gleiche Parklücke wollte. Durch die Heckscheibe sahen sie in dem Lancia zwei Hinterköpfe. «Iagendwas stimmt mit dem nicht», sagte Charlie. Niemand schien auszusteigen. Sticks rief nicht noch mal; er öffnete die Türverriegelung und stieg aus. Er war bereits neben der Seitenscheibe des Lancia, als Charlie zu D. sagte:

«Ich steig bässa aus und seh mal nach.»

Seine Hände waren immer noch auf dem Türgriff. Er hielt inne, als er beobachtete, wie Sticks ein Stück von dem weißen Wagen zurücktrat. Für Charlie und D. sah es aus, als habe der Fahrer des Wagens die Scheibe hochgekurbelt und weigerte sich, Sticks zu antworten. Sie sahen alles durch die Windschutzscheibe des Saab passieren, wie im Kino. Sticks zeigte auf den Mann in dem Wagen, dann hatte er seine Kanone in der rechten Hand und hob sie und schlug den schweren Knauf gegen die Scheibe. Es gab einen lauten splitternden Knall, das Fenster zerbrach in tausend Stücke, und Sticks' Schußhand verschwand im Wageninneren. Als er sich von seiner anfänglichen Überraschung erholte, sprang Charlie aus dem Saab, erreichte Sticks genau in dem Augenblick, als dieser den Lauf der Kanone in das versteinerte Gesicht des Fahrers drückte. Sein Freund saß einfach nur da, war erstarrt und hatte die Augen weit aufgerissen.

«Ganz ruhig, Maan, laß gut sain.» Charlie legte einen Arm um seinen Cousin.

Aber Sticks starrte sein Opfer weiter an, hielt die Kanone unnachgiebig umklammert, den Finger immer noch auf dem Abzug.

«Ich red mit dir, Mikey. Gib mia die beschissene Kanone, Maan!»

Charlie gelang es, die Waffe in die Hand zu bekommen, und zog Sticks dann weg.

«Haut ab!» bellte er den Fahrer an, der keine weitere Ermunterung brauchte. Er fuhr los – schnell. Bei seinem überstürzten Abgang streifte er die Ecke des vor ihm parkenden Wagens, aber wen interessierte das schon. Nachdem er Sticks wieder in den Saab bugsiert hatte, schaute Charlie zu, wie er in die jetzt leere Parklücke manövrierte. Sticks schaltete die Zündung aus. Er schien wieder normal zu sein.

«Du wolltest den Kärl abknallen», sagte Charlie und sah ihn an. Ernst drehte Sticks ihm den Kopf zu.

«Die habn mich nicht respäktiat.»

«Du wolltest ihn easchießn, stimmt's?» fragte Charlie wieder. «Wegn aina Paaklücke?!»

«Ich hab ihm nua Angst aingejagt», erklärte Sticks tonlos. Er öffnete die Tür, drehte sich zu D. um und sagte:

«Komm, gehn wia die Scene da drin ausschäckn.» Als er dann sah, daß die beiden anderen nicht so schnell waren, stieg er aus und schlenderte über die Straße auf den Club zu. Charlie drehte sich zu D. um.

«Ea dreht langsam duach», sagte er ruhig. D. ließ sich einen Moment Zeit mit seiner Antwort.

«Ea ist nua ain bißchn übadreht...»

«Ain bißchn übadreht? Dea Junge dreht ab, ich sags dia.» Es folgte ein kurzes Schweigen, während beide Männer dasaßen und darüber nachdachten.

«Ich wead mit ihm redn», sagte D.

Charlie schüttelte den Kopf. «Du glaubst, ich mach mia Soagn wegn nichts, stimmt's?» D. schwieg. Charlie fuhr fort. «Waißtu, was mit Mikey passiat... ? Er hat Macht. Wenigstens sieht ea das so.»

Tief in seinem Inneren wollte D. Sticks verteidigen, irgendeine Entschuldigung für das übertriebene Verhalten des Jugendlichen finden.

«Dea Junge hat Heaz, waißtu, Charlie? Ich muß ihm vatraun, und bis jäz hat ea mich noch nie enttoischt.»

«Höa zu, D. Ea ist main Cousin, waißtu noch? Ich kenne ihn sait sainea Gebuat. Aber jäz vealieat ea die Kontrolle. Wia weadn noch Probleme kriegn. Ea kann nicht duach die Gegend rennen und übeaall Strait anfangn. Die Kanone und dea Stoff... wänn die anfangn, dich zu beheaschn, dann ist es voabai, Maan...» Im Halbdunkel des Wagens sah D. Charlie in die Augen. Er nickte ernst. D. wußte ganz genau, was Charlie meinte...

«Laß mich vanünftig mit ihm redn... Ich kläa das, okee?»

Charlie zuckte mit den Achseln.

«Sicher, Maan.» Er öffnete die Tür. «Komm, sehn wia mal, was da drinnen so los ist.»

16

SÜSS UND SAUER

Die Gruppe uniformierter Jungs strömte lachend und redend aus dem Schulgebäude, einige stürmten heraus, andere schlenderten über den Hof auf das Tor zu. Die graugrüne Flut ergoß sich über den Bürgersteig, um die Straßenecke und über die Straße. Die längeren Frühlingsabende ließen nach der Schule viel Freizeit. Zwei Jungs, einer gerade mal dreizehn, überquerten die Straße und teilten sich neben dem Lieferwagen, gegen den sich Harry lehnte, eine Zigarette. Durch seine Sonnenbrille beobachtete er seine früheren Schulfreunde, als sie lärmend in die Freiheit der Straßen gingen. Um rechtzeitig dort zu sein, hatte Harry seinen nachmittäglichen Naturwissenschaftskurs geschwänzt. Aber deswegen machte er sich keine größeren Sorgen; es gab Dinge, die hatten Vorrang vor kleinlichem Schulkram.

Immer noch kamen Schüler in Scharen durch die Tore. Harry suchte die Menge halb verborgen von der anderen Seite des Lieferwagens ab, und dann sah er sie. Marcia hatte ihre Schultasche über die Schulter ihrer adretten grauen Uniform mit der gestreiften grünen Krawatte geschlungen. Sie flüsterte dem großen, braunen Mädchen neben ihr etwas zu und warf einen Blick zurück über die Schulter. Sie näherten sich schneller dem Ausgang. Drei Jungs folgten ihnen, gestikulierten und lachten. Einer von ihnen, ein großer Junge mit kurzem Haarschnitt, zeigte auf die beiden Mädchen und sagte etwas, das seine beiden Freunde lachen ließ. Dann begannen sie zu laufen, bis sie die Mädchen eingeholt hatten. Harry blieb hinter dem Lieferwagen und beobachtete durch die Scheiben, wie Marcia und ihre Freundin mit den drei Jungs im Schlepptau nach rechts Richtung Kreuzung abbogen. Die Jungs waren jetzt dicht hinter ihnen, der große redete laut, seine Freunde johlten und lachten. Marcias Freundin blieb stehen und drehte sich um; sie war so groß wie der Junge, aber fülliger. Marcia blieb ebenfalls stehen und schaute ernst zu, während ihre

Freundin etwas sagte, das die drei Jungs ein bißchen abzukühlen schien. Der große antwortete etwas und deutete auf das Mädchen, aber sie schien sich nicht einschüchtern zu lassen. Sie ließ ihre Schultasche auf den Boden fallen, dann trat Marcia zwischen sie und sagte etwas zu dem Jungen. Sie schien verhindern zu wollen, daß die zwei sich prügelten. Das kräftige Mädchen schien keine Angst zu haben und redete immer noch aggressiv auf den Jungen ein, als sie sich direkt vor ihm aufbaute. Seine Freunde schienen nichts mit der Auseinandersetzung zu tun haben zu wollen; sie schauten zu und hielten sich ein Stück zurück.

Genau in diesem Augenblick schlenderte Harry über die Straße zu ihnen, zwang ein ankommendes Auto, abzubremsen und ihn vorbeizulassen, und dann trat er zu Marcia.

«Hi, Baby», sagte er mit einem schiefen Lächeln und anscheinend ohne jemanden in ihrer Nähe zu registrieren. Marcias Freundin hatte eben aufgehört, den Jungen zu beschimpfen. Langsam drehte Harry sich um und richtete seine bebrillten Augen auf den Übeltäter.

«Was steht'n an?» fragte er ruhig. Der Junge runzelte die Stirn, erstarrte ein paar Sekunden. Er war größer als Harry und auch ein wenig kräftiger gebaut. Der Schatten eines schmalen Schnurrbarts zog sich über seine Oberlippe. Er hatte Harry auch trotz der Brille und dem Tuch erkannt, das seinen Kopf bedeckte. Auch wenn Harry ihre Schule verlassen hatte, kannte ihn doch jeder oder wußte von ihm, nachdem er sich nun einen Namen in der Musikbranche machte. Der Junge lächelte duckmäuserisch, als ihm klar wurde, daß er sich das falsche Mädchen ausgesucht hatte.

«Nichts, Mann, wir reden nur», sagte er hoffnungsvoll. Seine beiden Freunde schwiegen. Harry nickte und drehte sich zu Marcia um.

«Komm, gehn wir.»

Ohne einen weiteren Blick setzte Harry sich wieder in Bewegung. Marcia folgte ihm. Ihre Freundin hob die Tasche wieder auf und kam mit, allerdings nicht bevor sie dem Jungen noch einen verächtlichen Blick zugeworfen hatte. Die drei gingen weiter zur Kreuzung, und Harry beantwortete den Gruß eines Freundes auf der anderen Straßenseite.

«Sieht ganz so aus, als müßte ich wieder zurückkommen und mir ein paar Leute vorknöpfen», sagte er.

Marcia lachte.

«Die Typen sind doch nur blöd. Vergiß es einfach.»

«Ich wär mit dem schon fertig geworden», meinte Michelle, Marcias Freundin, zu Harry. Er lachte.

«Yeah, ich mache jede Wette, du hättest den Jungen zusammengeschlagen.» Sie wechselten die Straßenseite, dann verließ Michelle sie und ging weiter zu dem Block hoher Mietshäuser, in dem sie wohnte. Harry und Marcia schlenderten an dem milden Nachmittag an den Geschäften vorbei.

«Bist du früher gegangen?» fragte Marcia.

«Yeah», antwortete Harry, ohne es näher auszuführen. Aber Marcia hakte nach.

«Du hast nicht zufälligerweise einen Kurs geschwänzt?»

«Tja, es war kein wichtiger.» Marcia blieb stehen und sah ihn an.

«Du hast versprochen, du würdest in alle deine Kurse gehen.»

«Ich gehe in alle meine Kurse!» log er. «Ich wollte dich nur sehen...»

«Du hättest mich auch später noch sehen können.»

Harry lächelte und legte sanft eine Hand auf ihren Arm.

«Ja, ich weiß... aber ich habe doch schon den ganzen Tag drauf gewartet.» Seine Stimme war sanft. «Jedenfalls war's doch gut, daß ich da war. Du brauchst einen Leibwächter!» Marcia mußte einfach lachen. Sie gingen weiter vorbei an Reihenhäusern und über einen Spielplatz voller kleiner Kinder. Um nichts auf der Welt hätte es Harry versäumt, Marcia nach Hause zu bringen. Er hatte sie erst vor zwei Tagen gesehen, aber das schien schon eine Ewigkeit her zu sein. In den letzten paar Monaten waren sie fest miteinander gegangen, trafen sich regelmäßig und gingen manchmal aus.

Letztes Wochenende waren sie im West End gewesen, um sich den neuesten Eddie-Murphy-Film anzusehen. Eddie war Marcias Lieblingsschauspieler. Sie hatten eine Menge Spaß gehabt, viel gelacht, Limo getrunken und Popcorn gemampft und auch den Film genossen. Harry hatte sich gut gefühlt, frei und wichtig, als er mit seinem Mädchen die belebten Straßen entlanggeschlendert war. Außer der Musik war Marcia alles, was ihn im Moment interessierte. Sie war ihm gegenüber jetzt offener, vertraute ihm, und er hatte sich selbst überrascht, als er mehr und immer mehr für das hübsche Mädchen mit dem unwiderstehlichen Lächeln empfand. Aber das beste war, daß Marcias Eltern vor drei Wochen in Urlaub gefahren waren, ein langer Urlaub, der sie noch bis Juli unter der karibischen Sonne festhalten würde. Natürlich mußte er immer noch mit Winsome fertig werden, Marcias Schwester, die auf sie aufpaßte. Aber Winsome war selbst erst dreiundzwanzig und hatte ihr eigenes, vollgepacktes Leben, um das sie sich kümmern mußte. Sie war erheblich flexibler als Marcias Mutter. Das bedeutete für Harry fast unbegrenzten Zugang zu Marcias Haus, und er hatte das Beste daraus gemacht.

«Was machst du nachher?» fragte er, als sie sich Marcias Haus näherten.

«Ich schreibe morgen eine Arbeit. Ich muß Stoff wiederholen.»

«Welchen Stoff willst du denn den ganzen Abend wiederholen?»

Marcia sah ihn an.

«Bist du gut in Mathe?» fragte sie. Er zuckte mit den Achseln.

«Manchmal... Aber du bist gut. Soviel mußt du nicht wiederholen.»

Marcia blieb vor ihrer Tür stehen und lachte.

«Ich wiederhole meinen Stoff. *Deshalb* bin ich gut», betonte sie. Harry beobachtete sie, als sie ihre Schlüssel aus der Handtasche holte und die Tür aufsperrte.

«Dann sehen wir uns nachher also nicht mehr?»

«Nein...» Marcia hielt die Tür auf. «Und ich werde nicht üben, wenn du bei mir bist.»

«Oh, dann willst du mich also nicht reinlassen?»

Marcia zögerte, fixierte ihn. Er sah aufrichtig enttäuscht aus, obwohl sie nur zu gut wußte, daß Harry ein trauriges Gesicht machen konnte, wann immer er wollte.

«Okay, aber nur ein bißchen. Wenn ich sage geh, dann gehst du!»

«Klar, mach dich.» Harry lächelte, als er ins Haus trat.

Er setzte sich ins Wohnzimmer, während Marcia sich umziehen ging. Die Sonne warf ihre Strahlen immer noch über die Erkerfenster und tauchte den Raum in einen hellen, warmen Schein. Harry streckte sich auf dem Sofa aus, genoß den Augenblick, lächelte leise in sich hinein, daß er jetzt hier in Marcias Haus relaxen konnte. Normalerweise durfte er wegen ihrer strengen Mutter nicht mal vor der Haustür aufkreuzen.

«Warum verkleidest du dich, wenn du zur Schule kommst? Es erkennt dich doch sowieso jeder, weißt du.» Harry sah sie an und lächelte.

«Was denn, gefallen dir meine Klamotten nicht?» fragte er.

«Du siehst aus wie ein Gangster», verkündete sie und deutete auf sein rotes Kopftuch. Er grinste.

«Das ist *Rude Buoi Style*!»

Marcia setzte sich neben ihn.

«Also, ich will keinen ‹rude buoi›», sagte sie und machte den starken, jamaikanischen Patois-Akzent nach, den er vorgetäuscht hatte.

«Nimm deine Brille ab», bat sie. Harry gehorchte und sah ihr in die Augen, wobei seine größer wurden wie in Trance.

«Hör auf damit!» Marcia lachte und drehte den Kopf weg. Er quälte sie noch ein bißchen, indem er ihr schreckliche Fratzen schnitt, und während sie spielten, endeten sie auf einer Ecke des Sofas, Marcia gegen die lederne Armlehne gedrückt, Harrys Arm um ihre Taille. Sie hörten auf, ihr Gesicht nur noch wenige Zentimeter von seinem entfernt, ihre Augen bewegungslos. Marcias Hand legte sich um seinen Hals, glitt nach oben und löste den Knoten des Kopftuchs. Sie zog das Stück Stoff weg, rollte es auf und legte es um seinen Hals. Harry riß die Augen weit auf und streckte die Zunge heraus, als das Tuch sich in seine Kehle grub. Er spielte toter Mann. Marcia lachte.

«Würg, du bist häßlich», sagte sie, als er wieder zum Leben erwachte und ihr Gesicht zärtlich in beide Hände nahm. Sie schrie auf und wehrte sich, und so nah sie sich waren, erkannten beide bald, daß noch etwas zwischen ihnen stand – ein Verlangen, gegen das Marcia sich diese letzten Wochen gewehrt und das Harry unbedingt hatte weiterentwickeln wollen.

«Ich hol uns was zu trinken», sagte Marcia ruhig und versuchte den Bann zu brechen.

«Ich hab keinen Durst.» Harry sah sie fest an.

«Aber ich habe Durst», versteifte sie sich wenig überzeugend.

Harry kam näher und flüsterte: «Du lügst...»

Marcia holte tief Luft.

Sie spürte Harrys Hände auf ihrer Taille.

«Du hast Angst», sagte er leise.

«Hab ich nicht.» Marcia versuchte entschieden zu klingen.

«O ja, hast du wohl ... genau wie Dienstag abend.» Marcia starrte ihn an, dann schaute sie fort.

«Ich bin nur vorsichtig», sagte sie nach einer Weile.

Ihre Augen übernahmen den größten Teil der «Unterhaltung», und es war nicht das erste Mal, daß sie dieselbe Unterhaltung führten. Dienstag abend hatte Harry Marcia erst nach zwölf verlassen. Winsome arbeitete manchmal lange und war Freunde besuchen gegangen, also schauten die beiden fern. Marcia hatte es nicht eilig, Harry gehen zu sehen, und er fühlte sich dort auch ziemlich wohl.

Sie hatten stundenlang nebeneinander auf dem Sofa gesessen, geredet, sich nahe gefühlt. In den letzten paar Wochen, bei dem milden Frühlingswetter und mehr Gelegenheiten für engen Kontakt, hatten sowohl Harry als auch Marcia eine Kraft empfunden, die sie zueinander hin zog. An diesem Abend hatten sie darüber gesprochen, waren aber verschiedener Meinung gewesen, was deswegen getan werden sollte. Dann war Winsome hereingekommen und hatte sie, ruhig nebeneinander sitzend, vorgefunden.

Harry schob sein Gesicht noch näher an Marcias und legte seine Lippen auf ihren Mund.

«Ich muß auch vorsichtig sein», wiederholte er, machte sie nach. Sie schob ihn weg, allerdings nicht sehr energisch.

«Machst du Witze?»

«Nee», sagte Harry lachend, machte dann wieder ein ernstes Gesicht.

«In Ordnung, paß auf, ich bin ganz ernst, okay?» Marcia sah ihn mißtrauisch an.

«Glaubst du vielleicht, ich vertraue dir?»

«Du mußt mir vertrauen», erwiderte Harry und klang dabei leicht gekränkt.

«Ach ja? Winsome hat mir gesagt, ich soll mich vor dir in acht nehmen.»

Das klang unwahrscheinlich für Harrys Ohren.

«Was redest du da? Winsome mag mich», konterte er.

Ein wissendes Lächeln huschte über Marcias Gesicht.

«Ja, aber vertraut sie dir?» fragte sie. Harry zuckte mit den Achseln.

«Na, was sagst du nun? Glaubst du, ich werde dich verlassen?» Marcias Hand lag auf Harrys Arm, ob nun um ihn festzuhalten oder zurückzuhalten war schwer zu sagen. Sie schaute fort.

«Ich weiß nicht.»

«Das müßtest du eigentlich aber besser wissen, Marcia, Mann, also, entspann dich», sagte Harry nachdrücklich und packte ihre Taille etwas fester. Sie hielt seinen Arm zurück.

«Entspannen?» sagte sie lachend, aber nicht sehr herzlich. «Genau dann fängt der Ärger an!»

«Welcher Ärger?»

«Erinnerst du dich noch an Samantha?»

«Welche Samantha?» fragte Harry stirnrunzelnd.

«Das große Mädchen, das voriges Jahr in meiner Klasse war.» Harry wußte, wen sie meinte.

«Und, sie hat sich entspannt! In zwei Monaten kriegt sie ihr Baby.»

«Ach, die meinst du.» Harry schnalzte mit der Zunge. «Sie war dumm!»

«Was meinst du mit sie war dumm?»

«Die hat sich doch von jedem rumkriegen lassen, Mann. Die hat doch Ärger gesucht», verkündete Harry.

«Ach ja? Tja, ich lasse mich jedenfalls nicht von jedem rumkriegen. Ich habe vor, aufs College zu gehen...»

«Warum mußt du ausgerechnet jetzt so was anschneiden?» fragte Harry niedergeschlagen, weil er wußte, daß der herrlich süße Augenblick jetzt weg war.

Marcia lachte und stieß ihm in die Rippen.

«Oh, du hörst nicht gerne was von Problemen?»

Das Spiel ging noch eine ganze Weile so weiter. Harry versuchte Marcia zu überzeugen, daß sie ihm seinen Willen lassen sollte. Sie wies immer wieder auf die nur zu triftigen Gründe hin, warum das überhaupt nicht in Frage kam. Dann sagte sie:

«Ich bin nicht sicher, ob du mich wirklich liebst, weißt du.»

«Wie kannst du so was nur sagen, Marcia?» sagte er mit seiner überzeugendsten Stimme. «Du weißt doch genau, daß ich die vierundzwanzig liebe, klar?!»

Sie sah ihn an, stieß ihm wieder in die Rippen.

«Tja, wenn das so ist, dann wirst du auch warten.»

Und damit ließ sie ihn dort sitzen und verschwand in der Küche.

Harry stieß ein tiefes, enttäuschtes Stöhnen aus. Aber so leicht würde er nicht aufgeben, gar keine Chance.

Marcia kam mit Getränken zurück. Sie saßen nebeneinander, tranken und redeten noch ein bißchen, wobei Marcia die Unterhaltung auf «sicherere» Themen steuerte. Sie erinnerte ihn, daß sie noch Zeit zum Lernen brauche, und Harry stand auf zum Gehen, wie er es versprochen hatte.

«Komm mich morgen abholen», sagte sie an der Tür. Harry lächelte.

«Falls ich nicht anderweitig beschäftigt bin ...»

Das Mädchen sah ihn mit gehobenen Augenbrauen an.

«Ich könnte das nächste Mal auch beschäftigt sein», warnte sie ihn. Harry lachte und zog sie zärtlich an sich.

«Morgen ...», sagte er. Sie hob ihr Gesicht zu ihm und reagierte auf seinen Kuß. Als er auf den Treppenabsatz hinaustrat, fühlte Harry sich leicht, groß und glühend. Er lächelte vor sich hin, war sich ziemlich sicher, daß Marcia ihn genauso mochte wie er sie. Er spürte es jetzt einfach! Wieder auf der Straße, schwebte er den ganzen Weg bis nach Hause, fühlte sich inspiriert, dachte sich beim Gehen einen neuen Text aus. Als er um die Ecke seines Blocks kam, rief jemand.

«*Rude buoi! Yaow.*» Ricky saß auf den Eingangsstufen der Mietskaserne gegenüber und winkte ihm zu. Harry ging zu ihm.

«Was gibtsn?» fragte er Ricky.

«Wir hängn nur so rum.» Donovan, der Jugendliche neben ihm, nickte Harry zu. Er war ihm schon einige Male im Jugendclub begegnet, wo er Pool gespielt hatte.

«Okay», sagte Harry. Die beiden Jugendlichen hatten jeder eine Dose Bier, und ein kleiner Ghettoblaster lief in der Ecke des Treppenhauses, spuckte Bässe und Höhen eines Live-Dancehall-Mitschnitts aus. Ricky deutete auf das Gerät.

«*Buju* – geil! Meine Schwester hat ein paar Kassetten vom Yard mitgebracht.» Harry hörte sich eine Textpassage an. Es hörte sich scharf an.

«Hör zu, Mann, ich muß nur kurz was essen und komme gleich wieder», sagte er zu Ricky.

«In Ordnung, geh nur, wir warten hier auf dich.»

Harry verließ sie und ging zu seinem Abendessen. Als er nach oben kam, war Lorna nicht da. Er vergaß immer wieder, daß sie nach ihrem Teilzeitjob auch noch für abends einen Job angenommen hatte. Er machte den Kühlschrank auf und suchte etwas zu essen.

Ricky und Donovan rockten eine Weile zur Musik und schrien begeistert, als die brandheißesten Texte aus dem kleinen Blaster schmetterten.

«He, Ricky, ich will diesen Buoi finden», sagte Donovan und betonte verächtlich das vorletzte Wort. Ricky trank einen Schluck.

«Mach dir wegen dem Mann mal keine Sorgen. Den machst du demnächst fertig.»

«Ich will ihn nicht demnächst, ich will ihn jetzt. Der Kerl hat mich nicht respektiert», betonte Donovan. Sein Gesicht verzerrte sich, während er davon sprach, und er schien versessen darauf zu sein, sich für diese «Respektlosigkeit» zu rächen. Er hatte Ricky erklärt, daß der Bursche und er ein Geschäft laufen hatten, und wie es schien, hatte Donovan nicht alles erhalten, was ihm zustand, er fühlte sich bestohlen und beleidigt. Der Schuldige war ein Junge aus der Gegend, ein kleiner Dealer, großkotzig und laut. Nicht, daß Ricky den Jungen besonders mochte, aber er hatte versucht, Donovan klarzumachen, sich nicht in seine Rachegelüste hineinzusteigern.

«Donovan, Mann, beruhig dich wieder», drängte er. «Du brauchst einen Plan, richtig?» Ricky drehte die Kassette um. «Der Typ hat Verbindungen, du weißt, was ich meine?»

«Verbindungen?!» brüllte Donovan. «He, du weißt, für wen ich arbeite. Ich knall ihn ab und hab überhaupt kein Problem damit.» Donovan war für seine Jähzornigkeit bekannt. Deswegen war er schon mehr als nur einmal in Schwierigkeiten geraten.

«Was denn, du gehst einfach zu ihm hin und knallst ihn ab?»

«Ich sag's dir. So kann mich keiner beleidigen, verstehst du?» Ricky lachte und versuchte, vernünftig mit seinem Freund zu reden.

«Komm schon, Mann, laß dir einfach was einfallen. Überleg dir eine Möglichkeit, wie du ihn ausnehmen kannst. Es geht doch nicht um viel Geld, richtig? Such dir den richtigen Zeitpunkt aus, Mann.»

Donovan trank sein Bier aus, zerdrückte die leere Dose und warf sie ins Treppenhaus.

«Geld? Der hat mich nicht respektiert, Ricky, darum geht's doch,

Mann», ließ er nicht locker. «Wer sich mit mir anlegt, den mach ich fertig. So einfach ist das.»

Es klang einfach, und er schien es ernst zu meinen. Ricky hatte das Thema satt; über was anderes hatte Donovan fast den ganzen Nachmittag nicht reden wollen. Ricky trank sein Bier aus.

«Und? Hast du einen Spliff?» fragte er und schaute seinen Freund erwartungsvoll an. Zum ersten Mal lächelte Donovan jetzt. Er trug eine blaue Baseballkappe mit einem großen, fetten «X» vorne draufgestickt. Er war siebzehn, hatte ein kleines, rundliches Gesicht und einen Goldzahn im Mund, der glänzte, wenn er sprach oder grinste.

«Ich hab was viel Besseres, Mann», sagte er verschwörerisch. Ricky runzelte leicht die Stirn.

«Damit will ich nichts zu tun haben, Mann, du verstehst, was ich meine?» Aber Donovan ließ nicht locker.

«Vergiß den Rest, *rude buoi*. Das ist das beste. Komm schon, laß uns ein Pfeifchen rauchen...»

Auch wenn Ricky einen durchziehen wollte, war er nicht sonderlich scharf auf *rock*. Er hatte schon ein paarmal die Pfeife geraucht, aber nur, weil er mit Freunden rumgehangen hatte, die alle auf das Zeug standen, und er nicht als Waschlappen dastehen wollte. Crack machte ihm angst, aber andererseits schienen ausnahmslos alle ‹*roughnecks*›, die er kannte, früher oder später mit dem Zeug anzufangen. Er seufzte.

«Ich weiß nicht, Mann! Im Moment nicht.» Donovan schien enttäuscht.

«Bin gleich wieder da.» Er stand auf und lief die Treppe zum ersten Stock hoch, verschwand außer Sicht. Dann packte er seine Glaspfeife aus und machte sich an die Arbeit. Inzwischen wartete Ricky unten und rockte zur Musik. Harry tauchte auf dem gegenüberliegenden Etagenabsatz auf und kam herunter. Er sah entspannt aus und hatte seinen Hunger gestillt. Er setzte sich zu Ricky, hörte den Texten zu und machte ein ernstes Gesicht, während er die Nummer aufmerksam verfolgte. Donovan kam wieder runter. Ein breites Grinsen hatte sich auf seinem Gesicht eingegraben, und der Goldzahn schimmerte.

«He, Mann! Trittst du morgen abend im Club auf?» fragte er Harry.

«Yeah, ich komm da vorbei», antwortete Harry unbestimmt. Donovan stand hinter Ricky auf der Treppe und tanzte zur Musik. Auf dem Gelände zwischen den Häusern gingen Leute spazieren und blieben stehen, um mit Nachbarn zu plaudern. Ein paar Kinder spielten Fußball in der abendlichen Sonne, und ein kleiner Hund rannte wie verrückt hinter dem Ball her. An einem schönen Donnerstagabend wie diesem wollte jeder draußen sein. Das schöne Wetter hatte lange auf sich warten lassen, aber nach einem feuchten Frühling hatte der gerade angebrochene Monat Mai endlich die Sonne zurückgebracht.

«Buster hat dich vorhin gesucht», sagte Ricky zu Harry.

«Ach?»

«Er hat ne Tanzveranstaltung in Tottenham und will, daß du vorbeikommst.» Harry nickte, dachte darüber nach. Er war nicht sicher, ob er wirklich Lust dazu hatte. Am Freitag hatte er einen Auftritt im Club, am Samstag war er mit Radical auf einer Tanzveranstaltung, und Sonntag trat er im Rocco's auf. Es würde ein volles Wochenende.

«Ich weiß nicht, Mann. Mir ist heute abend mehr nach rumhängen.» Von hinten mischte sich Donovan ein.

«Buster erwartet dich da unten, stimmt's nicht, Ricky?»

«Yeah. Er und Ray sind extra runtergekommen, um dich zu suchen.»

Harry dachte noch einmal darüber nach; Buster war sein Kumpel, er wollte ihn nicht hängenlassen. «Ich will heute nicht lange wegbleiben.» Dann fiel ihm noch etwas ein. «Und außerdem hab ich Chris versprochen, in den Kurs über schwarze Geschichte zu gehen.»

Donovan schnalzte verächtlich mit der Zunge, während er immer noch auf der Treppe tanzte.

«Bah, Fly, Mann! Komm, fahrn wir nach Tottenham», fügte er hinzu. «Da kannst du dir ein paar Dollar verdienen.»

Ricky sah Harry an, wartete darauf, daß er eine Entscheidung traf.

«Okay, aber lange bleibe ich nicht.»

«Nehmen wir einen Bus», sagte Ricky, stand auf und reckte sich. Es war ein schöner Abend, als die drei die Mietskaserne verließen und Richtung Hauptstraße aufbrachen. Donovan hüpfte immer noch zur Musik aus dem Blaster, den Ricky trug. Gerade als sie um die Ecke kamen, fuhr ein Bus vorbei, aber die Haltestelle lag zu weit die Straße runter, um ihn noch rechtzeitig zu erwischen. Zwei Mädchen kamen aus dem Lebensmittelladen, die eine trug eine prallgefüllte Plastiktüte, die andere hatte ein Baby auf dem Arm.

«He, du hast schon ein Baby?!» rief Donovan ihr lächelnd zu. Die Mutter des Babys warf ihm einen kurzen Blick zu, antwortete nichts und überquerte mit ihrer Freundin die Straße.

«Ich dachte, es wär von dir?» witzelte Ricky.

«Von mir? Nee, Mann.» Donovan runzelte die Stirn. «Ich hatte mal was mit der, aber da hat sie noch besser ausgesehen.» Sie lachten und gingen weiter zur Bushaltestelle. Es fing gerade an, dunkel zu werden.

«Besorgen wir uns noch was zu trinken», schlug Donovan vor, als sie an dem Spirituosengeschäft vorbeikamen. Ricky und Harry sagten, sie seien pleite.

«Cool bleiben, Leute, ich hab noch Cash», sagte Donovan, als er das Geschäft betrat.

Die beiden anderen folgten ihm. Die Musik wummerte weiter. Drinnen ging Donovan zum Kühlschrank und nahm drei Dosen heraus, dann kehrte er zur Theke zurück und stellte sie ab. Der Ladenbesitzer, er war Asiate, sah ihn an und sagte:

«Ich kann dir keinen Alkohol verkaufen. Du bist noch minderjährig.»

Donovan zog eine 10-Pfund-Note aus der Brusttasche seines Hemdes und legte sie auf die Theke, als hätte er ihn nicht gehört.

«Nimm das Geld, Mann», sagte er. Aber der Mann hinter der Theke wiederholte einfach, was er zuvor gesagt hatte.

«Du bist noch minderjährig. Ich kann dir keine alkoholischen Getränke verkaufen.» Daneben, hinter den Süßigkeiten, schaute ein alter, bärtiger Mann mit Turban zu dem Fernseher auf einem Regal auf. Er beachtete die Kunden nicht weiter.

«Wer ist hier minderjährig? Nimm einfach das Geld, und zwar schnell! Ich hab noch was vor!» Donovan begann die Geduld zu verlieren. Er starrte den Asiaten hinter seiner Kasse an. Ricky und Harry standen näher zur Tür, schauten zu, waren ein bißchen unsicher. Offensichtlich war der Ladenbesitzer fest entschlossen, das Gesetz zu befolgen.

«Zeig mir einen Ausweis, und ich verkaufe dir die Getränke.»

Donovan starrte ihn einfach nur mit einem verächtlichen Lächeln an.

«Ausweis? He, was stimmt mit dir nicht, verdammt noch mal?» Er funkelte den Mann finster an und hielt den 10-Pfund-Schein hoch. «Das hier ist mein Ausweis – und du solltest ihn besser nehmen, falls du bezahlt werden willst.»

Ricky versuchte ihn zu beruhigen.

«Der Typ ist doch ein Idiot. Komm, laß uns gehen, Mann.»

Aber für Donovan war es nun eine persönliche Sache geworden; der Mann zeigte keinen Respekt. Sein Gesicht war ausdruckslos, seine Augen fixierten den Mann mit einem vernichtenden Blick. Er schnalzte mit der Zunge, schob den Geldschein wieder in die Tasche und nahm das Bier.

«Mein Geld willst du also nicht. Schön.»

Er setzte sich zur Tür in Bewegung, vorbei an Ricky und Harry. Der Ladenbesitzer bewegte sich schnell, nahm etwas unter der Theke heraus und lief dem Jungen nach.

«Stehenbleiben!» rief er. «Gib mir die Getränke zurück!»

Der ältere Mann drehte sich um. Er stand auf, als der erste Mann die Stelle erreichte, an der Ricky und Harry standen.

Donovan war fast bei der Tür.

«Zischen wir ab, Mann», rief er seinen beiden Freunden zu, doch der Ladenbesitzer hatte sich zwischen sie und die Tür geschoben, und in der Hand hielt er ein kurzes Schwert. Donovan drehte sich um und sah den Mann auf sich zukommen.

«Dieb!» brüllte der. «Leg das zurück!» Der Jugendliche blieb stehen, die Getränke in der linken Hand, dann ging er weiter.

«Gib mir die Getränke!»

Er hob das Schwert, entweder um den schwarzen Jugendlichen einzuschüchtern oder zu schlagen. Der alte Mann kam hinter der Theke vor, rief ihm etwas zu, sagte etwas in ihrer Sprache. Ricky wollte dem Mann das Schwert schon abnehmen. Doch dazu hatte er keine Zeit mehr. Donovan zog eine kleine, silberne Pistole unter seinem Hemd hervor.

«Was hast du damit vor?» fragte er kalt. Aber der Ladenbesitzer ließ sich nicht unterkriegen.

«Stell die Getränke zurück!» wiederholte er. Dann gab es ein trokkenes Knacken, und er stolperte zurück, ließ das Schwert fallen und versuchte sich an der Theke festzuhalten, um nicht zu stürzen. Ein dunkler, feuchter Fleck tauchte auf der Seite seines Hemdes auf. Der alte Mann lief schreiend zu ihm. Donovan blieb ein paar Sekunden stehen und beobachtete, wie der Mann zu Boden glitt. Er sah Ricky und Harry an, die beide erstarrt waren.

«Kommt, verschwinden wir», brüllte er. Ricky, immer noch den Ghettoblaster in der Hand, erholte sich als erster von seinem Schock. Er zog an Harrys Ärmel und setzte sich in Bewegung.

«Komm schon, Mann – schnell!» Harry konnte den Blick nicht von dem Mann abwenden, der blutend auf dem Boden lag. Ricky zog ihn wieder, fester diesmal, und fing an zu laufen. Donovan schob die Kanone in seine Tasche und stürmte aus der Tür – einem großen, fetten, weißen Mann genau in die Arme, der gerade hereinkommen wollte. Donovans Baseballkappe fiel auf den Boden, und er lief weiter, stieß den Mann zur Seite. Ricky und Harry rannten hinter ihm her. Sie verließen die Hauptstraße, hielten sich an die Seitenstraßen und rannten, bis ihnen die Lungen weh taten, schließlich ließen sie sich völlig außer Atem und mit rasenden Herzen am Ufer des Kanals auf die Erde fallen.

An der Tafel glänzte eine große Karte von Afrika und dem Nahen Osten im grellen Licht der Neonröhren. Es herrschte kein Lärm im Raum. Nur gelegentlich das Kratzen des Filzstifts auf dem großen, weißen Blatt Papier, wenn der halb auf dem Tisch sitzende Mann zu reden aufhörte. Die schmalen, dunklen Hände hatte er auf dem Schoß gefaltet und ließ langsam seinen Blick über die kleine Gruppe wandern, die vor ihm saß; sie warteten gespannt auf den letzten Teil der Geschichte. Der Mann räusperte sich.

«Also hat Hannibal Karthago verlassen, mit seiner Armee und seinen Elefanten, und ist mit ihnen den ganzen weiten Weg über diese Berge marschiert...» Der große Mann trat zur Karte und zeigte. «... und weiter nach Italien. Er hat die ganze südliche Region des Landes erobert und ist fast zwanzig Jahre dort geblieben.» Als er zum Tisch zurückkehrte, funkelten seine Augen einen kurzen Augenblick zornig. Er lächelte. «Deswegen sehen eine Menge Italiener immer noch so dunkelhäutig aus, bis auf den heutigen Tag...»

Das eine oder andere Lachen unter den Zuhörern. Piper strich sich mit einer Hand über den grauen Bart, atmete ein und kam zum Ende.

«Dieser afrikanische General, Hannibal, gilt als einer der größten militärischen Führer aller Zeiten. Er war Julius Caesar und Napoleon mindestens ebenbürtig. Trotzdem werdet ihr in der Schule nicht viel über ihn erfahren ...» Piper ließ seinen Blick über das Publikum wandern; sogar Chris, der wie jeden Donnerstag zwischen den Jugendlichen saß, schien fasziniert zu sein.

«Tja, das war's dann für heute», sagte er. «Versucht noch mehr darüber herauszufinden, versucht immer selbst, mehr über alles herauszufinden ...»

Piper stand auf, als die Klasse wieder lebendig wurde.

«Gibt es noch weitere Fragen über das oder irgend etwas anderes?» fragte er. Über das Raunen gedämpfter Stimmen, das nun eingesetzt hatte, erhob sich eine weibliche Stimme im hinteren Teil des Raumes.

«Ja! Was ist mit ...»

Piper versuchte es, konnte die Frage aber nicht verstehen.

«Entschuldigt bitte!» rief er und hob die Hand, um die anderen zur Ordnung zu rufen. «Könntest du das bitte noch mal wiederholen», sagte er, wie immer höflich.

Das junge Mädchen in den hinteren Reihen stand auf.

«Sie haben gesagt, wir würden noch mal darüber diskutieren, was letzte Woche jemand gesagt hat, über die Moslems ...»

«Ach, ja ...» Piper lächelte sie an. Am voraufgegangenen Donnerstag hatte ein Jugendlicher eine Debatte über die Black Muslims ausgelöst, die er in der Gegend gesehen hatte; die daran anschließende lebhafte Diskussion mußte aus Zeitmangel abgebrochen werden. Piper war sich des Interesses bewußt, das eine Reihe von Jugendlichen an diesem Thema gezeigt hatten.

«Über dieses Thema müssen wir einen eigenen Kurs machen», antwortete er dem Mädchen. Er sah die ganze Klasse an und verkündete mit seiner gewohnt ruhigen Stimme: «Übernächsten Donnerstag gibt es eine Stunde über den Aufstieg des Islam im 6. Jahrhundert ... vor Christus!» Piper unterbrach sich kurz. «Die Hälfte dieser Stunde werden wir darüber diskutieren.» Es folgte ein Schweigen, dann fügte er hinzu: «Für diejenigen unter euch, die sich auf die Stunde vorbereiten wollen, möchte ich eine Frage stellen ...»

Die Schüler spitzten die Ohren, weil sie wußten, daß es sich lohnen würde, die Frage zu hören. Piper hatte eine Art, die Geschichte der Schwarzen zu unterrichten, bei der immer Studium und Spiel miteinander vermischt wurde.

«An heutigen Maßstäben gemessen, wie würde man die Begründer des Judaismus, Islam und Christentums – ja sogar des Buddhismus – einordnen? Versucht mal, darüber etwas nachzuforschen», sagte Piper, als er zur Tafel ging, um die Karte abzuhängen. Ein paar Jugendliche verließen ihre Plätze und gingen zu ihm. Es blieben immer noch Fragen unbeantwortet. Auch Chris stand gerade auf, als eine Tür im hinteren Teil des Klassenzimmers aufflog und geräuschvoll gegen einen Stuhl knallte. Alle verharrten und drehten sich um. Chris runzelte die Stirn und beobachtete, wie ein weißer Mann in Hemd, Krawatte und Jackett hereinkam.

«Entschuldigen Sie.» Der Mann, er war Ende Vierzig und hatte graue Haare, kam auf ihn zu. Wie im Kino zückte er blitzschnell einen Ausweis, nannte Namen und Dienstgrad und ließ die Dienstmarke blitzschnell wieder in der Tasche verschwinden. Er schaute sich um. Inzwischen hatten ein anderer, jüngerer Polizist in Zivil und drei uniformierte Beamte den Raum betreten und starrten die Jugendlichen an. Chris sah dem ersten Beamten direkt ins Gesicht.

«Hören Sie, Sie können hier nicht einfach so reinplatzen. Haben Sie einen Durchsuchungsbefehl? Was wollen Sie hier?» Er dachte nicht daran, sich einschüchtern zu lassen. Piper stand vor der Tafel und verfolgte die Störung. Die Jugendlichen beobachteten auch alles. Mit feindseligen Blicken.

«Wir suchen drei von Ihren Jungs. Ein Ladenbesitzer die Straße runter ist niedergeschossen worden», verkündete der Polizist wichtigtuerisch.

«Hier finden Sie sie bestimmt nicht. Niemand hat diesen Raum während der letzten beiden Stunden verlassen», erwiderte Chris entschieden. Dann fragte er: «Was meinen Sie überhaupt mit drei meiner Jungs?»

Der Polizist lächelte falsch.

«Tja, Sie sind doch hier so was wie der Chef, oder? Sie sollten eigentlich verhindern, daß so was passiert.» Ob es an dem selbstgefälligen Tonfall lag, an dem Plastiklächeln oder der unverschämten

Dummheit der Feststellung vermochte Chris nicht zu sagen, aber allmählich wurde er sauer. Zur Krönung mischte sich dann auch noch der jüngere Zivilbulle ein. Er war groß und blond und hatte ein jungenhaftes Aussehen.

«Jawohl, Sir. Wir suchen drei Westinder, etwa sechzehn, siebzehn Jahre alt...», sagte er und kaute eifrig auf seinem Kaugummi. «Einer von ihnen hat eine rote Baseballkappe am Tatort verloren... Irgendeine Idee?»

Chris warf ihm einen vernichtenden Blick zu, dann wendete er sich wieder dem anderen Beamten zu, der unterdessen mißtrauisch seinen Blick über den Raum wandern ließ.

«Was, sagten Sie noch gleich, ist passiert?» fragte Chris ruhig.

«Wir haben den asiatischen Besitzer eines Spirituosengeschäfts in kritischem Gesundheitszustand. Auf ihn wurde aus kurzer Distanz geschossen.» Als meinte er, zu höflich gewesen zu sein, fügte er dann sarkastisch hinzu: «Ihr Westinder seid ziemlich gewalttätig, stimmt's?»

Chris konnte es nicht glauben. Er seufzte schwer und schüttelte den Kopf.

«Warum nennen Sie uns nicht, wie Sie es sonst auch tun, wenn Sie unter sich sind? Nennen Sie uns dann auch Westinder?»

Chris hatte nicht gehört, daß er sich bewegt hatte, aber jetzt stand Piper dicht hinter ihm, ausdruckslos, aufmerksam zuhörend. Seine Stimme zerschnitt den Raum, bevor jemand anderer etwas sagen konnte.

«Wir kommen nicht aus dem Westen, und Inder sind wir auch nicht. Kolumbus hat einen Fehler gemacht», verkündete er neutral.

Es folgte ein kurzes Schweigen, als der Polizist und seine Freunde diese Aussage einwirken ließen. Dann begannen einige der Teenager zu lachen, hatten ihren Spaß an der Unfähigkeit der Polizisten, auf die Tatsachen etwas zu entgegnen. Chris entspannte sich ein wenig und lächelte den grünäugigen Polizisten an, der vor ihm stand. Der Mann schaute sich ein letztes Mal um.

«In Ordnung, gehen wir wieder.» Dann zu Chris: «Wir kommen noch mal bei Ihnen vorbei, falls wir Ihre Hilfe benötigen.»

«Das glaube ich kaum», sagte Chris, als sie gingen.

Nachdem die Polizei fort war, begannen die Jugendlichen aufgeregt über den Zwischenfall zu diskutieren. Chris drehte sich um. Piper stand immer noch da, dünn und ruhig. Er lächelte ihn an. Sie blieben noch eine Weile in dem Raum und redeten, während die Jugendlichen gingen. Nachdem er das Zentrum abgeschlossen hatte, ging Chris nach Hause. Als er sich zum Abendessen an den Tisch setzte, erzählte er Myrtle von den Neuigkeiten. Er dachte kurz daran, Lorna anzurufen, aber der Abend verstrich, und die Zeit holte ihn ein. Schon bald schlüpfte er ins Bett und fiel in einen tiefen Schlaf.

17

FRÜHLINGSSONNTAG

Nur etwas Milch blieb auf dem Boden der länglichen Plastikschale zurück. Die kleine, grauweiße Katze schnupperte daran; es lohnte sich nicht. Sie machte kehrt, verließ die Küche und betrat das Wohnzimmer, blieb neben der Tür stehen, um den Mann zu beobachten, der auf dem Sessel schlief. Langsam näherte sich die Katze ihm, sprang dann mühelos hoch und landete auf seinem Schoß. Als sie sah, daß es immer noch keine Reaktion gab, hob die Katze ihre rechte Pfote und begann, ihre Krallen leicht in die dicken Fäden seiner Weste zu versenken – sie zog, ließ los, zog wieder. Eine scharfe Kralle streifte die Haut des Mannes, und er rührte sich und machte ein Geräusch. Die Katze hörte auf, beobachtete ihn, fing dann wieder von vorn an, energischer dieses Mal. Nicht lange und der schlafende Mann bewegte seinen Kopf und schlug die Augen auf. Er seufzte schwer, rieb sich mit einer Hand über das Gesicht und richtete sich im Sessel auf, streichelte die Katze. Er schaute sich um und sah, daß der Bildschirm des Fernsehers leer war und die Stereoanlage noch an.

«Was ist denn mit dir los?» Sticks gähnte und fixierte die Katze. Das Tier schaute mit zur Seite geneigtem Kopf zu ihm auf und marschierte aus dem Zimmer. Sticks stand auf und reckte sich. Die aufgehende Sonne füllte einladend das Erkerfenster. Sticks machte es auf, holte tief Luft und ging ins Bad, wobei er sich den Kopf kratzte. Er spritzte sich kaltes Wasser ins Gesicht und befreite seinen Verstand von der noch nachklingenden Schläfrigkeit. Genauso versagte der kalte, harte Strahl aus dem Gartenschlauch morgens um fünf zu Hause auf Jamaika nie, ihn für den vor ihm liegenden Tag frisch zu machen. Er trocknete sich das Gesicht mit einem Lappen ab und kehrte ins Wohnzimmer zurück, konnte sein Hemd allerdings nirgends finden. Als er sich wieder erinnerte, ging er ins Schlafzimmer und nahm es von dem Bügel, der am Griff des Kleiderschranks hing.

Quer über dem Bett liegend, nur halb vom Bettlaken verdeckt, lag Mona und schlief noch fest. Sticks warf ihr einen kurzen Blick zu und beschloß, sie nicht zu wecken. Sie waren letzte Nacht aus gewesen, kurz nach vier nach Hause gekommen, und sie war leicht angesäuselt ins Bett gegangen. Sticks hatte sich eigentlich zu ihr legen wollen, hatte aber vorher noch etwas Musik gehört und sich dann ein Video angesehen...

Das nächste, woran er sich erinnern konnte, war, daß die Katze ihn geweckt hatte. Sticks schloß die Schlafzimmertür und zog sein Hemd an, die Schuhe fand er neben dem Garderobenständer. Die Katze war in der Küche, saß neben der Milchschale und wartete. Sticks lächelte leise, als er sich Saft aus dem Kühlschrank holen wollte; es war keiner mehr da, dafür nahm er aber die Milchtüte heraus und schenkte der Katze etwas ein. Sofort begann das Tier, die Milch aufzuschlecken. Sticks verließ die Küche, holte die Schlüssel vom Wohnzimmertisch, klopfte seine Taschen ab und verließ die Wohnung. Draußen war es angenehm und immer noch kühl, aber es fühlte sich an, als würde es ein warmer Tag. Der Saab schimmerte in der frühen Morgensonne, und im Wageninneren roch es nach Tabak, Leder und Parfum. Sticks versprühte etwas Luftverbesserer, ließ die elektrischen Seitenscheiben heruntergleiten und startete den Motor. Zuverlässig wie er war, startete die Maschine beim ersten Versuch. Er rückte die Brille zurecht, drehte die Stereoanlage hoch und fuhr los. Abgesehen von einigen Leuten, die mit ihrem Hund einen Spaziergang machten oder sich die Sonntagszeitungen holen wollten, waren die Straßen leer. Die Uhr auf dem Armaturenbrett zeigte 8:07. Sticks fuhr, bis er zu einer Kreuzung kam. Wenn er rechts abbog, würde er nach Hause kommen. Links ging es zu Soni. Er war gestern morgen aus dem Haus gegangen und hatte ihr gesagt, er käme zurück, aber dann war er wie immer den ganzen Tag beschäftigt gewesen. Er überlegte kurz, was er tun sollte, und entschied sich dann, nach Holloway zurückzufahren. Soni würde wahrscheinlich noch schlafen. Zehn Minuten später parkte Sticks vor einer Reihe von Geschäften unmittelbar gegenüber von ihrem Haus. Er verriegelte die Türen und klopfte auf das Wagendach. Er mochte den Saab, er fuhr ruhig, hatte nie eine Panne und brachte es, falls erforderlich, auf ein ordentliches Tempo. Einige Male hatte Charlie bereits vorgeschlagen, er solle den Wagen verkaufen und sich etwas anderes besorgen. Aber Charlie machte sich immer zu viele Sorgen. Er ging in einen Kiosk, kaufte sich eine Zeitung und einen Karton Saft. Der indische Ladenbesitzer nahm den Schein und gab ihm das Wechselgeld zurück. Sticks hatte die Augen bereits auf die Zeitung gerichtet. Ein großes Foto des neuen Schwergewichtsmeisters prangte auf der ersten Seite.

«Haben Sie gestern nacht den Boxkampf gesehen?» erkundigte sich der Ladenbesitzer lächelnd.

«Ja, geiler Kampf», erwiderte Sticks. Er hatte den Kampf bei einem Freund über Satellit gesehen, bevor er ausgegangen war. Sie unterhielten sich einige Minuten über das Boxen, dann ging er zu Sonis Haus hinüber. Innen war alles ruhig. Soni lag im Bett und schlug ein Auge auf, als er das Schlafzimmer betrat, dann protestierte sie leise, als er einen der Vorhänge zurückzog.

«Wie geht's?» sagte Sticks und warf ihr die Zeitung zu. Sie brummte leise und rollte sich auf die andere Seite, um der Helligkeit zu entkommen, doch er kam herüber und setzte sich auf die Bettkante, begann an ihrem Ohr zu ziehen und sie in den Hals zu kneifen. Soni drehte sich zu ihm um.

«Wie spät ist es?» fragte sie. Dann fiel es ihr wieder ein. «Du hast doch gesagt, du kommst zurück.»

«Yeah, es habn sich veaschiedne Sachn eagebn», erklärte Sticks.

Soni streckte sich auf den Rücken. Sticks schob die rechte Hand unter das Laken und fing an, ihren Bauch zu massieren. Sie schlug beide Augen auf und sah ihn an.

«Geh weg», sagte sie, meinte es aber nicht so.

Sticks lächelte, massierte sie immer noch behutsam.

«Das ist gut füa dich, Maan», sagte er.

«Was verstehst du schon davon?» fragte sie, sichtlich zweifelnd.

«Wie mainstu das, ich bin ain Dokta, wußtest du das nicht?» Soni nahm eines der Kissen und schlug ihm damit auf den Kopf. Er packte ihren Arm und fing an, ihr in die Schulter zu beißen, sie zum Schreien zu bringen. Nach einer Weile stand Sticks auf und nahm seinen Saft vom Beistelltisch.

«Du solltest bässa langsam anfangen, anständig zu ässn, höastu?» sagte er, als er ins Bad verschwand. Er drehte die Dusche an, mischte die Wassertemperatur ab, kam ins Schlafzimmer zurück und begann sich auszuziehen. Soni war schwanger – wenigstens nahm sie das an. Sie war noch nicht beim Arzt gewesen, um ihre Vermutung bestätigen zu lassen, aber alle Zeichen waren da. Sie hatte Sticks vor einer Woche davon erzählt und aufmerksam auf seine Reaktion geachtet. Es schien ihn ziemlich zu freuen, und er war ihr gegenüber in den letzten paar Tagen sehr aufmerksam gewesen, hatte ihr Unmengen frisches Obst gekauft und ihr sogar zweimal Maisbrei gekocht! Aber andererseits hatte er Soni schon immer gut behandelt; sie hatten ihre Auseinandersetzungen, und manchmal war Sticks ungehobelt, aber im großen und ganzen paßten sie gut zueinander. Auch Soni war kein Engel, wenn sie wollte, konnte sie unglaublich stur sein. Vielleicht würde sich jetzt, wo das Baby unterwegs war, etwas Neues entwikkeln. In Unterhose kam Sticks aus der Küche zurück, um Soni etwas Saft einzuschenken. Er trank selbst ein paar Schlucke und ging duschen. Als er zurückkam, dampfend und sich mit einem Handtuch abtrocknend, hatte Soni die Fenster geöffnet und wechselte das Bettlaken. Sie hörte auf und sah ihn an.

«Du bist hier derjenige, der mehr essen muß. Sieh dich nur an», bemerkte sie mit einem besorgten Gesichtsausdruck. Sticks war noch nie fett gewesen, ganz im Gegenteil, aber sie hatte schon recht. Er schien nicht besonders viel Fleisch auf den Rippen zu haben.

«Was sagstu da? Du stehst auf fätte Männea?» witzelte er.

Er ging, um sich etwas zum Anziehen zu holen. Soni schüttelte den Kopf.

«Du ißt nichts, weißt du das eigentlich?»

Sticks schnalzte mit der Zunge und brummelte irgendwas.

«Ich ässe schon, Maan...»

«Ich werde dir ein Frühstück machen», verkündete Soni. Sticks zog sich an und folgte ihr in die Küche. Unterwegs holte er seine Zeitung.

«Waißtu, aigentlich hab ich gaa kain besondren Hungea», sagte er. Aber Soni schickte ihn einfach wieder ins Wohnzimmer und machte sich an die Arbeit. Kurz darauf brachte sie ihm ein Tablett. Soni stellte sich vor ihn und sah ihn scharf an, also legte er die Zeitung zur Seite, trank einen Schluck Tee, nahm ein Stück Brot und biß hinein. Sie schaltete den Fernseher ein und setzte sich neben ihn, während er aß. Als er mit Frühstücken fertig war, ging Soni ins Bad, während Sticks seine Zeitung weiterlas. Er konnte sein Feuerzeug nirgendwo finden, also klopfte er an die Badezimmertür, um sie danach zu fragen, aber Soni wußte auch nicht, wo es war. Schließlich fand er es im Wäschekorb in seiner Hosentasche. Als er die Pfeife geraucht hatte, schob er das Video eines Konzertes in den Recorder, das ihm ein Freund Anfang der Woche geliehen hatte. Er versank in der warmen Atmosphäre der Show und bemerkte Soni erst, als sie sich dicht neben ihn setzte. So blieb er eine ganze Weile, gab Kommentare zu der Show ab, entspannte sich. Den Kopf an Sticks' Schulter gelehnt, fragte Soni: «Gehst du heute aus?»

«Warum?» sagte er, ohne die Augen vom Bildschirm zu nehmen.

«Ich will meine Schwester besuchen.»

Sticks machte geistesabwesend «Hmmm», aber Soni ließ nicht lokker.

«Bringst du mich hin?»

Er sah sie an. Schon oft hatte er Soni versprochen, daß er mit ihr kommen und ihre Schwester besuchen würde, die ungefähr zwanzig Meilen außerhalb von London wohnte. Irgendwie kam er nie dazu. Er dachte darüber nach, dann sagte er: «In Ordnung. Wir faan zusammen da runta.»

Aber Soni kannte ihn zu gut.

«Das sagst du doch jetzt nur, und dann überlegst du's dir doch wieder anders. Bist du sicher?» fragte sie. Wieder löste Sticks den Blick von der Show auf dem Bildschirm.

«Was ist dänn? Hastus nicht gehöat? Ich habs doch klaa und doitlich gesagt?»

«Ja, schon. Aber ich kenne dich doch. Du bist immer einverstanden, und dann verschwindest du und läßt mich allein.»

Sticks lachte und schüttelte den Kopf.

«Nee, Maan, das kannstu so nicht sagn.»

«Tust du wohl», behauptete Soni energisch. «Letzte Woche zum Beispiel habe ich den ganzen Abend auf dich gewartet, damit wir zusammen zu meinen Freunden gehen, und du bist erst zwei Tage später wiedergekommen...»

«In Ordnung.» Sticks hob eine Hand und versuchte, Gegenbeschuldigungen zu vermeiden.

«Höa zu. Du wiast sehn, hoite faan wia zusammen zu dainea Schwesta. Und anschließend kommstu mit mia, wia machn ain paa

Ealedigungen, und auch wänn du hoite abend hundemüde bist und nach Hause gehn willst, dann geht das nicht. Ich will, daß du bai mia blaibst, damit du nicht wieda mäckean kannst... Dieses Gerede, daß ich dich imma allain lasse.»

Soni lachte und fragte sich, ob er es ernst meinte. Auf jeden Fall klang es aufrichtig genug. Trotz seines verschmitzten Lächelns. Wenig später waren sie soweit, das Haus zu verlassen. Soni schaute zu, wie Sticks seine Pfeife verstaute; er bemerkte ihren Blick.

«Füa dich kommt das nicht mea in Frage, waißtu», sagte er beiläufig.

Sie gab ihm keine Antwort, sondern drehte sich nur um und zog die Schuhe an. In den letzten paar Monaten hatte sie das Zeug oft genommen, zu oft wahrscheinlich. Sie hatte auch ihren Job verloren, weil sie wiederholt zu spät kam und häufig gar nicht erschien, obwohl sie Sticks nicht gesagt hatte, dies sei der Grund. Sonis kleine Tochter blieb die meiste Zeit bei ihrer Mutter. Obwohl sie bis jetzt nicht wirklich darüber nachgedacht hatte, bedeutete ihre Schwangerschaft gewisse Veränderungen, und Soni verstand die Wahrheit von Sticks' Worten. Sie brachen gegen Mittag auf, und Sticks hob die Schlüssel hoch. «Du fäahst, Maan», sagte er zu Soni.

Sie warf ihm einen schrägen Blick zu und ging auf die Beifahrerseite, wobei sie sich auf den Bauch klopfte.

«Du bist jetzt mein Chauffeur. Mach die Tür auf», sagte sie mit gespielt vornehmem Tonfall.

Etwa zur gleichen Zeit versuchte D. zum x-tenmal nach Jamaika durchzukommen. Es hatte den ganzen Morgen Probleme mit der Auslandsvermittlung gegeben, und das einzige Mal, als er zu der Nummer durchgekommen war, die er gewählt hatte, war besetzt gewesen. Nach einem weiteren erfolglosen Versuch legte er den Hörer auf. Er schaute nicht wirklich fern, die Kiste lief einfach nur, wobei die Lautstärke abgestellt war. Im Radio spielte ein Sender eine Revival-Session, genau das richtige für einen sonnigen, trägen Sonntagnachmittag. D. entspannte sich, hörte der Musik zu und hing seinen Gedanken nach. Vor ein paar Stunden war er nach einer Reihe von Träumen aufgewacht, die seinen Schlaf aufgewühlt hatten. Selbst nachdem er geduscht und gefrühstückt hatte, spürte er eine unheimliche Benommenheit. Inzwischen hatte D. sich daran gewöhnt. Es passierte wenigstens einmal alle paar Monate. Einmal, während seines Aufenthalts bei Thomas auf Jamaika, waren die Träume fast «wirklich» gewesen. D. war mitten in der warmen Nacht mit trockenem Hals wach geworden und im Dunkeln auf die Veranda hinausgegangen, um dem zauberähnlichen Griff der Träume zu entkommen.

Gestern abend war er nach South London gefahren, um Sammy zu besuchen. Sie hatten sich gut unterhalten, ein Glas zusammen getrunken und ein gutes Essen genossen, das Sammys Frau zubereitet hatte. D. war gegen zwei Uhr morgens in Donnas Wohnung gekommen und direkt ins Bett gegangen. Er hatte noch im Bett gelegen, als Donna mit den Kindern zum Mittagessen zu Leroy nach Hause gefahren war, hatte dann noch ein paar weitere Stunden geschlafen; seitdem saß er hier und meditierte. Es war eine dieser langen Wochen gewesen, wenn einfach zuviel auf einmal passiert. Vergangenen Sonntag war es abends in dem Spielclub zu einem Streit zwischen zwei guten Freunden gekommen – wenigstens waren sie das bis dahin. D., der zu dem Zeitpunkt zufällig dort war, hatte persönlich dazwischengehen müssen, um sie davon abzuhalten, ihre Rechnung an Ort und Stelle zu begleichen. Die ganze Woche über hatte in dem Lokal eine angespannte Atmosphäre geherrscht. Beide hatten einen Ruf, dem sie gerecht werden mußten, und in den meisten ähnlich gelagerten Fällen wurden sie von dem Raunen und Getuschel der anderen Gäste nur noch weitergetrieben. Freitag hatte D. einen Termin mit beiden ausgemacht. Sie redeten, es kam zu Gebrülle und reichlich Muskelspiel, aber am Ende waren beide einverstanden, daß der ursprüngliche Zankapfel eine «Dummheit» war. Jetzt war wieder alles cool...

Dann, Mitte der Woche, hatte sich D. mit einem alten Freund getroffen, der gerade erst angekommen war. Sie unterhielten sich, und D. erfuhr gewisse Dinge, die seine innere Ruhe störten. Er mußte mehr wissen, was auch der Grund war, warum er ständig versuchte, seine Überseeverbindung zu bekommen. Das war noch nicht alles. Firefly war auf der Flucht. Charlie hatte von dem Zwischenfall gehört, kurz nachdem es Donnerstag abend passiert war, und seitdem hatte kein Mensch Firefly mehr gesehen. D. hatte herausgefunden, daß ein Ladenbesitzer von einem von drei schwarzen Jugendlichen angeschossen worden war, und einer dieser drei war angeblich Firefly. Er konnte sich nicht vorstellen, daß der junge MC geschossen hatte. Das wichtigste war aber, ihn zu finden, dachte D., der immer noch hoffte, daß Charlie einen Anruf bekommen würde. Während er über all das nachdachte, klingelte das Telefon.

«Yeah, hmmm-hmm. Und wie ists läzte Nacht gelaufn?»

Pablo rief an, was er auch tun sollte. Alles war okay, es gab nichts zu berichten. D. vereinbarte, daß sie sich später in dem Lokal trafen. Er legte den Hörer auf. Er dachte kurz daran, Jenny anzurufen, dann fiel ihm wieder ein, daß sie nicht zu Hause sein würde. Sie sollte das Wochenende bei ihrer Schwester Carol verbringen. D. wurde sich bewußt, daß er sie oder Jesse seit Donnerstag nicht mehr gesehen hatte. Vielleicht könnte er sie später abholen? Er stand auf und ging in die Küche, öffnete den Ofen, warf einen Blick auf sein Essen, das darin stand, und schloß ihn wieder. Dann ging er zur Verandatür, machte sie auf und trat in den Garten hinaus. In der Sonne schaute D. sich auf dem kleinen Stück Rasen um. Bis zu diesem Monat hatte es kein anständiges Wetter gegeben, also hatte D. den Garten praktisch nicht genutzt. Letzten Mittwoch, als sich der fast schon heiße Nachmittag seinem Ende neigte, hatte D. sich nach dem Abendessen auf den Sims gesetzt und einen Spliff geraucht. Der Holzzaun um den Garten war über zwei Meter hoch, hoch genug, daß er von außen nicht zu sehen war. Als die abendliche Brise einsetzte, wurde er daran erinnert, was er vermißte.

D. wußte, daß er sich wirklich gut fühlen würde, wenn er sie zu Hause genießen könnte. Kein Geld auf dieser Welt konnte diese Stimmung kaufen – und wie er dort saß und die Sonne rot über dem Zaun lodern sah, wurde ihm klar, daß die Rückkehr nach Hause sein Ziel sein mußte. Vorläufig jedenfalls war noch viel zu tun.

Geistesabwesend hatte er mit einem kleinen Plastikball zu spielen begonnen, den Cindy dort liegengelassen hatte. D. rollte ihn unter seinem rechten Fuß, hob ihn mit der Fußspitze auf und ließ ihn einige Male auf und ab hüpfen. Es war schon sehr lange her seit seiner letzten Berührung mit dem Original. Er balancierte den kleinen Ball auf einem Fuß, dann auf dem anderen, trat ihn hoch und fing ihn sauber auf dem ausgestreckten Oberschenkel wieder auf. D. erinnerte sich an die Zeit, als er praktisch jeden Tag Fußball gespielt hatte. Damals, als

Junge, hatte er nichts Besseres zu tun. Er versprach sich, daß er schon sehr bald ein Fußballspiel organisieren würde.

D. kehrte ins Wohnzimmer zurück und ließ sich aufs Sofa fallen. Er fühlte sich ruhelos, «gehetzt», wie man sagt, doch er konnte nicht genau den Finger darauf legen, warum. Er dachte wieder an seine Träume und zappte mit der Fernsteuerung durch die Kanäle, konnte sich aber nicht wirklich auf den Fernseher konzentrieren. Trotz der christlichen Erziehung, die ihm seine Großmutter und dann seine Mutter ihm aufgezwungen hatte, war D. mit dem Gefühl für das Zusammenspiel zwischen der Welt der Lebenden und der Geister aufgewachsen. Er wußte, daß diese Träume am Ende immer eine Bedeutung besaßen.

Ein alter Western fing gerade im Fernseher an. D. zwang sich hinzusehen und entspannte sich langsam, konzentrierte sich darauf, die Handlung zu verfolgen. Später, dachte er, würde er Jenny abholen...

Der Kuchen war verteilt, der Tanzwettbewerb vorbei. Mit ihrem Eis in den Händen stürmten die Kinder aus dem Zimmer, um im Garten vor dem Haus zu spielen. Mit einem kurzen Blick aus dem Fenster vergewisserte sich Carol, daß das Gartentörchen geschlossen war, dann setzte sie sich wieder hin. Charmaine aß gerade den Rest ihrer Eiscreme. Sie war vor ein paar Stunden angekommen und hatte Marcus zu Venettas Geburtstagsparty mitgebracht. Jesse und seine Mutter waren seit Freitag abend hier. Zusammen mit einem halben Dutzend anderer Kinder, Venettas Freunden, waren sie eine ausgelassene kleine Bande – sie rannten und brüllten, nutzten die Gelegenheit, ihre überschüssige Energie loszuwerden. Die drei Frauen entspannten sich allmählich, nachdem die lärmenden Kinder das Zimmer verlassen hatten. Schon recht früh hatten sie zusammen gegessen, ein köstliches von Carol zubereitetes traditionelles Sonntagsessen. Jenny hatte darauf bestanden zu helfen, aber ihre Schwester hatte abgelehnt und steckte nun das Lob für die Mahlzeit ein. Charmaine lachte und genoß diesen harmlosen Streit, wie die zwei ihn immer wieder führten, wenn sie sich trafen. Um sich zu rächen, quälte Jenny Carol damit, eine geheime Neuigkeit zu verraten. Angesichts all der Aufregung der Geburtstagsfeier hatten sie das völlig vergessen – alle, bis auf Charmaine. Charmaine war einfach zu «neugierig», es nicht herausfinden zu wollen.

«Also, was war das für eine Neuigkeit, die du uns erzählen wolltest?» fragte sie Jenny verschmitzt. Carol sah sie an, dann Jenny, und blinzelte drohend. Jenny lachte beim Anblick des Gesichts ihrer Schwester.

«Ach, komm schon, Cal, du kannst es Charmaine ruhig erzählen. Sie gehört doch praktisch zur Familie», drängte Jenny. Carol seufzte und lächelte.

«Es ist wirklich keine große Sache, aber dieses Mädchen hier macht Wirbel um nichts», sagte sie und tat so, als wolle sie ihrer Schwester den Dessertlöffel an den Kopf werfen, den sie in der Hand hielt. Jenny drehte sich Charmaine zu, wartete einen Moment und verriet dann:

«Sie glaubt, sie kriegt ein Baby ...»

«Was?!» kam Charmaines ungläubige Reaktion. Jenny lachte.

«Genau das habe ich auch gesagt!»

«Und was gibt's da so Besonderes?» fragte Carol und sah die beiden an.

«Ach, nichts ...», versicherte Charmaine vorsichtig. Ein verschlagenes Grinsen spielte um ihre Lippen. Aber Jenny konnte es sich nicht verkneifen.

«Hmmm, ich frage mich, was aus dem Mädchen geworden ist, das uns erst neulich diesen großen Vortrag über Frauen gehalten hat, die zu viele Kinder kriegen?» sagte sie sarkastisch mit Blick auf Charmaine.

«Ich hab nur zwei», betonte Carol. «Außerdem habe ich nur gesagt, daß ich darüber nachdenke.»

Charmaine sah sie an.

«Ich dachte, du hättest gesagt, im Moment keine Beziehung zu haben?»

«Hmh!» Jenny stimmte zu und warf ihrer Schwester einen zweideutigen Blick zu. Carol lehnte sich auf ihrem Stuhl zurück.

«Tja, also, aber ihr wißt ja selbst, wie die Menschen manchmal ihre Meinung ändern können.»

«Ja, das wissen wir ...», pflichtete Jenny süffisant bei.

«Was sagt er dazu?» wollte Charmaine wissen.

Es dauerte einen Augenblick, bevor sie antwortete.

«Er weiß noch nichts davon.»

«Oh-oooh», machte Jenny.

«Du willst es ihm nicht sagen?!» fragte Charmaine alarmiert.

«Natürlich werde ich es ihm erzählen», sagte Carol. «Außerdem ist es ja sowieso nur so ein Gedanke. Ihr beide tut ja gerade so, als hätte ich es schon.»

Das «ihm» bezog sich auf Carols Freund, mit dem sie etwas über ein Jahr zusammen war. Er lebte nicht bei ihr, aber anscheinend hatten sie eine zufriedenstellende Übereinkunft, und beiden schien zu gefallen, wie es war. Er arbeitete im gleichen Berufsfeld wie Carol, aber auf der Bewährungshelferseite.

«Und was ist mit deinem Job?» fragte Charmaine.

«Den Job kann ich behalten, aber das ist es ja, wodurch ich überhaupt erst darüber nachgedacht habe», erwiderte Carol nachdenklich. Sie erklärte, nachdem sie so lange als Sozialarbeiterin gearbeitet habe, fühle sie sich oft entmutigt wegen dem, was sie machte. Manchmal, sagte sie, bezweifle sie, ob es klug sei, nur der Karriere wegen keine weiteren Kinder mehr haben zu wollen.

«Ich weiß ja nicht mal, ob ich überhaupt bei dieser Art Arbeit bleiben will», gestand sie. Charmaine war überrascht.

«Du verdienst doch nicht schlecht, oder?»

«Ich klage nicht über das Geld. Es ist die Arbeit selbst, sie ist manchmal deprimierend.» Darüber wollte Charmaine mehr wissen. Sie hatte halbtags auf dem College angefangen und dachte darüber nach, im nächsten Jahr ein Vollzeitstudium zu beginnen, um selbst Sozialarbeiterin zu werden.

«Dann findest du also nicht, daß es eine interessante Arbeit ist?» fragte sie.

Carol trank einen Schluck. «Doch, es ist interessant, aber nach einer Weile fühlt man sich so... hilflos.»

Charmaine wollte, daß sie das näher erklärte. Jenny hörte auch zu.

«Es wird einfach nicht besser. Es gibt mehr und immer mehr Probleme, und am Ende hast du das Gefühl, daß du sowieso nichts ändern kannst.»

«Was willst du dann machen?» fragte Jenny.

Carol zuckte mit den Achseln. «Ich weiß nicht. Deshalb denke ich ja auch über ein Baby nach.»

«Es klingt ernst», meinte Jenny.

«Willst du heiraten?» wollte Charmaine wissen, meinte es halb im Scherz.

«Nein, vielen Dank», sagte Carol.

«Ich bin mit dem Vater der Kids verheiratet – und was hab ich dann davon?» Dann fügte sie hinzu: «So wie's ist, ist es in Ordnung, ich will es nicht verderben...»

«Was ist, wenn er kein Baby will?» fragte Jenny ihre Schwester.

Carol lachte.

«Wir werden verhandeln», sagte sie grinsend.

Marcus kam hereingerannt, in der Hand einen seiner Schuhe.

«Mum, einer hat mich getreten», sagte er zu Charmaine.

«Wer hat dich getreten, Liebling?» fragte Carol mitfühlend. Charmaine lachte. «Kümmer dich nicht um ihn, er ist ein kleiner Unruhestifter.»

Sie zog ihm den Schuh an und schickte ihn wieder hinaus spielen.

«Und was ist mit dir?» fragte Carol und wechselte das Thema.

«Was meinst du damit?»

«Wann kriegst du dein nächstes?»

Charmaine reagierte verschämt. «Ach, ich weiß nicht.»

«Aber du denkst dran!» mischte Jenny sich ein.

Charmaine protestierte nicht zu sehr.

«Also... ja, einer reicht mir einfach nicht. Außerdem wäre es nicht gut für Marcus, wenn er als Einzelkind aufwächst.» Dann kam Jesse herein, sah die drei Frauen an, blieb neben dem Tablett auf dem Tisch stehen und drehte sich seiner Mutter zu.

«In Ordnung, dann nimm dir ein Stück», sagte sie.

Der kleine Junge nahm sich ein Stück Kuchen und ging schweigend wieder hinaus. Carol lachte. «Und was ist mit ihm?» fragte sie. Jenny mußte zugeben, daß der Junge seine Schrullen hatte, aber er war weder schlecht, noch hatte er nur Unsinn im Sinn wie manche andere. Geschickt steuerte sie das Gespräch auf ein anderes Thema. Nachdem Carol noch einige Getränke geholt hatte, legte sie ein Video ein, und dann kam nach und nach ein Kind nach dem anderen herein. Der Abend nahte. Einige von Venettas Freunden gingen nach Hause. Müde durch all die Aufregung, war Marcus auf dem Sofa eingeschlafen. Jesse saß auf Jennys Schoß und schaute fern. Charmaine stand auf, um die Tür zu öffnen.

D. kam herein, sah zuerst den kleinen Jungen an, rief dann laut: «*Yaow*, Carol, was sagstu nun?!»

«Wie gehtsn so, Missa D.?» antwortete Carol albern aus der Küche.

Charmaine setzte sich zurück, und D. ließ sich auf der anderen Seite neben Marcus fallen.

«Und, was gibts?» Er sah Jenny an.

«Nichts.»

D. streckte eine Hand aus, und sofort rutschte Jesse vom Schoß seiner Mutter und kam zu seinem Vater gelaufen. Carol kam wieder herein, als D. ihn gerade nach der Geburtstagsparty fragte. Wie üblich fing sie eine Diskussion mit D. an. So war sie eben, besonders D. gegenüber, mit dem sie sich immer gern unterhielt. Die beiden konnten praktisch über jedes Thema diskutieren, und am Ende waren doch beide zufrieden, auch wenn sie nur selten bei etwas einer Meinung waren. Jesse hielt noch ungefähr eine Stunde durch, bevor er einschlief, dann wurden er und Marcus nach oben ins Schlafzimmer getragen. Dann erklärte Carol, daß sie D. «jederzeit» beim Ludo schlagen könne. Es klang wie eine Herausforderung, die anzunehmen D. natürlich nicht widerstehen konnte. Es begann eine lebhafte Partie Ludo. Zu Anfang hängte D. die drei Frauen ab, als er eine Sechser-Serie warf, die ihm einen satten Vorsprung verschaffte – dann war seine Glückssträhne zu Ende, und seine drei Spielsteine wurden vom Brett geworfen. Alle waren ziemlich leidenschaftlich bei der Sache. Schließlich konnte weder Carol noch D. gewinnen, und Charmaine schlug beide. Es folgte noch ein Spiel, und noch eines. D. sah auf die Uhr und stellte erstaunt fest, daß es schon zwölf war.

«Momänt, ich muß noch mit veaschiedenen Loitn redn, okay?»

«Du hast doch nur Angst, daß ich dich besiege», hänselte Carol.

D. beachtete sie nicht weiter. Er wollte wenigstens dieses letzte Spiel gewinnen und tat es auch, womit er sich selbst zum Champion kürte. Er stand auf und zog Carol auf. Sie war die einzige, die kein Spiel gewonnen hatte. D. erklärte sich bereit, Charmaine ebenfalls zu Hause abzusetzen. Carol sagte ihrer Schwester, daß sie Jesse ruhig dalassen könne – sie habe frei und würde ihn bis zum nächsten Tag bei sich behalten. Sie liebte den kleinen Jungen wie ihren eigenen. Das war für Jenny okay – bedeutete es doch, daß sie nicht wieder so früh aufstehen mußte. Marcus schlief immer noch auf D.s Schulter, als er sich verabschiedete und ging. Draußen war es eine angenehm warme, sommerliche Mondscheinnacht, in der niemand im Haus bleiben zu wollen schien. D. fuhr nach Camden und setzte Charmaine und Marcus ab. Den restlichen Weg musterte Jenny ihn aufmerksam.

«Du siehst müde aus», sagte sie schließlich.

«Hmmm, ich hab läzte Nacht nicht gut geschlafn.»

Sie lächelte.

«Ach, hast du Sorgen?»

So wie Jenny es gesagt hatte, war D. nicht sicher, wie sie es meinte. Er schüttelte ernst den Kopf.

«So ain blödes Gefühl», meinte er.

Jenny fragte nicht weiter nach. D. war komisch, wenn es um gewisse Dinge ging. Das wußte sie inzwischen. Manchmal beantwortete er überhaupt keine Fragen. Dann ließ man ihn am besten allein. Sie kamen nach Hause, und D. ging ins Schlafzimmer, wo er sich umzog. Jenny schaute ihm eine Weile zu, dann fragte sie:

«Hast du irgendwas Nettes vor?»

D. knöpfte sein Hemd zu. Er fragte: «Warum?»

«Ach, nur so», antwortete Jenny lächelnd. Als er Gesicht und Haare im Spiegel musterte, trat sie hinter ihn und zog den hinteren Teil seines Hemdkragens zurecht. Er sah Jennys Augen im Spiegel.

«Du aabaitest moagn nicht?» fragte er.

«Doch.»

«Ohhh», machte er und drehte sich um.

Jenny machte ihm nicht Platz, sie blieb stehen und betrachtete ihn.

«Aber ich könnte später anfangen?»

D. hielt ihrem Blick einige Sekunden stand. Mit ernster Miene sagte er: «Dann komm.» Jennys Augenbrauen schossen in die Höhe.

«Wirklich?» fragte sie.

D. machte die Bewegungen ihrer Augenbrauen nach und lächelte.

«Ächt!»

«Es dauert nicht lange», rief Jenny, als sie auch schon im Bad verschwand.

D. ging ins Wohnzimmer, schaltete den Fernseher ein und versuchte es wieder mit der Nummer auf Jamaika. Immer noch kein Glück. Die Leitung sei gestört, sagte man ihm. Jenny tauchte wieder auf und sah in dem zweiteiligen weißen Lederkostüm und den Stiefeletten elegant aus. D. warf ihr einen bewundernden Blick zu.

«Bässa, wänn ich hoite nacht ain Bodyguard hab», scherzte er. Sie traten auf die Straße hinaus, stiegen in den Wagen, und D. fuhr Richtung Finsbury Park. Als er dort ankam, lief alles bestens. Pablo hatte alles fest im Griff. D. ging eine Weile runter, sprach kurz mit ein paar Freunden, führte die strahlende Jenny herum und beschloß dann, unbesorgt wieder gehen zu können. Auf dem Weg hinaus lief er Costa über den Weg, der draußen stand und die letzten Züge eines Spliff rauchte. Er begrüßte D.

«Und wie gehts dia, main Junge?»

«Gut, Don, du waißt schon!»

Jenny wartete, als D. stehenblieb. Costa arbeitete heute abend nicht.

«Was gibts Noies?» fragte D. neugierig.

Costa zuckte mit den Achseln.

«Nichts... Ich schäck nua mal die Äkschn aus.»

Costa war kein großer Redner vor dem Herrn, aber er war ein ernster, zuverlässiger Soldat, der sich schon als wertvoll erwiesen hatte. Vergangene Woche, als es Spannungen im Club gegeben hatte, war D. seine Entschlossenheit und kühl überlegte Art aufgefallen, die Situation anzupacken.

«Komm mit, Maan. Ich will mal aine Runde machn», sagte D. zu ihm.

Costa begleitete sie. Zuerst entschied D., in einem Club vorbeizuschauen, in dem es am frühen Sonntagabend eine Session gab. Er hatte sich erinnert, daß Sticks irgendwann während der Woche davon erzählt hatte. Er hatte seinen Leutnant schon seit ein paar Tagen nicht mehr gesehen, alle hatten soviel zu tun. Anschließend konnten sie im Rocco's vorbeigehen, wo ein Set aus New York auftrat. Da müßte eigentlich die Post abgehen! Als sie in dem Club eintrafen, sah D., daß eine große Anzahl Raver draußen herumhing, also mußte es unten ziemlich heiß sein. Er parkte auf der an die Hauptstraße angrenzenden Straße, sie stiegen aus und gingen zu Fuß zum Club zurück. Sticks' Wagen stand halb auf dem Bürgersteig kurz vor der Kreuzung.

Sie gingen die Stufen hinunter in eine verschwitzte Qualmwolke. Die Musik pulsierte. Soul im Augenblick. Costa arbeitete sich vor, und D. und Jenny gingen in einen Teil des Clubs, wo die Decke wie manche Gewölbe geformt war. Dort fanden sie Soni mit einem hohen Glas in der Hand und in ein Gespräch mit einem anderen Mädchen vertieft. Sie sagte D., daß er Sticks in der Nähe der Bühne finden würde, und genau dort war er auch – D. sah seine schlaksige Gestalt an der Wand lehnen. Die Menge um ihn herum sah ziemlich dicht aus. Nach einer Weile bemerkte er wie D. herübersah, grüßte ihn mit erhobenem Arm und kämpfte sich zu ihm durch.

«Ja, D.!» rief er, als er aus der Menge auftauchte. Er sagte, er sei auch erst vor kurzem gekommen und habe ein paar Leute getroffen. Er erzählte D., was er wissen mußte. Während Costa loszog, um eine Runde Getränke zu besorgen, ging Jenny zu Soni und ihren Freunden. Sie hatte Soni früher schon mehrere Male auf Tanzveranstaltungen getroffen, aber immer nur kurz. Die Luft in dem relativ kleinen Club war stickig, und die Musik war nicht D.s Geschmack. Er und Sticks gingen die Treppe hoch und raus auf den Bürgersteig, wo eine beträchtliche Menge herumhing.

«Was ist mit Linton?» fragte D.

Sticks lachte und zog an seinem Spliff.

«Linton ist sait läzta Woche draußn aufm Land. Ea hat da was laufn. Ich hab gästean mit ihm gesprochn.»

Drei Mädchen kamen an ihnen vorbei und gingen in den Club hinunter. Eine lächelte D. an.

«Wea waan das?»

«Ain Mädchen aus dem Wästn. Sie kommt regelmäßig ins The Spot.» The Spot war D.s Spielhölle. Er hatte den Laden nach der Übernahme umbenannt. D. borgte sich Sticks' Feuerzeug und steckte sich eine Zigarette an. Soni kam die Treppe hoch.

«Da untn ists mia viel zu haiß», sagte sie. Sie setzte sich auf die niedrige Mauer vor dem Pub nebenan.

«Gibts was Noies von Firefly?» erkundigte sich D. Sticks schüttelte den Kopf.

«Kain Mänsch hatn gesehn.»

«Sätz mea Loite drauf an. Ich will wissn, wo ea ist.» D. glaubte, daß er sich wahrscheinlich immer noch irgendwo versteckte, und wußte, daß sowohl die Polizei als auch die anderen die Suche nach ihm noch nicht aufgegeben hatten. Er hoffte immer noch, daß der junge MC Charlie anrief.

«Ea hat den Buaschn aba nicht angeschossn», meinte Sticks.

«Yeah, aba du waißtoch sälbst, wies loift, Maan. Wänn die ihn east mal habn, machn sie ihm auch den Prozäß.»

Es ging auf drei Uhr zu, dem offiziellen Geschäftsschluß des Clubs, und die ersten Leute kamen jetzt in Gruppen und völlig durchgeschwitzt herauf.

«Laß uns bai Rocco's voabaigehn», sagte D.

Er wußte, daß es dort auch heiß sein würde. Nach allem, was er über den Sound gehört hatte, sollten sie die «reinsten Killer» sein. Jenny kam bald hoch und wischte sich mit einem Taschentuch über die Stirn. Sticks machte Costa ein Zeichen, der etwas weiter die Straße rauf mit einem Mann redete. Dann gingen alle zu ihren Wagen, D. vorneweg mit einem Arm um Jennys Schultern, Sticks und Soni ein Stückchen hinter ihnen. Costa bildete die Nachhut, trank sein Bier aus. Lärmend brachen jetzt auch die anderen Raver auf, lachten und riefen sich gegenseitig zu. D. und Jenny hatten Sticks' Wagen fast erreicht, gingen langsamer. Fünfzig Meter weiter die Straße hinunter parkte ein dunkler Wagen unter den Bäumen. Er rollte vom Bordstein, die Scheinwerfer gelöscht.

«Ich hab mia von aim Jungen aine Kassette von dea Session im Rocco's machn lassen, waißtu?» rief Sticks D. zu.

D. drehte sich um, Jenny blieb stehen. Es war Costa, der zuerst erkannte, was passierte. Der dunkle Wagen kam näher, schnell, zu schnell, und hatte die Scheinwerfer immer noch nicht an. Der Soldat erstarrte, als er sah, wie der Wagen beschleunigte und mitten auf der Straße genau auf sie zugerast kam.

Jenny war vorne, D. stand neben ihr mit dem Rücken zur Straße, und jetzt befand sich der Wagen fast auf einer Höhe mit ihnen. Sticks hatte seine Schlüssel in der Hand und schloß die Fahrertür des Saab auf, Soni stand neben ihm.

Als das starke Fernlicht des herankommenden Wagens plötzlich aufflammte, sie blendete, reagierte Costa instinktiv. Er warf seine Flasche fort, raste an Sticks und Soni vorbei zu D. Sticks schaute jetzt auf die Straße, sah das grelle Licht näher kommen.

Costa brüllte, doch was er sagte, ging in dem Dröhnen des Motors unter. Er krachte gegen D., die Arme ausgestreckt, und schob ihn von der Motorhaube des Saab weg und in die Lücke zwischen ihm und dem nächsten parkenden Auto. Jenny stolperte und fiel, als der Soldat D. zu Boden riß.

Sticks merkte, daß irgend etwas nicht stimmte, und versuchte, in Deckung zu gehen, dann sah er, daß Soni sich nicht gerührt hatte. Sie stand da vor dem Saab, geblendet vom Licht, eine Hand über den Augen. Sticks packte ihren Arm genau in dem Augenblick, als er an ihnen vorbeikam.

Ein lauter Knall hallte durch die Nacht.

D. stand gerade noch rechtzeitig wieder auf, um den Wagen über die Kreuzung rasen und nur gerade noch dem Verkehr aus der anderen Richtung ausweichen zu sehen – und dann sah er Sticks, der gegen seinen Wagen lehnte. Noch während er hinschaute, rutschte Sticks langsam an der Seite des Wagen hinunter.

D. versuchte ihn aufrecht zu halten. Er kniete sich, stützte den Jugendlichen. Die ganze rechte Seite von Sticks' weißem Leinenhemd war feucht vor Blut. Soni lehnte immer noch an dem Wagen, stumm, zitternd, die Augen weit aufgerissen. Blut lief über die linke Seite ihres Gesichts auf ihren Hals. Costa schaute D. zu, als er Sticks behutsam auf die Straße legte.

Jenny war inzwischen ebenfalls aufgestanden. Sie humpelte, nachdem sie auf den Bürgersteig gefallen war. Es erschien allen wie eine Ewigkeit, aber sie war es, die als erste etwas sagte.

«O main Gott.»

Sie ging zu Soni, legte einen Arm um sie und drückte das Mädchen vorsichtig auf den Bürgersteig hinunter. Leute kamen die Straße herauf, um herauszufinden, was passiert war. Ein Licht im obersten Fenster des gegenüberliegenden Hauses flammte auf. Zwei junge Burschen, die im Club gewesen waren, schauten zu dem auf dem Boden liegenden Sticks hinab.

D. sah in das Gesicht seines Freundes, rief seinen Namen, aber Sticks' Augen waren geschlossen, und es sah aus, als hätte es ihn übel erwischt. Schrotkugeln waren in seine gesamte rechte Seite eingedrungen, hatten ihn von der Schulter an abwärts zerfetzt.

Mehr Leute strömten zusammen. D. bemerkte sie nicht. Er wiegte

Sticks' Kopf in den Armen und starrte in das Gesicht des Jungen – er sah friedlich aus, fast als würde er schlafen.

Und wieder war Costa allen anderen einen Schritt voraus. Er erholte sich schnell.

«Don, du kannst nicht hia blaibn», rief er. D. schaute nicht zu ihm auf, er kniete einfach dort in der warmen Nacht und starrte in Sticks' bewegungsloses Gesicht. Jenny hielt immer noch Soni; es war schwer zu sagen, ob sie getroffen worden war. Das Blut auf ihrem Gesicht konnte auch von Sticks gewesen sein. Sie hörten Polizeisirenen.

«D., wia müssn ihn zurücklassn, die Polizai ist glaich hia», drängte Costa und rüttelte D.s Schulter. D. blickte ausdruckslos zu ihm auf.

«Komm, die bringn ihn ins Kranknhaus», sagte der Soldat düster. D. sah Sticks wieder an, dann zog er behutsam seinen Arm unter dem Kopf des Jungen weg. Er wollte schon aufstehen, beugte sich dann vor, zog Sticks' Kanone unter dem Saum seiner Hose heraus und schob sie diskret in seine eigene Tasche. Der Lärm der Sirenen wurde lauter. Jenny kam zu ihm, als er aufstand, Tränen in den Augen, das Gesicht verhärmt.

«D., wia müssn jäz weg, sofoat!» rief Costa wieder. Jenny verstand, was der Soldat sagte, und legte eine Hand auf D.s Arm. Sie wischte sich die Tränen von den Wangen und sagte zu ihm: «Geh, ich blaib bai ihm.»

D. sah seine Frau an, dann den Körper auf dem Boden. Jenny schob ihn fort, und er folgte Costa, lief den restlichen Weg die Straße hinunter zum Wagen. Costa nahm ihm die Schlüssel ab und setzte den Wagen schnell bis ans Ende der Straße zurück. Gerade als sie wegfuhren, sah D., wie die Menge um den Saab in Blaulicht getaucht wurde. Costa gab Gas, dann mußte er an den Straßenrand fahren, um zwei weiteren Polizeiwagen Platz zu machen, die zum Tatort rasten.

PAUSE

Das Licht der Flamme tanzte sanft über die Wand. Die Kerze war heruntergebrannt, während die Frau schlafend über dem Tisch hing, den Kopf auf die Arme gelegt, und von einer anderen Zeit, einem anderen Ort träumte.

Draußen regnete es immer noch in Strömen. Von Zeit zu Zeit wurde der Raum durch eine Serie von Blitzen erleuchtet.

Die Frau stöhnte und rührte sich. Ihre Augen flogen auf, schlossen sich dann wieder, bevor sie schließlich richtig aufwachte. Langsam erhob sie sich vom Tisch und lehnte sich auf dem Stuhl zurück, massierte ihren Nacken. Einen Moment lang wurde sie noch von ihren Träumen gefangengehalten, dann fiel ihr Blick auf die tanzende Flamme vor sich. Die Erinnerung kam wieder. Der Kuchen stand da, unangetastet. Fünf kleine Kerzen standen nicht angezündet um die eine große, die bereits halb heruntergebrannt war.

Lorna starrte eine Weile in die Flamme, Bilder wirbelten in ihrem Kopf. Beinahe gegen ihren Willen beugte sie sich vor und schaffte es, mit trockenen Lippen die Flamme auszublasen. In dem dunklen, stillen Raum stand sie auf und warf einen Blick auf die Uhrzeit, die auf der Vorderseite des Videorecorders angezeigt wurde: sechzehn Minuten nach drei. Müde ging sie einige Schritte und ließ sich auf das Sofa sinken. Sie reckte sich und rieb die Augen. Sie hatte wach bleiben wollen in der Hoffnung, schon bald das vertraute Geräusch des Schlüssels zu hören, der sich in der Haustür drehte... wach bleiben und darauf warten, daß ihr Sohn nach Hause kam, gerade heute abend...

Aber wieder war sie eingeschlafen, und wieder war sie allein in der Stille aufgewacht. Neun Tage und neun Nächte der Hoffnung und Verzweiflung, verbracht mit Gebeten, daß Harry wohlbehalten zurückkam.

Sie hatte so sehr gehofft, daß er heute abend nach Hause kommen würde, an seinem Geburtstag, und ihre Qual beendete. Sie war nach der Arbeit nach Hause geeilt, hatte gekocht, den Tisch gedeckt und den Kuchen mit den Kerzen darauf rausgestellt und sich schön angezogen. Dann hatte sie gewartet und gewartet...

Jedesmal wenn das Telefon klingelte, war sie erschreckt hochgefahren. Neben der Angst, der Furcht, am anderen Ende der Leitung die Stimme eines Polizeibeamten zu hören, stand die Hoffnung, die beinahe schmerzhafte Hoffnung, daß Harry ihren Namen durch das Telefon rufen könnte und wieder Leben in ihre gequälte Seele einhauchte. Aber es hatte nur einen Anruf gegeben, von einem Freund, mit dem zu sprechen Lorna kaum fertigbrachte. Der Schlaf brachte Erleichterung, aber die grausame Wirklichkeit kehrte mit dem ersten Augenblick des Wachseins zurück. Heute abend hatte sie zurückgeblickt auf das Leben ihres jüngeren Sohnes, hatte, solange sie es ertragen konnte, bei den herrlichen Tagen nach seiner Geburt vor fünfzehn Jahren verweilt. Wie sie ihn geliebt hatte, dieses winzige Baby mit den tiefen, dunklen Augen. Lorna war keine regelmäßige Kirchgängerin, aber sie hatte Glauben, und sie betete auf ihre eigene Art. Nachdem Harry drei Tage fort gewesen war, war sie auf die Knie gesunken, während die Tränen in Strömen über ihr Gesicht liefen, und hatte Gott gefragt, warum er nur zuließ, daß sie wieder verletzt wurde. Tief in ihrem Inneren weigerte sie sich zu glauben, daß sie Harry verlieren konnte, so kurz nachdem sie Tyrone verloren hatte...

Mit in der Dunkelheit weit geöffneten Augen versuchte Lorna, wieder positiv zu denken. Heute, ganz bestimmt, würde sie von ihrem Sohn hören. Und egal, in welchen Schwierigkeiten auch immer er stecke, solange er nur in Sicherheit war, würde sie schon zurechtkommen. Als jüngster in der Familie war Harry schon immer ein bißchen wild gewesen. Auf der Schule war er in Schlägereien geraten, hatte oft seine Arbeit vernachlässigt und mußte oft diszipliniert werden, aber das machten die meisten Jungs in seinem Alter durch – und alles war mehr oder weniger im Rahmen, bis Tyrone gestorben war. Lorna holte tief Luft und zwang sich, mit Denken aufzuhören. Es hatte keinen Sinn, die ganze Geschichte wieder durchzugehen, wie sie es bereits fast an jedem Abend getan hatte, seit Harry fort war. Tyron war tot, und nichts konnte daran etwas ändern. Harry war alles, wofür sie noch lebte, und Lorna klammerte sich an seine Erinnerung mit all der Kraft und Stärke einer Mutter. Er würde heute zurückkommen, sagte sie sich energisch. Die Videouhr sagte ihr, daß sie nur noch ungefähr drei weitere Stunden hatte, bis das Tageslicht kam und ein weiterer grimmiger Arbeitstag begann. Lorna schloß die Augen.

Robert Brack

«DEAD FE NOT'ING»

«Damals habe ich immer mit einer 9mm-Pistole unterm Kopfkissen geschlafen – für alle Fälle», erzählt Victor Headley. Damals, das war, bevor er Schriftsteller wurde, bevor er im jamaikanischen Knast landete, wo er seinen ersten Roman beginnen konnte: «Sie konnten mir nichts nachweisen. Also mußten sie mich nach ein paar Monaten wieder rauslassen. Inzwischen liegen diese schlechten Zeiten hinter mir.» Mit seinem ersten Roman «YaRDiE» wurde der Kleinganove zum engagierten Autor – und der orientierungslose Underdog zum Rasta, der sich um die Zukunft seines Volkes sorgt. Ein bißchen erinnert das an Bob Marley, der vom «Schweißer» (wie sich die jamaikanischen Zuhälter nannten) zum spirituellen Botschafter des Rastafari wurde. Doch Victor Headley ist kein Prediger. Ihm geht es zunächst einmal darum, das zerstörerische Leben mit Pistole und Crack-Pfeife zu schildern: «Ich beschreibe die Dinge nur, wie sie sind.» Hart und kompromißlos, ohne Wehleidigkeiten und verlogenes Pathos.

Seine Bücher werden gelesen, verschlungen von Leuten, die sich darin wiedererkennen. Das unterscheidet den Schriftsteller Victor Headley von seinen gebildeten Kollegen wie Caryl Phillips, Ben Okri und Mike Phillips. Die sind ihm vielleicht stilistisch überlegen, aber ihnen fehlt die Authentizität: «Diese Schwarzen faseln auf höchstem Niveau über uns, aber sie leben nicht direkt neben einem Crack-House oder sind Alleinerziehende. Sie gehen nach Hause zu ihren weißen Lebensgefährten in der Vorstadt und haben keine Ahnung von dem, was hier los ist.» Kein Wunder, daß es nicht den feingesponnenen Kunstwerken, sondern dem rohen, antiliterarischen Erstlingsroman von Victor Headley vergönnt war, zum Bestseller zu werden.

Der Yardie als Erfolgsautor: Nun fährt er, wie einst Bob Marley in Kingston, einen BMW. Statussymbole sind wichtig in der Welt der jamaikanischen Einwanderer. Headleys Protagonist D. sucht sich einen Mercedes aus, nachdem er als Drogendealer in London in kurzer Zeit reich geworden ist. Man fährt deutsch, spricht den jamaikanischen Patois-Slang, kifft sich die Birne zu, betet die Sound-System-DJs an und behandelt Frauen wie den letzten Dreck – so sieht das Leben in der Gangster-Subkultur im von sozialen Spannungen geplagten südlichen London aus, von dem Headley in mittlerweile drei Romanen berichtet.

Nicht mal die Metropolitan Police kannte diese Szene besonders gut. Weshalb Headleys Debütroman kurzerhand zur Schulungslektüre der Londoner Polizei avancierte. «YaRDiE» verkaufte sich in kürzester Zeit über 12 000mal, obwohl das Buch zunächst gar nicht im regulären Buchhandel zu bekommen war. Es erschien in dem kleinen Verlag X Press, der eigens zur Publikation von Literatur schwarzer Einwanderer ins Leben gerufen wurde. Steve Pope und Dotun Adebayo, die Verlagsgründer, haben die ersten Exemplare in Brixton von einer umgedrehten Mülltonne aus an Passanten verkauft. «YaRDiE» wurde ein Hit, ohne daß mehr Werbung gemacht wurde außer Flugblattverteilen und Plakatekleben in den Schallplatten- und Friseurläden von Brixton und Ladbroke Grove. Dann kaufte Pan Books die Taschenbuchrechte, und inzwischen hat sich die BBC die Filmrechte gesichert, um einen TV-Thriller daraus zu machen.

Auch wenn Headley sich dessen vielleicht nicht bewußt war, als er die Geschichte schrieb: Mit «YaRDiE» steht er in der Tradition schwarzer Ghettoschreiber, die es bislang hauptsächlich in den USA gab. Am bekanntesten wurde der Afroamerikaner Donald Goines, der ebenfalls im Knast zu schreiben begann und zwei Jahrzehnte nach seinem gewaltsamen Tod (neben dem legendären Iceberg Slim) der meistgelesene schwarze US-Autor ist, vor allem in den Gefängnisbibliotheken. Victor Headley ist ein ähnliches Phänomen. Seine Geschichten werden von denen gelesen, die darin vorkommen. So etwas passiert in der Literatur selten genug. Im Fall der jamaikanischen Einwanderer liegt es sicherlich auch daran, daß ausgerechnet das vermeintlich antiquierte Medium Buch ihnen die Möglichkeit bietet, sich ihre Geschichte in ihrer eigenen Sprache erzählen zu lassen.

Ein Weißer steht da natürlich vor einem Problem. In Headleys Romanen sind sämtliche Dialoge in Patois gehalten. Wie diese Sprache funktioniert, beschreibt der Übersetzer Jürgen Bürger im Vorwort zur deutschen Ausgabe von «YaRDiE» (rororo-thriller 3159): «Man nimmt sich die Freiheit, mit Worten (aus politics wird politricks) und Vokalen zu spielen (vor allem das ‹a› scheint es den Jamaikanern angetan zu haben – aus man wird mon, aus einem garden ein gyarden oder gar ein gordon, aus einem can ein cyan usw.) und Buchstaben munter auszutauschen (so wird aus little schnell likkle).»

Die normalen Erzählpassagen sind allerdings in gängiger Umgangssprache gehalten, sonst wäre die Geschichte für Außenstehende wohl kaum lesbar. In der deutschen Übersetzung ist es Jürgen Bürger gelungen, die absurde, aber irgendwie doch logische Grammatik des Patois in eine Art proletarische Kunstsprache zu übertragen. Das wirkt auf den unbedarften Leser im ersten Moment ziemlich grotesk, hat aber Methode. Man gewöhnt sich an diesen deutschen Kunstdialekt ebenso schnell wie an die Originaldialoge, die dem Engländer genauso seltsam vorkommen müssen. Und so wird aus: «Too many youths dead fe not'ing. Is like dem cyan wait fe kill someone. Any lickle t'ing, dem lick shot» ganz konsequent: «Zu viele Jugendliche stäabn füa nichts. Als ob sies ganich eawatn könntn, iagendwen umzulegn. Füa jede Kleinigkait weadn sie easchossn.» Der Leser muß sich nur an den Rhythmus gewöhnen, dann liest es sich wie von selbst.

In temporeichen Szenen erzählt «YaRDiE» auf knapp 190 Seiten, wie einfach es ist, vom Drogenkurier zum Ghettoboß zu avancieren, wenn man es clever genug anstellt. Mit einem Päckchen Kokain im Koffer kommt D. in England an, mogelt sich mit falschem Paß an den Beamten der Einwanderungsbehörde vorbei, wird von den «Soldaten» des Ghettobosses in Empfang genommen und entwischt ihnen samt Rauschgift, um seinen eigenen Laden aufzumachen.

Was dann geschieht, ist nur konsequent, denn D. hat sich einen wirkungsvollen Plan zurechtgelegt: Er schart eine Gang um sich, erobert nach und nach das Territorium von Blue, seinem Feind und Konkurrenten, bis nach dem Durchspielen aller archaischen Rituale – vom drohenden Herumfuchteln mit der Uzi bis zur Vergewaltigung der Freundin des Widersachers – endlich jene Katastrophe naht, auf die alle Gangsterdramen zwangsläufig zusteuern müssen: der totale Bandenkrieg mit vielen sinnlosen Toten auf allen Seiten.

Doch «YaRDiE» ist nicht irgendeine Gangsterstory mit durchsichtiger Dramaturgie. Wirklich spannend wird diese Geschichte durch ihre vielen authentischen Details: die Sprache, die genaue Darstellung der Dumpfheit der jamaikanischen Machos und der traurigen Situation der geschwängerten und verlassenen Frauen, das Porträt eines weisen Rastas, die Orientierungslosigkeit der Raggamuffins und so weiter. Das alles verbindet sich im Rahmen dieser logischerweise wenig sensiblen *Gangster novel* zum geschlossenen Bild einer Subkultur, deren Regelwerk kein Außenstehender durchschauen kann.

In seinem zweiten Buch konzentriert Headley sich auf die Stärken seines Erstlings und bemüht sich, banale Wiederholungen im Aufbau der Story zu vermeiden: «Mein Verleger», so der Autor, «wollte eine Art ‹Yardie 2›, aber ‹Exce$$› führt von der Straße in die Häuser. Ich habe es den schwarzen Frauen gewidmet. Natürlich kann ich nicht wirklich wie eine Frau denken, aber ich versuche, mich in sie hineinzuversetzen. Die Frauen sind die Grundlage jeder Kultur. Die schwarze Kultur ist besonders matriarchalisch.» Nachdem er für seinen Erstling 15 Monate gebraucht hatte und er nach dem Erfolg mehr und mehr von den Medien in Beschlag genommen wurde, entschloß sich Victor Headley, ausgestattet mit einem Vorschuß seines Verlegers, zur Flucht nach Jamaika, um die Fortsetzung der Geschichte von D. in Angriff zu nehmen. Wieder zurück, verschanzte er sich in einem Landhaus in den Midlands und beendete das Manuskript.

«Exce$$» setzt ein, als D. von seinem jamaikanischen Exil zurück nach London kommt, betrachtet den kriminellen Yardie-Underground jedoch mit anderen Augen. Nun kommen subkulturelle Formen und Rituale zum Zug, deren positive Energie im ersten Buch nur am Rande zu spüren waren. Headleys Anliegen ist, diese positive Energie der anglokaribischen Kultur, die sich beispielsweise bei den «Soundclash»-Parties oder der Spiritualität der Rastas äußert, der Destruktion der Drogenszene entgegenzustellen: «Es geht mir darum, klarzumachen, daß wir unheimlich viel menschliches Potential unnötigerweise verschleudern. Die anderen denken, daß wir geborene Kriminelle sind. Das stimmt nicht.»

Nicht nur thematisch, sondern auch in der Erzählstruktur vermeidet Headley eine Wiederholung. «Exce$$» ist wesentlich differenzierter angelegt. Nicht Action, sondern Charakterzeichnung und genaue Milieubeschreibungen stehen jetzt im Vordergrund. Aber die Lebendigkeit der Erzählung und der direkte, authentische Stil sind geblieben. Vom schreibenden Yardie hat Headley sich zum verantwortungsvollen Chronisten seiner Volksgruppe weiterentwickelt. Inzwischen sieht er es gar nicht mehr gerne, wenn man ein altes Foto von ihm, worauf er mit Pistole zu sehen ist, veröffentlicht. Er mag es nicht, daß man ihm Gewalt- und Drogenverherrlichung vorwirft. Mittlerweile macht er sich Sorgen über die Verwahrlosung bestimmter Londoner Stadtteile, wo jamaikanische Jugendgangs dabei sind, die Macht zu übernehmen. Manche Straßen, so fürchtet er, sind bereits zu «nogo-zones» geworden, wo sich nicht einmal die Polizei mehr hintraut. Die Polizei dementiert: London wird nicht zu einem zweiten L.A. – aber die Zeitungen sind voll mit gegenteiligen Meldungen.

Auf Victor Headleys Bücher jedenfalls trifft zu, was man von guten Thrillern oder «Black novels» erwarten darf: Sie werden vom Leben geschrieben, sie sind nicht «p.c.», sondern wahr, sie führen den Leser mitten hinein ins Herz einer Gesellschaft, deren moralische Grundlagen sich auflösen. Aber, und das kommt hinzu, sie zeigen auch Auswege aus dem Elend: das Wiederfinden von «respect» gegenüber anderen und bei sich selbst.

«Eh Mon, whapp'n?»

Anmerkungen zur Übersetzung von Jürgen Bürger

Ob das von der Mehrheit der Jamaikaner im Alltag verwendete Patois (sprich: Patwah) eine eigenständige Sprache ist oder lediglich ein spezieller Dialekt des britischen Englisch, der durch Vermischung vor allem mit den jeweiligen afrikanischen Muttersprachen der ab Mitte des siebzehnten Jahrhunderts nach Jamaika verschleppten Afrikaner entstanden ist, möchte ich den Linguisten überlassen. Sicher ist jedenfalls, daß es sich beim *Jamaican English* um eine sehr lebendige Sprache handelt, die heute quer durch alle Schichten gesprochen wird und inzwischen sogar eine eigenständige literarische Tradition besitzt.

Da die Jamaikaner äußerst kreativ mit ihrer Sprache umgehen, finden ständig neue Wortschöpfungen Eingang. Die Vereinfachung der englischen Hochsprache ist ein weiteres Merkmal des Patois. Aus dem oft auch für Deutsche schwierigen *th* entsteht kurzerhand ein *d* (aus *them* wird *dem*). Buchstaben werden einfach fortgelassen (aus *woman* wird so *ooman*) oder hinzugefügt (beliebt ist hier das *h* am Wortanfang, weswegen mit *hold* eben nicht nur *hold*, sondern auch *old* gemeint sein kann). Auch größere Raffinesse bei der Verwendung von Zeitebenen wird vermieden – wozu konjugieren, wenn mit dem Zusatz *today*, *yesterday* und *tomorrow* auch alles gesagt ist? Großen Einfluß auf das Patois hat auch die Sprache der Rastafari mit ihren religiös motivierten Manipulationen. Besondere Bedeutung erhält hier das Wort *I* im Singular wie Plural *(I and I)*. Oft werden englische Worte, die eigentlich anders beginnen, mit einem *I* eingeleitet. Aus *equality* wird beispielsweise *I-quality*. Grundsätzlich ersetzt man häufig negativ besetzte Silben wie *sin* durch positive wie *I* – so wird aus *sincere Isir*. Ist der Wortgegenstand selbst negativ belegt (z. B. *cigarette*, die im Patois *seegaret* heißt), enthält aber eine positive Silbe (hier *see*), dann greift man einfach ein: aus *seegaret* wird *blindgaret* oder aus *deadicated* (ursprünglich *dedicated*) *livicated*. Obendrein ist das Patois eine sehr musikalische Sprache, zu der rhythmische Sprachmodulationen und Körperbewegungen gehören, die im normalen Englisch nicht zu finden sind.

Zum Verständnis der Handlung des vorliegenden Romans ist es nicht zwingend erforderlich zu wissen, daß die meisten Akteure Patois sprechen; aber es unterstreicht die Tatsache, daß der Roman in einer Subkultur, einer ethnischen Minderheit der britischen Gesellschaft spielt. Und dies ist durchaus wichtig.

Im Deutschen sollte die eigentümliche Wirkung des Patois erhalten bleiben, ohne gleich eine eigene, am Patois orientierte Kunstsprache zu erfinden. Die Übersetzung setzt daher auf jene *Wirkung* des gedruckten Textes, die bei einem englischen oder amerikanischen Leser entsteht.

Colin Dexter

«Es gibt nur wenige Autoren, die überzeugend Humor, Spannung und Phantasie und ein wenig Grausen miteinander verbinden können Colin Dexter beherrscht das vorzüglich.»
Hamburger Abendblatt

Mord am Oxford-Kanal
(thriller 2960)
Ausgezeichnet mit dem «Golden Dagger» der Englisch Crime Writers' Association.

Hüte dich vor Maskeraden
(thriller 2805)
«Ein intelligenter Krimi zum Mit-Denken. So etwas ist selten.»
Frankfurter Rundschau

Das Rätsel der dritten Meile
(thriller 2806)
Der Rektor des College lädt eines Tages Chief Inspector Morse zum Essen ein, um ihm nebenbei zu erzählen, daß einer seiner pedantischsten Professoren seit einigen Tagen völlig ohne jede Ankündigung verschwunden ist. Zwar sei inzwischen eine Nachricht eingetroffen, aber die könne unmöglich von Browne-Smith stammen, denn der würde lieber sterben, als eine Notiz mit einem Rechtsschreibefehler aus der Hand zu geben. Kurz darauf wird eine Leiche aus dem Kanal geborgen, der Kopf, Hände und Beine fehlen ...
«... brillant, komisch, bizarr und glänzend geschrieben.»
Südwestpresse

rororo thriller

Tod für Don Juan
(thriller 3041)
Kaum sind die amerikanischen Touristen in Oxford eingetroffen, da wird Chief Inspector Morse zu einer Toten gerufen. Die Touristin ist offensichtlich an Herzversagen gestorben, als sie den Diebstahl einer wertvollen, antiken Brosche entdeckte. Klarer Fall, meint Sergeant Lewis. Ein plötzlicher Tod ist immer mysteriös, sagt Morse. Erst recht, wenn kurz darauf noch ein Toter gefunden wird.

rororo thriller wird herausgegeben von Bernd Jost. Ein Gesamtverzeichnis der Reihe finden Sie in der *Rowohlt Revue*. Jedes Vierteljahr neu. Kostenlos in Ihrer Buchhandlung.

3005/4

Jerry Oster

Jerry Oster arbeitete viele Jahre als Journalist und Filmkritiker in New York, bevor er begann, Bücher zu schreiben. Die *New York Times* bezeichnet ihn als den besten Krimiautor der letzten Jahre.

Saint Mike
(thriller 2924)
Susan Van Meter ist ein Undercover-Narco. Deckname: Saint Mike. Ihr Mann hat an einem brisanten Fall gearbeitet, bis er von einer unbekannten Schönen eiskalt hingerichtet wurde. Saint Mike muß diesen Fall aufklären.

Death Story
(thriller 3011)
Herzschuß. Der Mittelfinger ist abgetrennt und steckt im Mund der Leiche. An der Wand prangt kryptisch das Graffiti: Raleigh... Kein leichter Job für Joe Cullen, denn er muß gegen Kollegen ermitteln.

Violent Love
(thriller 3037)
Die New Yorker Intellektuellen–Schickeria trägt eine der Ihren zu Grabe, es ist die brutal ermordete Maklerin Karin Justice... Ein neuer Fall für Detective Joe Cullen.

Nowhere Man
(thriller 2925)
Der dritte Gedanke des Joggers war sein letzter, denn das, was die Gestalt ihm entgegenhielt, war kein wertloses Schmuckstück, auch keine Hand, die ihn stoppen wollte, sondern eine Pistole. Die Kugel schlug ein Loch in seine Stirn und beendete das Denken...

3026/2

Dschungelkampf
(thriller 2773)
In der U–Bahn stirbt Carlos Pabon mit einem Loch in der Stirn. Die Zeitungen reden vom «Samariter-Killer», denn Pabon war ein mieser und kaputter streetboy. Weitere Morde passieren . Detective Jake Neumann und sein Partner setzen sich auf die Spur...

rororo thriller wird herausgegen von Bernd Jost. Ein Gesamtverzeichnis der Reihe finden Sie in der *Rowohlt Revue.* Jedes Vierteljahr neu. Kostenlos in Ihrer Buchhandlung.

rororo thriller

Serientäter

Robert Brack
Die siebte Hölle
(thriller 2941)
Oldtimer bringen's besser als Bücher, meint der bankrotte Buchhändler Jercy Pacula, und überführt zwei Limousinen nach Lissabon...
Schwere Kaliber
(thriller 2967)
Psychofieber
(thriller 3058)

Frank Göhre
Schnelles Geld
(thriller 3048)
Der erste, seit Jahren vergriffene Kriminalroman von Frank Göhre, der mit mehreren Literaturpreisen ausgezeichnet wurde und als Kinofilm Beachtung fand. Neu bearbeitet und wesentlich erweitert.
Der Tod des Samurai
(thriller 2832)
Ein Thriller über organisiertes Verbrechen in Hamburg.
Der Tanz des Skorpions
(thriller 3025)
Letzte Station vor Einbruch der Dunkelheit
(thriller 2795)
Der Schrei des Schmetterlings
(thriller 2759)

Daniel Pennac
Wenn nette alte Damen schießen...
In Belleville, dem Kreuzberg von Paris, schneidet ein erbarmungsloser Killer armseligen Rentnern die Kehlen durch. Angst macht sich breit, gefolgt von einer kräftigen Paranoia. Ausgezeichnet mit dem «Prix Mystère de la critique».
(thriller 2921)
Königin Zabos Sündenbock
(thriller 3003)

rororo thriller

30 Jahre thriller Jubiläums-Lesebuch
(thriller 3030)
Dieser Jubiläumsband präsentiert einen opulenten Querschnitt durch die Geschichte der rororo thriller- Reihe und bietet literarischen Nervenkitzel pur. Die Palette internationaler Autoren gleicht einem Who is Who der Kriminalliteratur.

Pacio Ignacio Taibo II
Der melancholische Detektiv *Drei Fälle für Héctor Belascoarán Shayne*
(thriller 3039)
Der Boxer Angel, Freund von Detektiv Héctor Belascoarán, wird beim Training im Ring von einem Unbekannten erschossen. Mögliches Motiv: eine alte Rivalität um eine Frau... Taibo liefert nicht nur ungewöhnliche Stories, sondern ein dichtes Bild von Mexiko, seiner Atmosphäre, seinen Problemen und seiner Faszination.
Das bizarre Leben
(thriller 2940)
Comeback für einen Toten
(thriller 3019)

Serientäter

Larry Beinhart
Priester waschen weißer
(thriller 3043)
Tony Cassella schlüpft in die Rolle eines irischen Priesters um den Tod von Wendy Tavetian und einem Japaner aufzuklären.
Zahltag für Cassella
(thriller 2932)
Bei Privat Eye Tony Cassella steht eine Steuerprüfung an. Genau in dem Augenblick, als er genügend Beweismaterial gegen den Justizminister persönlich zusammen hat...

K. C. Constantine
Ein unbeschriebenes Blatt
Ein Fall für Mario Balzic
(thriller 2776)
«Constantine ist ein wunderbarer Autor. Lang lebe Polizeichef Balzic!»
New York Times
Blues für Mario Balzic
(thriller 3002)
Schwere Zeiten für Mario Balzic: ein Mord geschieht, seine Mutter wurde mit einem Schlaganfall ins Krankenhaus eingeliefert und seine Frau hat wenig Verständnis für sein Pflichtbewußtsein.

William Krasner
Opfer einer Razzia
(thriller 3001)
Organisiertes Verbrechen + illegales Glücksspiel = Unmoral & Prostitution - Charley Hagen, Partner von Detective Captain Sam Brige, zieht wieder einmal voreilige Schlüsse.
Die letzte Tat des Mr. Goodman
(thriller 2937)

Jean-Bernard Pouy
Sprengsatz aus der Vergangenheit
(thriller 3021)
Der Schlüssel zur Affäre
(thriller 2977)

3024/4b

rororo thriller

Schwarze Beute
Stories von berühmten Autoren und neuen Talenten finden sich in den thriller-Magazinen und immer wieder – Shock, Thrill and Fun.
thriller–Magazin 5
Herausgegeben von Norbert Klugmann und Peter Mathews
(thriller 2969)
thriller–Magazin 6
Herausgegeben von Janwillem van de Wetering
(thriller 3000)
thriller-Magazin 8
Herausgegeben von Maj Sjöwall
(thriller 3093)

Die Reihe *rororo thriller* wird herausgegeben von Bernd Jost. Ein Gesamtverzeichnis aller lieferbaren Titel finden Sie in der *Rowohlt Revue*. Jedes Vierteljahr neu. Kostenlos in Ihrer Buchhandlung.

Crime Ladies

«Es liegt in der Tradition des Kriminalromans, daß Frauen bessere Morde erfinden. Aber warum? Diese Frage kann einen wirklich um den Schlaf bringen!»
Milena Moser in «Annabelle»

Patricia Highsmith
Venedig kann sehr kalt sein
(thriller 2202)
Peggy liegt eines Morgens tot in der Badewanne. Niemand zweifelt, daß sie sich selbst die Schlagader aufgeschnitten hat. Nur für den Vater ist klar: der Ehemann muß schuldig sein...
«Unter den Großen der Kriminalliteratur ist Patricia Highsmith die edelste.»
Die Zeit

Nancy Livingston
Ihr Auftritt, Mr. Pringle!
(thriller 2904)
Pringle vermißt eine Leiche
(thriller 3035)
«Wer treffenden, sarkastischen, teils tief eingeschwärzten Humor und exzentrische Milieus schätzt, komm mit Privatdetektiv G.D.H. Pringle, einem pensionierten Steuerbeamten, der die Kunst liebt, ganz auf seine Kosten.»
Westdeutscher Rundfunk

Anne D. LeClaire
Die Ehre der Väter
(thriller 2902)
Herr, leite mich in Deiner Gerechtigkeit
(thriller 2783)
Peter Thorpe zieht an die Küste von Maine und hat zum erstenmal in seinem Leben den Eindruck ehrlichen, rechtschaffenden Menschen zu begegnen. Hier gibt es keine Lügner, Diebe, Mörder. Oder doch?

3022/3

rororo thriller

Jen Green (Hg.)
Morgen bring ich ihn um! *Ladies in Crime I - Stories*
(thriller 2962)
Diese Anthologie von sechzehn Kriminalgeschichten von Amanda Cross über Sarah Paretsky bis Barbara Wilson zeigt in Stil und Humor die breite schriftstellerische Palette der Autorinnen.

Jutta Schwarz (Hg.)
Je eher, desto Tot *Ladies in Crime II - Stories*
(thriller 3027)

Irene Rodrian
Strandgrab
(thriller 3014)
Eine Anzeige verführt so manches Rentnerpaar, die Ersparnisse in ein traumhaftes Wohnprojekt im sonnigen Süden zu investieren. Sie können ja nicht ahnen, daß sie nicht nur ihr Geld verlieren, sondern auch ihr Leben aufs Spiel setzen...
Tod in St. Pauli *Kriminalroman*
(thriller 3052)
Schlaf, Bübchen, schlaf
(thriller 2935)